Punks

THE COMIC

CREATED BY JOSHUA FIALKOV AND KODY CHAMBERLAIN

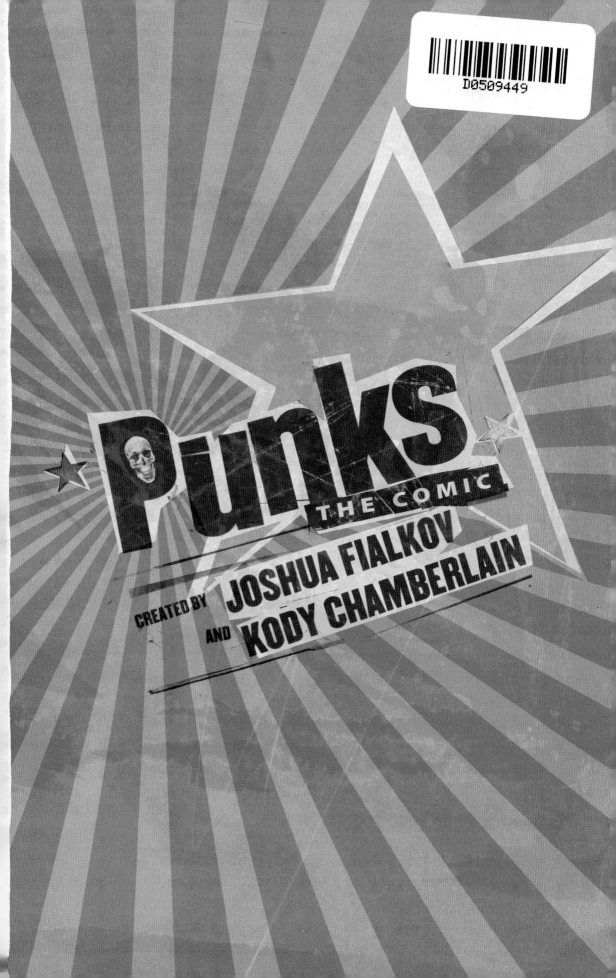

PUNKS THE COMIC VOL 1: NUTPUNCHER. First printing. APRIL 2015. Copyright 2007-2015 Joshua Hale Fialkov and Kody Chamberlain. All rights reserved. Published by Image Comics, Inc. Office of publication: 2001 Center Street, Sixth Floor, Berkeley, CA 94704. Originally published in single magazine form as PUNKS: THE COMIC #1-5. "Punks: The Comic," its logos, and the likenesses of all characters herein are trademarks of Joshua Hale Fialkov and Kody Chamberlain, unless otherwise noted. "Image" and the Image Comics logos are registered trademarks of Image Comics, Inc. No part of this publication may be reproduced or transmitted, in any form or by any means (except for short excerpts for journalistic or review purposes), without the express written permission of Joshua Hale Fialkov and Kody Chamberlain, or Image Comics, Inc. All names, characters, events, and locales in this publication are entirely fictional. Any resemblance to actual persons (living or dead), events, or places, without satiric intent, is coincidental.

Printed in the USA.

For information regarding the CPSIA on this printed material call: 203-595-3636 and provide reference #RICH-612685.

For international rights, contact: foreignlicensing@imagecomics.com.

ISBN: 978-1-63215-227-5

IMAGE COMICS, INC.

Robert Kirkman – **Chief Operating Officer**
Erik Larsen – **Chief Financial Officer**
Todd McFarlane – **President**
Marc Silvestri – **Chief Executive Officer**
Jim Valentino – **Vice-President**

Eric Stephenson – **Publisher**
Ron Richards – **Director of Business Development**
Jennifer de Guzman – **Director of Trade Book Sales**
Kat Salazar – **Director of PR & Marketing**
Corey Murphy – **Director of Retail Sales**
Jeremy Sullivan – **Director of Digital Sales**
Randy Okamura – **Marketing Production Designer**
Emilio Bautista – **Sales Assistant**
Branwyn Bigglestone – **Senior Accounts Manager**
Emily Miller – **Accounts Manager**
Jessica Ambriz – **Administrative Assistant**
David Brothers – **Content Manager**
Jonathan Chan – **Production Manager**
Drew Gill – **Art Director**
Meredith Wallace – **Print Manager**
Addison Duke – **Production Artist**
Vincent Kukua – **Production Artist**
Sasha Head – **Production Artist**
Tricia Ramos – **Production Assistant**
IMAGECOMICS.COM

NUTPUNCHER

JOSHUA HALE **FIALKOV** | KODY **CHAMBERLAIN**
STORY | ART

CHAPTER ONE
FIRSTS

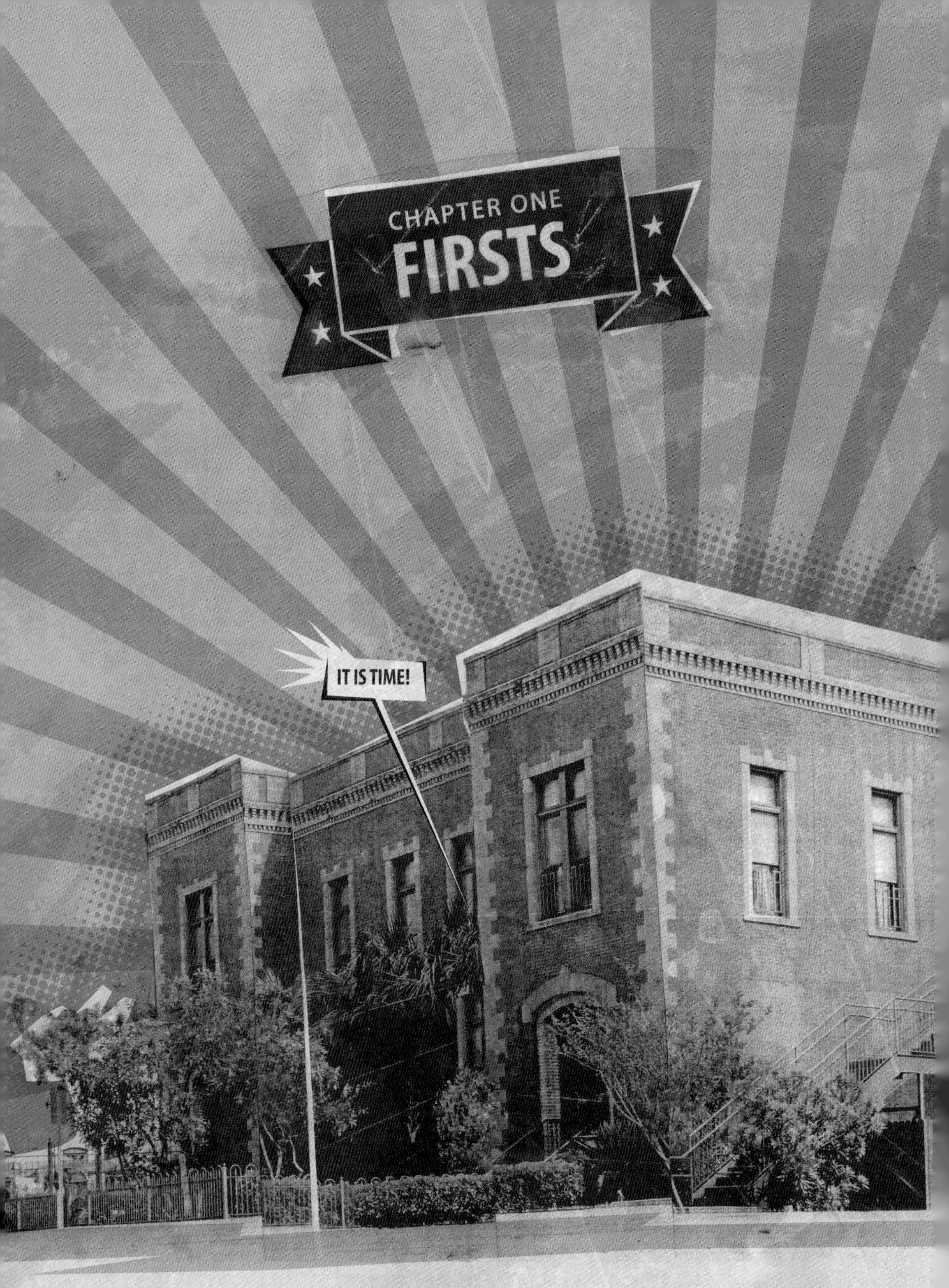
IT IS TIME!

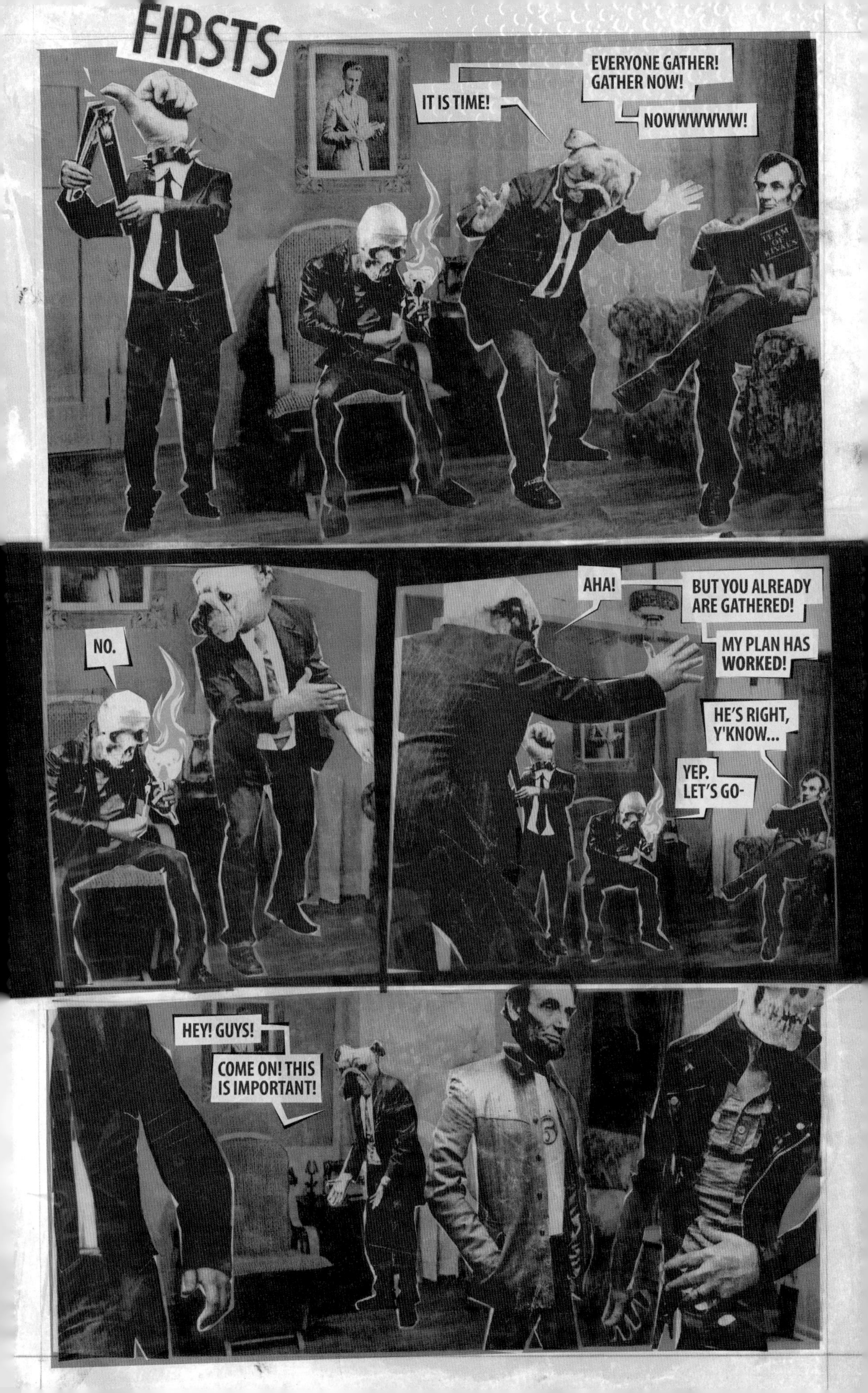
FIRSTS
IT IS TIME!
EVERYONE GATHER! GATHER NOW!
NOWWWWWW!
NO.
AHA!
BUT YOU ALREADY ARE GATHERED!
MY PLAN HAS WORKED!
HE'S RIGHT, Y'KNOW...
YEP. LET'S GO-
HEY! GUYS!
COME ON! THIS IS IMPORTANT!

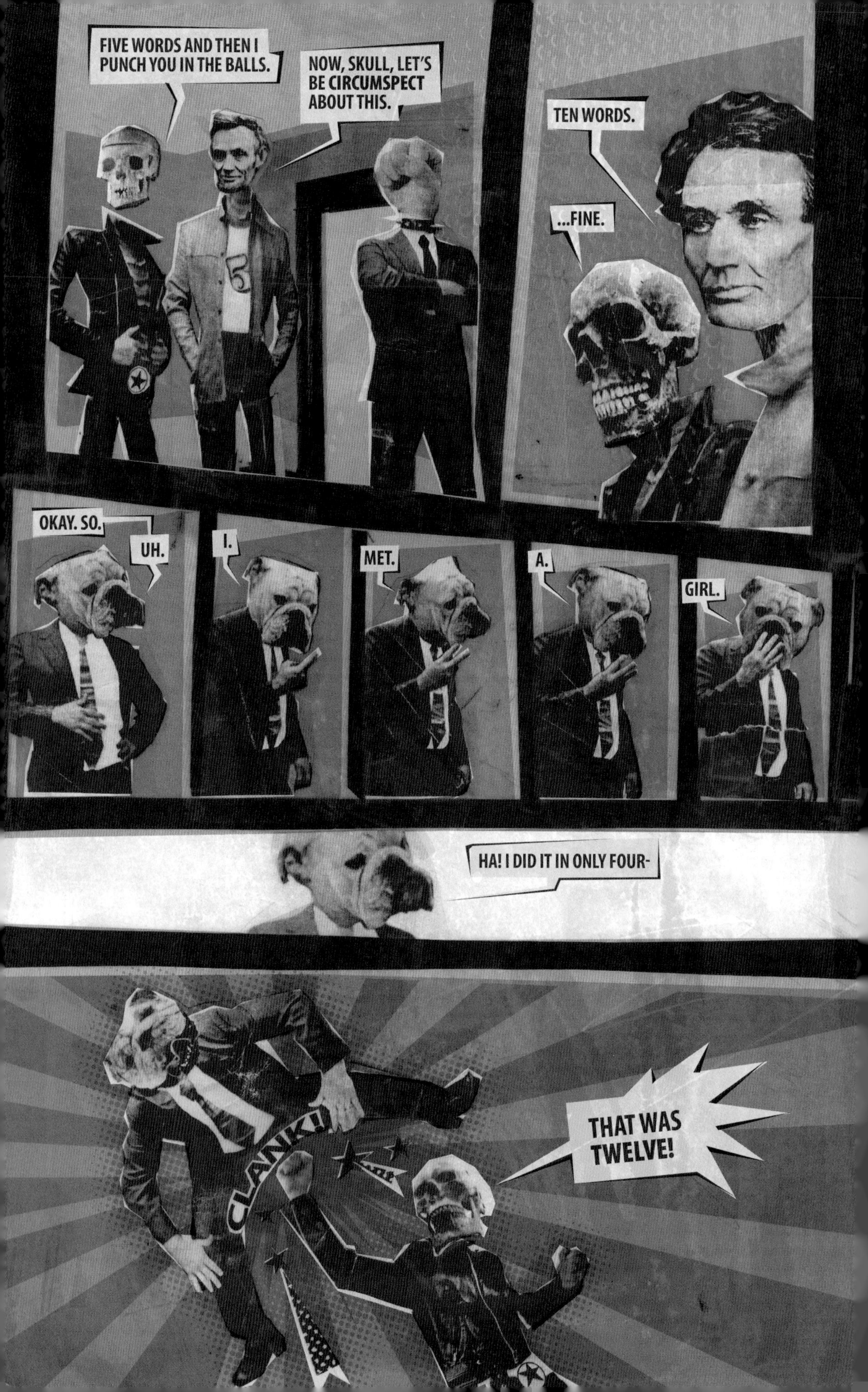
FIVE WORDS AND THEN I PUNCH YOU IN THE BALLS.
NOW, SKULL, LET'S BE CIRCUMSPECT ABOUT THIS.
TEN WORDS.
...FINE.
OKAY. SO.
UH.
I.
MET.
A.
GIRL.
HA! I DID IT IN ONLY FOUR-
CLANK!
THAT WAS TWELVE!

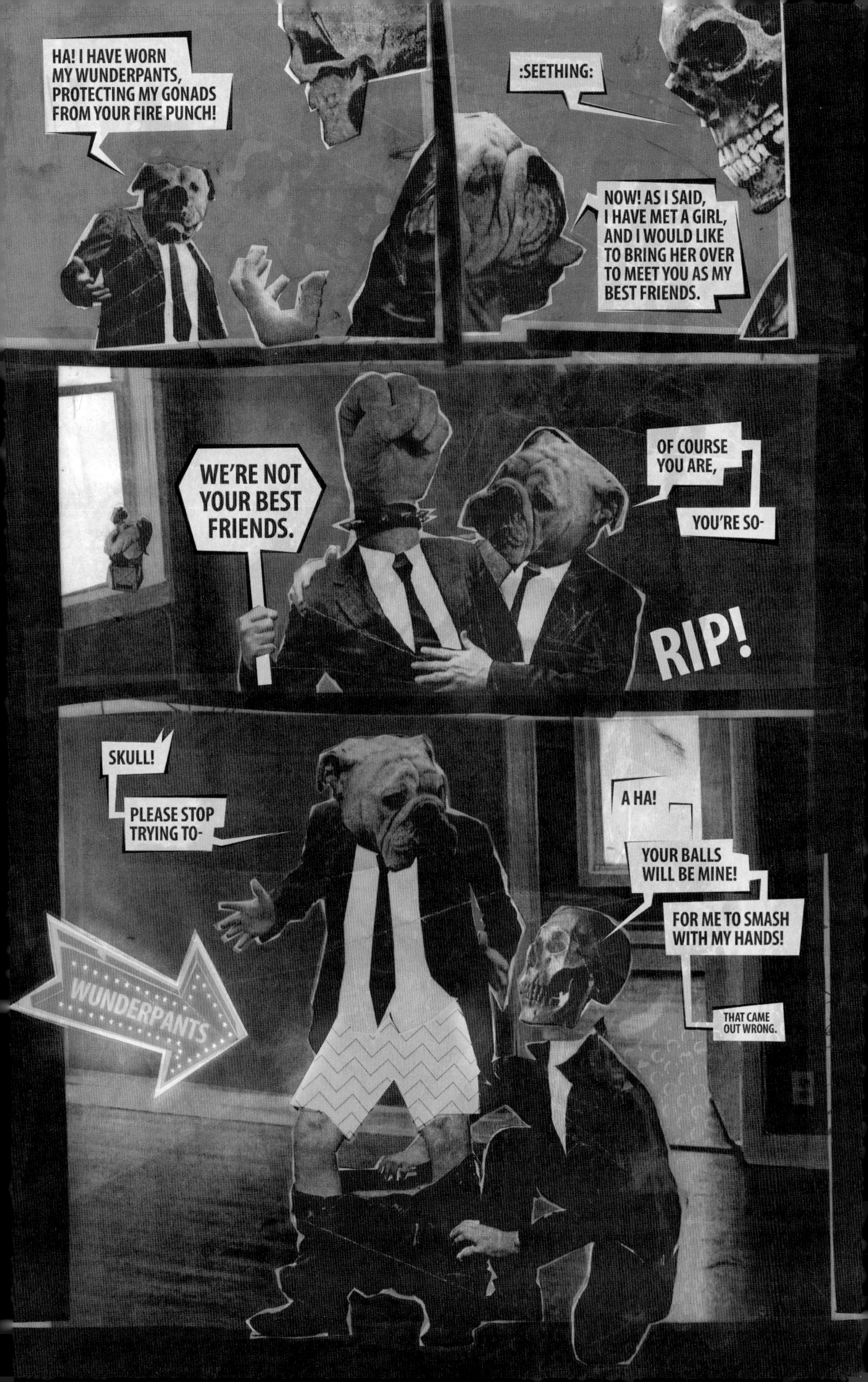
HA! I HAVE WORN MY WUNDERPANTS, PROTECTING MY GONADS FROM YOUR FIRE PUNCH!
:SEETHING:
NOW! AS I SAID, I HAVE MET A GIRL, AND I WOULD LIKE TO BRING HER OVER TO MEET YOU AS MY BEST FRIENDS.
WE'RE NOT YOUR BEST FRIENDS.
OF COURSE YOU ARE,
YOU'RE SO-
RIP!
SKULL!
PLEASE STOP TRYING TO-
WUNDERPANTS
A HA!
YOUR BALLS WILL BE MINE!
FOR ME TO SMASH WITH MY HANDS!
THAT CAME OUT WRONG.

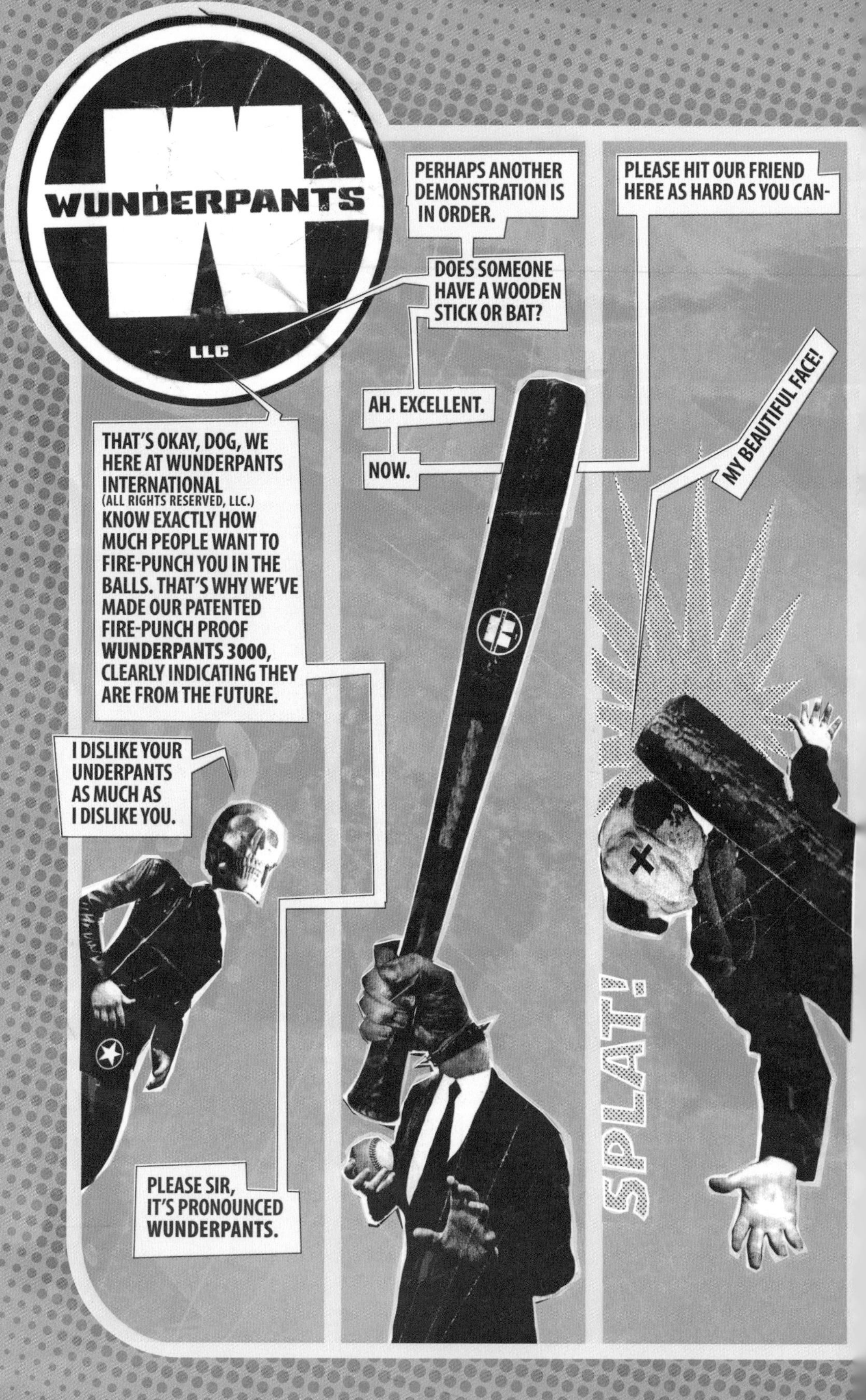
WUNDERPANTS
LLC
THAT'S OKAY, DOG, WE HERE AT WUNDERPANTS INTERNATIONAL (ALL RIGHTS RESERVED, LLC.) KNOW EXACTLY HOW MUCH PEOPLE WANT TO FIRE-PUNCH YOU IN THE BALLS. THAT'S WHY WE'VE MADE OUR PATENTED FIRE-PUNCH PROOF WUNDERPANTS 3000, CLEARLY INDICATING THEY ARE FROM THE FUTURE.
I DISLIKE YOUR UNDERPANTS AS MUCH AS I DISLIKE YOU.
PLEASE SIR, IT'S PRONOUNCED WUNDERPANTS.
PERHAPS ANOTHER DEMONSTRATION IS IN ORDER.
DOES SOMEONE HAVE A WOODEN STICK OR BAT?
AH. EXCELLENT.
NOW.
PLEASE HIT OUR FRIEND HERE AS HARD AS YOU CAN-
MY BEAUTIFUL FACE!
SPLAT!

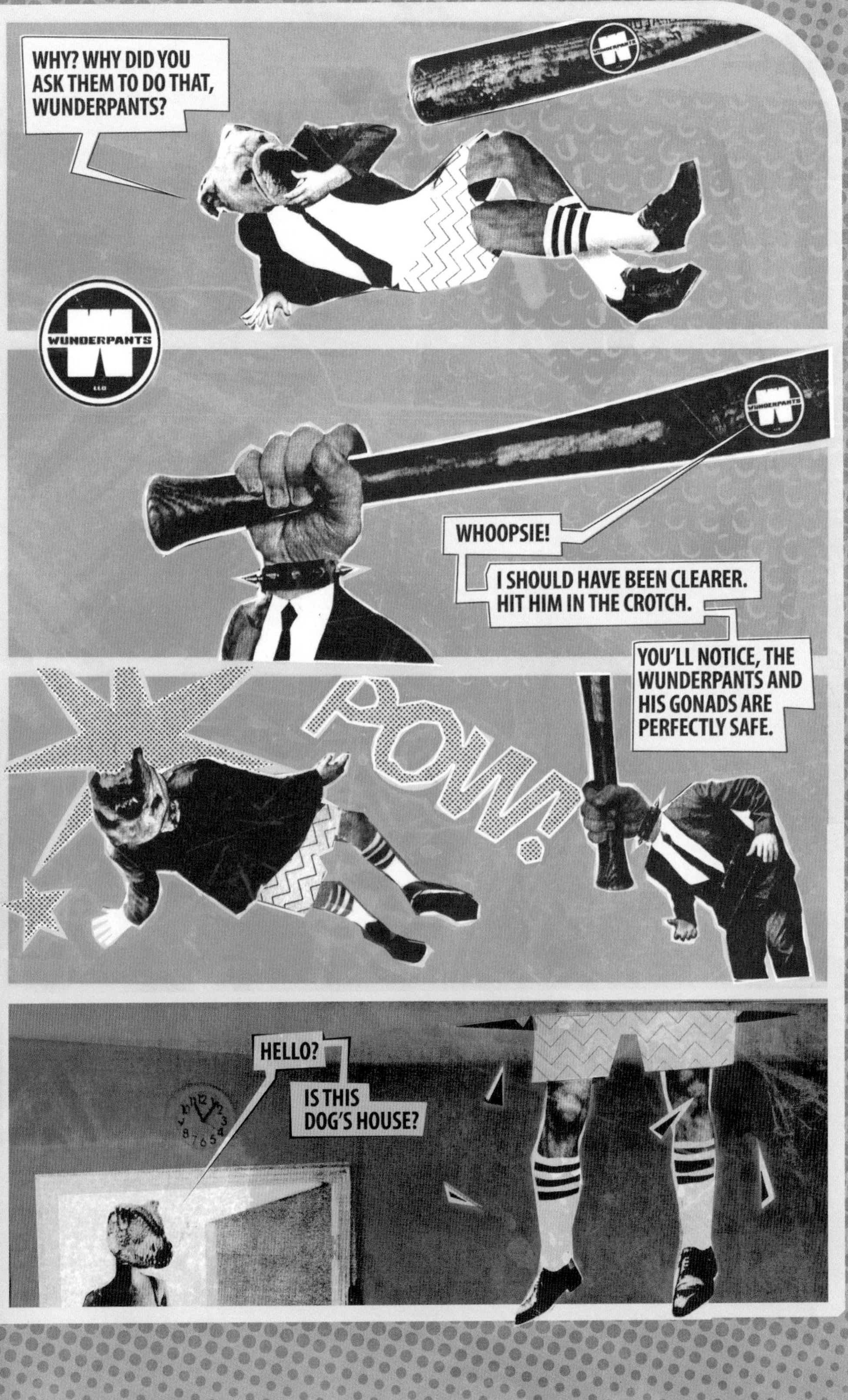
WHY? WHY DID YOU ASK THEM TO DO THAT, WUNDERPANTS?
WUNDERPANTS
WHOOPSIE!
I SHOULD HAVE BEEN CLEARER. HIT HIM IN THE CROTCH.
YOU'LL NOTICE, THE WUNDERPANTS AND HIS GONADS ARE PERFECTLY SAFE.
POW!
HELLO?
IS THIS DOG'S HOUSE?

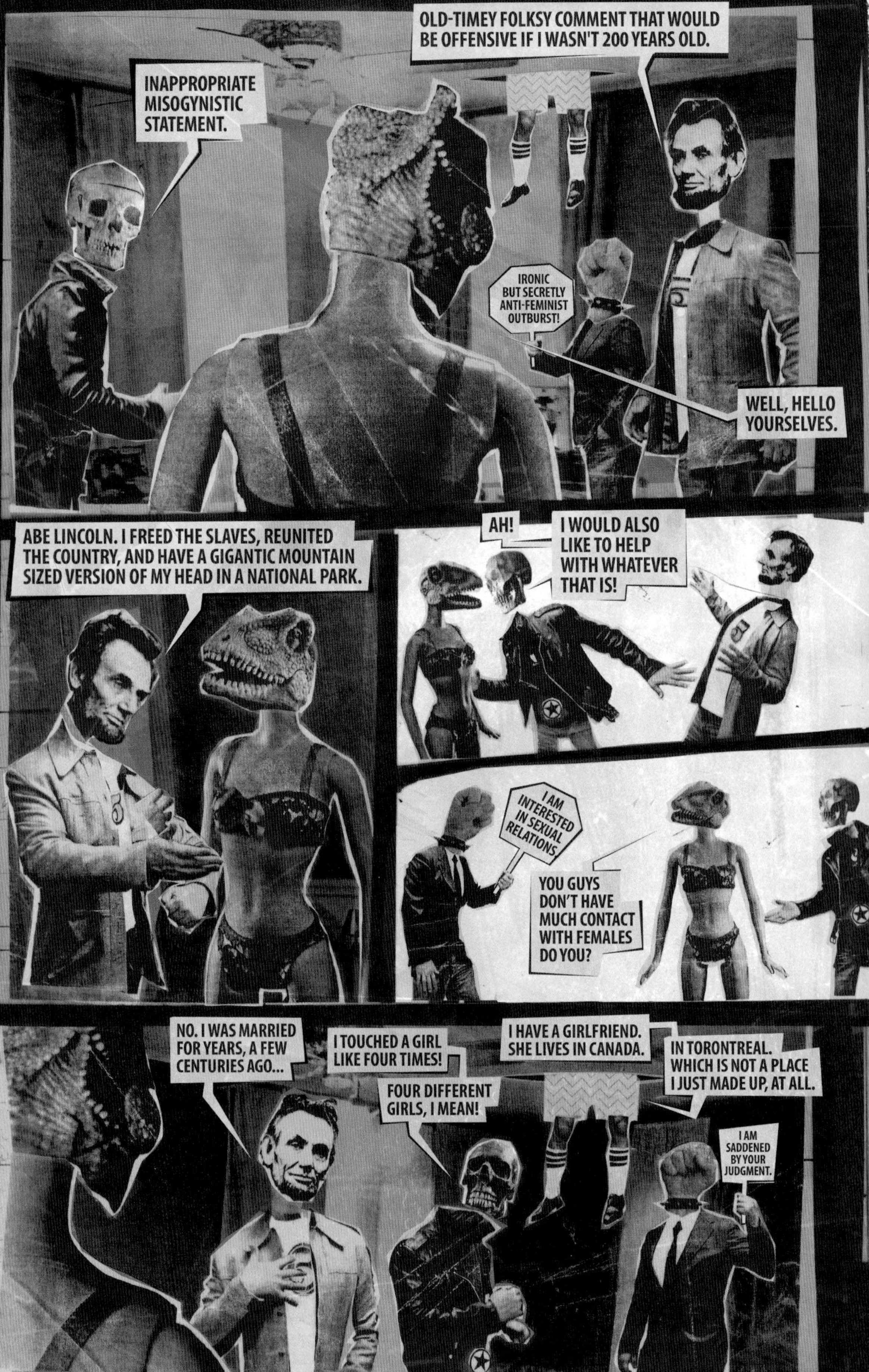
INAPPROPRIATE MISOGYNISTIC STATEMENT.
OLD-TIMEY FOLKSY COMMENT THAT WOULD BE OFFENSIVE IF I WASN'T 200 YEARS OLD.
IRONIC BUT SECRETLY ANTI-FEMINIST OUTBURST!
WELL, HELLO YOURSELVES.
ABE LINCOLN. I FREED THE SLAVES, REUNITED THE COUNTRY, AND HAVE A GIGANTIC MOUNTAIN SIZED VERSION OF MY HEAD IN A NATIONAL PARK.
AH!
I WOULD ALSO LIKE TO HELP WITH WHATEVER THAT IS!
I AM INTERESTED IN SEXUAL RELATIONS.
YOU GUYS DON'T HAVE MUCH CONTACT WITH FEMALES DO YOU?
NO. I WAS MARRIED FOR YEARS, A FEW CENTURIES AGO...
I TOUCHED A GIRL LIKE FOUR TIMES!
FOUR DIFFERENT GIRLS, I MEAN!
I HAVE A GIRLFRIEND. SHE LIVES IN CANADA.
IN TORONTREAL. WHICH IS NOT A PLACE I JUST MADE UP, AT ALL.
I AM SADDENED BY YOUR JUDGMENT.

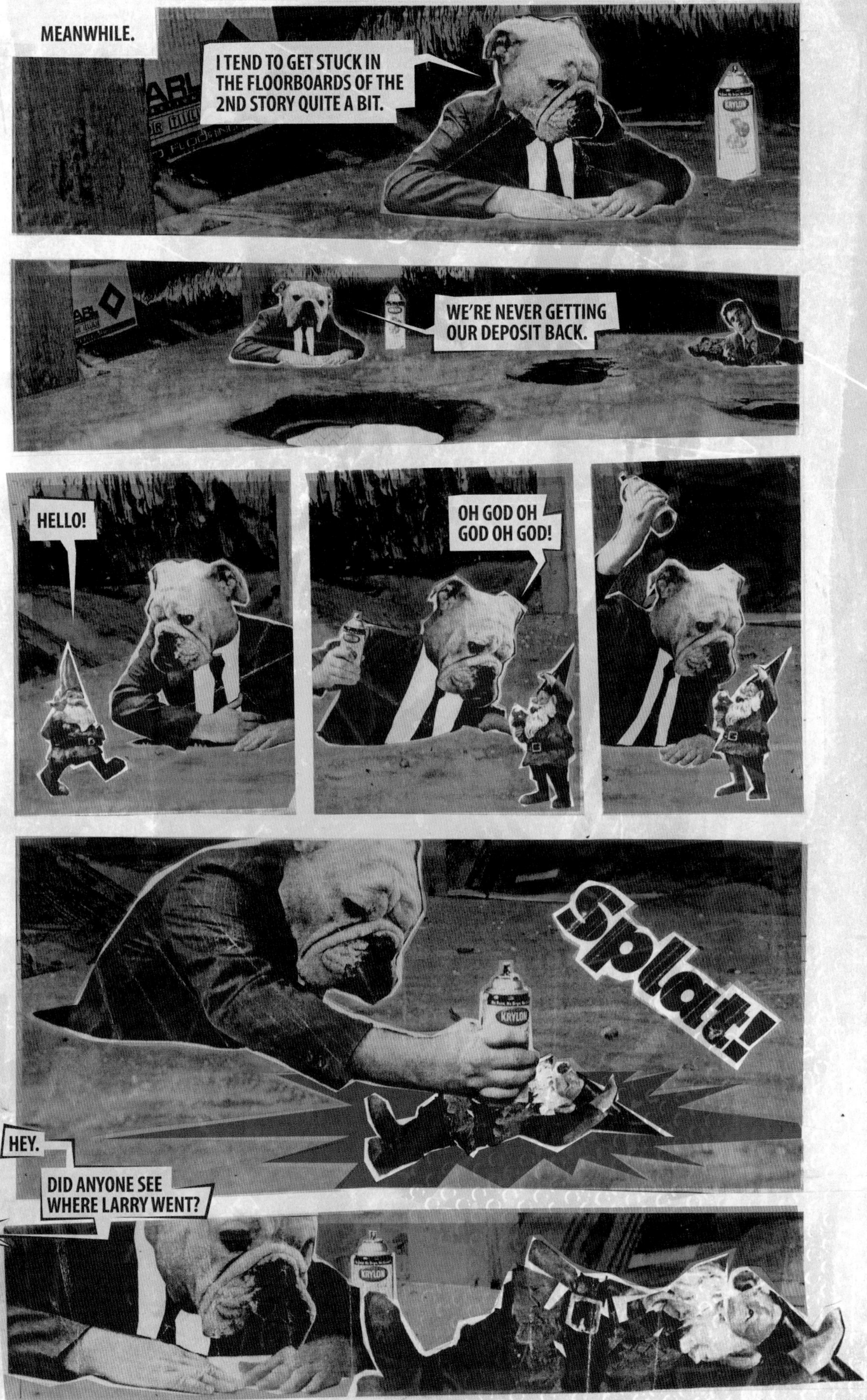
MEANWHILE.
I TEND TO GET STUCK IN THE FLOORBOARDS OF THE 2ND STORY QUITE A BIT.
WE'RE NEVER GETTING OUR DEPOSIT BACK.
HELLO!
OH GOD OH GOD OH GOD!
KRYLON
Splat!
HEY.
DID ANYONE SEE WHERE LARRY WENT?
KRYLON

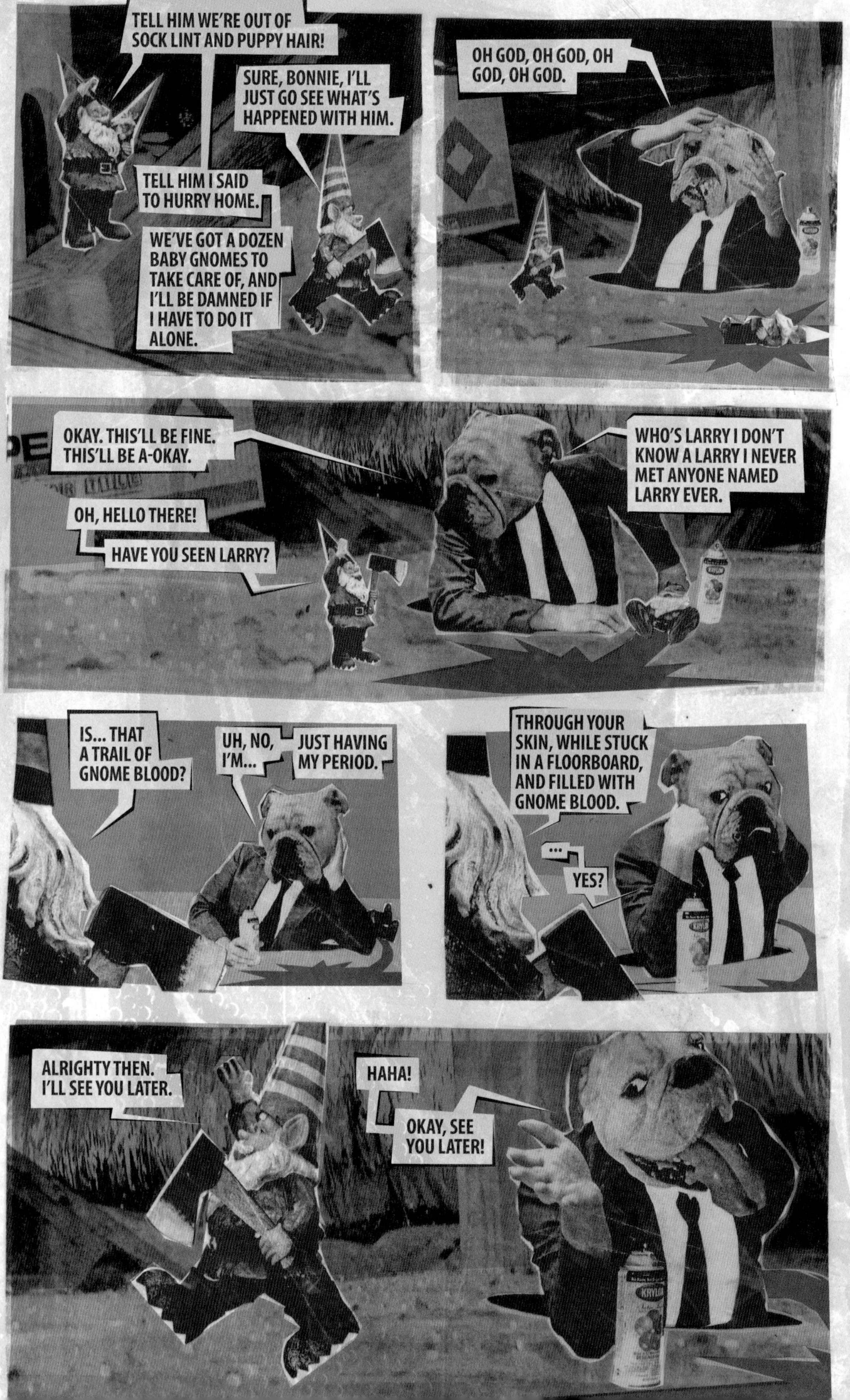
TELL HIM WE'RE OUT OF SOCK LINT AND PUPPY HAIR!
SURE, BONNIE, I'LL JUST GO SEE WHAT'S HAPPENED WITH HIM.
TELL HIM I SAID TO HURRY HOME.
WE'VE GOT A DOZEN BABY GNOMES TO TAKE CARE OF, AND I'LL BE DAMNED IF I HAVE TO DO IT ALONE.
OH GOD, OH GOD, OH GOD, OH GOD.
OKAY. THIS'LL BE FINE. THIS'LL BE A-OKAY.
OH, HELLO THERE!
HAVE YOU SEEN LARRY?
WHO'S LARRY I DON'T KNOW A LARRY I NEVER MET ANYONE NAMED LARRY EVER.
IS... THAT A TRAIL OF GNOME BLOOD?
UH, NO, I'M...
JUST HAVING MY PERIOD.
THROUGH YOUR SKIN, WHILE STUCK IN A FLOORBOARD, AND FILLED WITH GNOME BLOOD.
...
YES?
ALRIGHTY THEN. I'LL SEE YOU LATER.
HAHA!
OKAY, SEE YOU LATER!

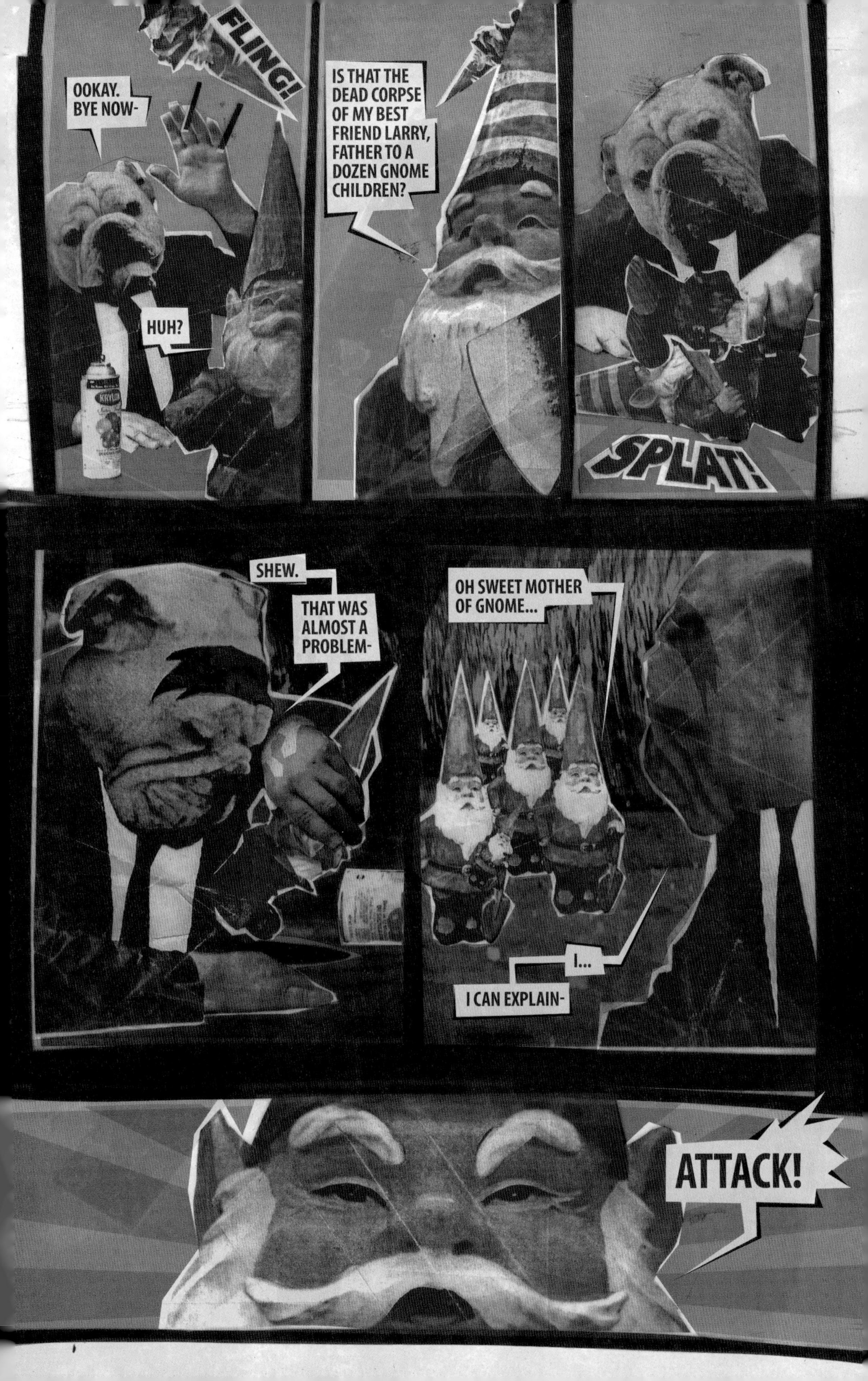
FLING!
OOKAY. BYE NOW-
HUH?
IS THAT THE DEAD CORPSE OF MY BEST FRIEND LARRY, FATHER TO A DOZEN GNOME CHILDREN?
SPLAT!
SHEW.
THAT WAS ALMOST A PROBLEM-
OH SWEET MOTHER OF GNOME...
I...
I CAN EXPLAIN-
ATTACK!

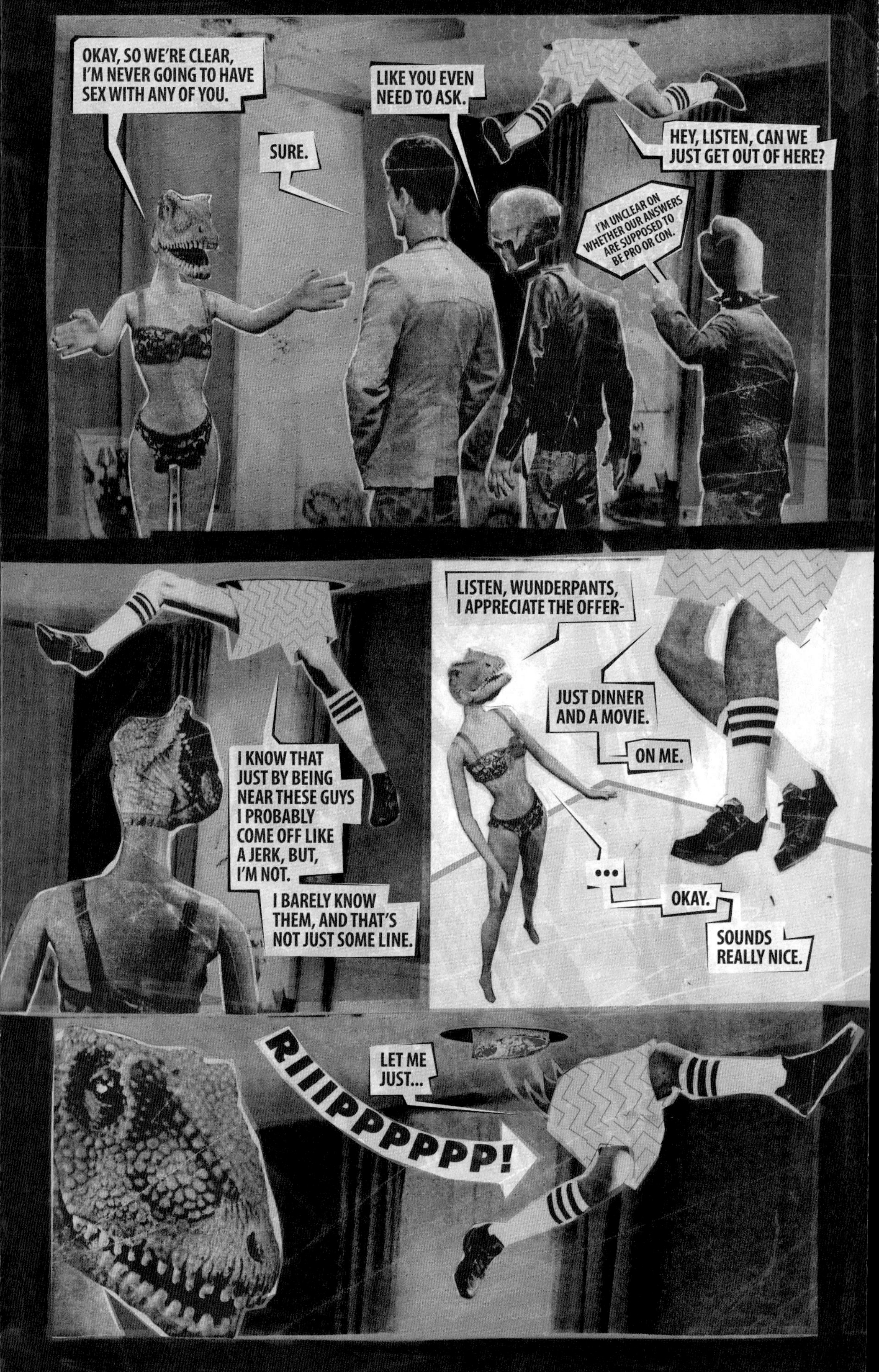

OKAY, SO WE'RE CLEAR, I'M NEVER GOING TO HAVE SEX WITH ANY OF YOU.
LIKE YOU EVEN NEED TO ASK.
SURE.
HEY, LISTEN, CAN WE JUST GET OUT OF HERE?
I'M UNCLEAR ON WHETHER OUR ANSWERS ARE SUPPOSED TO BE PRO OR CON.
I KNOW THAT JUST BY BEING NEAR THESE GUYS I PROBABLY COME OFF LIKE A JERK, BUT, I'M NOT.
I BARELY KNOW THEM, AND THAT'S NOT JUST SOME LINE.
LISTEN, WUNDERPANTS, I APPRECIATE THE OFFER-
JUST DINNER AND A MOVIE.
ON ME.
...
OKAY.
SOUNDS REALLY NICE.
RIIIPPPPPPP!
LET ME JUST...

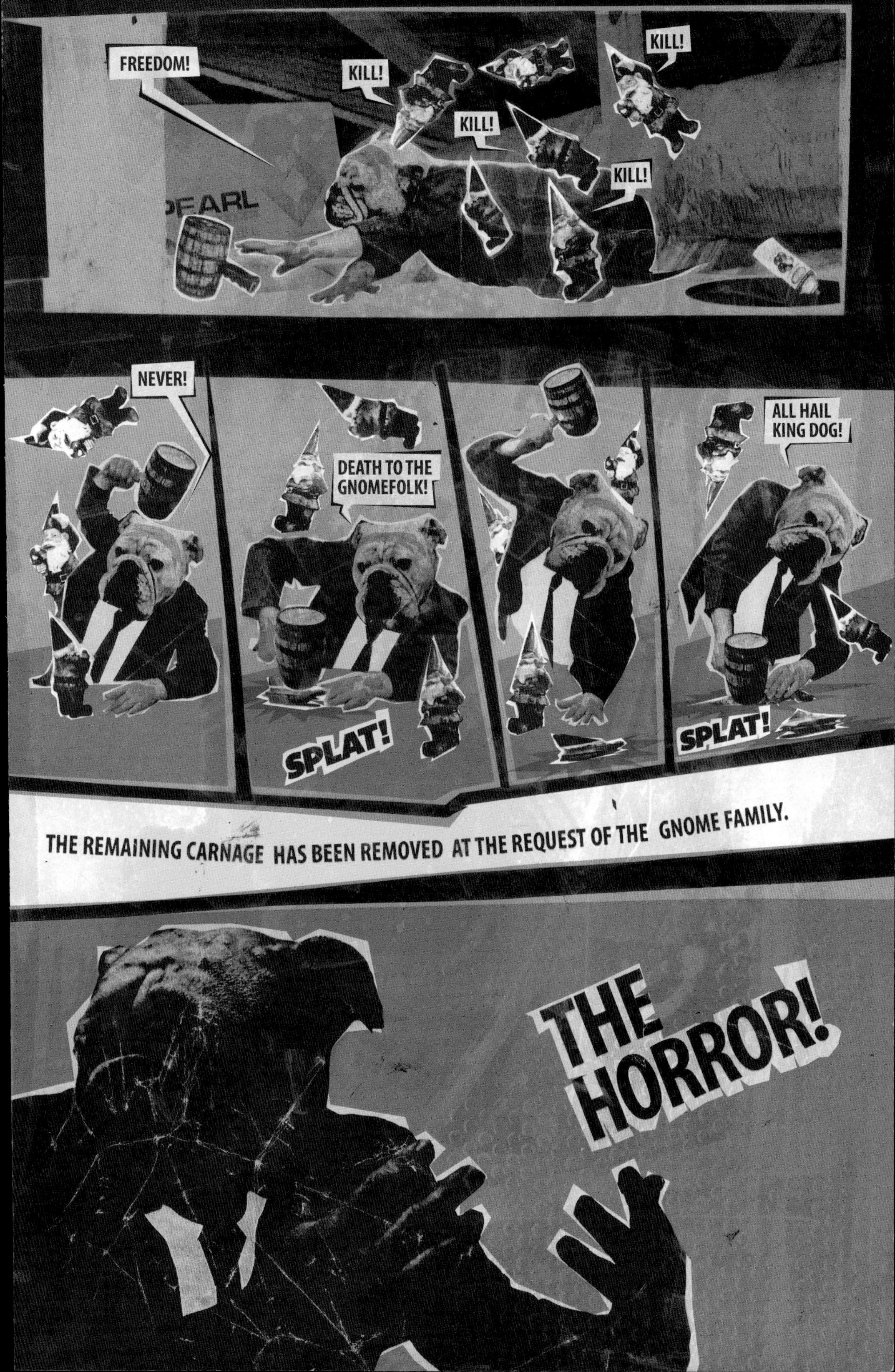
FREEDOM!
KILL!
KILL!
KILL!
KILL!
PEARL
NEVER!
DEATH TO THE GNOMEFOLK!
SPLAT!
ALL HAIL KING DOG!
SPLAT!
THE REMAINING CARNAGE HAS BEEN REMOVED AT THE REQUEST OF THE GNOME FAMILY.
THE HORROR!

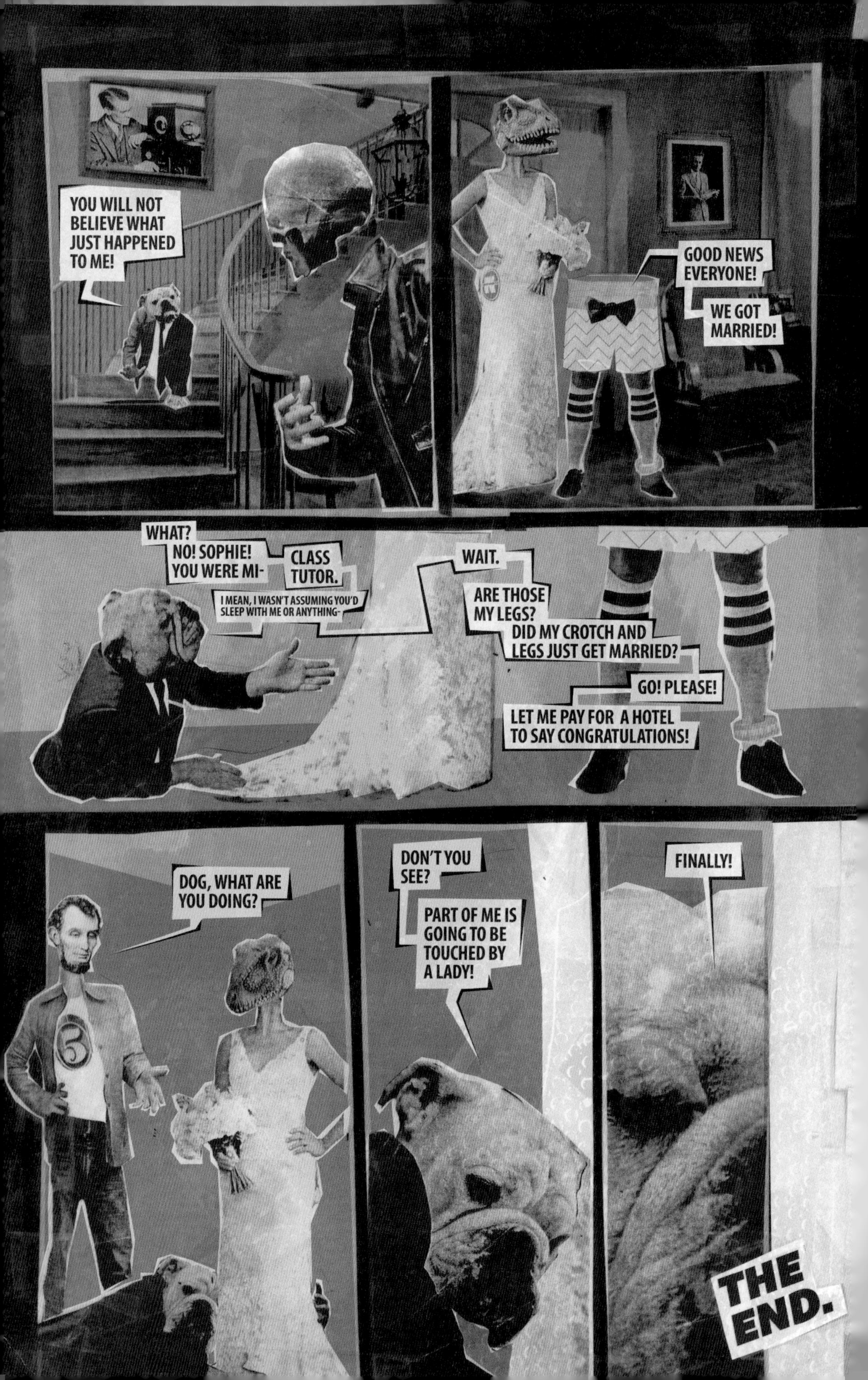
YOU WILL NOT BELIEVE WHAT JUST HAPPENED TO ME!
GOOD NEWS EVERYONE!
WE GOT MARRIED!
WHAT?
NO! SOPHIE! YOU WERE MI-
CLASS TUTOR.
I MEAN, I WASN'T ASSUMING YOU'D SLEEP WITH ME OR ANYTHING-
WAIT.
ARE THOSE MY LEGS?
DID MY CROTCH AND LEGS JUST GET MARRIED?
GO! PLEASE!
LET ME PAY FOR A HOTEL TO SAY CONGRATULATIONS!
DOG, WHAT ARE YOU DOING?
DON'T YOU SEE?
PART OF ME IS GOING TO BE TOUCHED BY A LADY!
FINALLY!
THE END.

SET UP:

Each player receives
6 cards of the same character.

2 - Attack Cards
2 - Defense Cards
1 - Nut Puncher
1 - Bummer

GAMEPLAY: Defense > Attack > Nut Puncher > Defense
Bummer = Voids hand
If you both play the same card, the hand is void.

POINTS: Players put down one card each on the count of 3. Winner of each individual turn gets a point. Nut Puncher v Nut Puncher = 1 point each.

Winner with most points at end of hand wins the round.
Winner of the most rounds gets a punch in the nuts.*

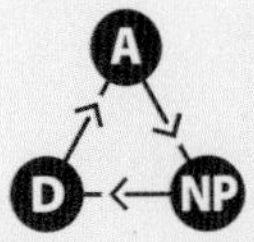
A
D
NP

* Firm handshake is also acceptable.

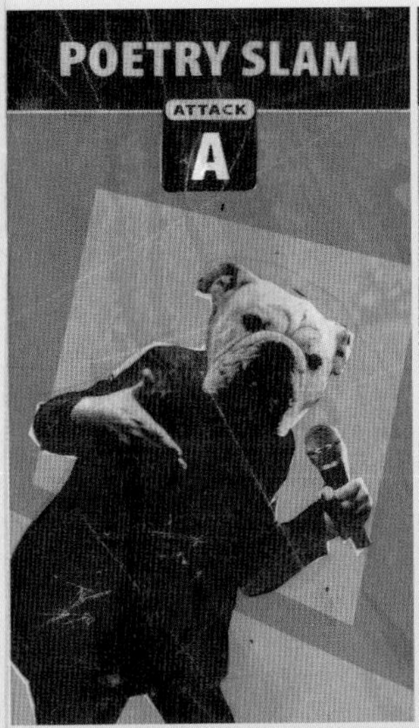
POETRY SLAM
ATTACK
A

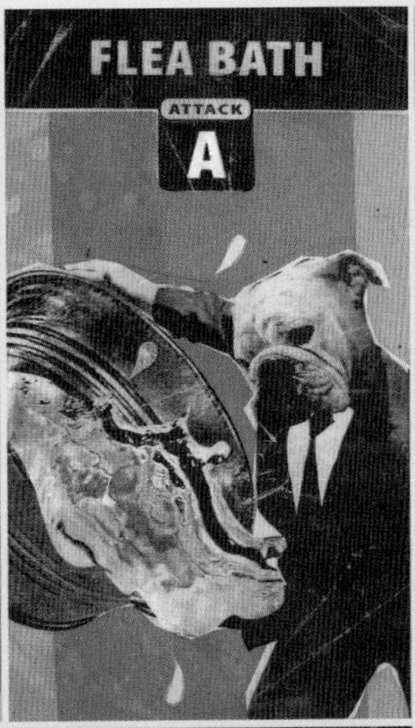
FLEA BATH
ATTACK
A

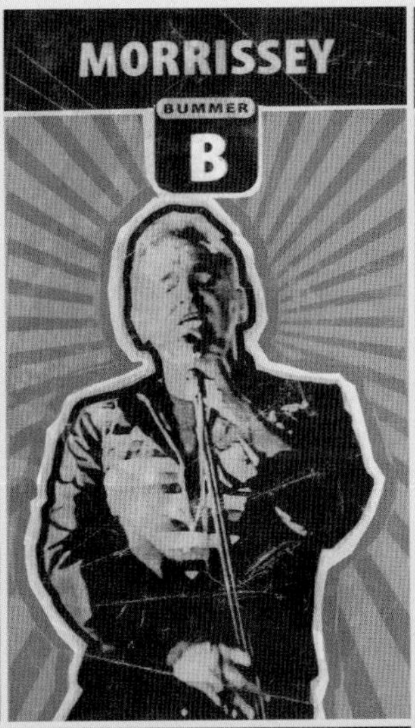
MORRISSEY
BUMMER
B

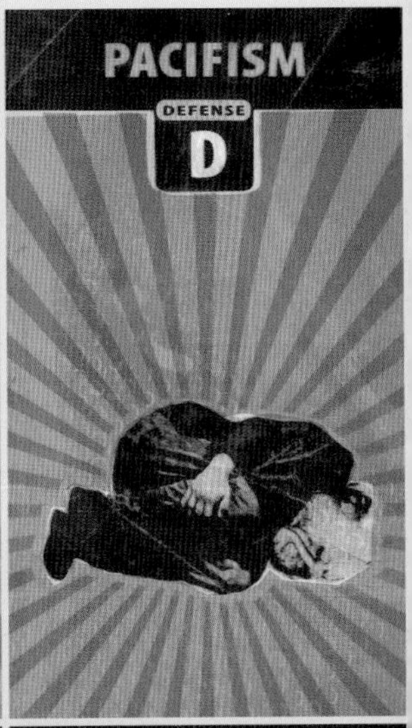
PACIFISM
DEFENSE
D

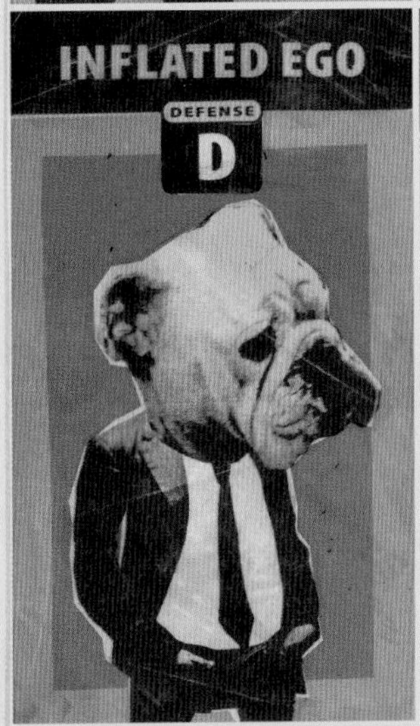
INFLATED EGO
DEFENSE
D

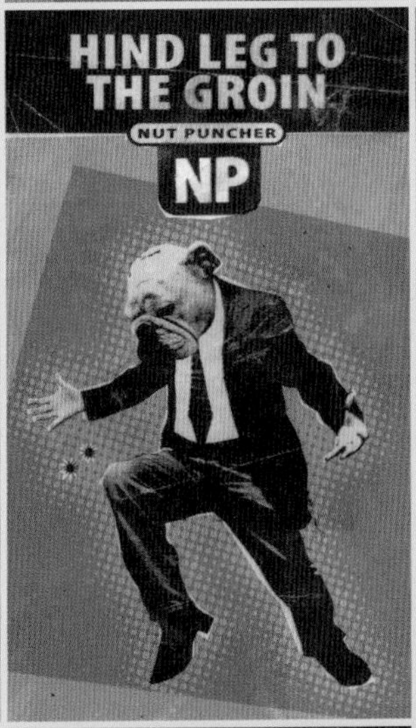
HIND LEG TO THE GROIN
NUT PUNCHER
NP

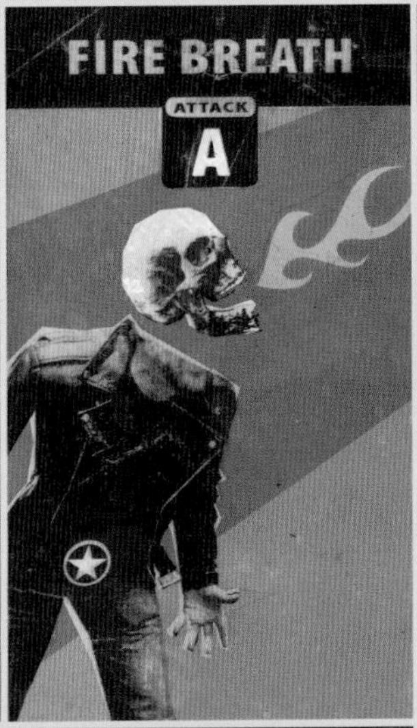
FIRE BREATH
ATTACK
A

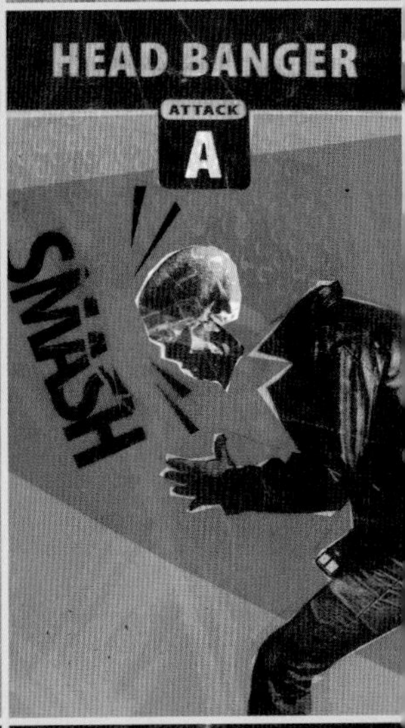
HEAD BANGER
ATTACK
A
SMASH

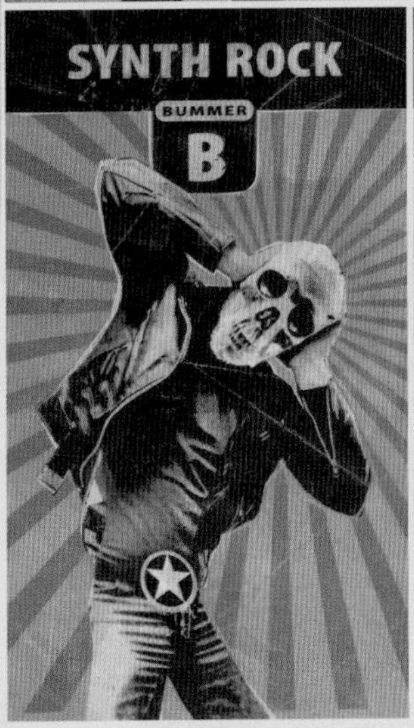
SYNTH ROCK
BUMMER
B

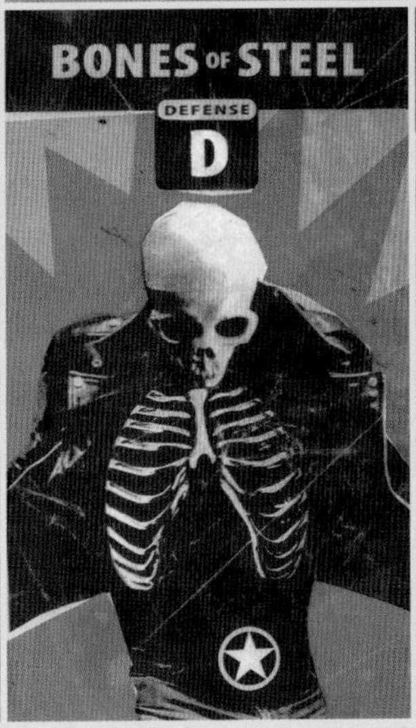
BONES OF STEEL
DEFENSE
D

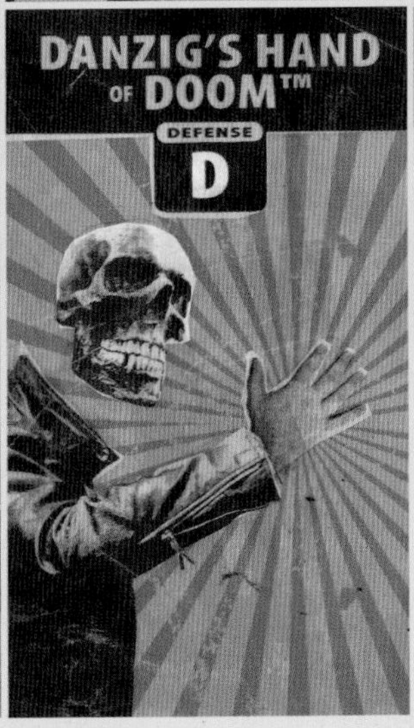
DANZIG'S HAND OF DOOM™
DEFENSE
D

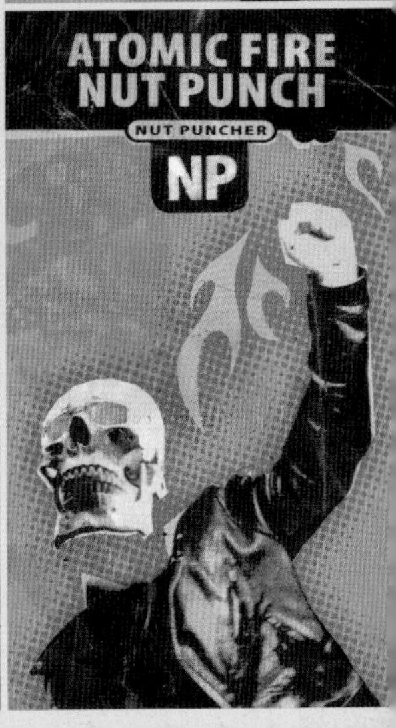
ATOMIC FIRE NUT PUNCH
NUT PUNCHER
NP

Punks THE GAME

NUTPUNCHER!

Cut out each individual card.
See rules on back of page.

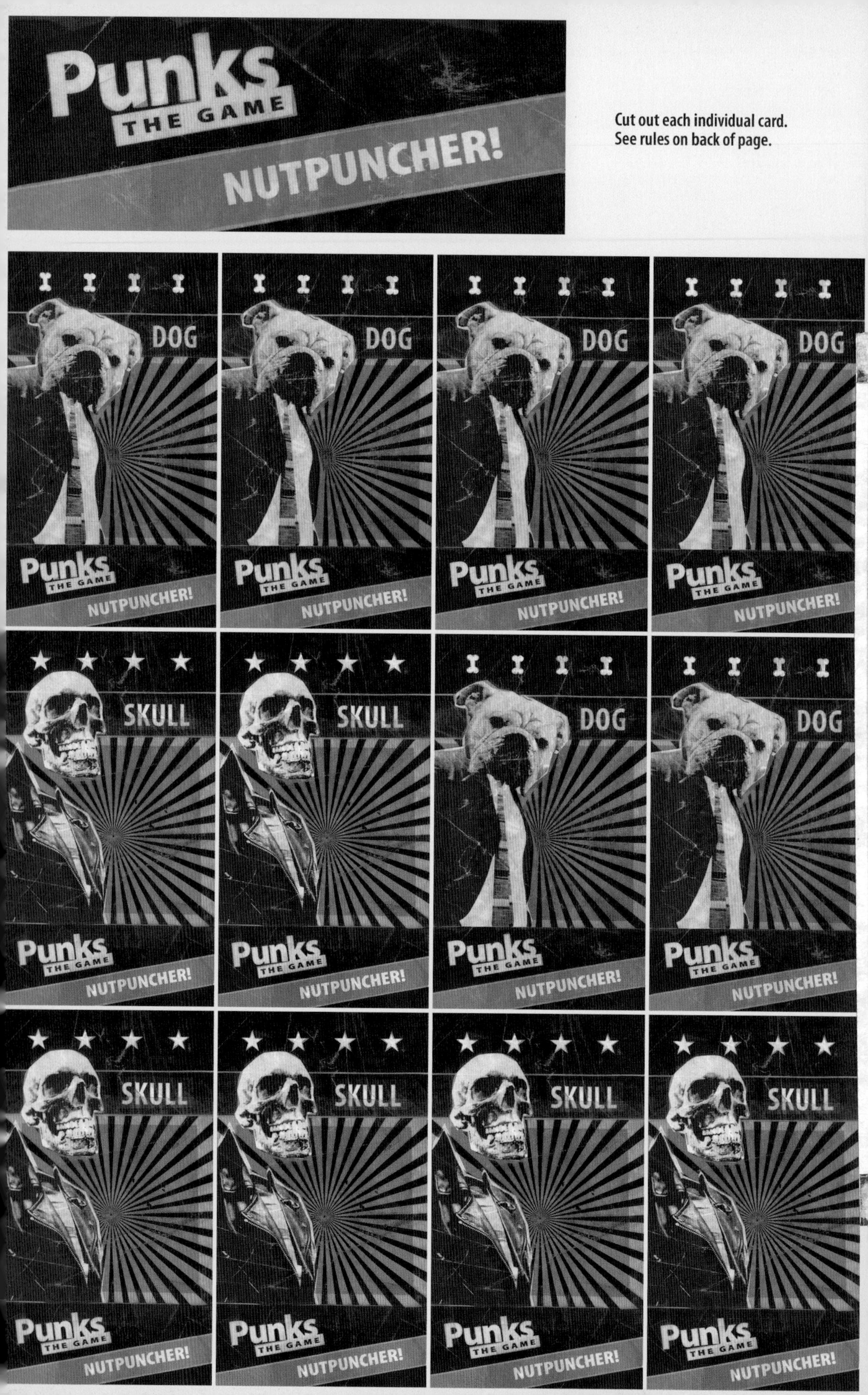
DOG
Punks THE GAME
NUTPUNCHER!
DOG
Punks THE GAME
NUTPUNCHER!
DOG
Punks THE GAME
NUTPUNCHER!
DOG
Punks THE GAME
NUTPUNCHER!
SKULL
Punks THE GAME
NUTPUNCHER!
SKULL
Punks THE GAME
NUTPUNCHER!
DOG
Punks THE GAME
NUTPUNCHER!
DOG
Punks THE GAME
NUTPUNCHER!
SKULL
Punks THE GAME
NUTPUNCHER!
SKULL
Punks THE GAME
NUTPUNCHER!
SKULL
Punks THE GAME
NUTPUNCHER!
SKULL
Punks THE GAME
NUTPUNCHER!

PUNKS: THE ACTIVITY PAGE

1. FIND A WORD!

CAN YOU FIND THESE HIDDEN WORDS?

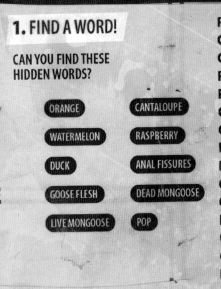

- ORANGE
- CANTALOUPE
- WATERMELON
- RASPBERRY
- DUCK
- ANAL FISSURES
- GOOSE FLESH
- DEAD MONGOOSE
- LIVE MONGOOSE
- POP

```
POOPPOOPPOOPPOOPPOOPPOOPP
OOPPOOPPOOPPOOPPOOPPOOPPO
OPPOOPPOOPPOOPPOOPPOOPPOO
PPOOPPOOPPOOPPOOPPOOPPOOP
POOPPOOPPOOPPOOPPOOPPOOPP
OOPPOOPPOOPPOOPPOOPPOOPPO
OPPOOPPOOPPOOPPOOPPOOPPOO
PPOOPPOOPPOOPPOOPPOOPPOOP
POOPPOOPPOOPPOOPPOOPPOOPP
OOPPOOPPOOPPOOPPOOPPOOPPO
OPPOOPPOOPPOOPPOOPPOOPPOO
PPOOPPOOPPOOPPOOPPOOPPOOP
OOPPOOPPOOPPOOPPOOPPOOPPO
OPPOOPPOOPPOOPPOOPPOOPPOO
PPOOPPOOPPOOPPOOPPOOPPOOP
```

2. HELP DOG GET MEDICAL ATTENTION BEFORE THE GANGRENE EATS HIS FLESH!

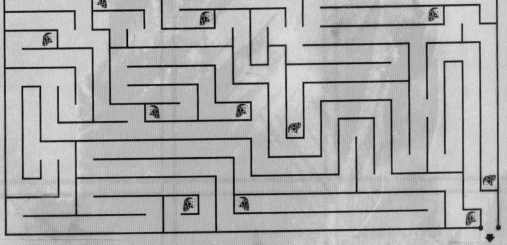

3. COLOR THIS ARCTIC ADVENTURE SCENE:

4. WHAT'S RED LIKE A PISTACHIO AND EATEN BY PEOPLE WHO LIKE NUTS?

5. TAKE A LETTER FROM EACH SOLUTION ABOVE TO SOLVE!

__ __ __ __ __ __

ANSWERS:
1 - No.
2 - You're too late. He's dead now. Thanks for nothing, man.
3 - You missed a spot.
4 - Baboon Ass.
5 - You didn't even try this one, did you? Quitter.

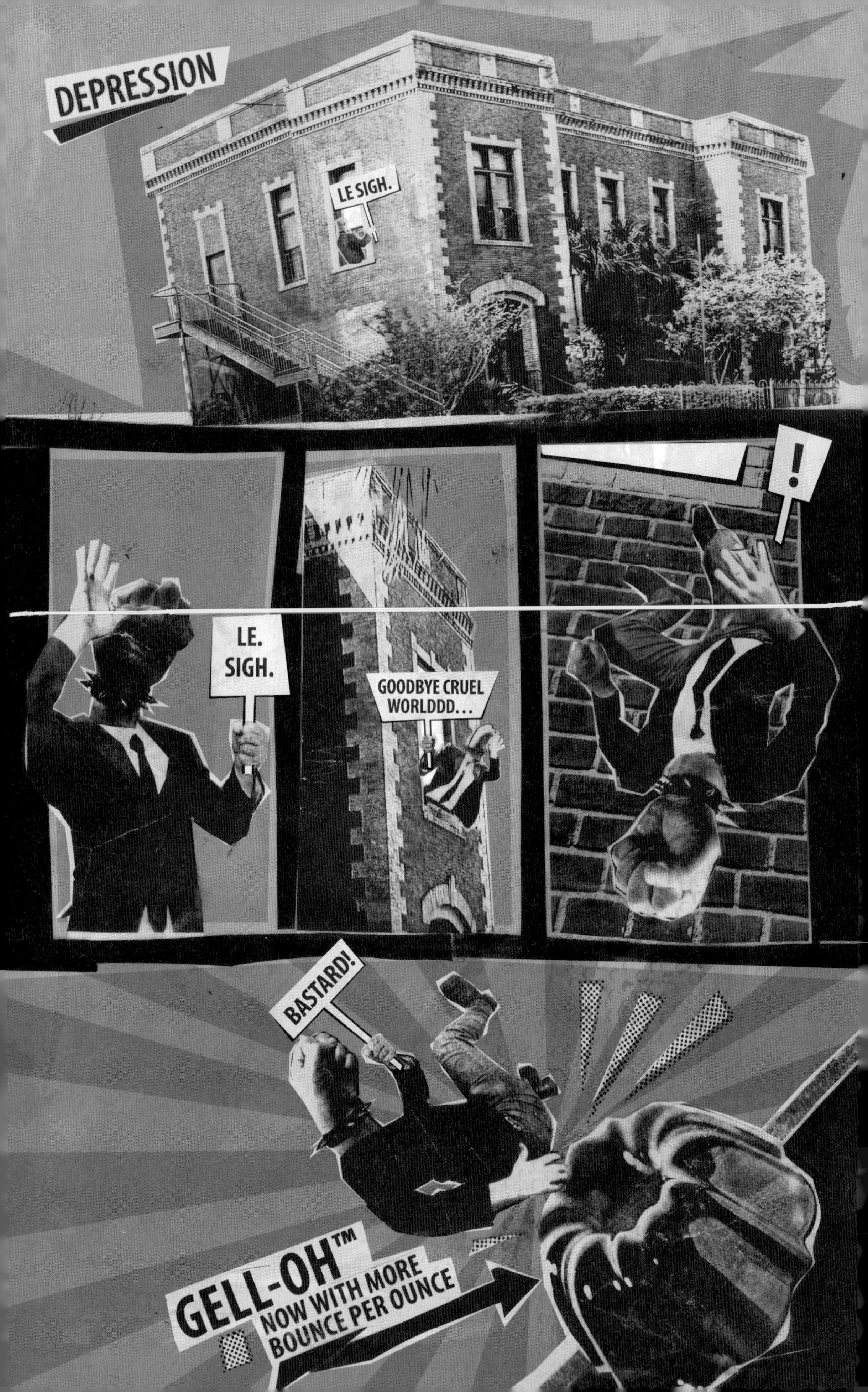
DEPRESSION
LE SIGH.
LE. SIGH.
GOODBYE CRUEL WORLDDD...
!
BASTARD!
GELL-OH™
NOW WITH MORE BOUNCE PER OUNCE

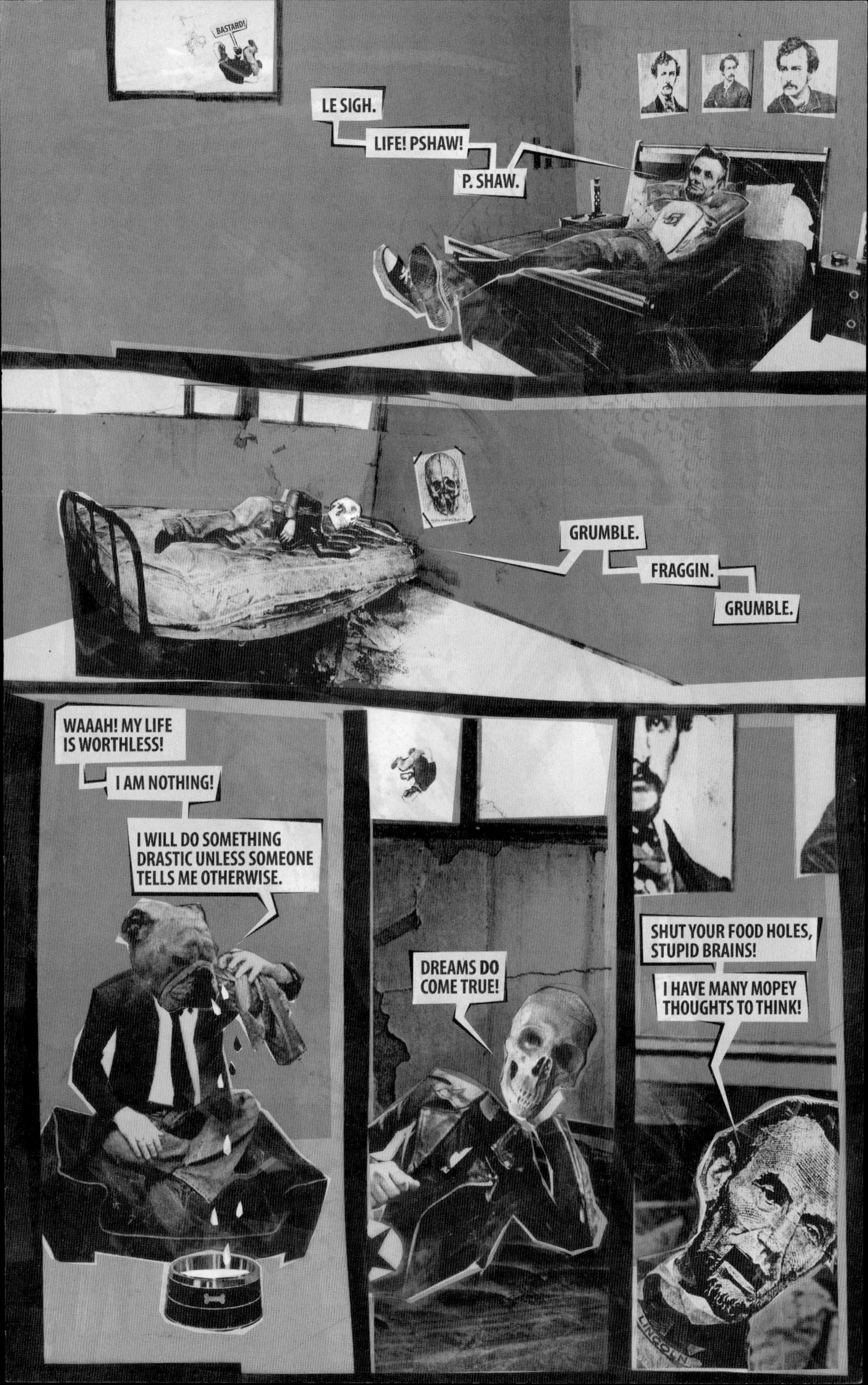
BASTARD!
LE SIGH.
LIFE! PSHAW!
P. SHAW.
GRUMBLE.
FRAGGIN.
GRUMBLE.
WAAAH! MY LIFE IS WORTHLESS!
I AM NOTHING!
I WILL DO SOMETHING DRASTIC UNLESS SOMEONE TELLS ME OTHERWISE.
DREAMS DO COME TRUE!
SHUT YOUR FOOD HOLES, STUPID BRAINS!
I HAVE MANY MOPEY THOUGHTS TO THINK!
LINCOLN

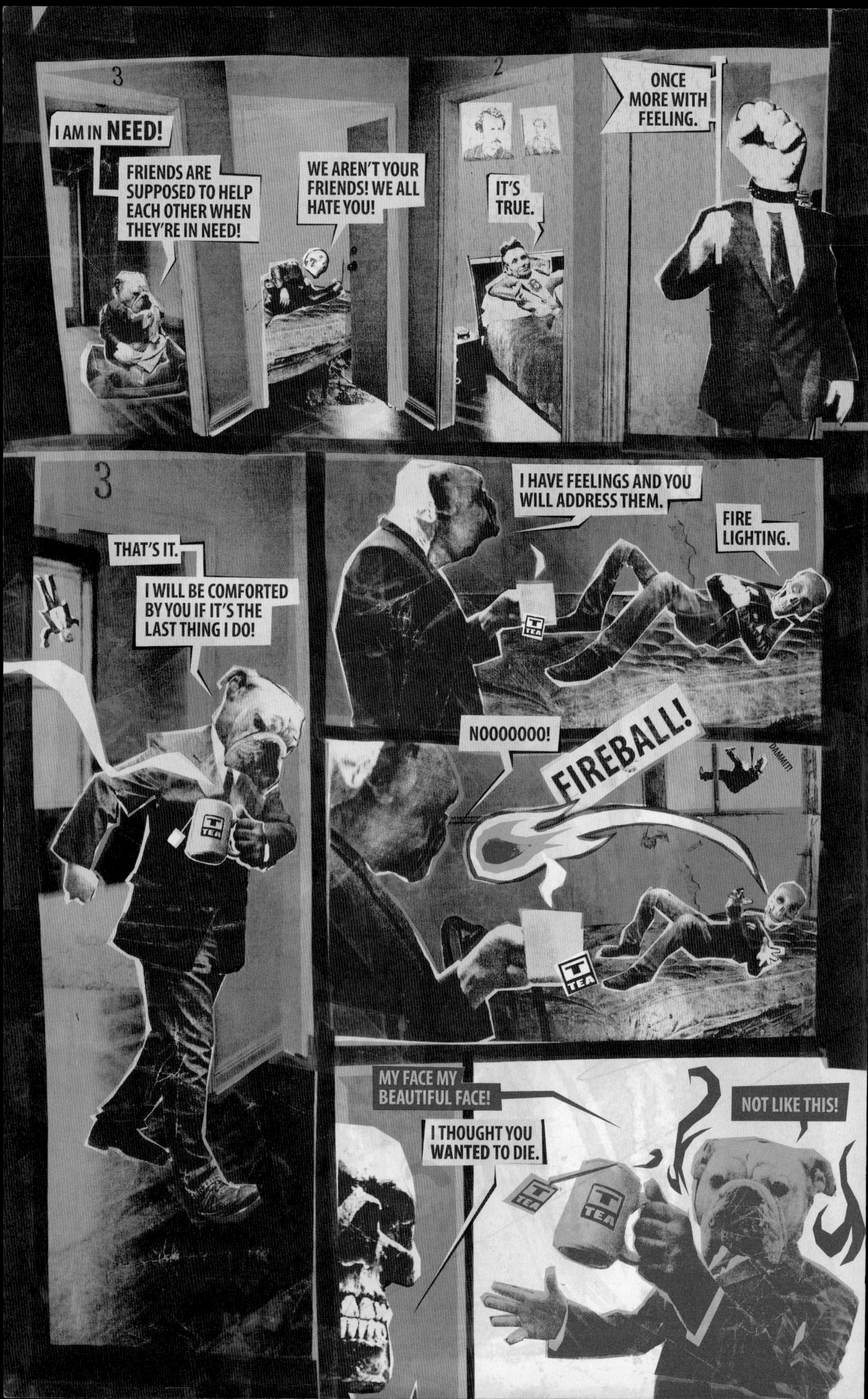
3
I AM IN **NEED!**
FRIENDS ARE SUPPOSED TO HELP EACH OTHER WHEN THEY'RE IN NEED!
WE AREN'T YOUR FRIENDS! WE ALL HATE YOU!
2
IT'S TRUE.
ONCE MORE WITH FEELING.
3
THAT'S IT.
I WILL BE COMFORTED BY YOU IF IT'S THE LAST THING I DO!
I HAVE FEELINGS AND YOU WILL ADDRESS THEM.
FIRE LIGHTING.
NOOOOOOO!
FIREBALL!
DAMMIT!
MY FACE MY BEAUTIFUL FACE!
I THOUGHT YOU WANTED TO DIE.
NOT LIKE THIS!

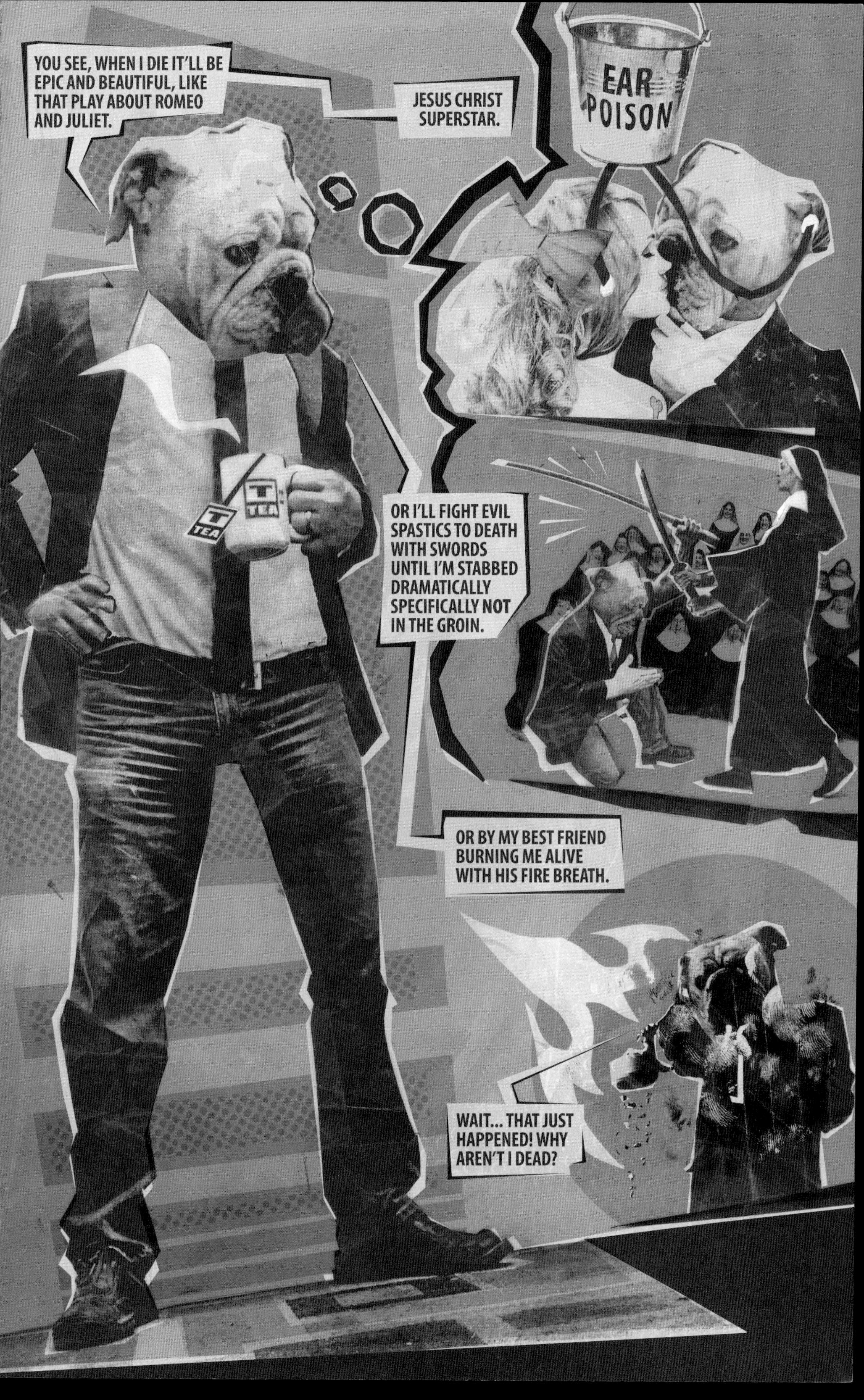

YOU SEE, WHEN I DIE IT'LL BE EPIC AND BEAUTIFUL, LIKE THAT PLAY ABOUT ROMEO AND JULIET.
JESUS CHRIST SUPERSTAR.
EAR POISON
OR I'LL FIGHT EVIL SPASTICS TO DEATH WITH SWORDS UNTIL I'M STABBED DRAMATICALLY SPECIFICALLY NOT IN THE GROIN.
OR BY MY BEST FRIEND BURNING ME ALIVE WITH HIS FIRE BREATH.
WAIT... THAT JUST HAPPENED! WHY AREN'T I DEAD?

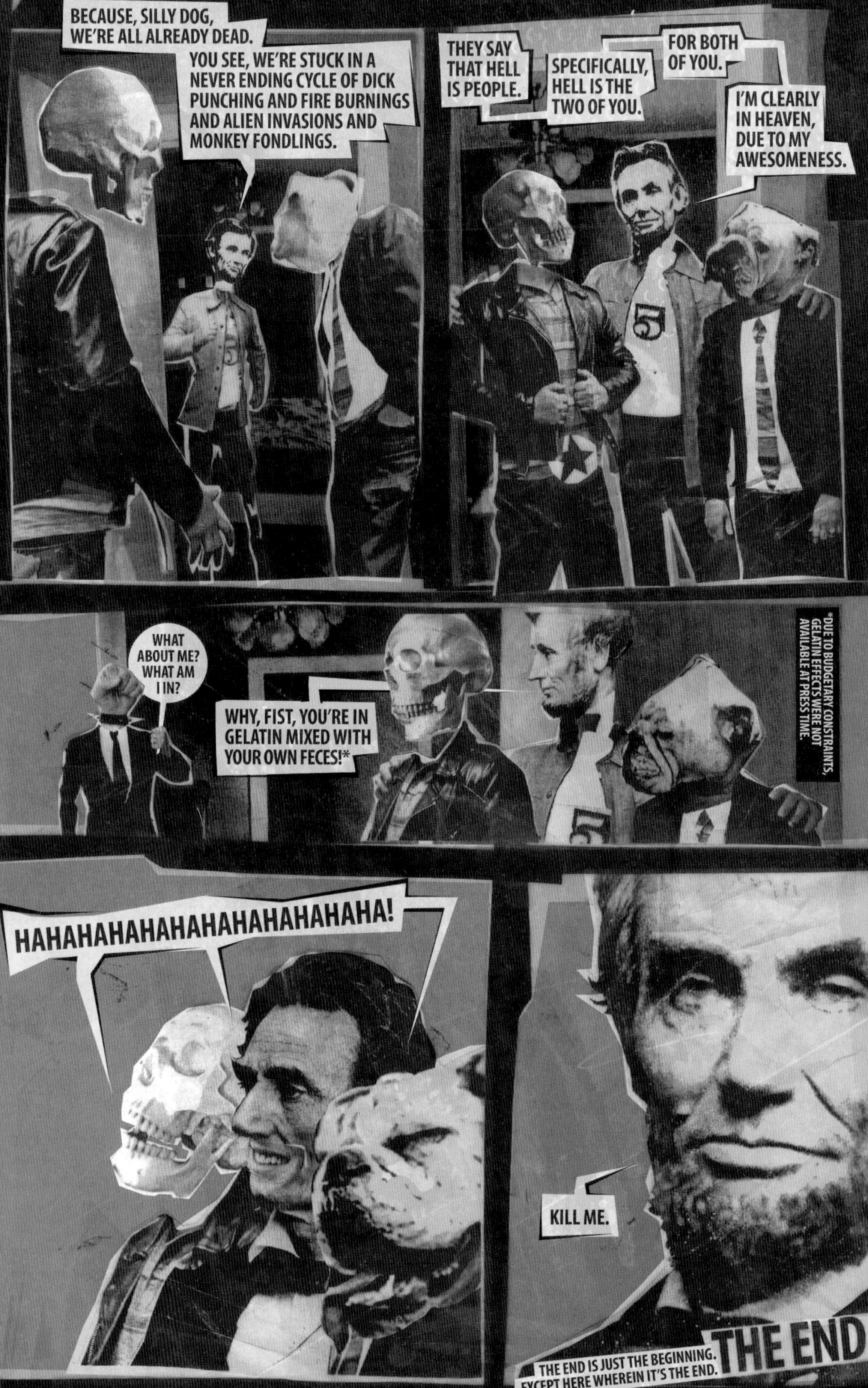
BECAUSE, SILLY DOG, WE'RE ALL ALREADY DEAD.
YOU SEE, WE'RE STUCK IN A NEVER ENDING CYCLE OF DICK PUNCHING AND FIRE BURNINGS AND ALIEN INVASIONS AND MONKEY FONDLINGS.
THEY SAY THAT HELL IS PEOPLE.
SPECIFICALLY, HELL IS THE TWO OF YOU.
FOR BOTH OF YOU.
I'M CLEARLY IN HEAVEN, DUE TO MY AWESOMENESS.
WHAT ABOUT ME? WHAT AM I IN?
WHY, FIST, YOU'RE IN GELATIN MIXED WITH YOUR OWN FECES!*
*DUE TO BUDGETARY CONSTRAINTS, GELATIN EFFECTS WERE NOT AVAILABLE AT PRESS TIME.
HAHAHAHAHAHAHAHAHAHAHAHA!
KILL ME.
THE END
THE END IS JUST THE BEGINNING. EXCEPT HERE WHEREIN IT'S THE END.

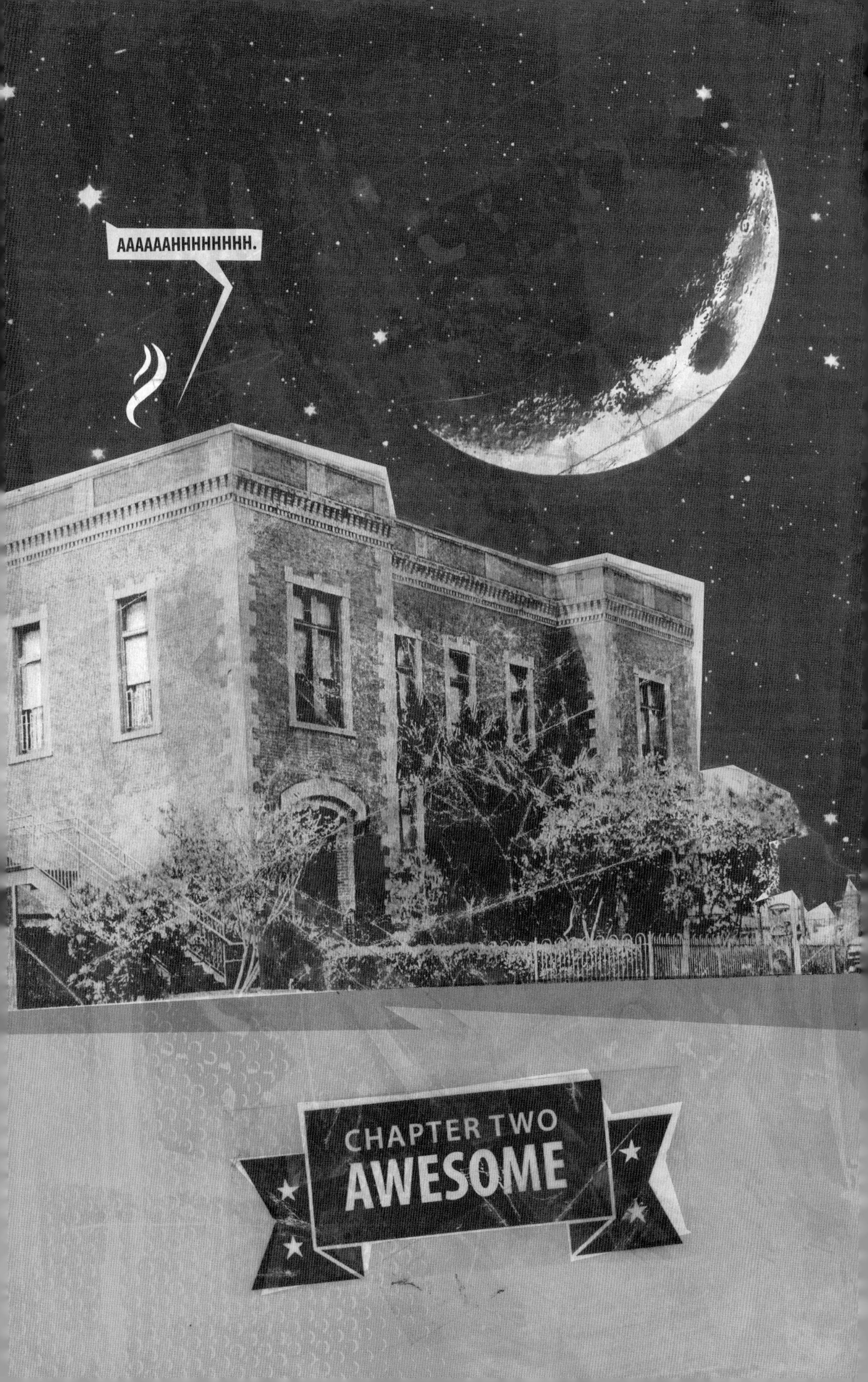
AAAAAAHHHHHHHH.

CHAPTER TWO
AWESOME

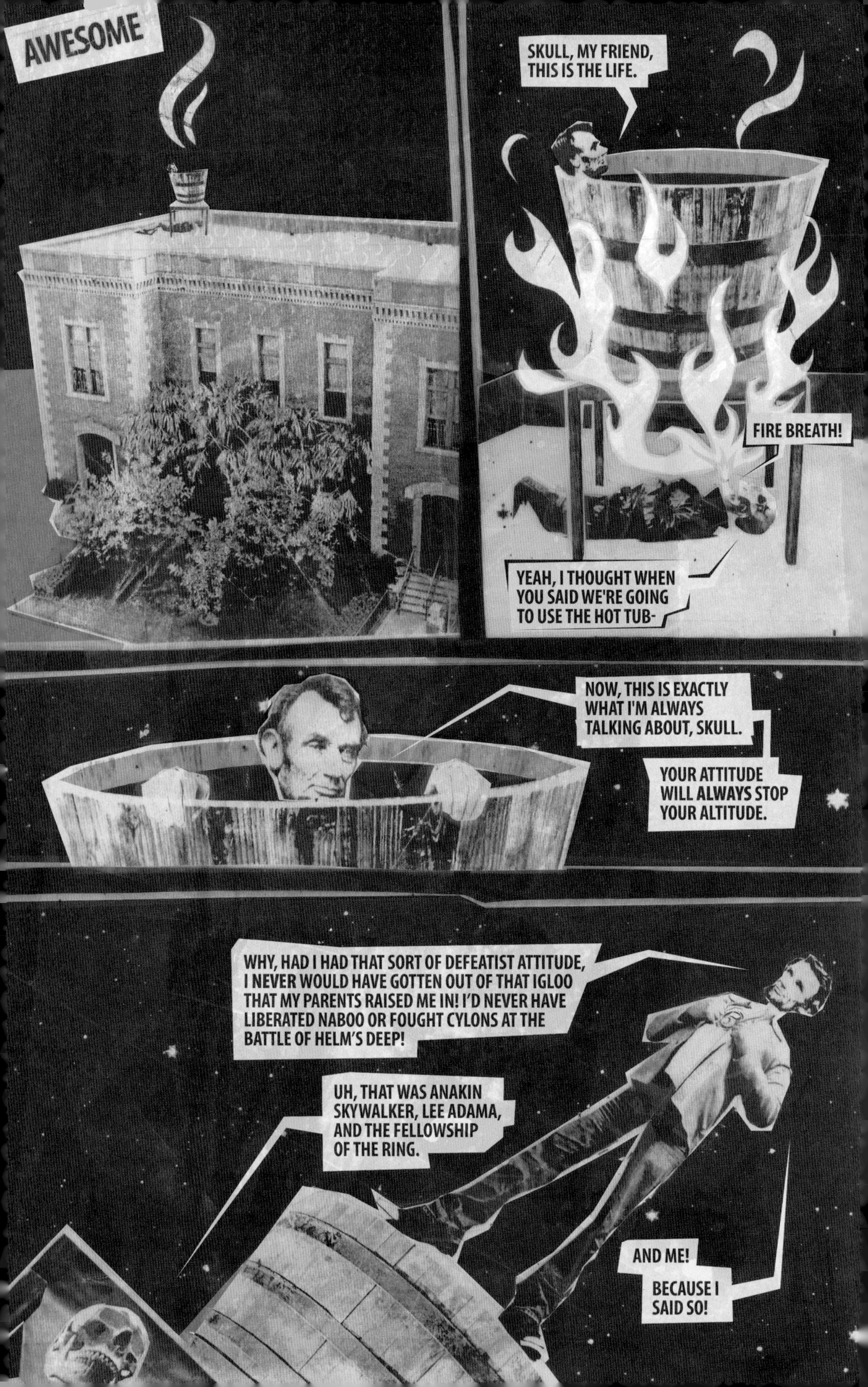
AWESOME
SKULL, MY FRIEND, THIS IS THE LIFE.
FIRE BREATH!
YEAH, I THOUGHT WHEN YOU SAID WE'RE GOING TO USE THE HOT TUB-
NOW, THIS IS EXACTLY WHAT I'M ALWAYS TALKING ABOUT, SKULL.
YOUR ATTITUDE WILL ALWAYS STOP YOUR ALTITUDE.
WHY, HAD I HAD THAT SORT OF DEFEATIST ATTITUDE, I NEVER WOULD HAVE GOTTEN OUT OF THAT IGLOO THAT MY PARENTS RAISED ME IN! I'D NEVER HAVE LIBERATED NABOO OR FOUGHT CYLONS AT THE BATTLE OF HELM'S DEEP!
UH, THAT WAS ANAKIN SKYWALKER, LEE ADAMA, AND THE FELLOWSHIP OF THE RING.
AND ME!
BECAUSE I SAID SO!

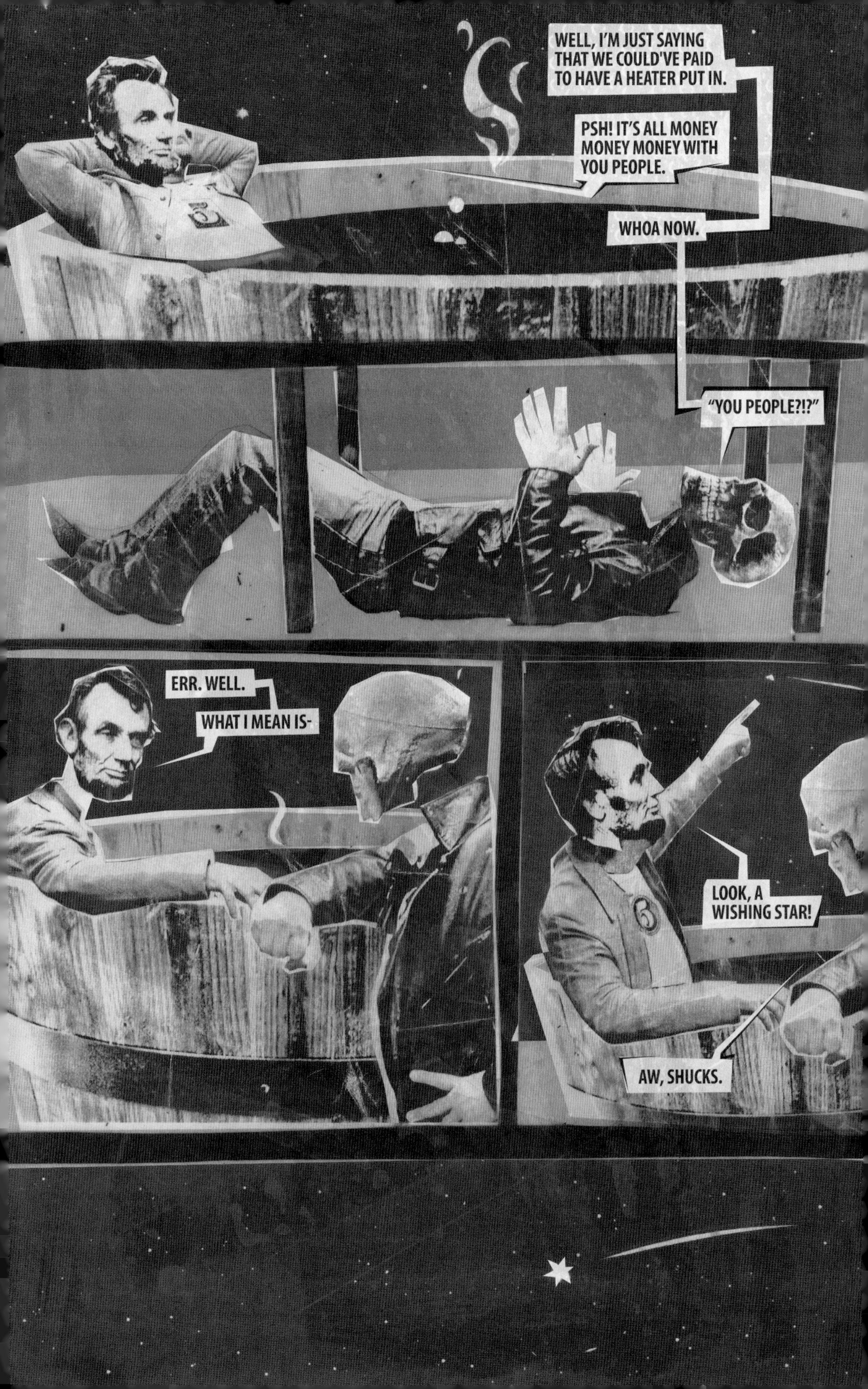
WELL, I'M JUST SAYING THAT WE COULD'VE PAID TO HAVE A HEATER PUT IN.
PSH! IT'S ALL MONEY MONEY MONEY WITH YOU PEOPLE.
WHOA NOW.
"YOU PEOPLE?!?"
ERR. WELL.
WHAT I MEAN IS-
LOOK, A WISHING STAR!
AW, SHUCKS.

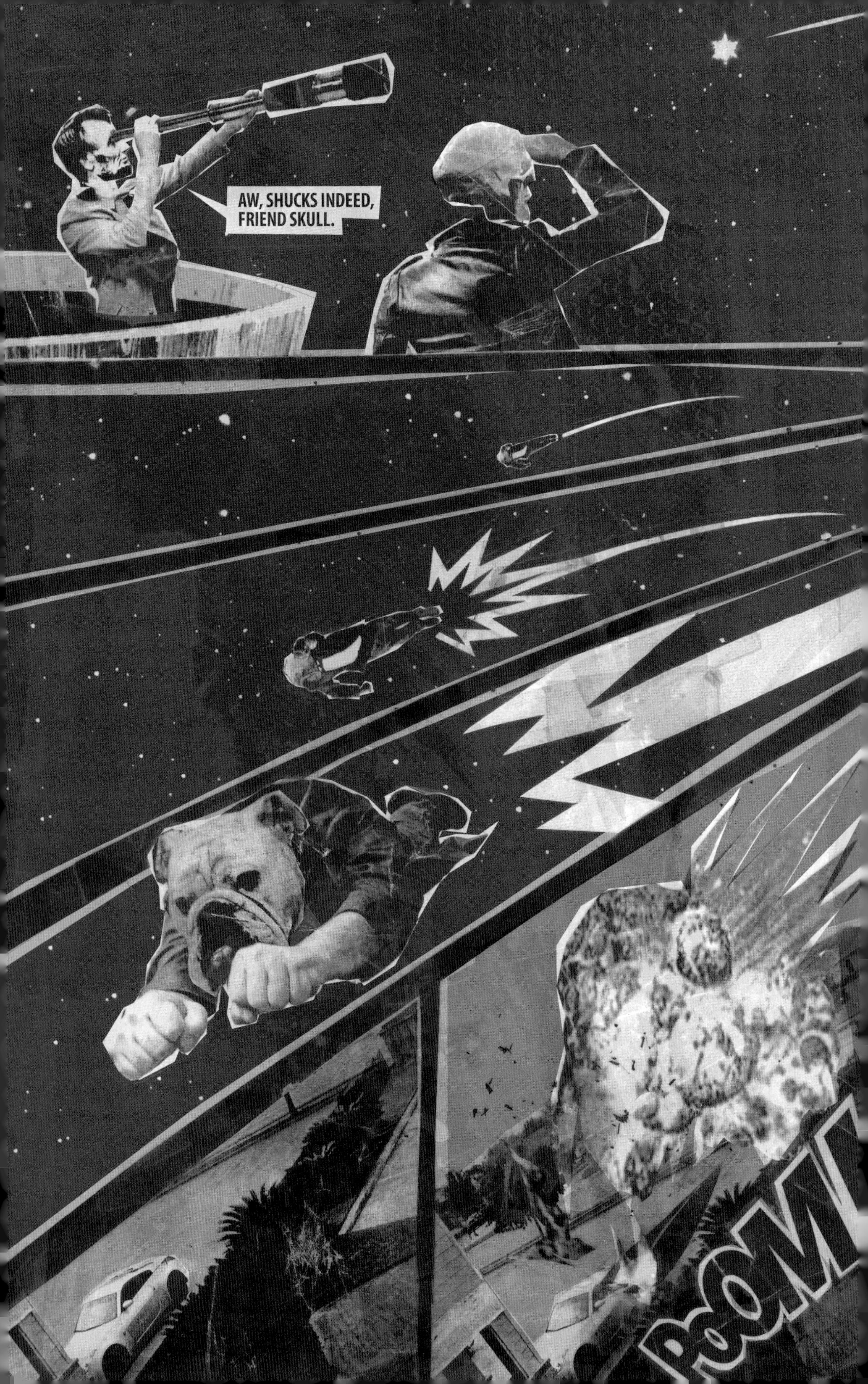
AW, SHUCKS INDEED, FRIEND SKULL.
BOOM

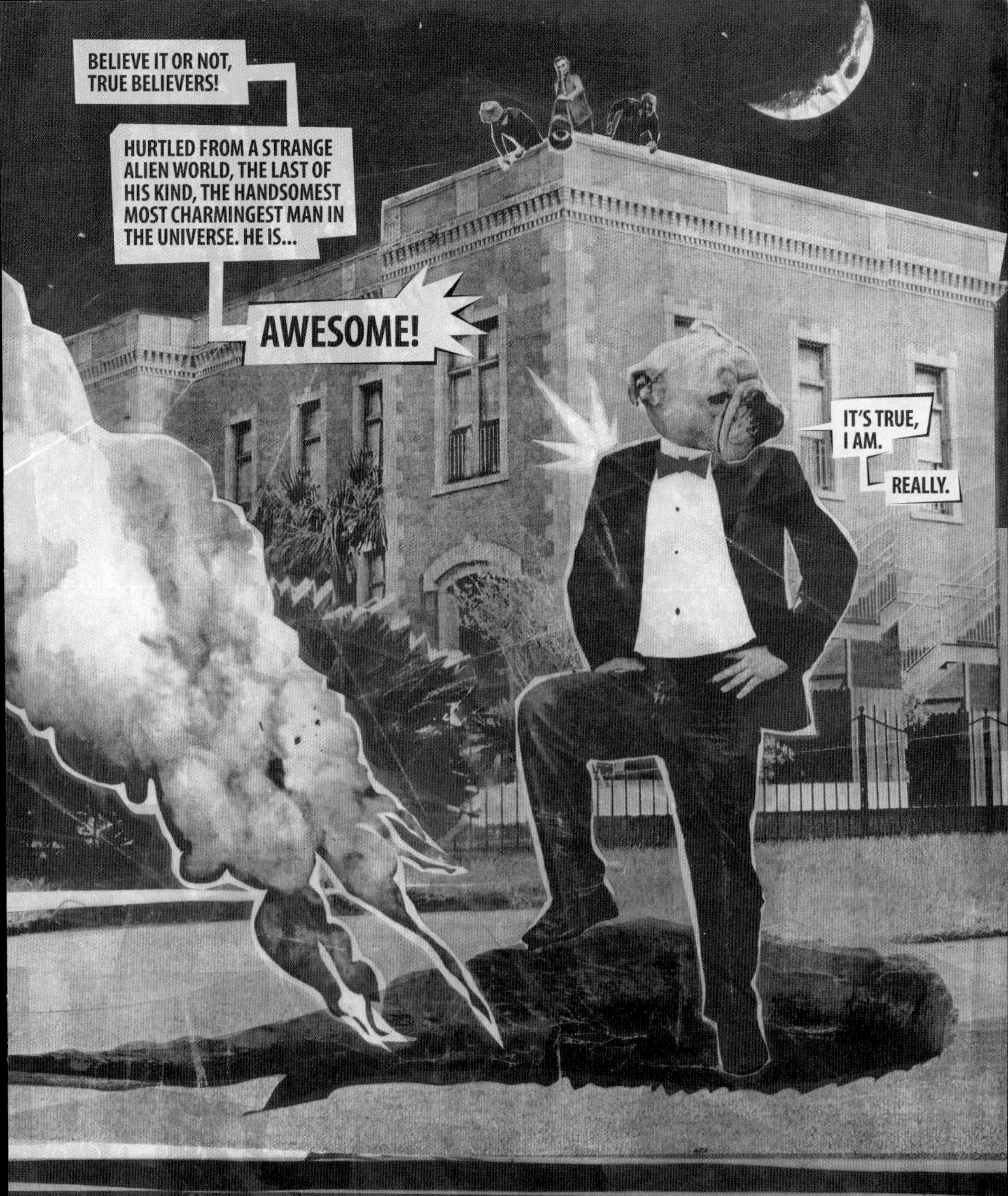
BELIEVE IT OR NOT, TRUE BELIEVERS!
HURTLED FROM A STRANGE ALIEN WORLD, THE LAST OF HIS KIND, THE HANDSOMEST MOST CHARMINGEST MAN IN THE UNIVERSE. HE IS...
AWESOME!
IT'S TRUE, I AM.
REALLY.

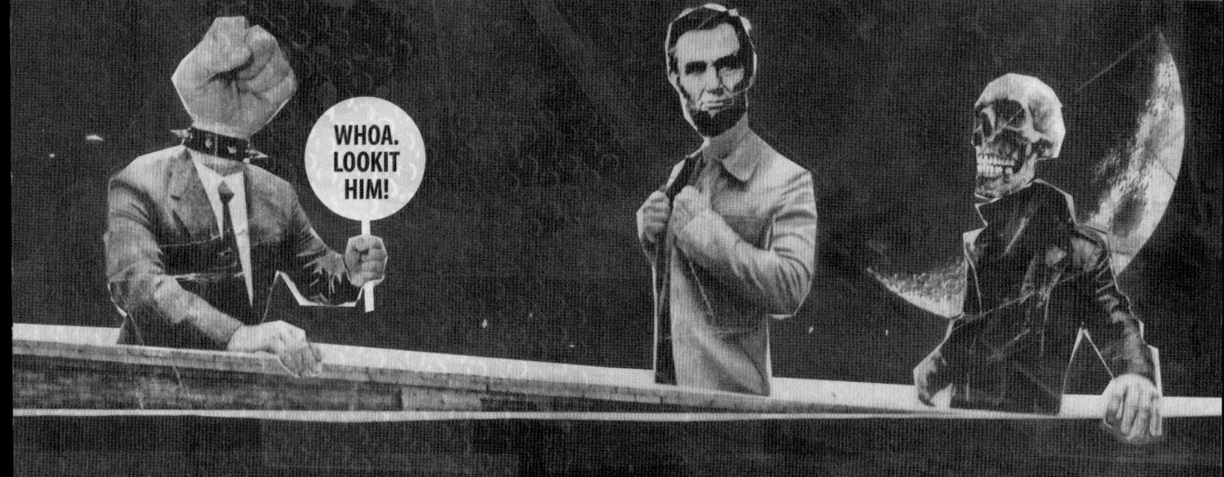
WHOA. LOOKIT HIM!

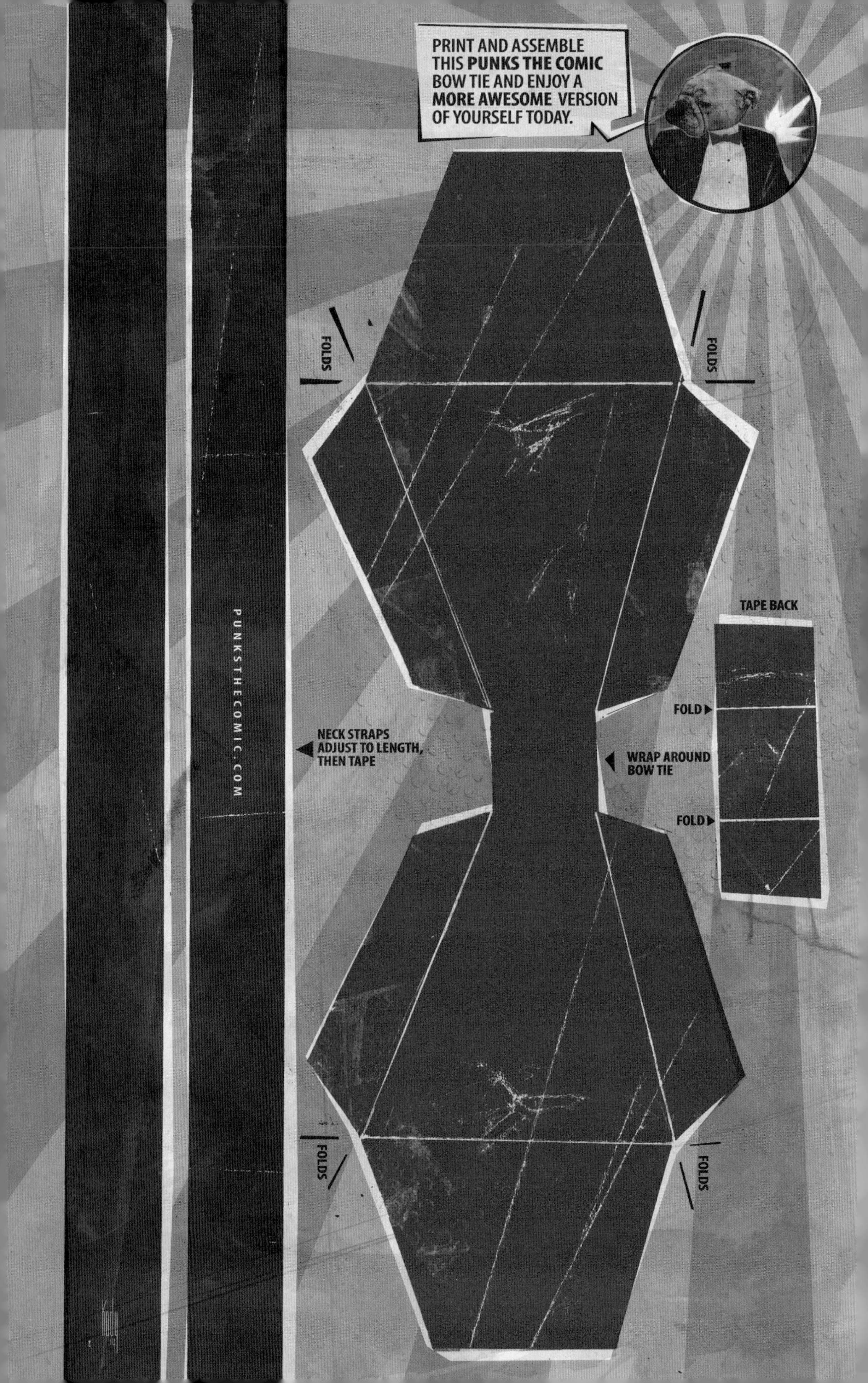

PRINT AND ASSEMBLE THIS PUNKS THE COMIC BOW TIE AND ENJOY A MORE AWESOME VERSION OF YOURSELF TODAY.
FOLDS
FOLDS
TAPE BACK
FOLD
NECK STRAPS ADJUST TO LENGTH, THEN TAPE
WRAP AROUND BOW TIE
FOLD
PUNKSTHECOMIC.COM
FOLDS
FOLDS

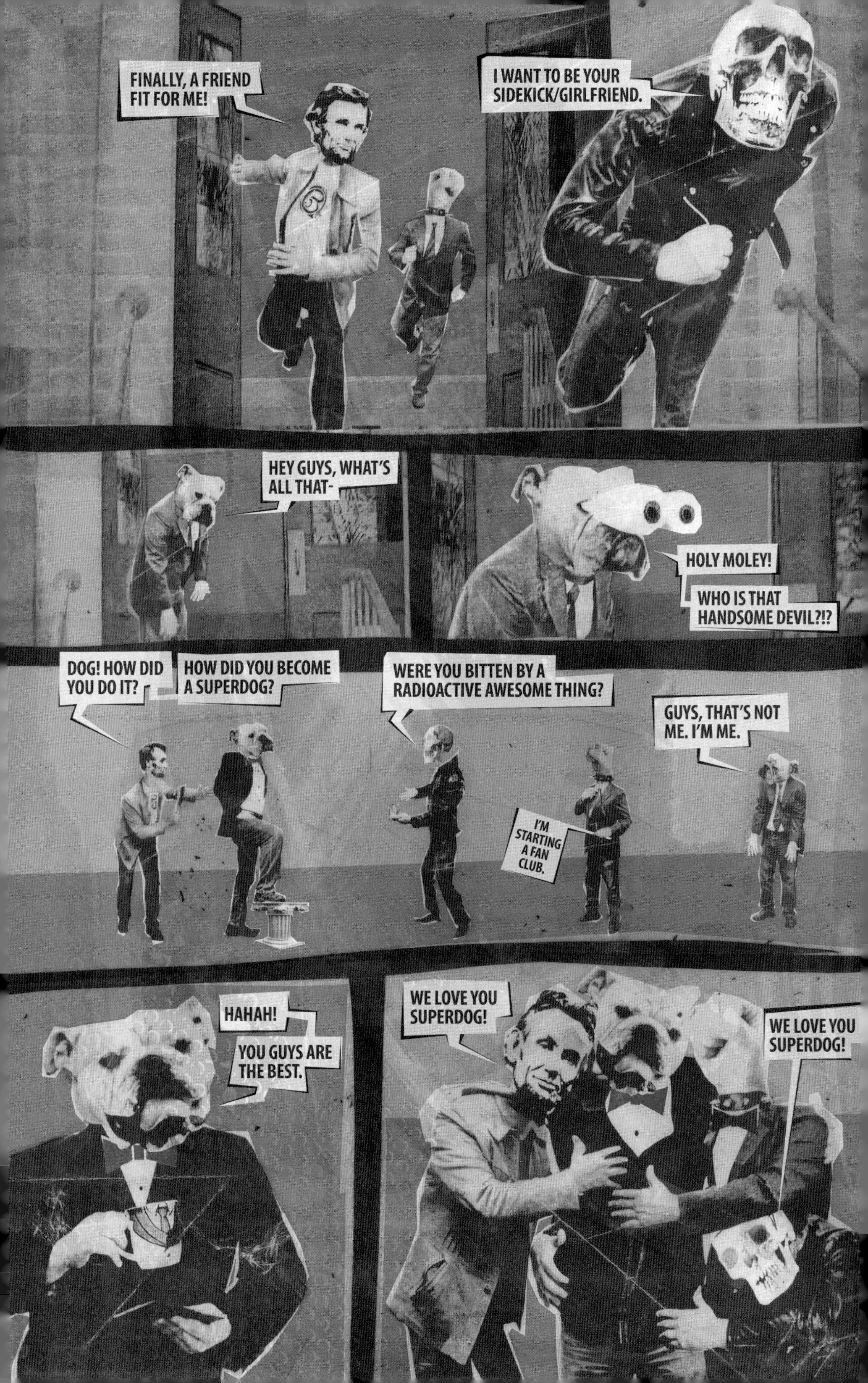
FINALLY, A FRIEND FIT FOR ME!
I WANT TO BE YOUR SIDEKICK/GIRLFRIEND.
HEY GUYS, WHAT'S ALL THAT-
HOLY MOLEY!
WHO IS THAT HANDSOME DEVIL?!?
DOG! HOW DID YOU DO IT?
HOW DID YOU BECOME A SUPERDOG?
WERE YOU BITTEN BY A RADIOACTIVE AWESOME THING?
I'M STARTING A FAN CLUB.
GUYS, THAT'S NOT ME. I'M ME.
HAHAH!
YOU GUYS ARE THE BEST.
WE LOVE YOU SUPERDOG!
WE LOVE YOU SUPERDOG!

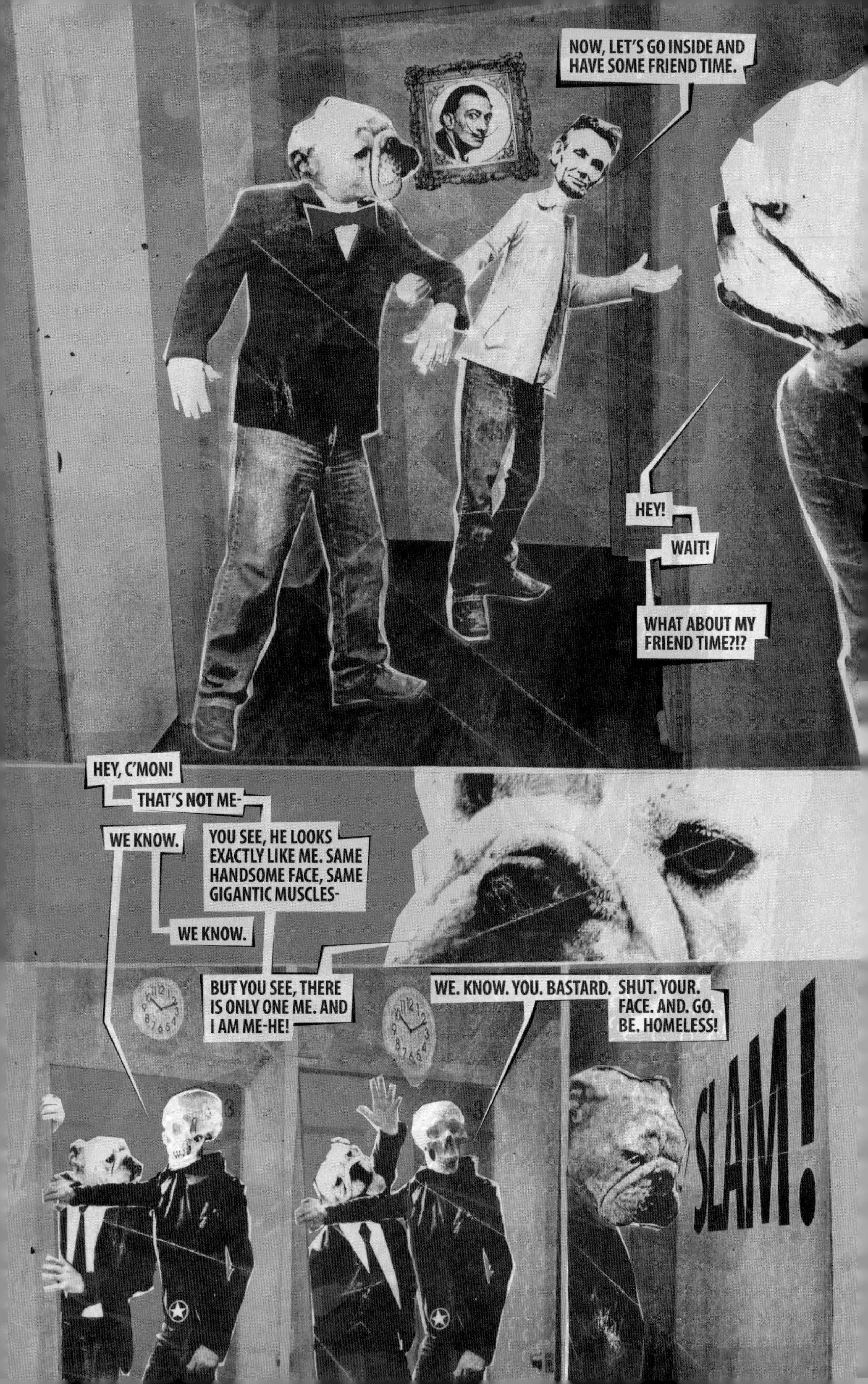
NOW, LET'S GO INSIDE AND HAVE SOME FRIEND TIME.
HEY!
WAIT!
WHAT ABOUT MY FRIEND TIME?!?
HEY, C'MON!
THAT'S NOT ME-
YOU SEE, HE LOOKS EXACTLY LIKE ME. SAME HANDSOME FACE, SAME GIGANTIC MUSCLES-
WE KNOW.
WE KNOW.
BUT YOU SEE, THERE IS ONLY ONE ME. AND I AM ME-HE!
WE. KNOW. YOU. BASTARD.
SHUT. YOUR. FACE. AND. GO. BE. HOMELESS!
SLAM!

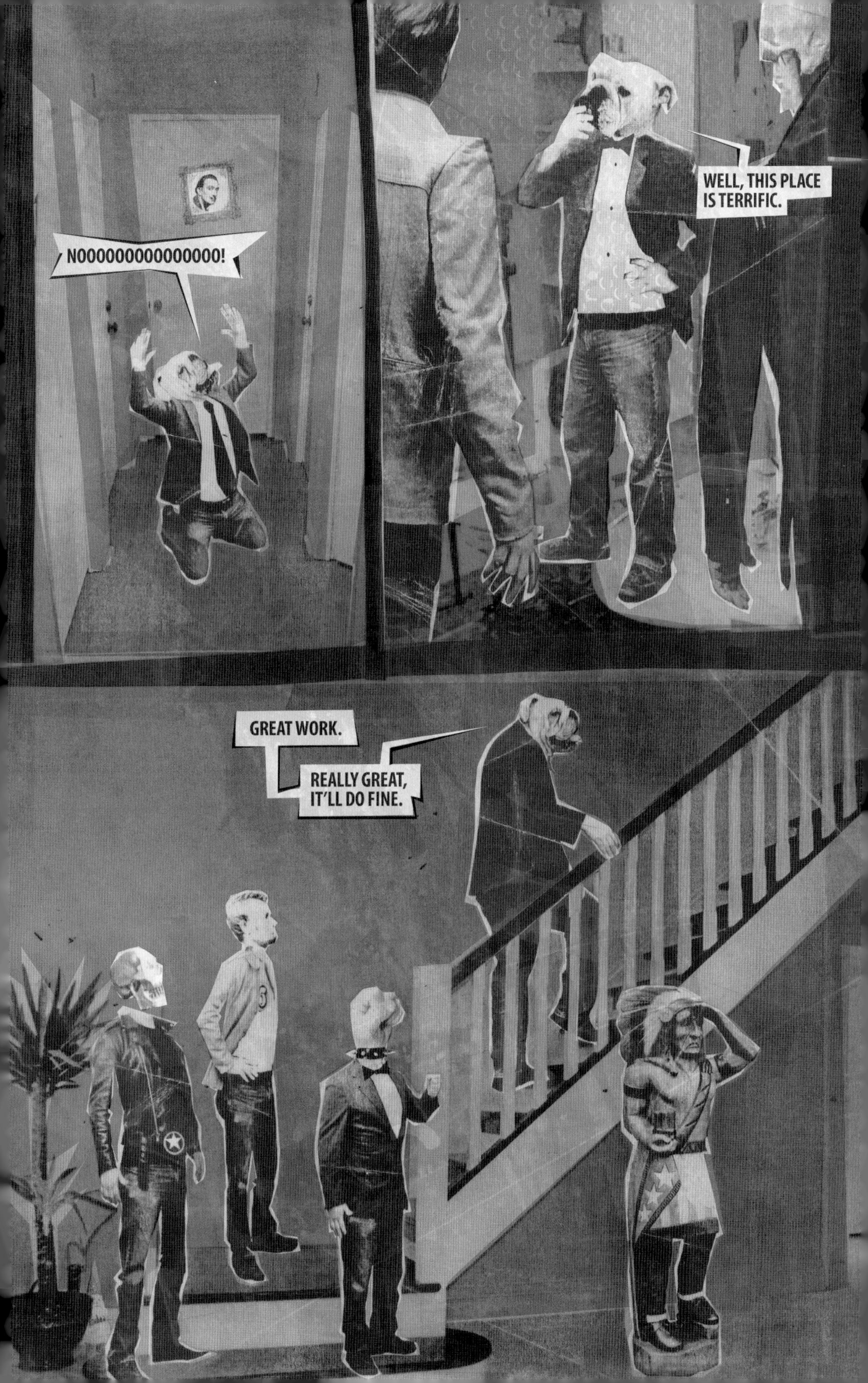
NOOOOOOOOOOOOOOO!
WELL, THIS PLACE IS TERRIFIC.
GREAT WORK.
REALLY GREAT, IT'LL DO FINE.

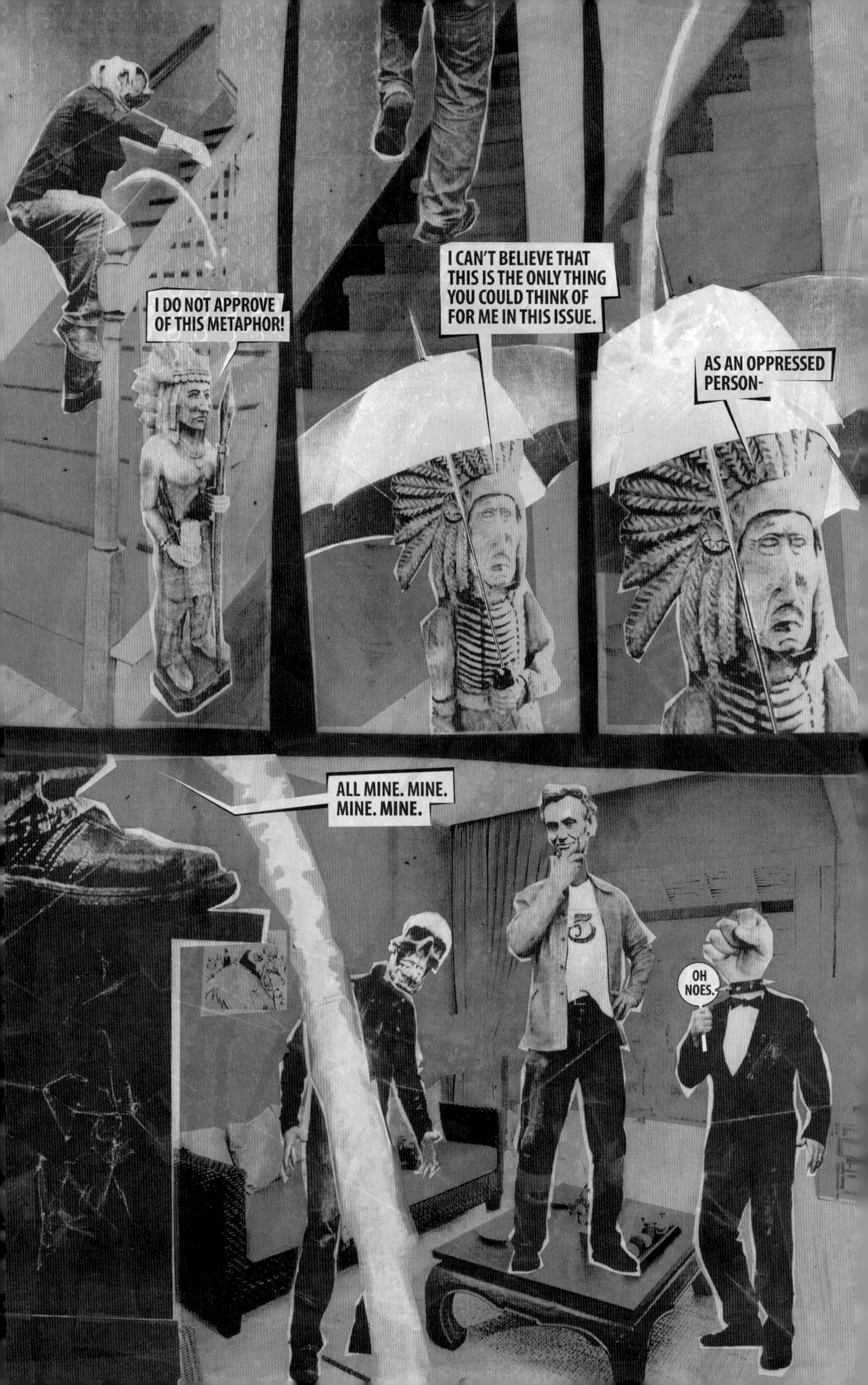
I DO NOT APPROVE OF THIS METAPHOR!
I CAN'T BELIEVE THAT THIS IS THE ONLY THING YOU COULD THINK OF FOR ME IN THIS ISSUE.
AS AN OPPRESSED PERSON-
ALL MINE. MINE. MINE. MINE.
OH NOES.

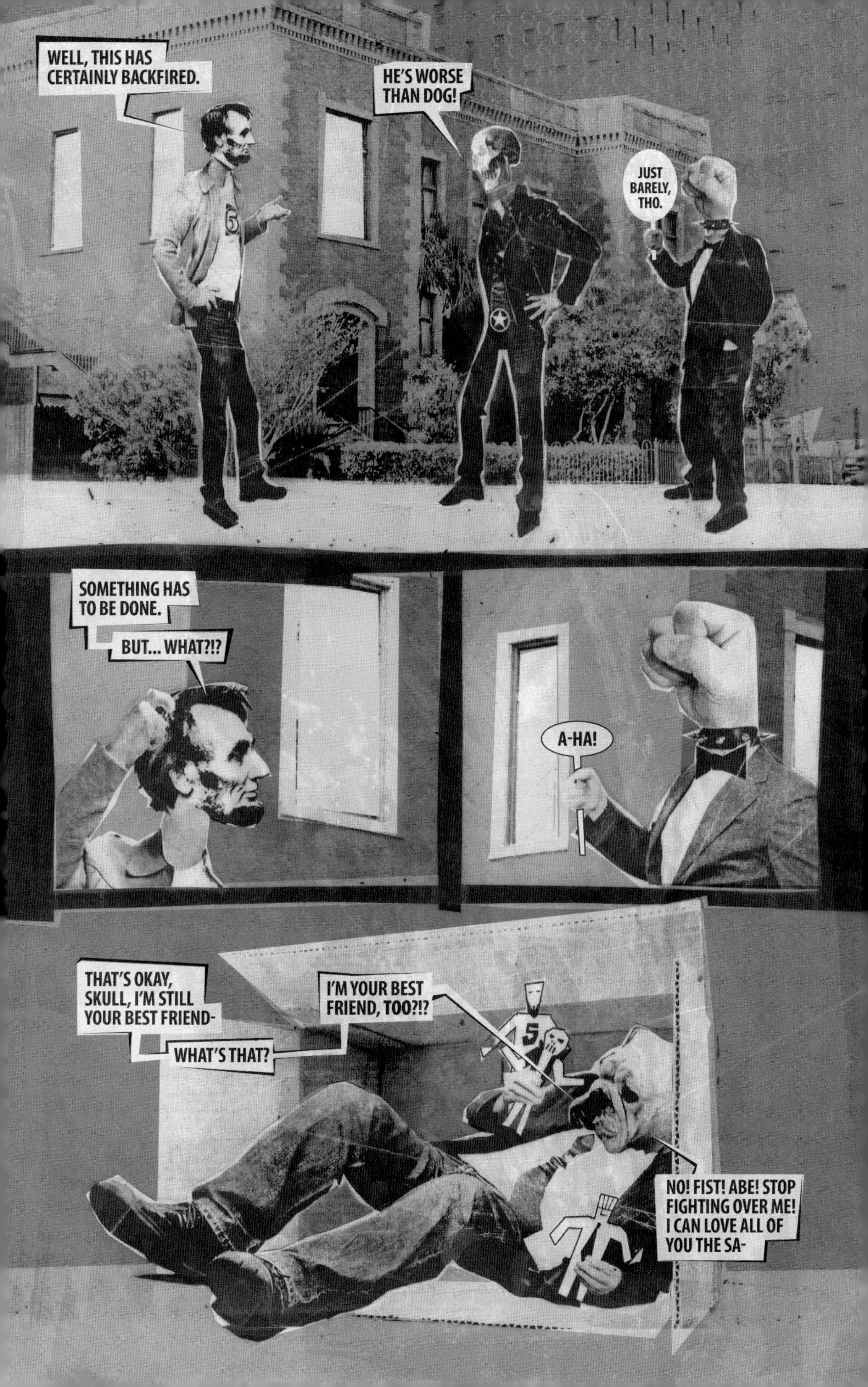
WELL, THIS HAS CERTAINLY BACKFIRED.
HE'S WORSE THAN DOG!
JUST BARELY, THO.
SOMETHING HAS TO BE DONE.
BUT... WHAT?!?
A-HA!
THAT'S OKAY, SKULL, I'M STILL YOUR BEST FRIEND-
WHAT'S THAT?
I'M YOUR BEST FRIEND, TOO?!?
NO! FIST! ABE! STOP FIGHTING OVER ME! I CAN LOVE ALL OF YOU THE SA-

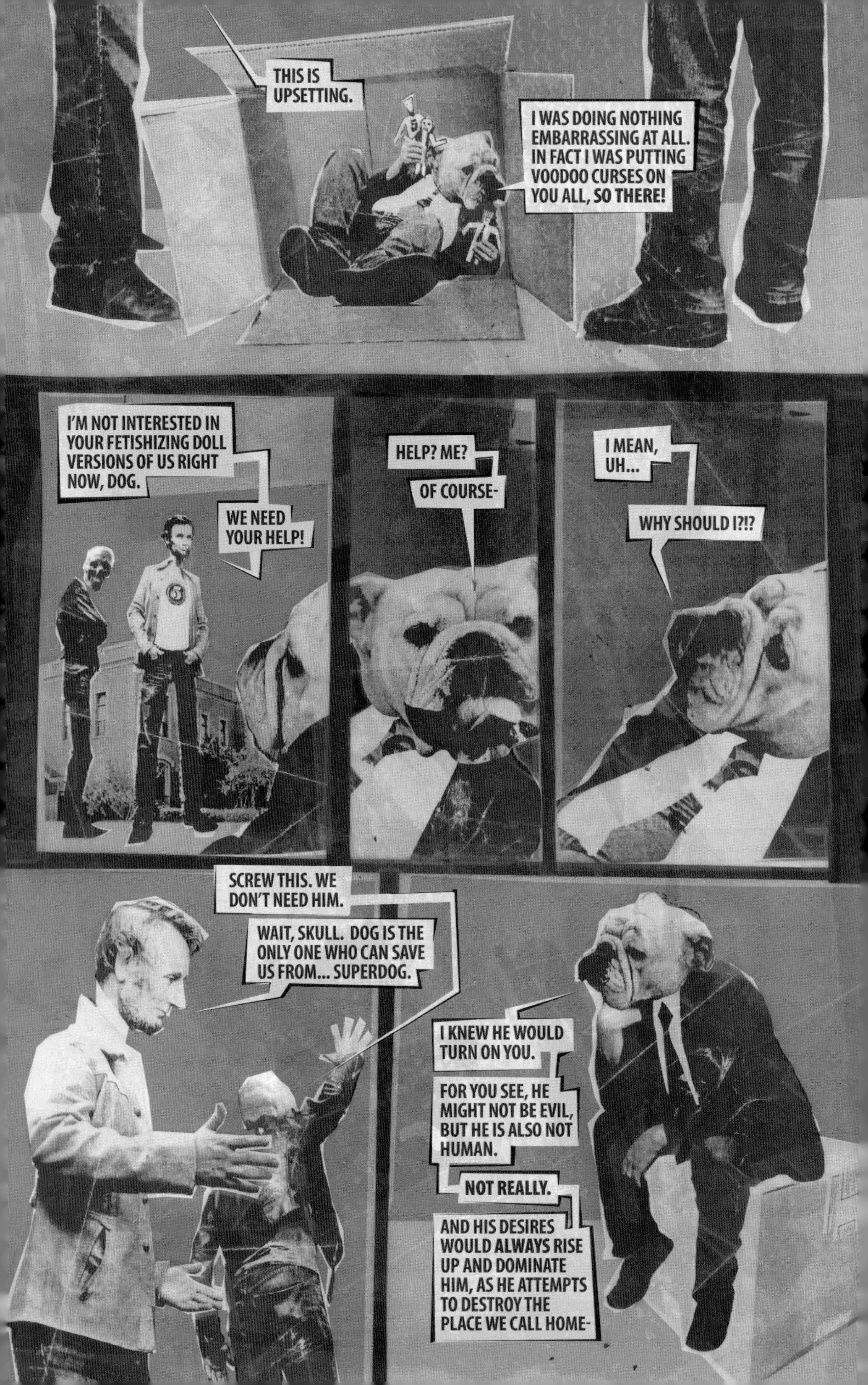
THIS IS UPSETTING.
I WAS DOING NOTHING EMBARRASSING AT ALL. IN FACT I WAS PUTTING VOODOO CURSES ON YOU ALL, SO THERE!
I'M NOT INTERESTED IN YOUR FETISHIZING DOLL VERSIONS OF US RIGHT NOW, DOG.
WE NEED YOUR HELP!
HELP? ME?
OF COURSE-
I MEAN, UH...
WHY SHOULD I?!?
SCREW THIS. WE DON'T NEED HIM.
WAIT, SKULL. DOG IS THE ONLY ONE WHO CAN SAVE US FROM... SUPERDOG.
I KNEW HE WOULD TURN ON YOU.
FOR YOU SEE, HE MIGHT NOT BE EVIL, BUT HE IS ALSO NOT HUMAN.
NOT REALLY.
AND HIS DESIRES WOULD ALWAYS RISE UP AND DOMINATE HIM, AS HE ATTEMPTS TO DESTROY THE PLACE WE CALL HOME-

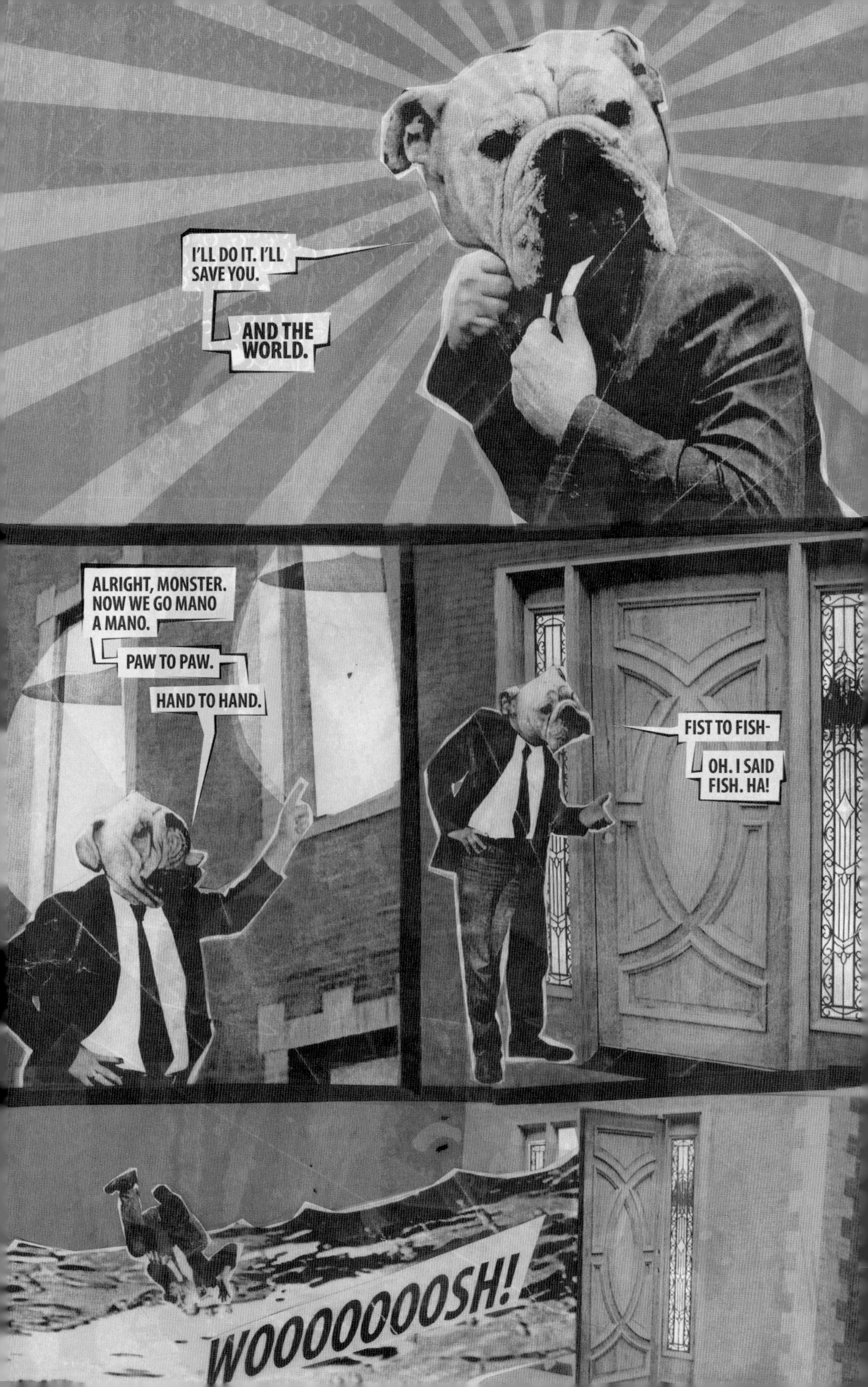
I'LL DO IT. I'LL SAVE YOU.
AND THE WORLD.
ALRIGHT, MONSTER. NOW WE GO MANO A MANO.
PAW TO PAW.
HAND TO HAND.
FIST TO FISH-
OH. I SAID FISH. HA!
WOOOOOOOOSH!

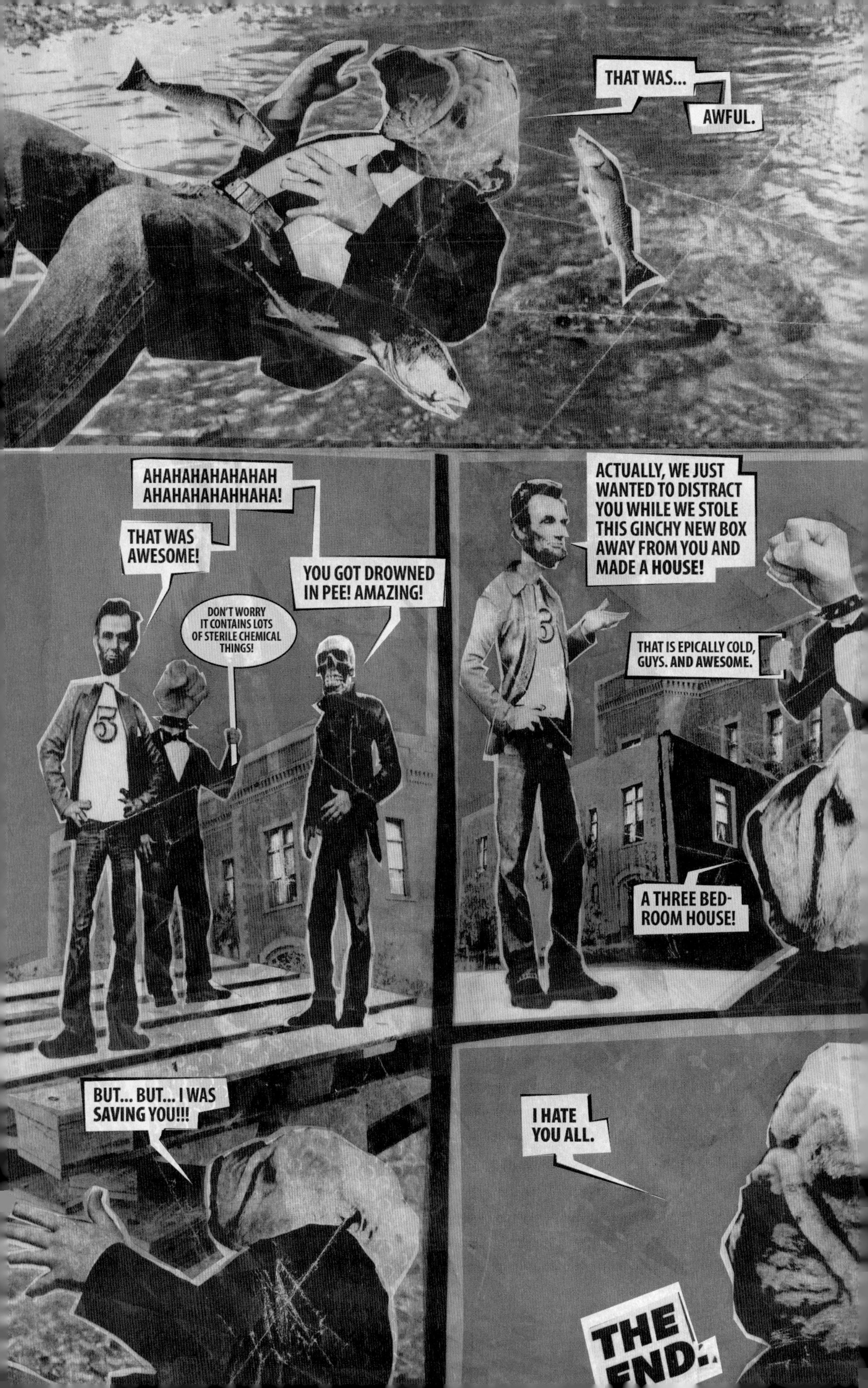
THAT WAS...
AWFUL.
AHAHAHAHAHAHAH AHAHAHAHAHHAHA!
THAT WAS AWESOME!
DON'T WORRY IT CONTAINS LOTS OF STERILE CHEMICAL THINGS!
YOU GOT DROWNED IN PEE! AMAZING!
ACTUALLY, WE JUST WANTED TO DISTRACT YOU WHILE WE STOLE THIS GINCHY NEW BOX AWAY FROM YOU AND MADE A HOUSE!
THAT IS EPICALLY COLD, GUYS. AND AWESOME.
A THREE BED-ROOM HOUSE!
BUT... BUT... I WAS SAVING YOU!!!
I HATE YOU ALL.
THE END.

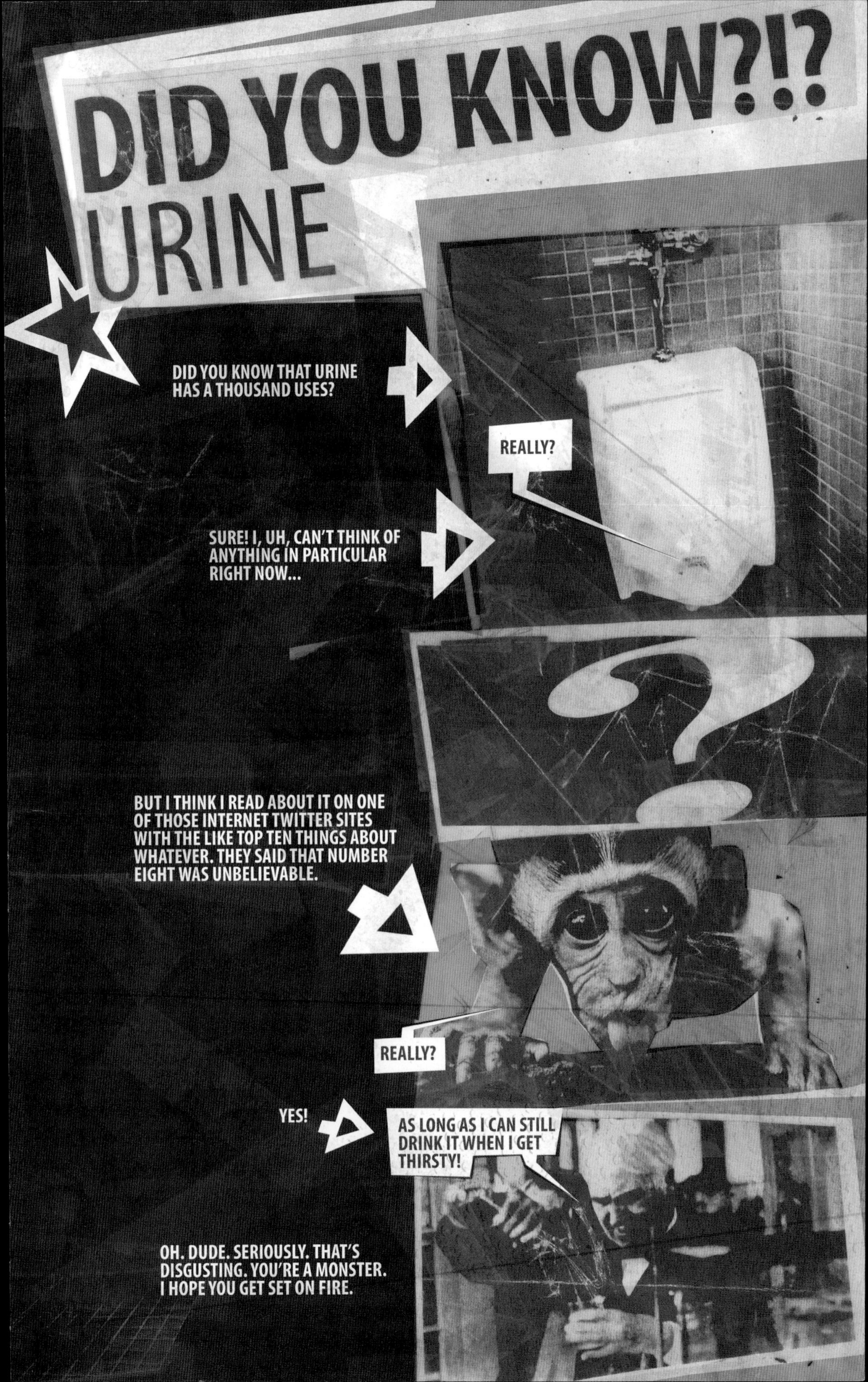
DID YOU KNOW?!?
URINE
DID YOU KNOW THAT URINE HAS A THOUSAND USES?
REALLY?
SURE! I, UH, CAN'T THINK OF ANYTHING IN PARTICULAR RIGHT NOW...
BUT I THINK I READ ABOUT IT ON ONE OF THOSE INTERNET TWITTER SITES WITH THE LIKE TOP TEN THINGS ABOUT WHATEVER. THEY SAID THAT NUMBER EIGHT WAS UNBELIEVABLE.
REALLY?
YES!
AS LONG AS I CAN STILL DRINK IT WHEN I GET THIRSTY!
OH. DUDE. SERIOUSLY. THAT'S DISGUSTING. YOU'RE A MONSTER. I HOPE YOU GET SET ON FIRE.

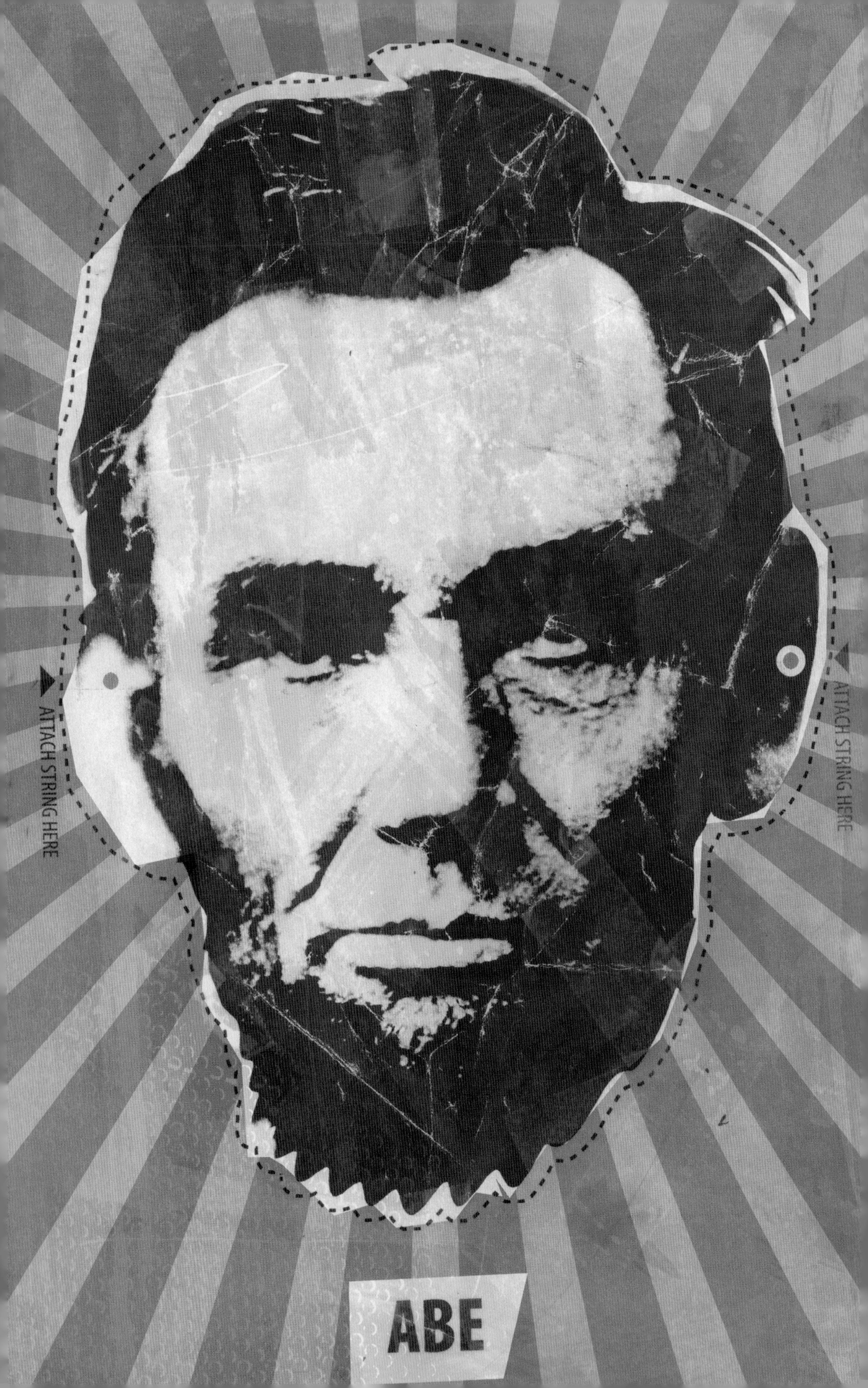
ATTACH STRING HERE
ATTACH STRING HERE
ABE

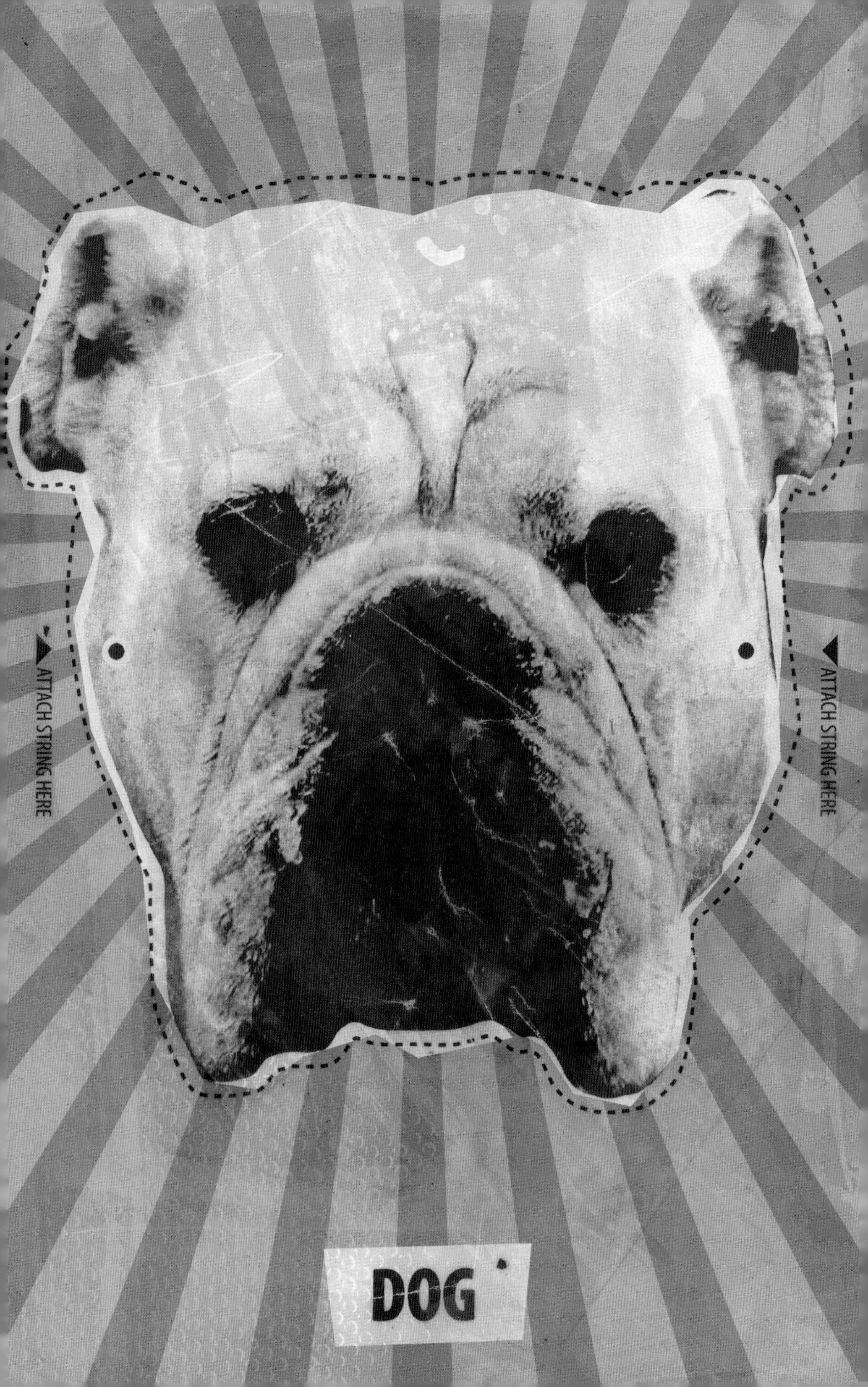
ATTACH STRING HERE
ATTACH STRING HERE
DOG

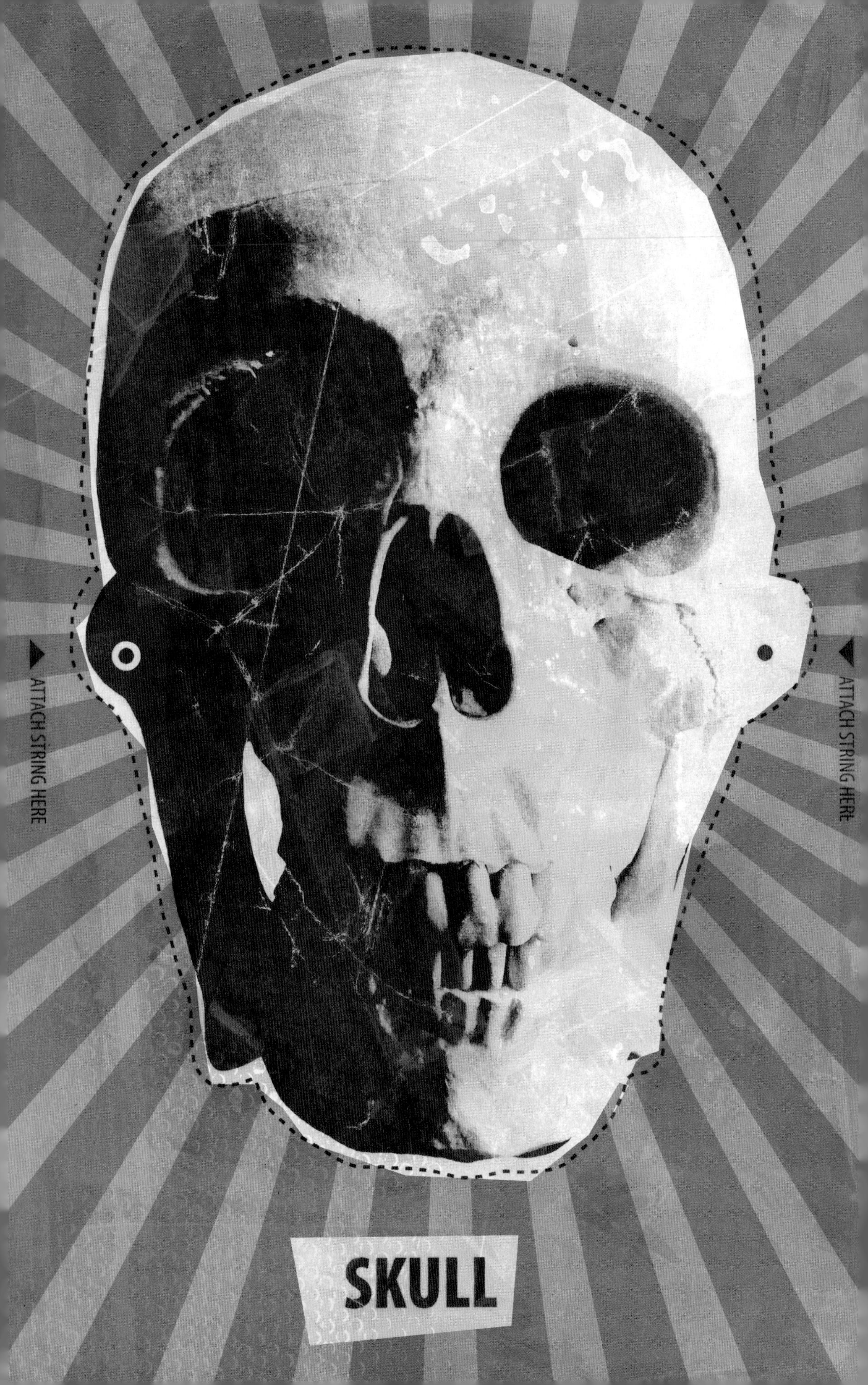
ATTACH STRING HERE
ATTACH STRING HERE
SKULL

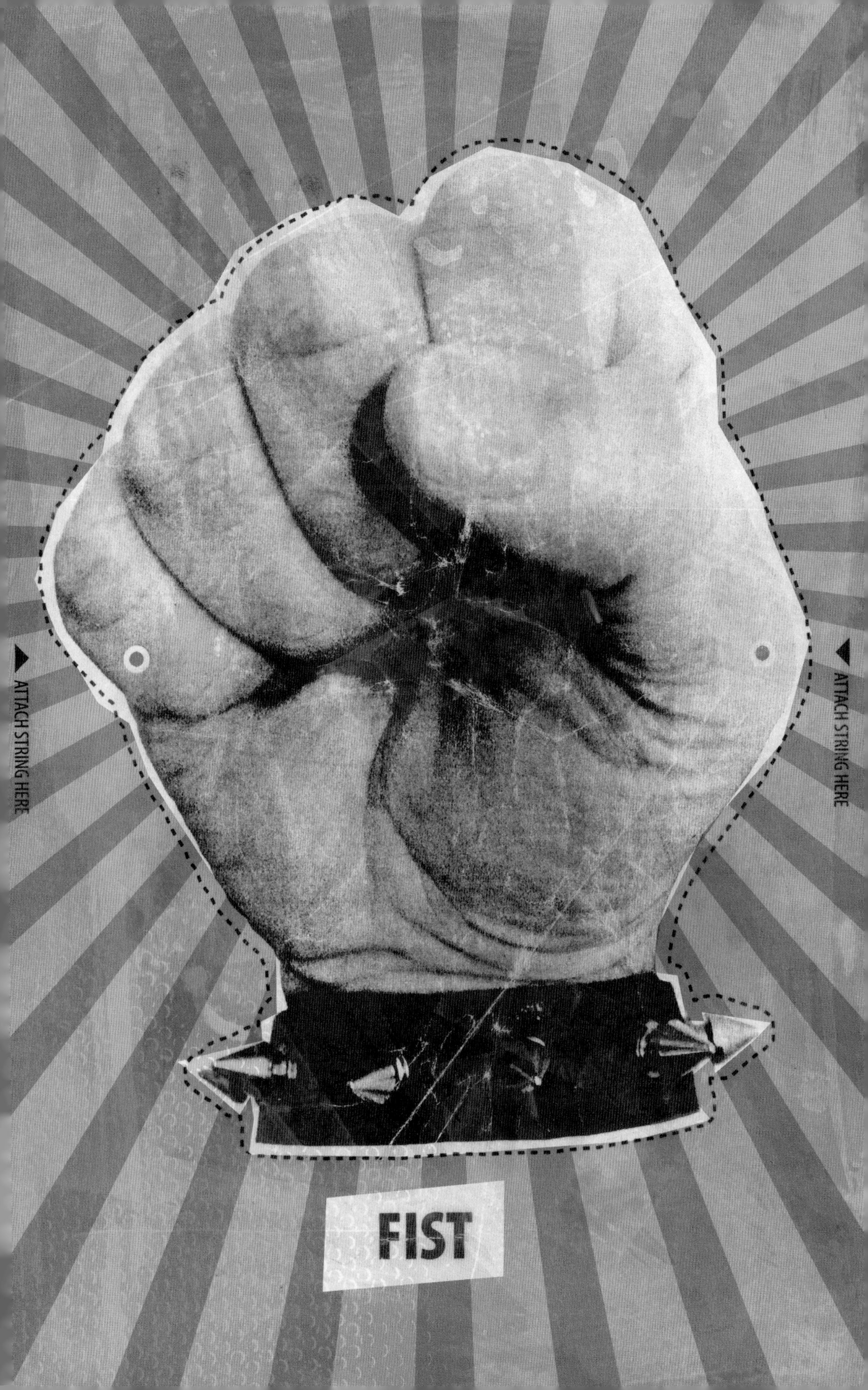
ATTACH STRING HERE
ATTACH STRING HERE
FIST

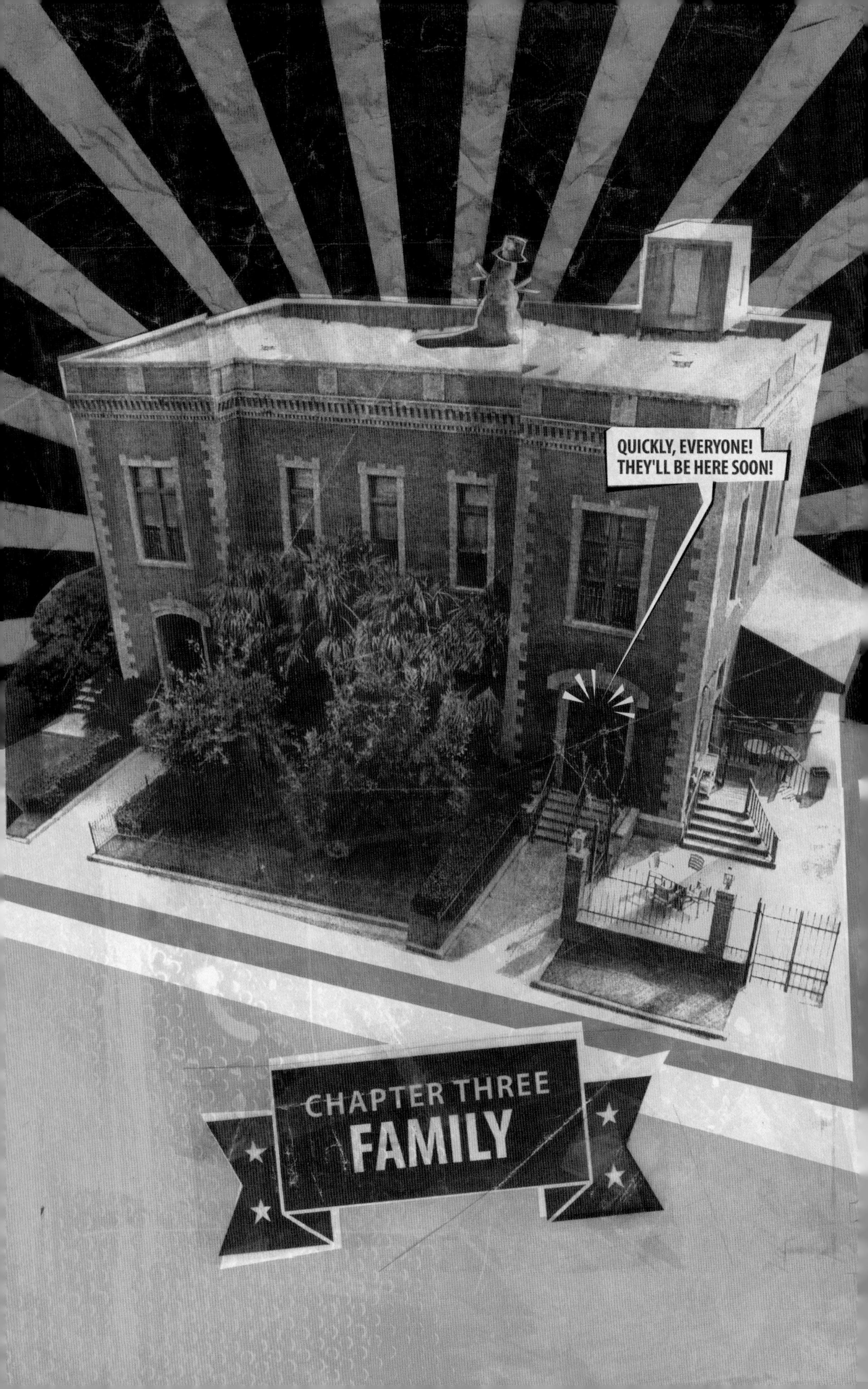
QUICKLY, EVERYONE! THEY'LL BE HERE SOON!

CHAPTER THREE
FAMILY

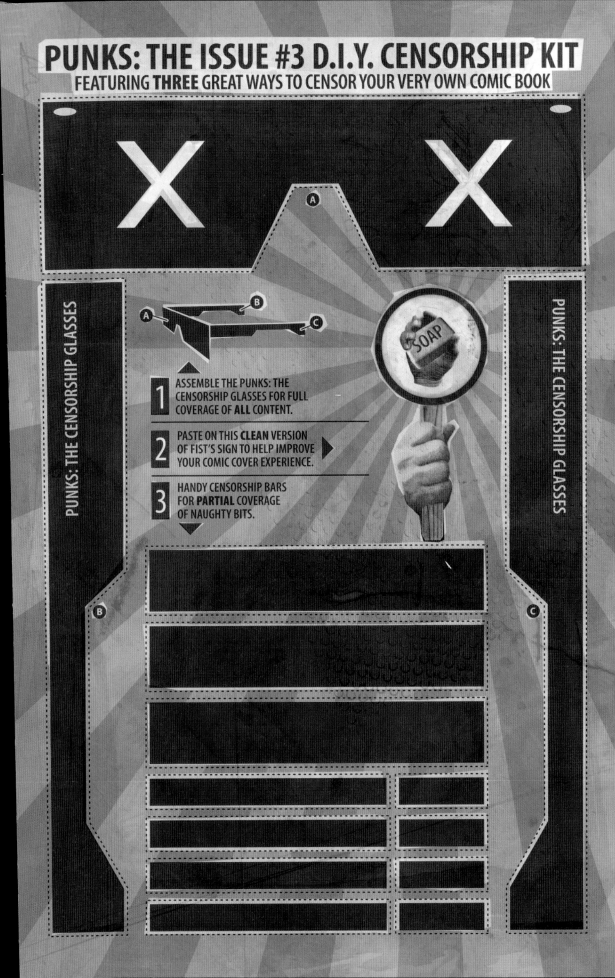

PUNKS: THE ISSUE #3 D.I.Y. CENSORSHIP KIT
FEATURING **THREE** GREAT WAYS TO CENSOR YOUR VERY OWN COMIC BOOK

PUNKS: THE CENSORSHIP GLASSES

PUNKS: THE CENSORSHIP GLASSES

1 ASSEMBLE THE PUNKS: THE CENSORSHIP GLASSES FOR FULL COVERAGE OF **ALL** CONTENT.

2 PASTE ON THIS **CLEAN** VERSION OF FIST'S SIGN TO HELP IMPROVE YOUR COMIC COVER EXPERIENCE.

3 HANDY CENSORSHIP BARS FOR **PARTIAL** COVERAGE OF NAUGHTY BITS.

SOAP

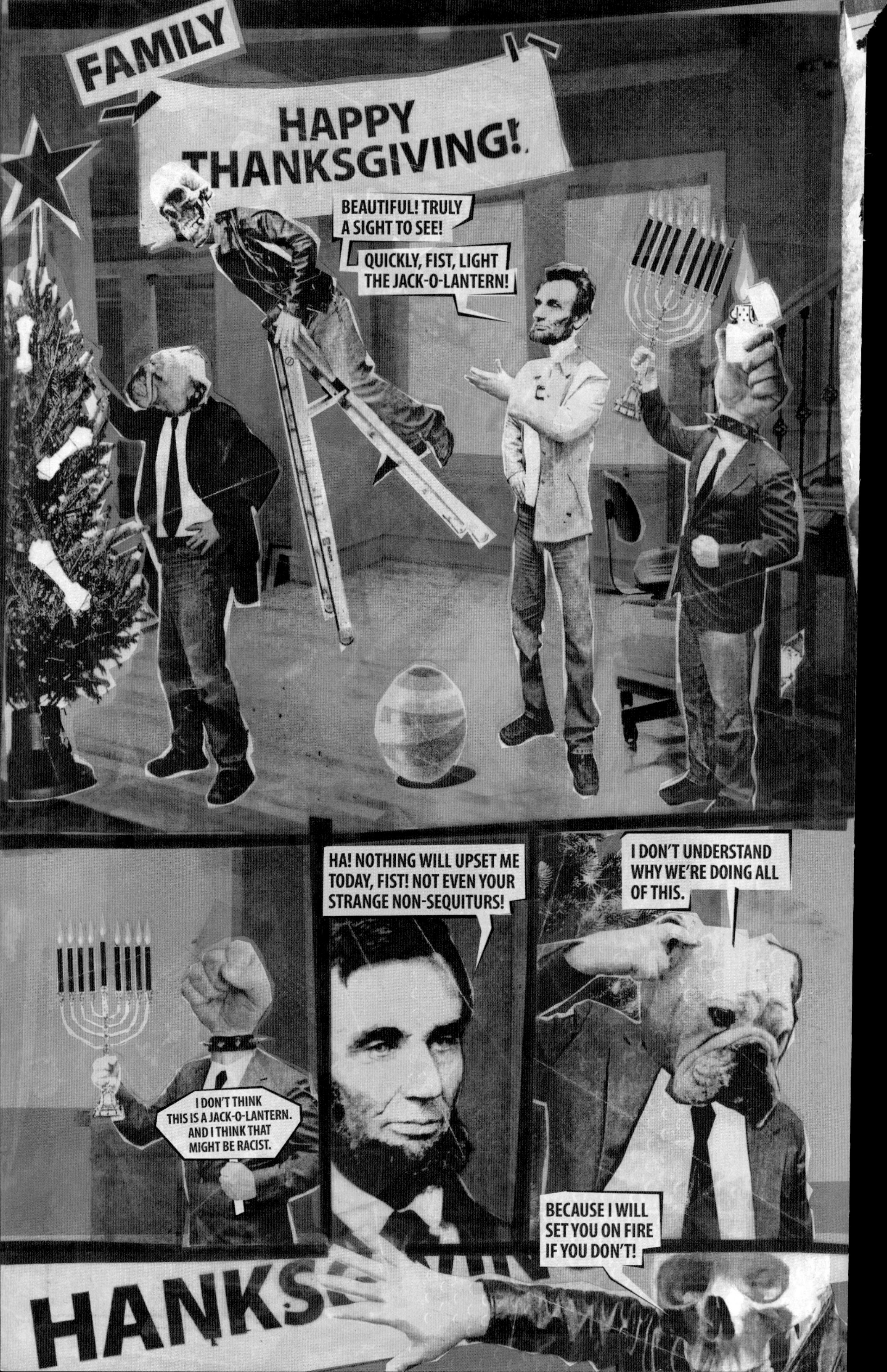
FAMILY
HAPPY THANKSGIVING!
BEAUTIFUL! TRULY A SIGHT TO SEE!
QUICKLY, FIST, LIGHT THE JACK-O-LANTERN!
I DON'T THINK THIS IS A JACK-O-LANTERN. AND I THINK THAT MIGHT BE RACIST.
HA! NOTHING WILL UPSET ME TODAY, FIST! NOT EVEN YOUR STRANGE NON-SEQUITURS!
I DON'T UNDERSTAND WHY WE'RE DOING ALL OF THIS.
BECAUSE I WILL SET YOU ON FIRE IF YOU DON'T!
HANKS

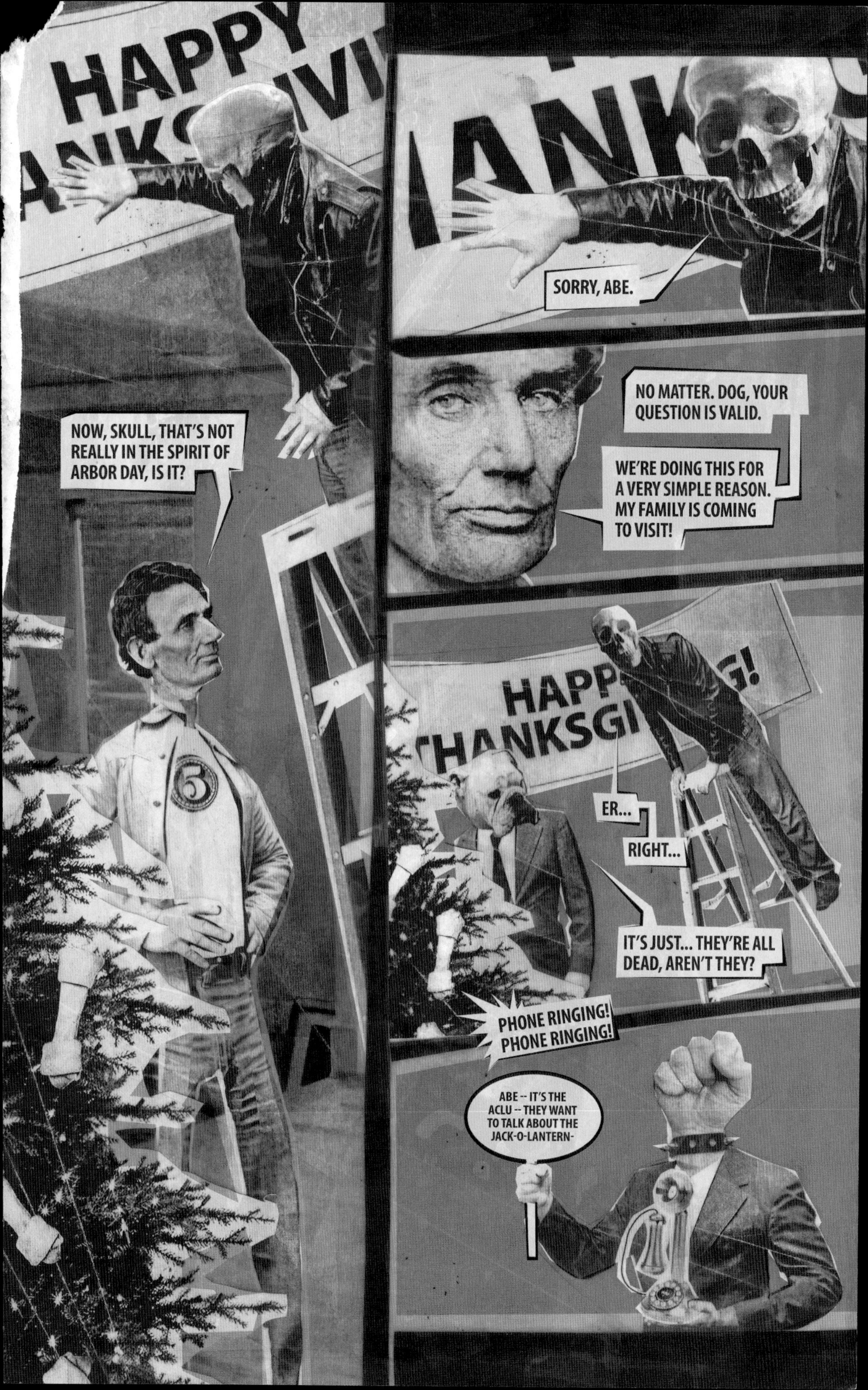
HAPPY
NOW, SKULL, THAT'S NOT REALLY IN THE SPIRIT OF ARBOR DAY, IS IT?
SORRY, ABE.
NO MATTER. DOG, YOUR QUESTION IS VALID.
WE'RE DOING THIS FOR A VERY SIMPLE REASON. MY FAMILY IS COMING TO VISIT!
ER...
RIGHT...
IT'S JUST... THEY'RE ALL DEAD, AREN'T THEY?
PHONE RINGING! PHONE RINGING!
ABE -- IT'S THE ACLU -- THEY WANT TO TALK ABOUT THE JACK-O-LANTERN-

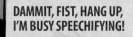
DAMMIT, FIST, HANG UP, I'M BUSY SPEECHIFYING!

NOW, BOYS, YES, MY FAMILY ARE ALL LONG DEAD, AND THERE'S NO CONCEIVABLE WAY THAT THEY CAN SHOW UP HERE, BUT, I'M REMINDED OF A STORY OF A BOY WHO GREW UP IN A LOG CABIN AND HE TAUGHT HIMSELF TO READ AND GOT WHIPPED BY HIS PAPA AND WAS TALL AND SKINNY, AND THAT BOY GREW UP TO BE ELLIOT TANNENSTEIN.

THE FATHER OF THE ALPACA MOVEMENT.

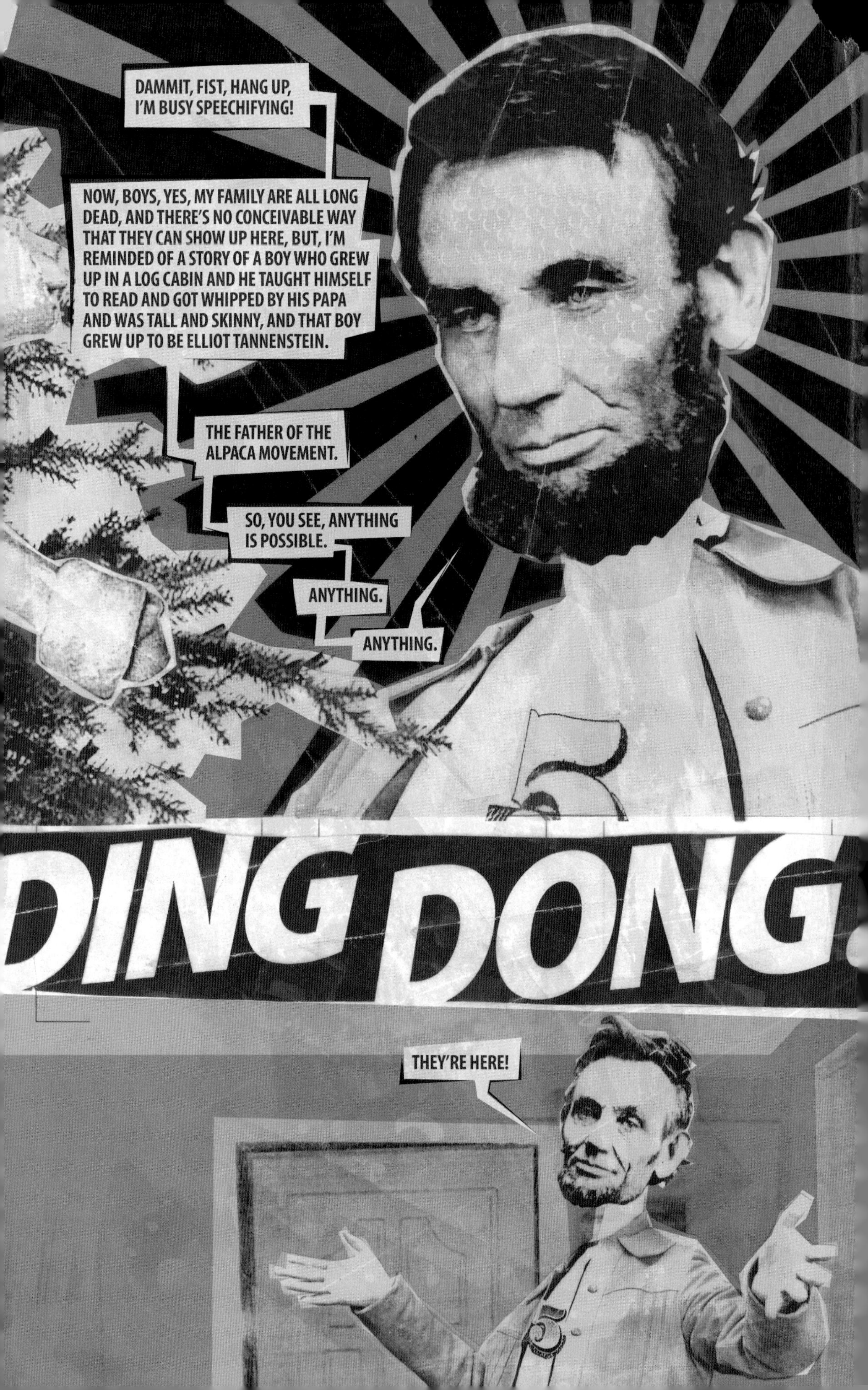

SO, YOU SEE, ANYTHING IS POSSIBLE.

ANYTHING.

ANYTHING.

DING DONG.

THEY'RE HERE!

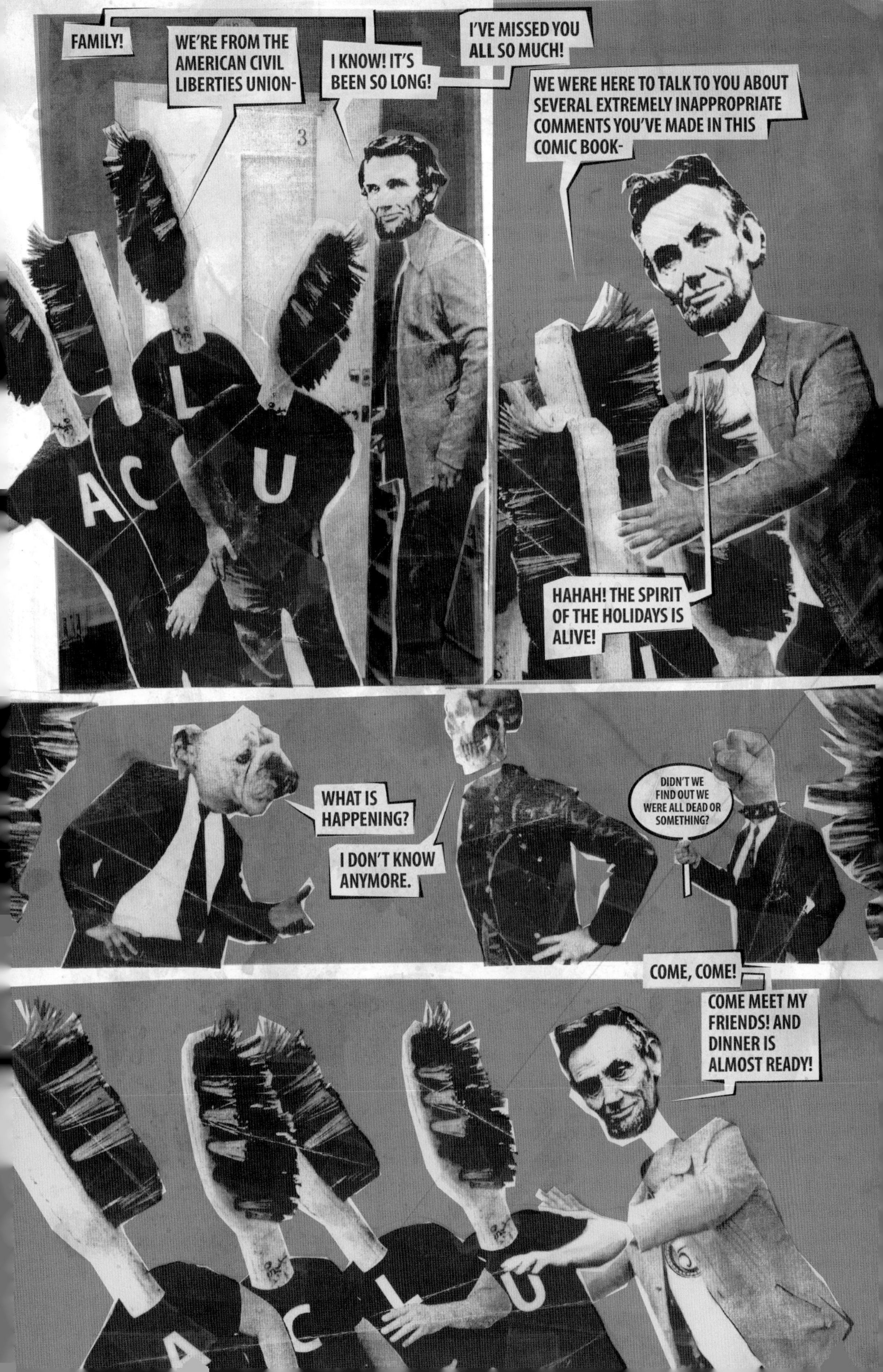
FAMILY!
WE'RE FROM THE AMERICAN CIVIL LIBERTIES UNION-
I KNOW! IT'S BEEN SO LONG!
I'VE MISSED YOU ALL SO MUCH!
WE WERE HERE TO TALK TO YOU ABOUT SEVERAL EXTREMELY INAPPROPRIATE COMMENTS YOU'VE MADE IN THIS COMIC BOOK-
HAHAH! THE SPIRIT OF THE HOLIDAYS IS ALIVE!
WHAT IS HAPPENING?
I DON'T KNOW ANYMORE.
DIDN'T WE FIND OUT WE WERE ALL DEAD OR SOMETHING?
COME, COME!
COME MEET MY FRIENDS! AND DINNER IS ALMOST READY!

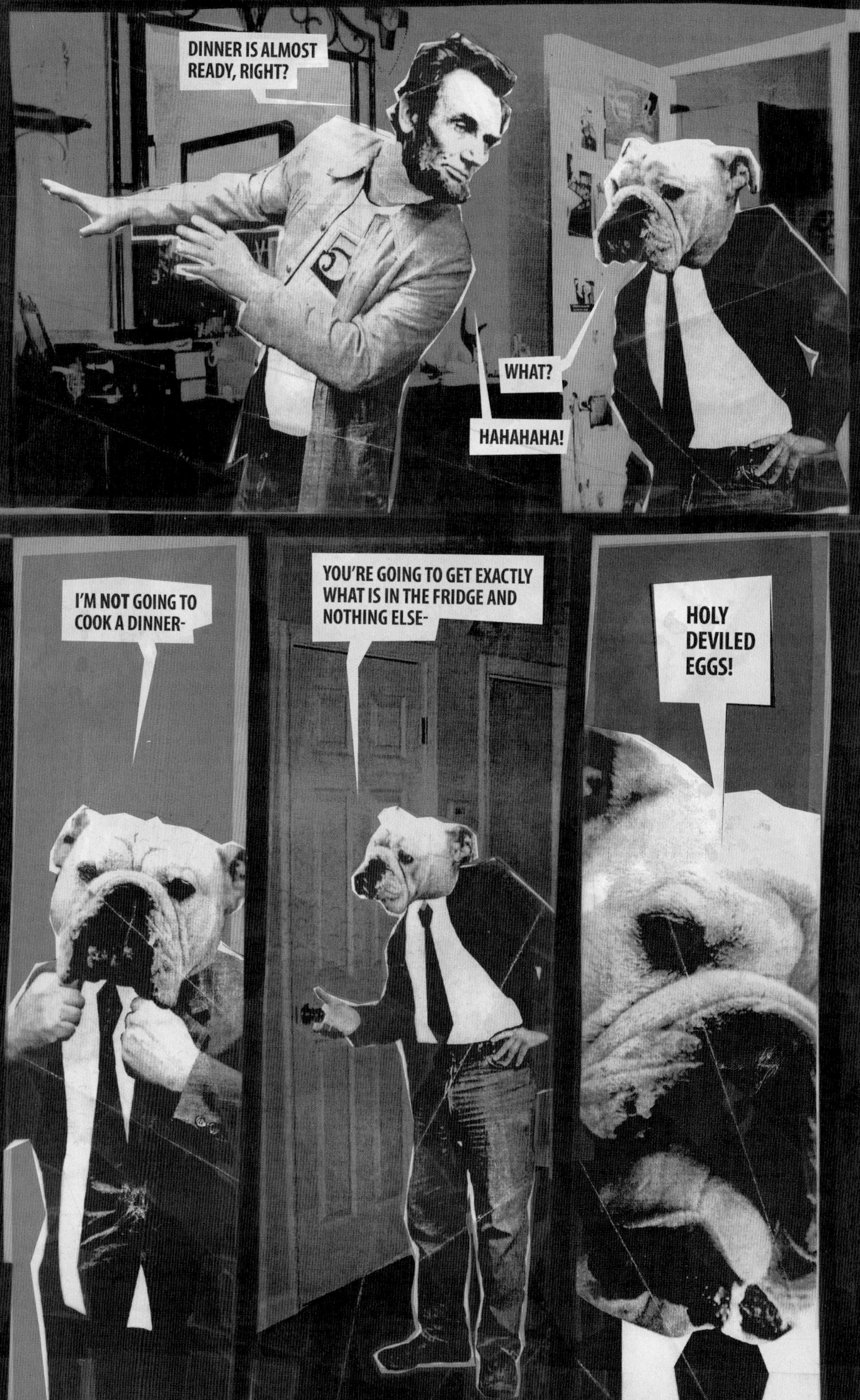
DINNER IS ALMOST READY, RIGHT?
WHAT?
HAHAHAHA!
I'M NOT GOING TO COOK A DINNER-
YOU'RE GOING TO GET EXACTLY WHAT IS IN THE FRIDGE AND NOTHING ELSE-
HOLY DEVILED EGGS!

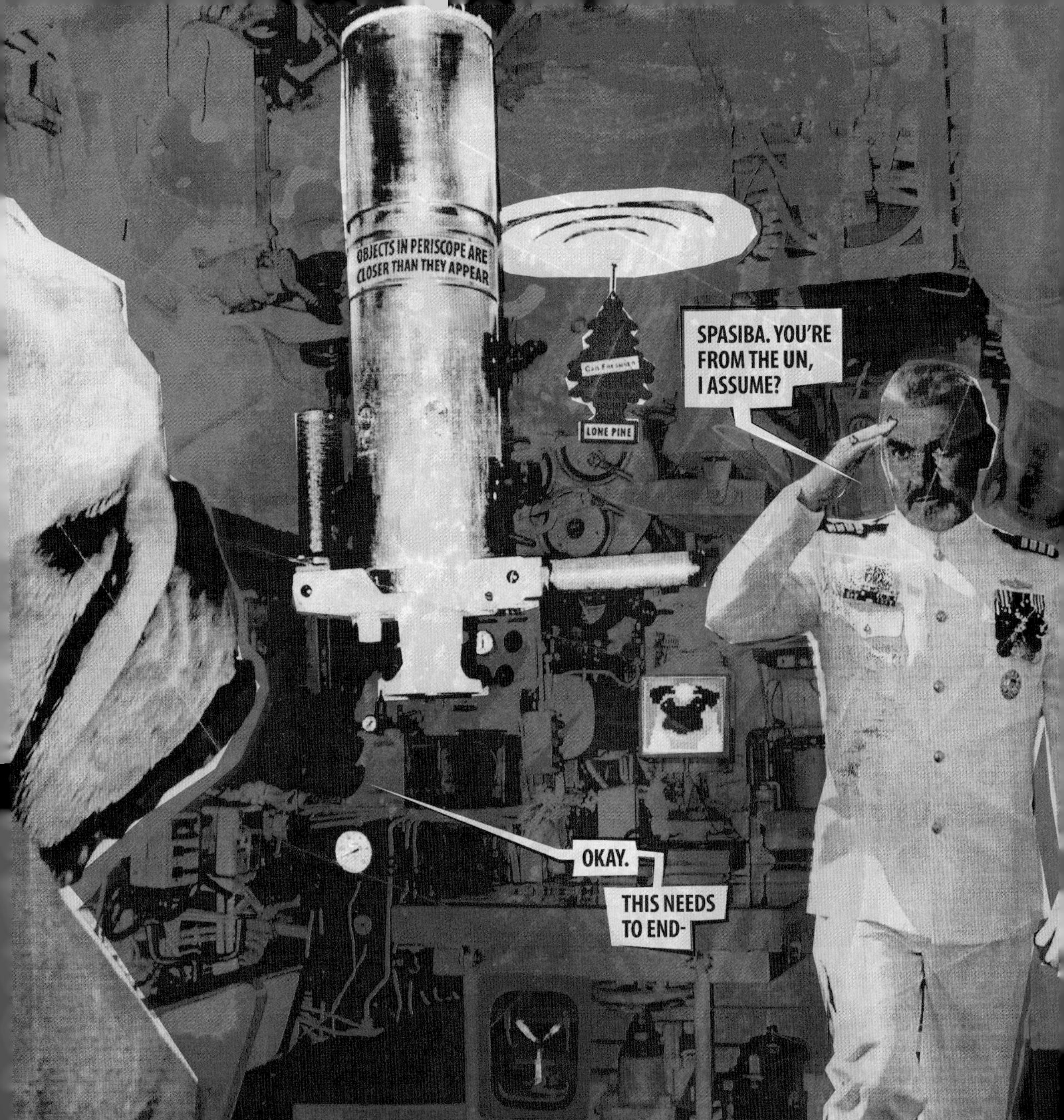
OBJECTS IN PERISCOPE ARE CLOSER THAN THEY APPEAR
LONE PINE
SPASIBA. YOU'RE FROM THE UN, I ASSUME?
OKAY.
THIS NEEDS TO END-

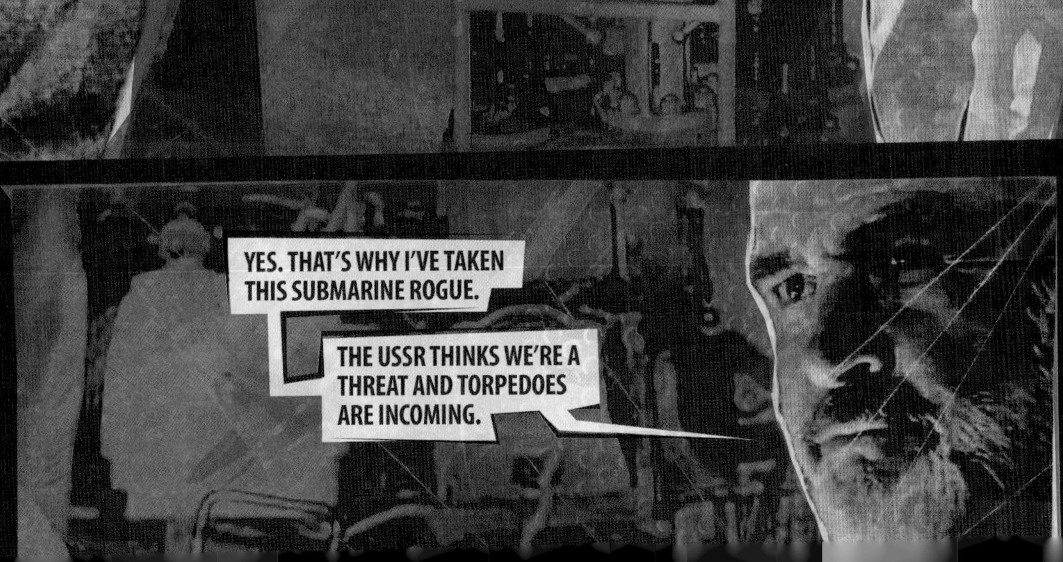
YES. THAT'S WHY I'VE TAKEN THIS SUBMARINE ROGUE.
THE USSR THINKS WE'RE A THREAT AND TORPEDOES ARE INCOMING.

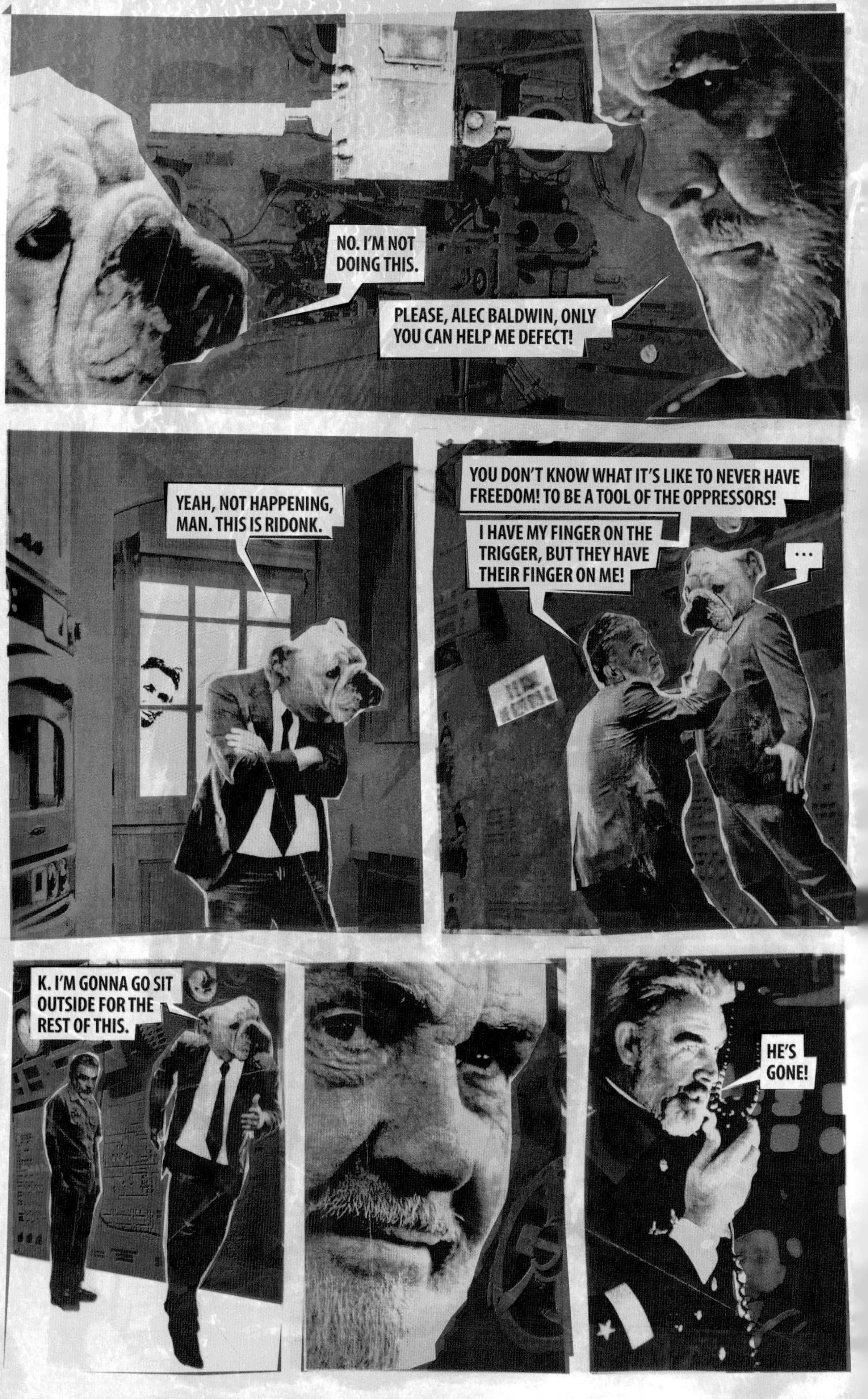
NO. I'M NOT DOING THIS.
PLEASE, ALEC BALDWIN, ONLY YOU CAN HELP ME DEFECT!
YEAH, NOT HAPPENING, MAN. THIS IS RIDONK.
YOU DON'T KNOW WHAT IT'S LIKE TO NEVER HAVE FREEDOM! TO BE A TOOL OF THE OPPRESSORS!
I HAVE MY FINGER ON THE TRIGGER, BUT THEY HAVE THEIR FINGER ON ME!
...
K. I'M GONNA GO SIT OUTSIDE FOR THE REST OF THIS.
HE'S GONE!

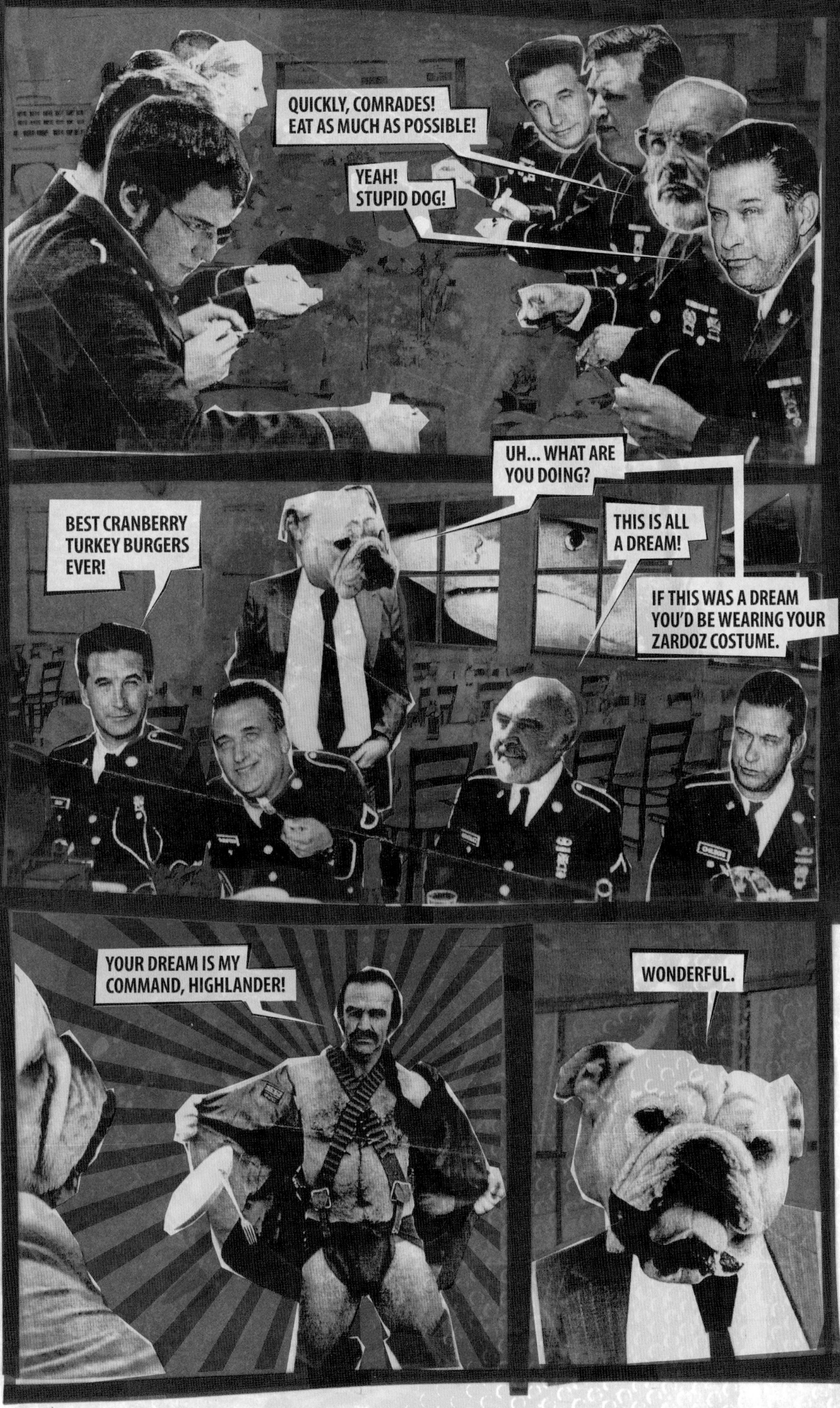
QUICKLY, COMRADES! EAT AS MUCH AS POSSIBLE!
YEAH! STUPID DOG!
BEST CRANBERRY TURKEY BURGERS EVER!
UH... WHAT ARE YOU DOING?
THIS IS ALL A DREAM!
IF THIS WAS A DREAM YOU'D BE WEARING YOUR ZARDOZ COSTUME.
YOUR DREAM IS MY COMMAND, HIGHLANDER!
WONDERFUL.

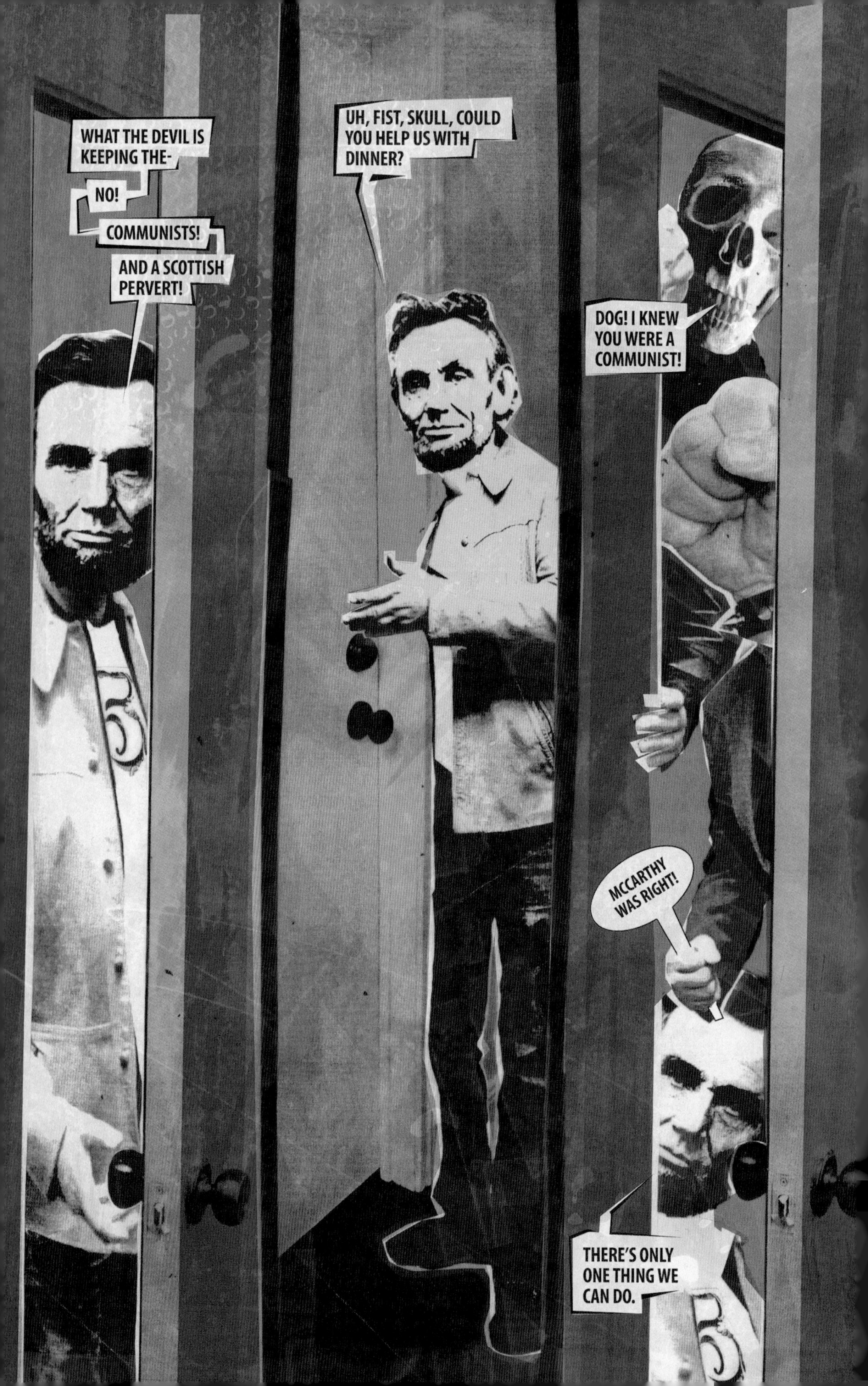
WHAT THE DEVIL IS KEEPING THE-
NO!
COMMUNISTS!
AND A SCOTTISH PERVERT!
UH, FIST, SKULL, COULD YOU HELP US WITH DINNER?
DOG! I KNEW YOU WERE A COMMUNIST!
MCCARTHY WAS RIGHT!
THERE'S ONLY ONE THING WE CAN DO.

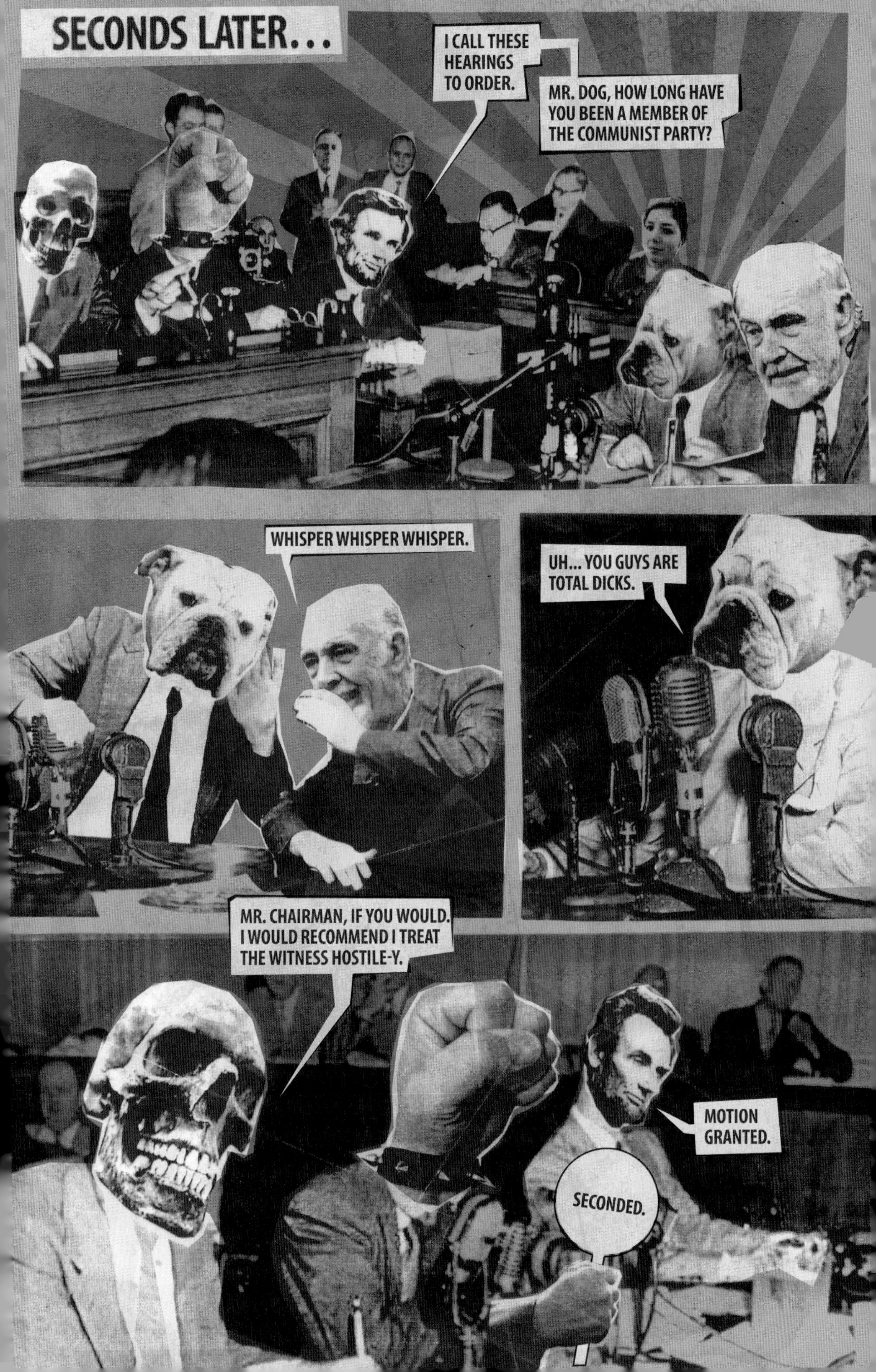
SECONDS LATER...
I CALL THESE HEARINGS TO ORDER.
MR. DOG, HOW LONG HAVE YOU BEEN A MEMBER OF THE COMMUNIST PARTY?
WHISPER WHISPER WHISPER.
UH... YOU GUYS ARE TOTAL DICKS.
MR. CHAIRMAN, IF YOU WOULD. I WOULD RECOMMEND I TREAT THE WITNESS HOSTILE-Y.
MOTION GRANTED.
SECONDED.

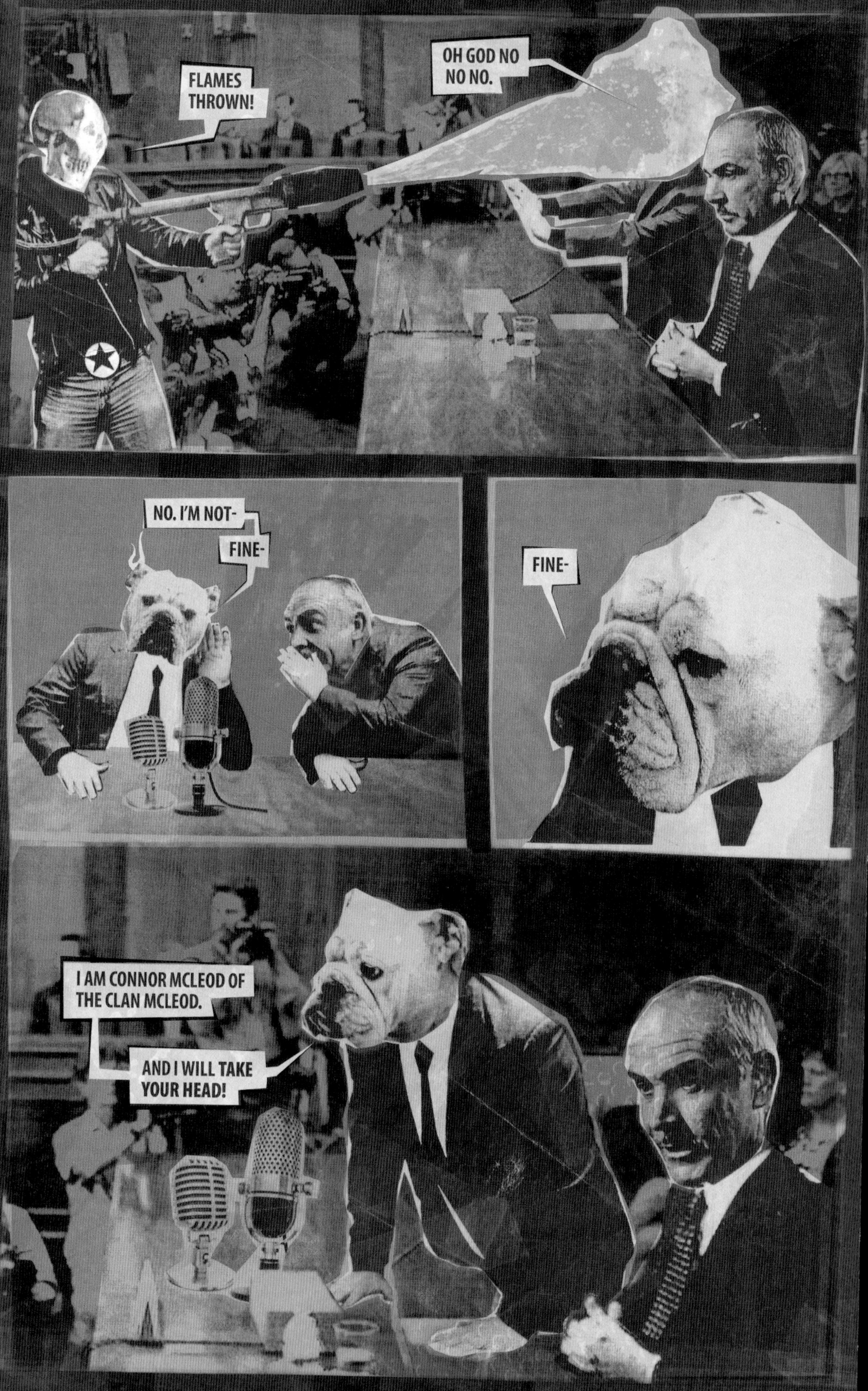
FLAMES THROWN!
OH GOD NO NO NO.
NO. I'M NOT-
FINE-
FINE-
I AM CONNOR MCLEOD OF THE CLAN MCLEOD.
AND I WILL TAKE YOUR HEAD!

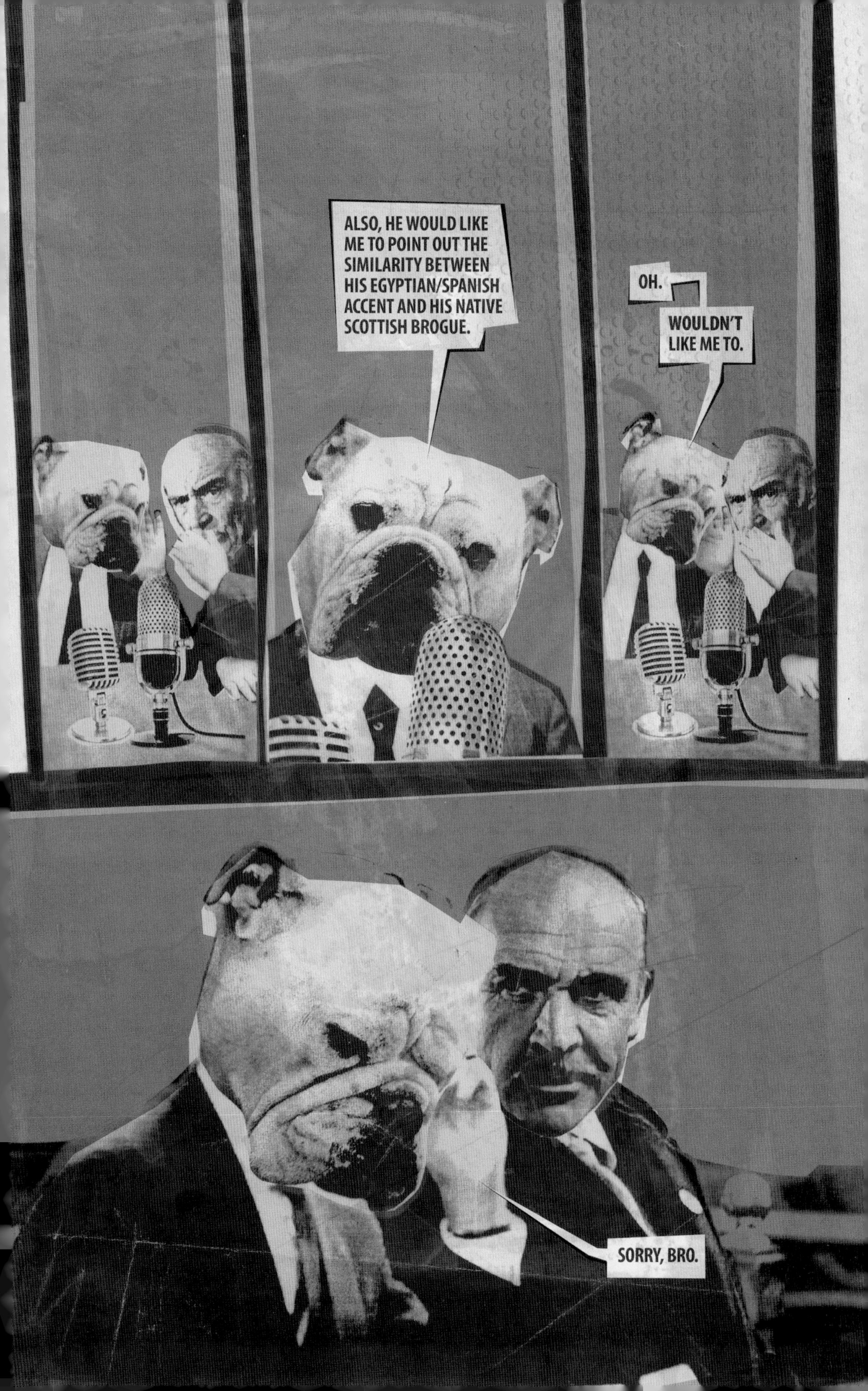
ALSO, HE WOULD LIKE ME TO POINT OUT THE SIMILARITY BETWEEN HIS EGYPTIAN/SPANISH ACCENT AND HIS NATIVE SCOTTISH BROGUE.
OH.
WOULDN'T LIKE ME TO.
SORRY, BRO.

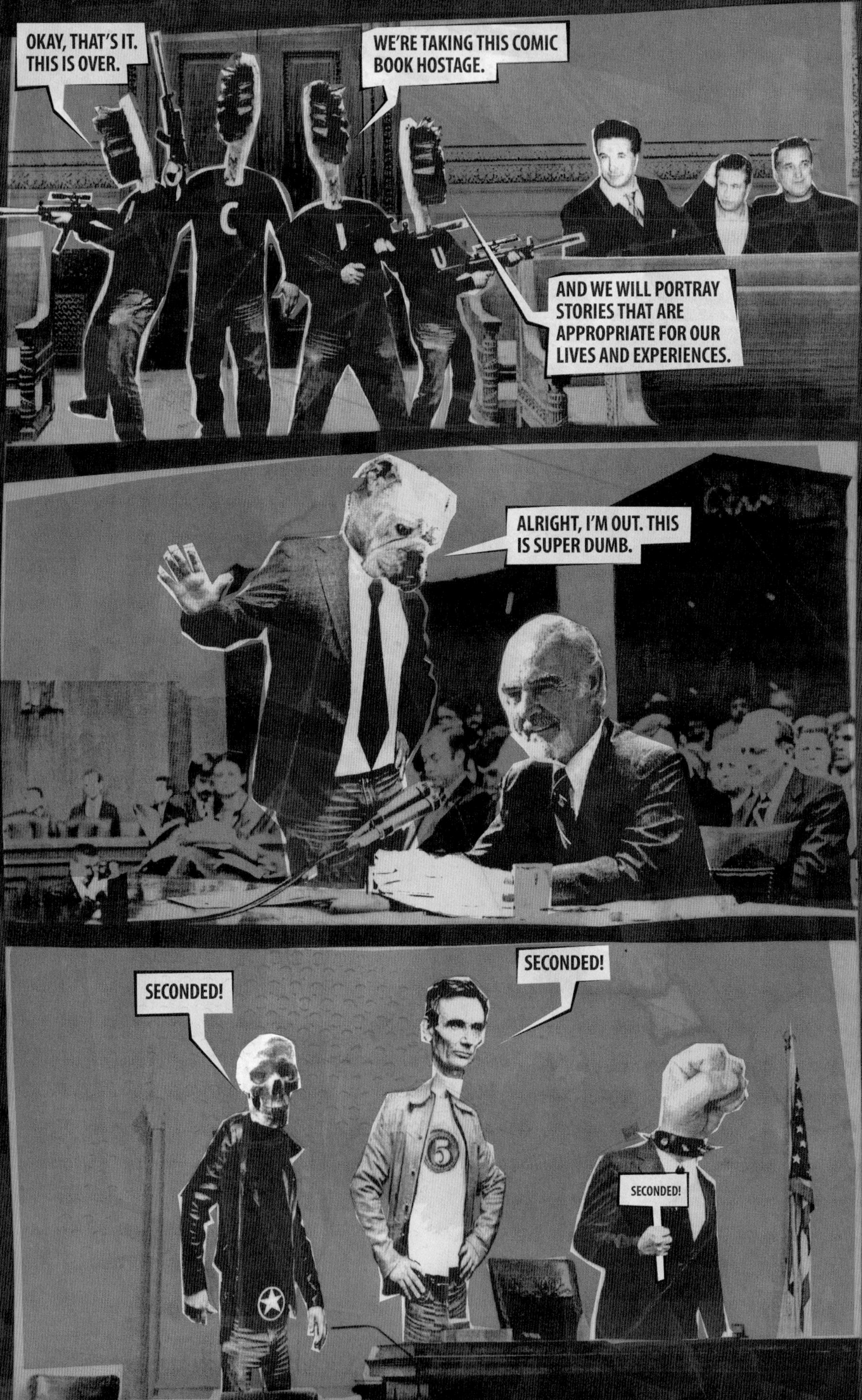
OKAY, THAT'S IT. THIS IS OVER.
WE'RE TAKING THIS COMIC BOOK HOSTAGE.
C
I
U
AND WE WILL PORTRAY STORIES THAT ARE APPROPRIATE FOR OUR LIVES AND EXPERIENCES.
ALRIGHT, I'M OUT. THIS IS SUPER DUMB.
SECONDED!
SECONDED!
5
SECONDED!

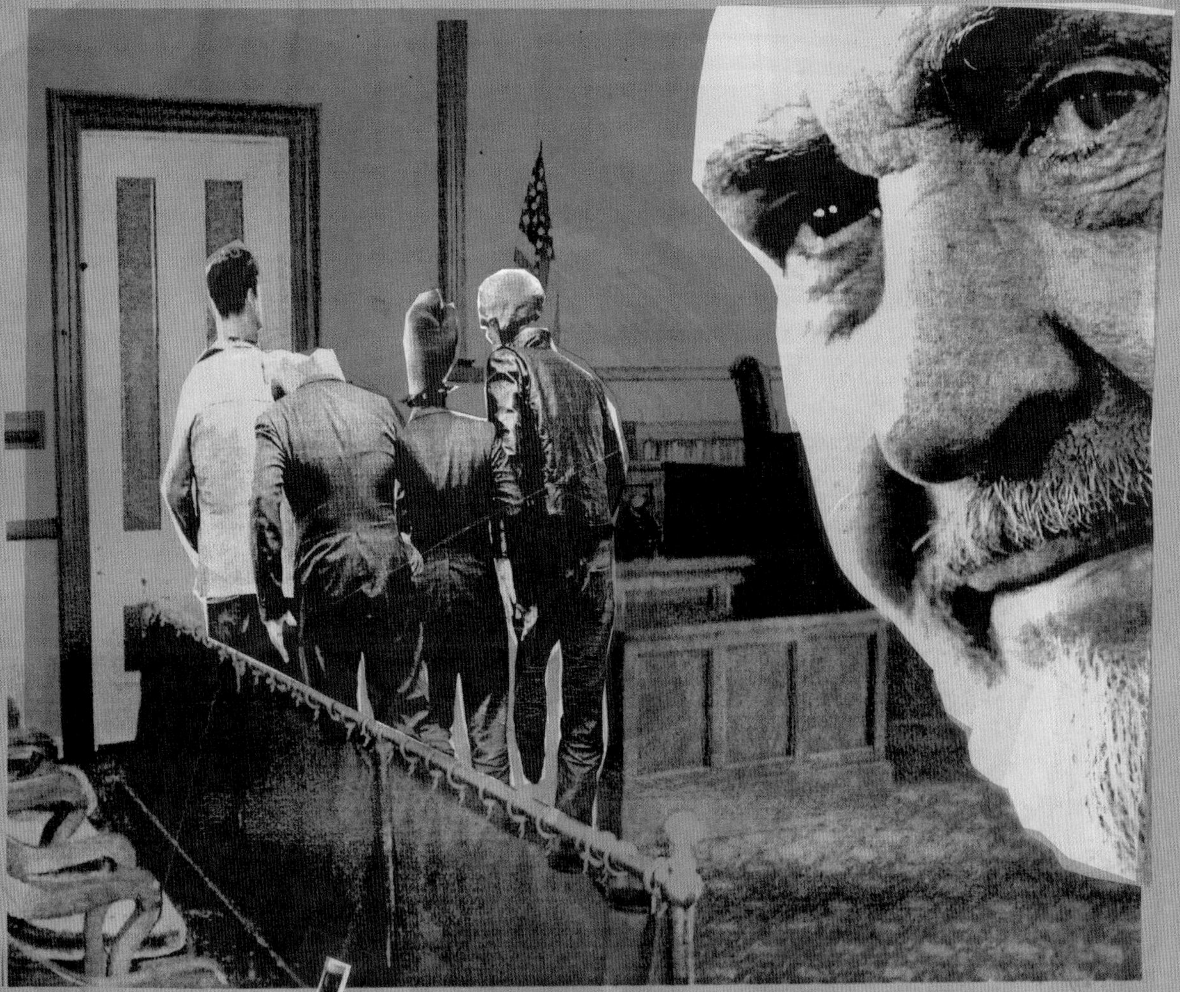

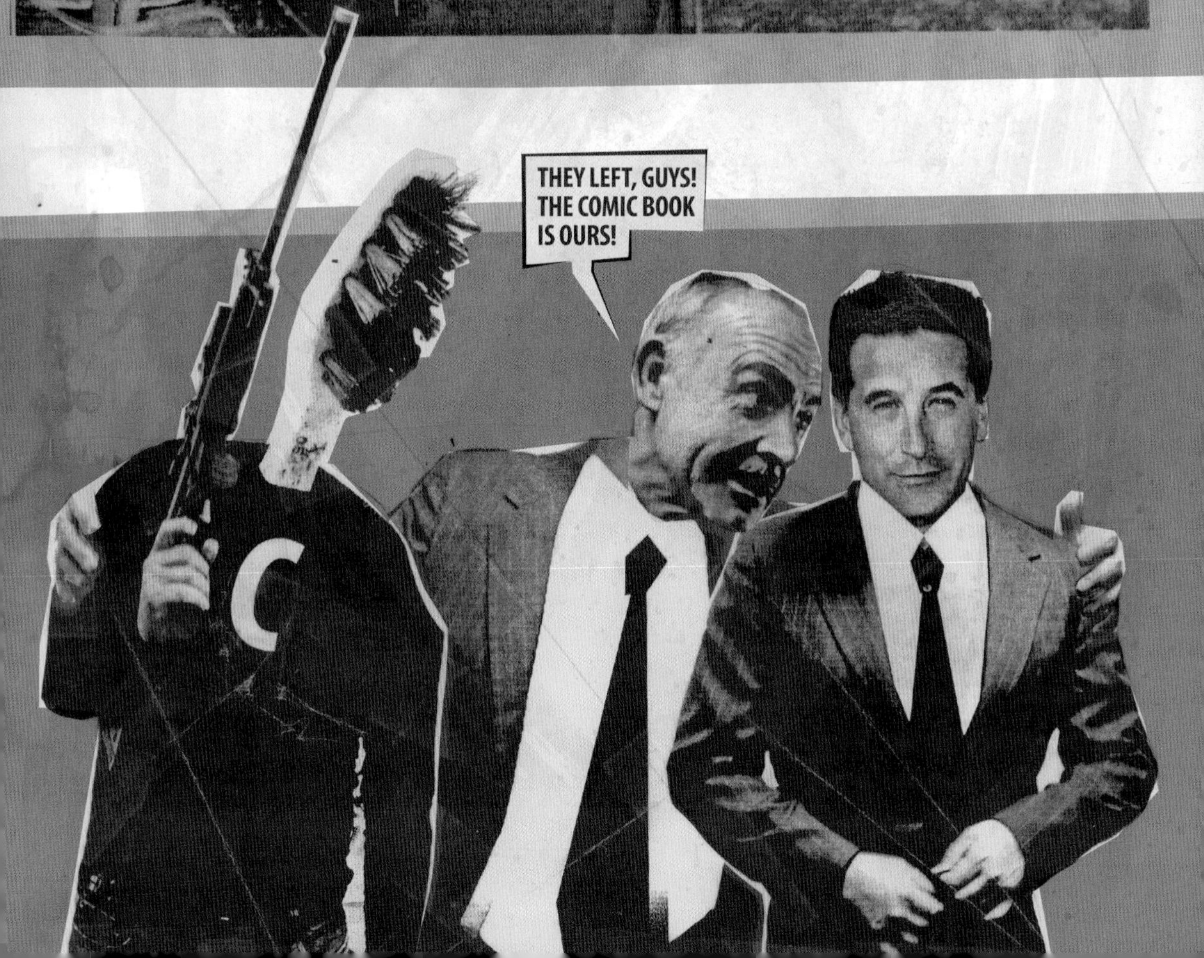
THEY LEFT, GUYS! THE COMIC BOOK IS OURS!

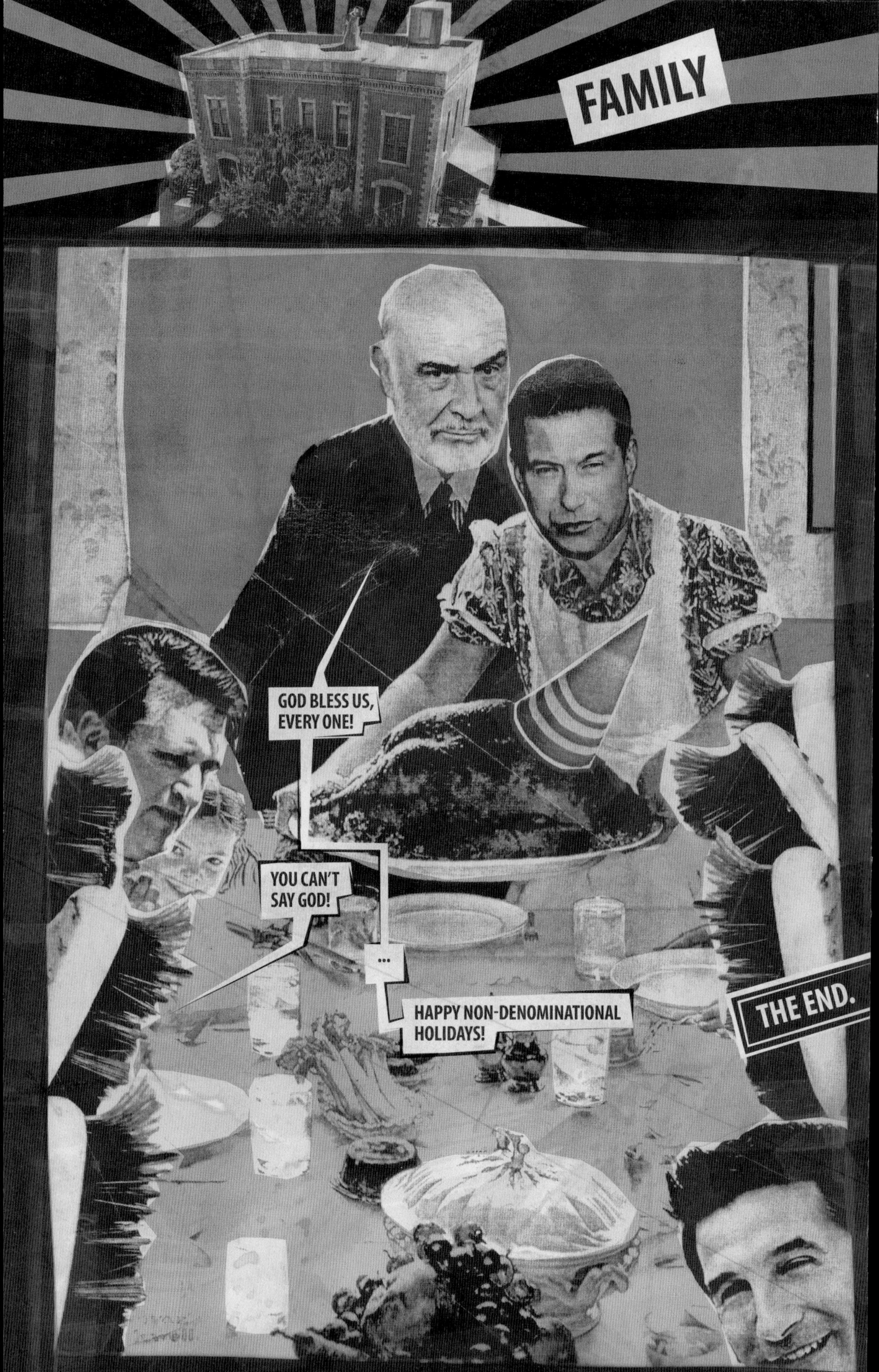
FAMILY
GOD BLESS US, EVERY ONE!
YOU CAN'T SAY GOD!
...
HAPPY NON-DENOMINATIONAL HOLIDAYS!
THE END.

PUNKS: THE CROSS STITCH PATTERN

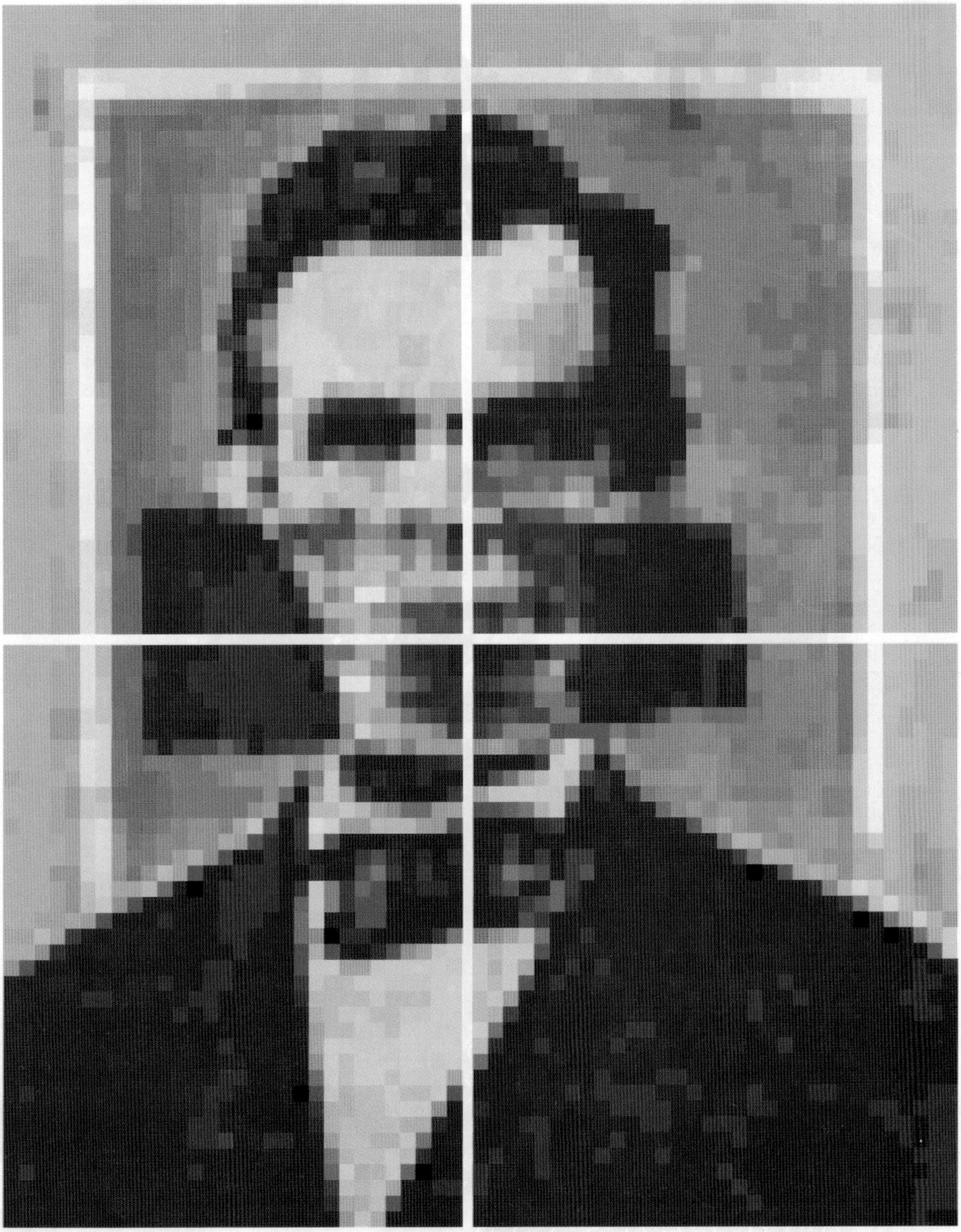

	DMC	(# stitches)		DMC	(# stitches)		DMC	(# stitches)		DMC	(# stitches)		DMC	(# stitches)
✖	167	(264)	♣	543	(62)	☎	831	(89)	①	3013	(46)	⑨	3828	(60)
●	169	(21)	♦	610	(21)	†	832	(136)	②	3021	(352)	⑩	3855	(109)
❑	310	(8)	♥	646	(29)	✳	833	(143)	③	3024	(25)	❶	3856	(94)
▲	319	(102)	♠	677	(173)	✾	834	(303)	④	3032	(33)	❷	3862	(53)
❖	370	(37)	■	712	(37)	✿	842	(63)	⑤	3045	(89)	❸	3864	(70)
❍	371	(117)	✪	734	(54)	✸	890	(323)	⑥	3046	(385)			
▼	522	(48)	✈	738	(113)	✓	924	(14)	⑦	3047	(52)			
★	524	(24)	✇	746	(35)	◗	934	(1118)	⑧	3051	(72)			

ENJOY!

Symbol	DMC	(# stitches)
✖	167	(264)
●	169	(21)
❑	310	(8)
▲	319	(102)
❖	370	(37)
❍	371	(117)
▼	522	(48)
★	524	(24)
♣	543	(62)
♦	610	(21)
♥	646	(29)
♠	677	(173)
■	712	(37)
✪	734	(54)
✈	738	(113)
✇	746	(35)
☎	831	(89)
†	832	(136)
✳	833	(143)
✾	834	(303)
✿	842	(63)
✸	890	(323)
✓	924	(14)
◗	934	(1118)
①	3013	(46)
②	3021	(352)
③	3024	(25)
④	3032	(33)
⑤	3045	(89)
⑥	3046	(385)
⑦	3047	(52)
⑧	3051	(72)
⑨	3828	(60)
⑩	3855	(109)
❶	3856	(94)
❷	3862	(53)
❸	3864	(70)

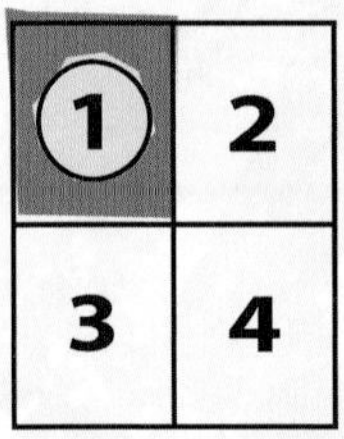

1
2
3
4

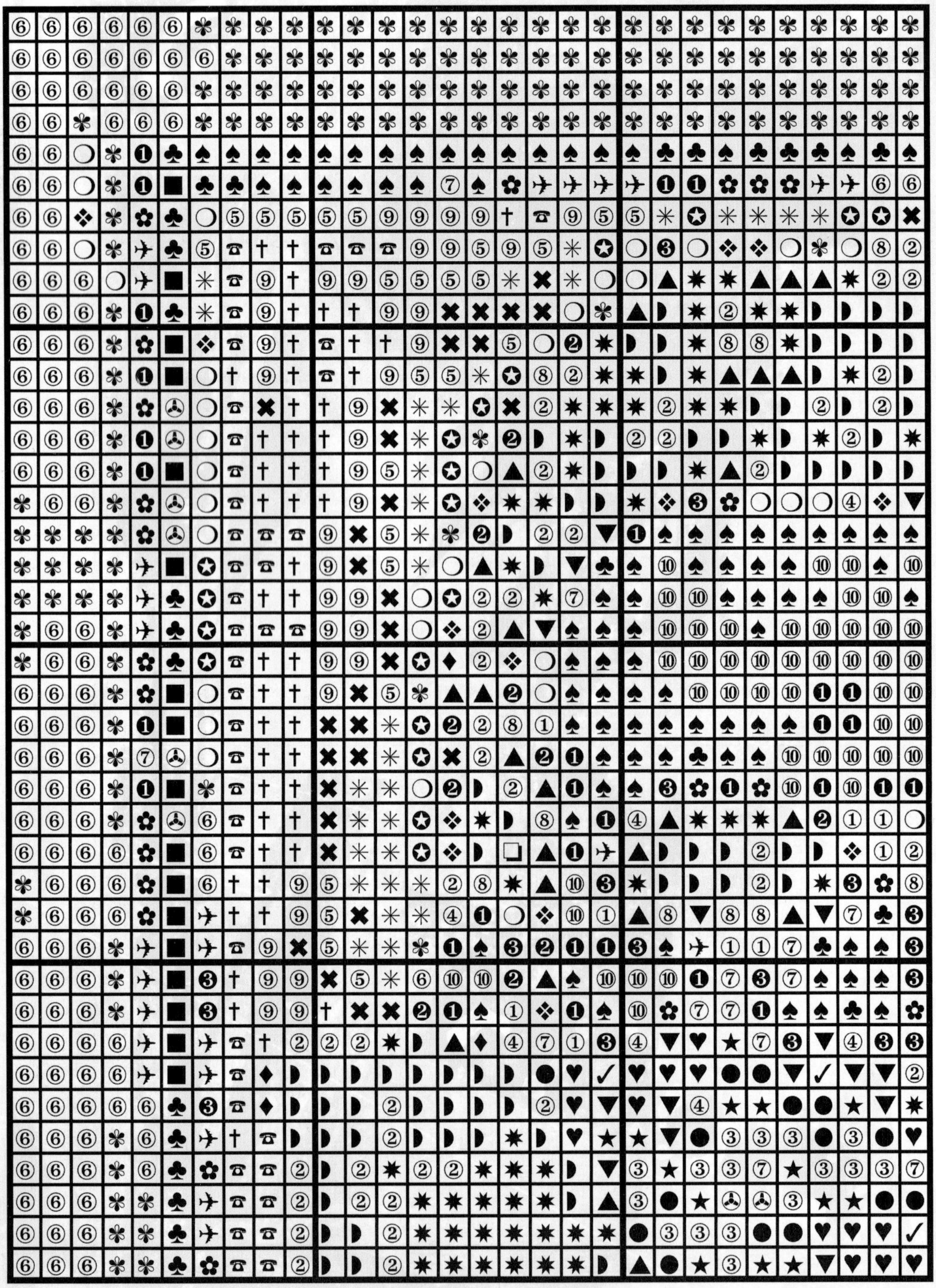

1	②
3	4

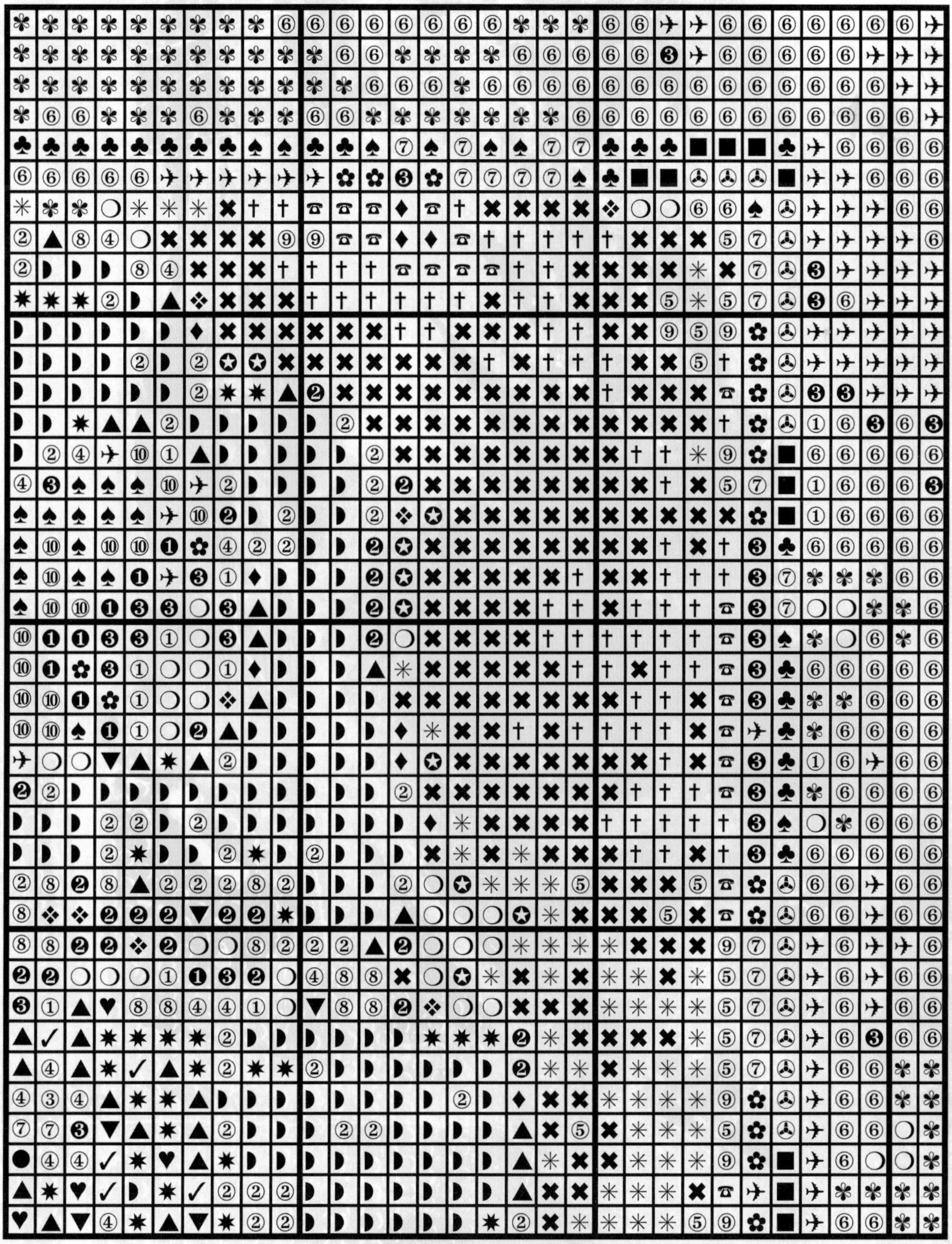

	DMC	(# stitches)		DMC	(# stitches)		DMC	(# stitches)		DMC	(# stitches)		DMC	(# stitches)
✖	167	(264)	♣	543	(62)	☎	831	(89)	①	3013	(46)	⑨	3828	(60)
●	169	(21)	♦	610	(21)	†	832	(136)	②	3021	(352)	⑩	3855	(109)
❑	310	(8)	♥	646	(29)	✳	833	(143)	③	3024	(25)	❶	3856	(94)
▲	319	(102)	♠	677	(173)	❀	834	(303)	④	3032	(33)	❷	3862	(53)
❖	370	(37)	■	712	(37)	✿	842	(63)	⑤	3045	(89)	❸	3864	(70)
○	371	(117)	✿	734	(54)	✳	890	(323)	⑥	3046	(385)			
▼	522	(48)	✈	738	(113)	✓	924	(14)	⑦	3047	(52)			
★	524	(24)	⊛	746	(35)	◗	934	(1118)	⑧	3051	(72)			

1	2
③	4

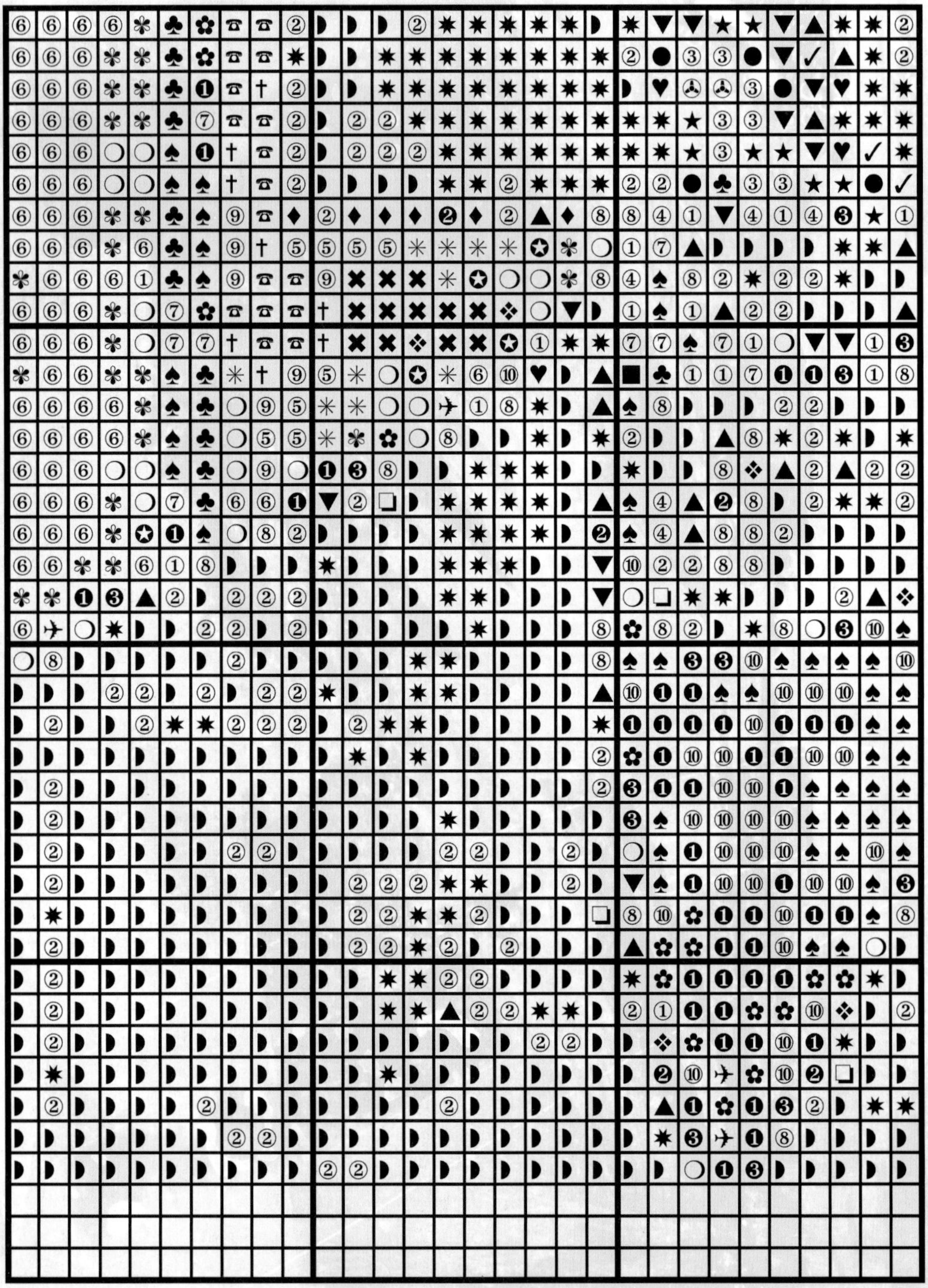

Symbol	DMC	(# stitches)	Symbol	DMC	(# stitches)	Symbol	DMC	(# stitches)	Symbol	DMC	(# stitches)	Symbol	DMC	(# stitches)
✖	167	(264)	♣	543	(62)	☎	831	(89)	①	3013	(46)	⑨	3828	(60)
●	169	(21)	♦	610	(21)	†	832	(136)	②	3021	(352)	⑩	3855	(109)
❑	310	(8)	♥	646	(29)	✳	833	(143)	③	3024	(25)	❶	3856	(94)
▲	319	(102)	♠	677	(173)	✾	834	(303)	④	3032	(33)	❷	3862	(53)
❖	370	(37)	■	712	(37)	✿	842	(63)	⑤	3045	(89)	❸	3864	(70)
❍	371	(117)	✪	734	(54)	✸	890	(323)	⑥	3046	(385)			
▼	522	(48)	✈	738	(113)	✓	924	(14)	⑦	3047	(52)			
★	524	(24)	✇	746	(35)	◗	934	(1118)	⑧	3051	(72)			

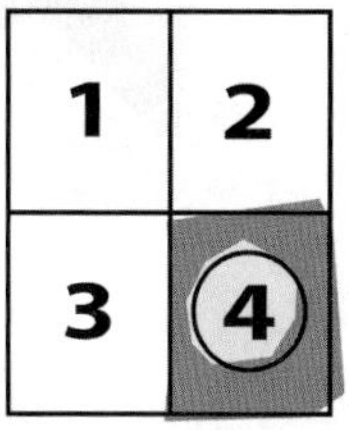

1
2
3
4

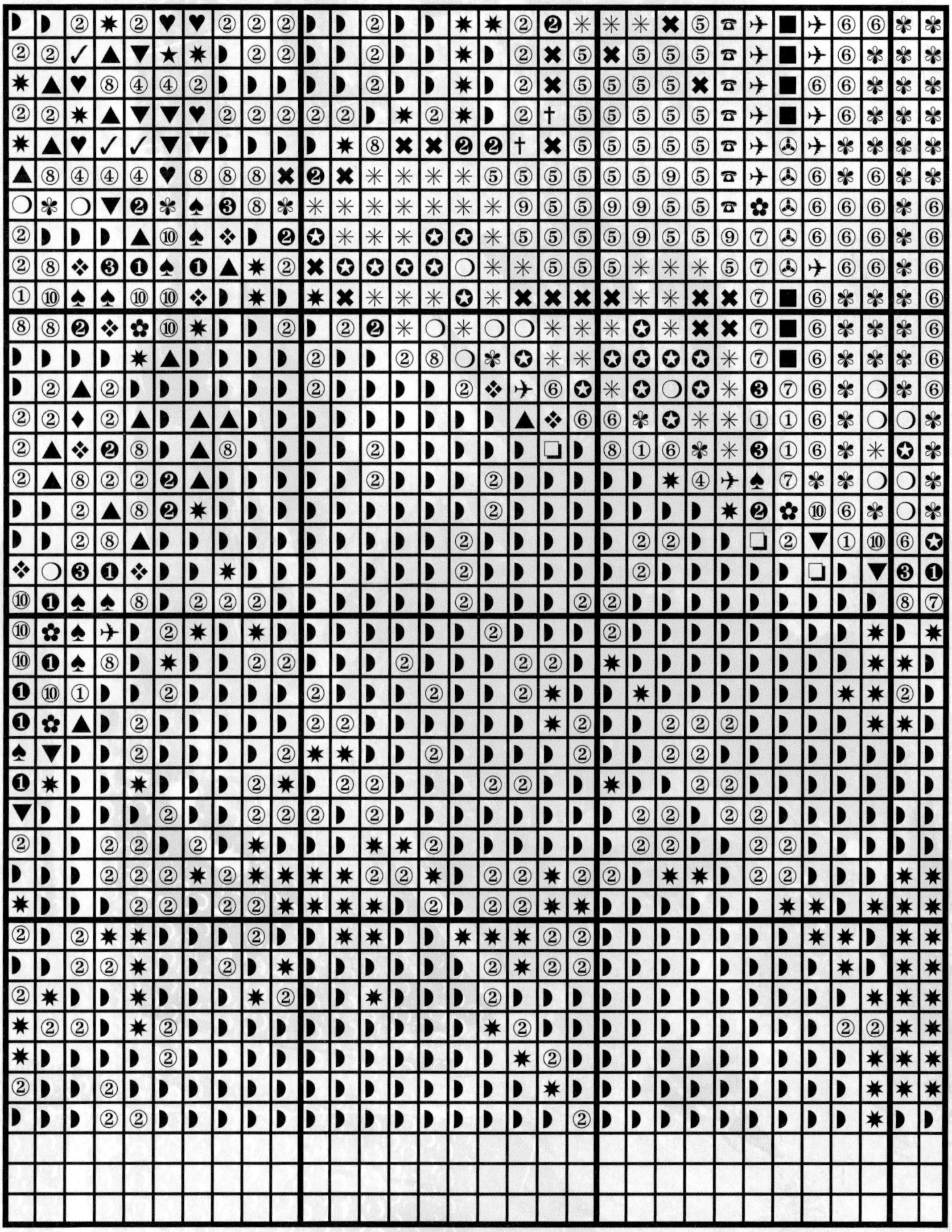

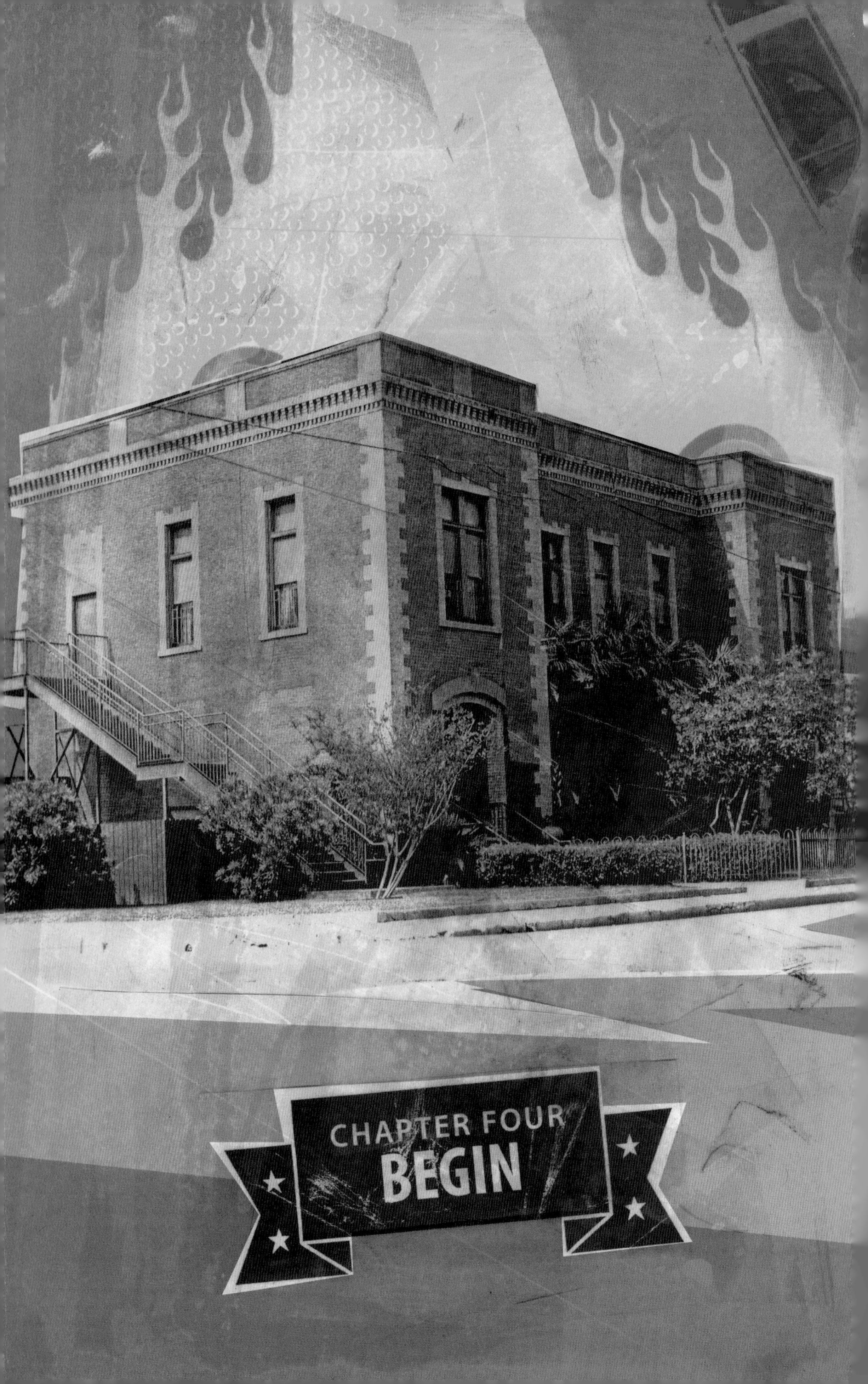

CHAPTER FOUR
BEGIN

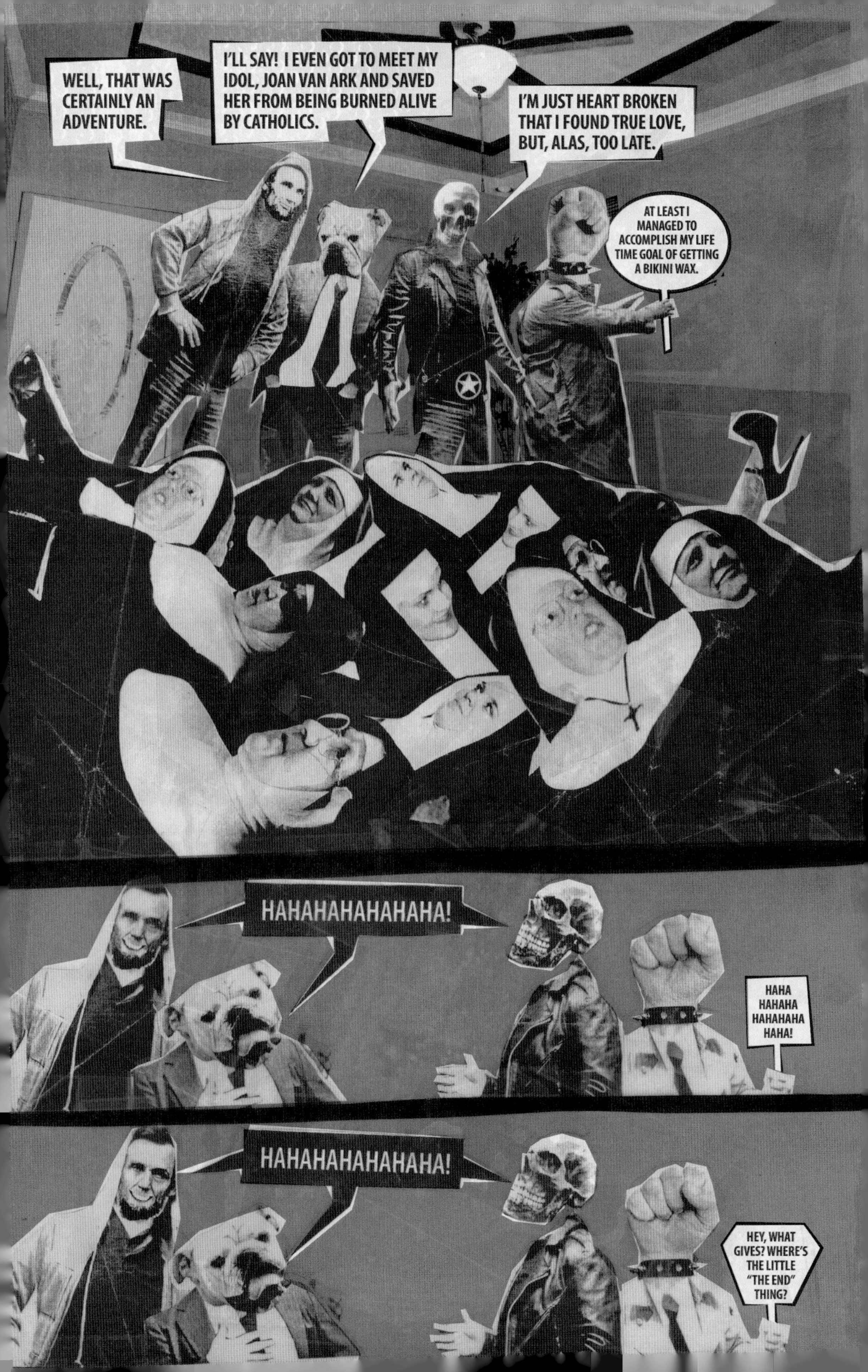
WELL, THAT WAS CERTAINLY AN ADVENTURE.
I'LL SAY! I EVEN GOT TO MEET MY IDOL, JOAN VAN ARK AND SAVED HER FROM BEING BURNED ALIVE BY CATHOLICS.
I'M JUST HEART BROKEN THAT I FOUND TRUE LOVE, BUT, ALAS, TOO LATE.
AT LEAST I MANAGED TO ACCOMPLISH MY LIFE TIME GOAL OF GETTING A BIKINI WAX.
HAHAHAHAHAHAHA!
HAHA HAHAHA HAHAHAHA HAHA!
HAHAHAHAHAHAHA!
HEY, WHAT GIVES? WHERE'S THE LITTLE "THE END" THING?

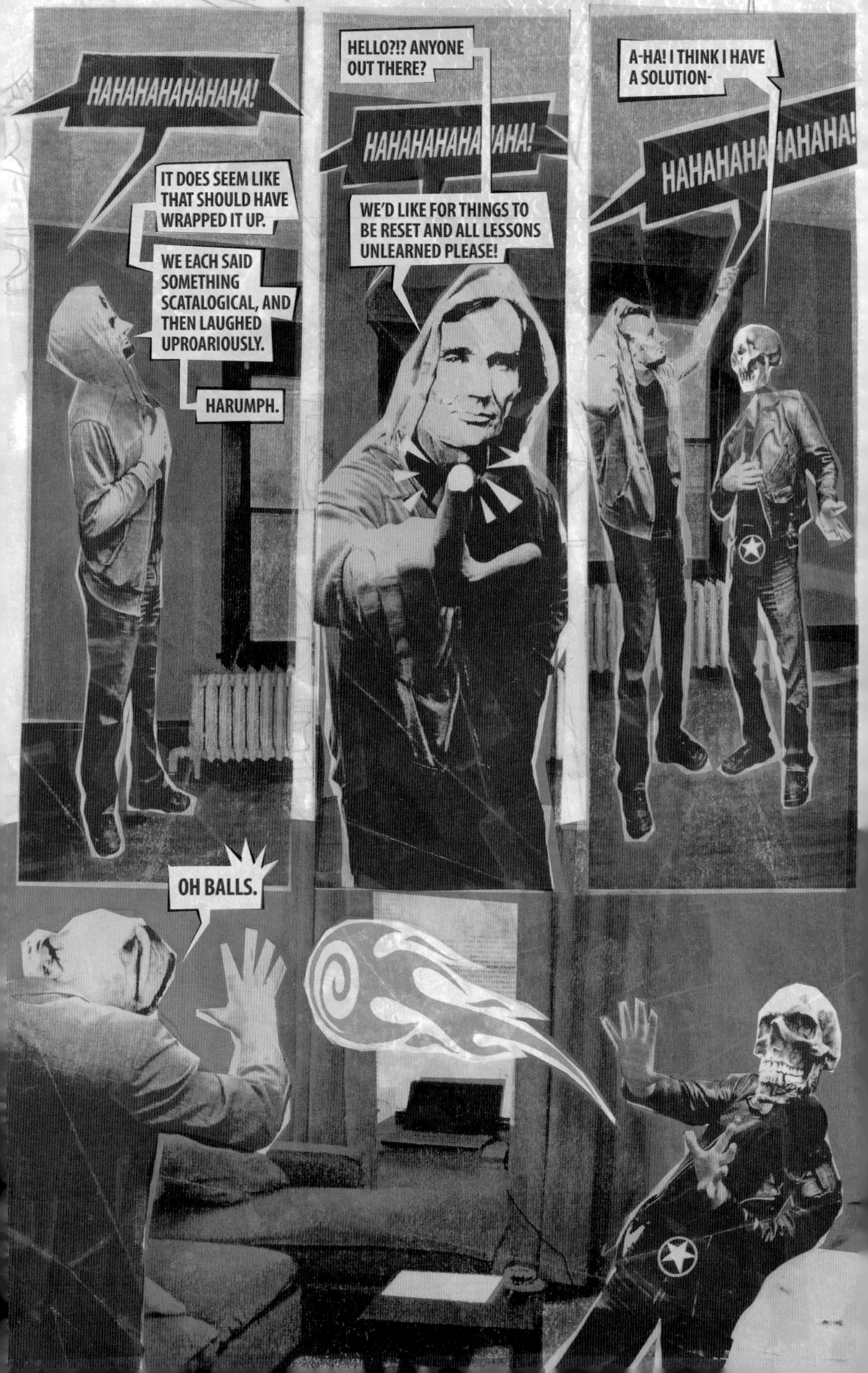
HAHAHAHAHAHAHA!
IT DOES SEEM LIKE THAT SHOULD HAVE WRAPPED IT UP.
WE EACH SAID SOMETHING SCATALOGICAL, AND THEN LAUGHED UPROARIOUSLY.
HARUMPH.
HELLO?!? ANYONE OUT THERE?
HAHAHAHAHAHAHA!
WE'D LIKE FOR THINGS TO BE RESET AND ALL LESSONS UNLEARNED PLEASE!
A-HA! I THINK I HAVE A SOLUTION-
HAHAHAHAHAHAHA!
OH BALLS.

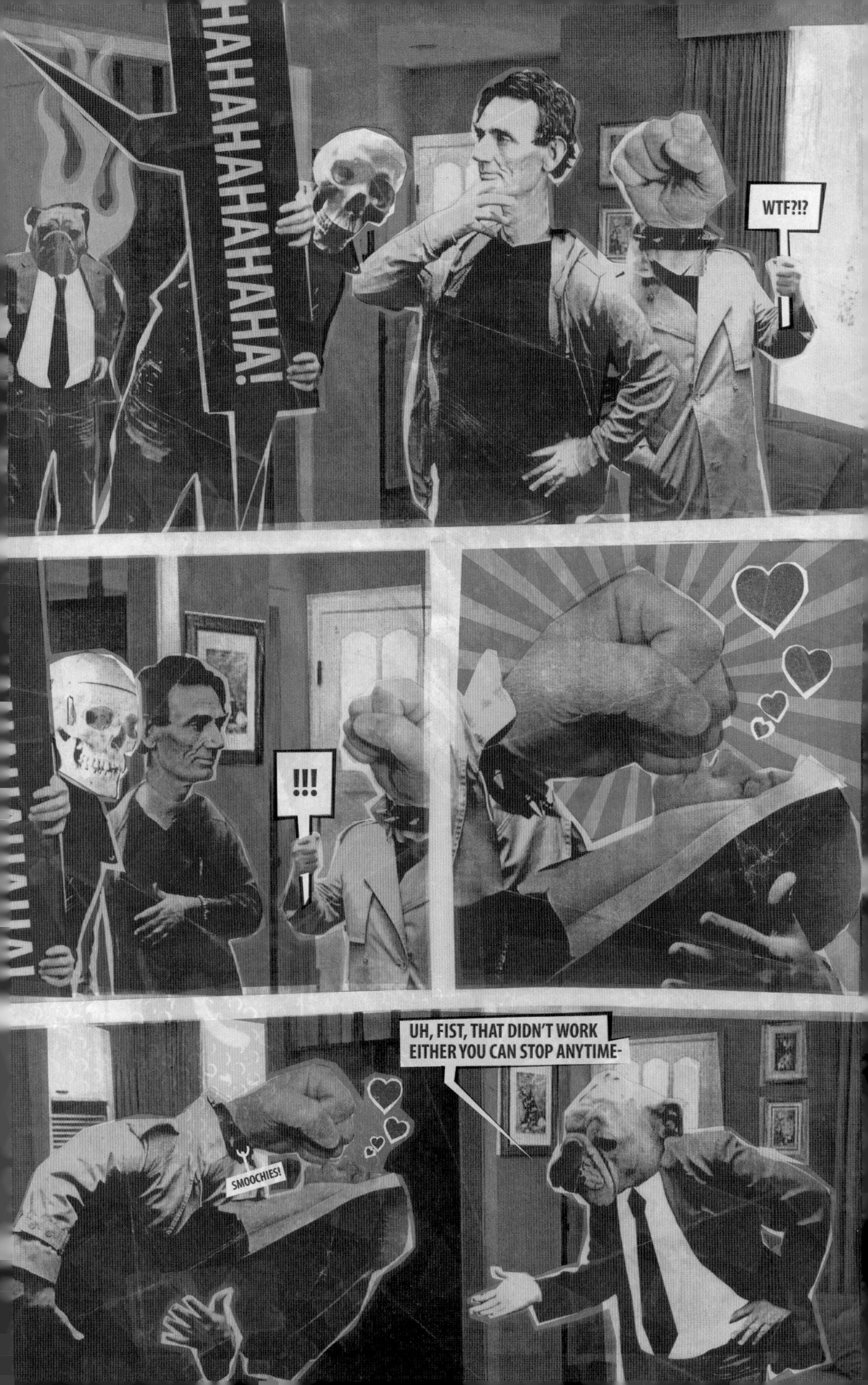
HAHAHAHAHAHA!
WTF?!?
!!!
SMOOCHIES!
UH, FIST, THAT DIDN'T WORK EITHER YOU CAN STOP ANYTIME-

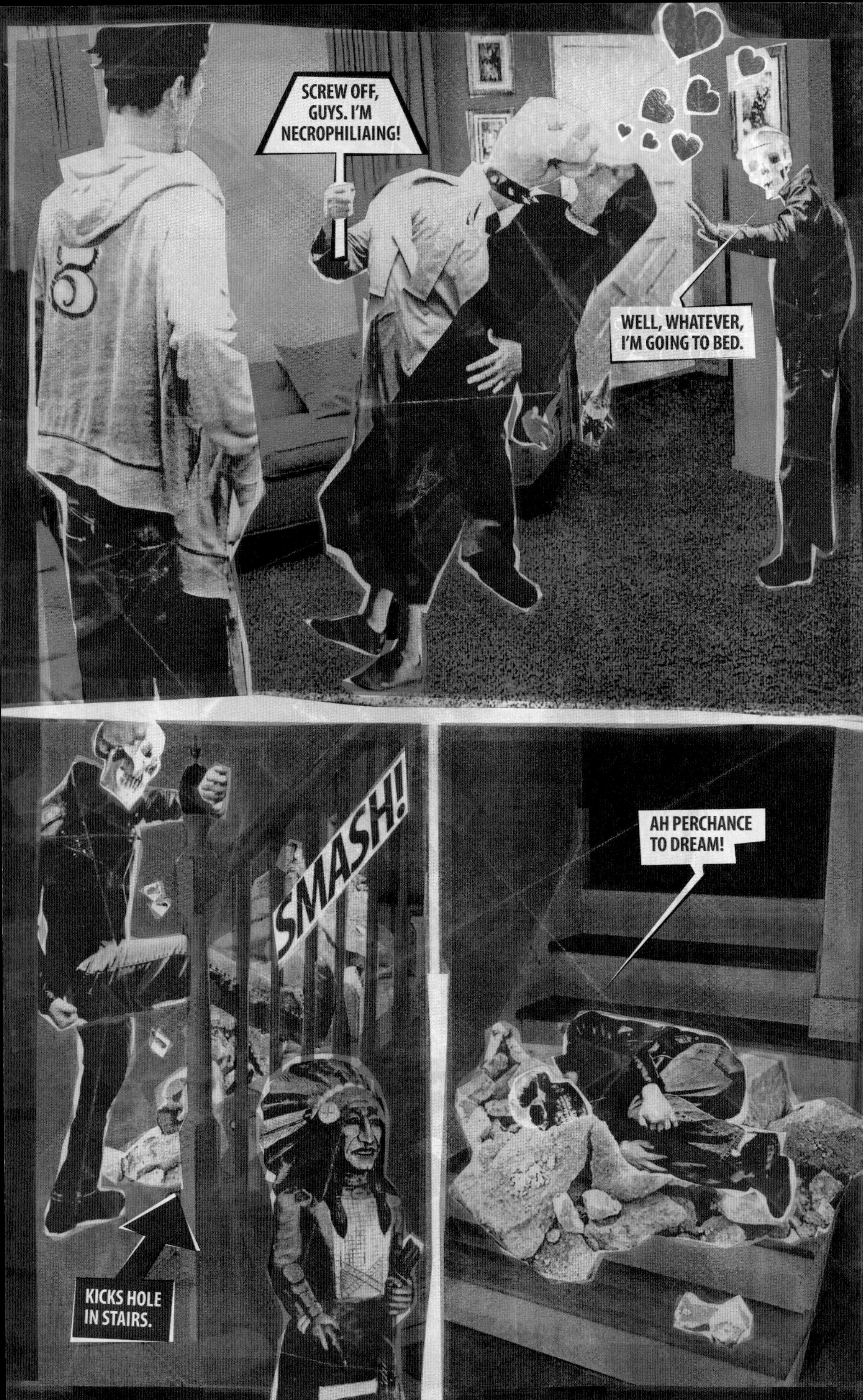
SCREW OFF, GUYS. I'M NECROPHILIAING!
WELL, WHATEVER, I'M GOING TO BED.
KICKS HOLE IN STAIRS.
SMASH!
AH PERCHANCE TO DREAM!

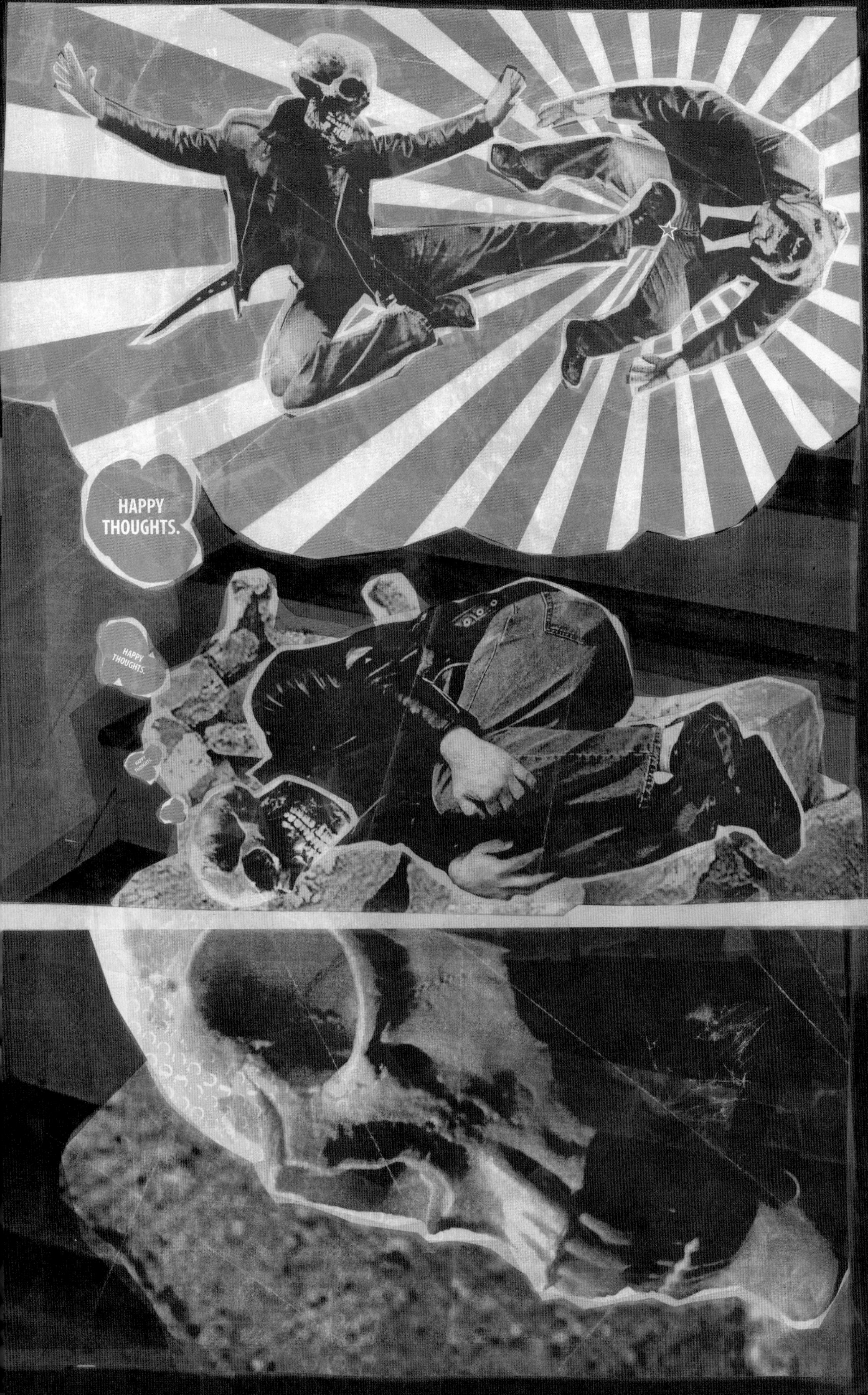
HAPPY THOUGHTS.
HAPPY THOUGHTS.
HAPPY THOUGHTS.

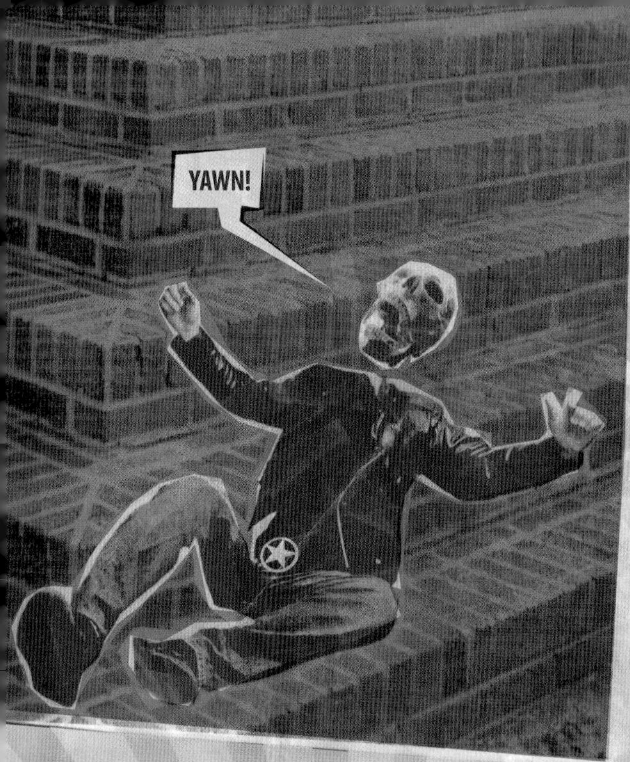
YAWN!
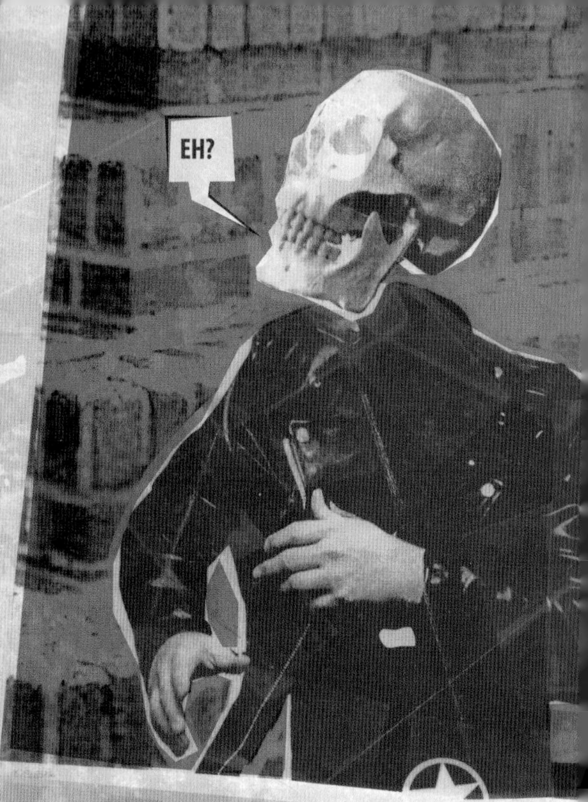
EH?
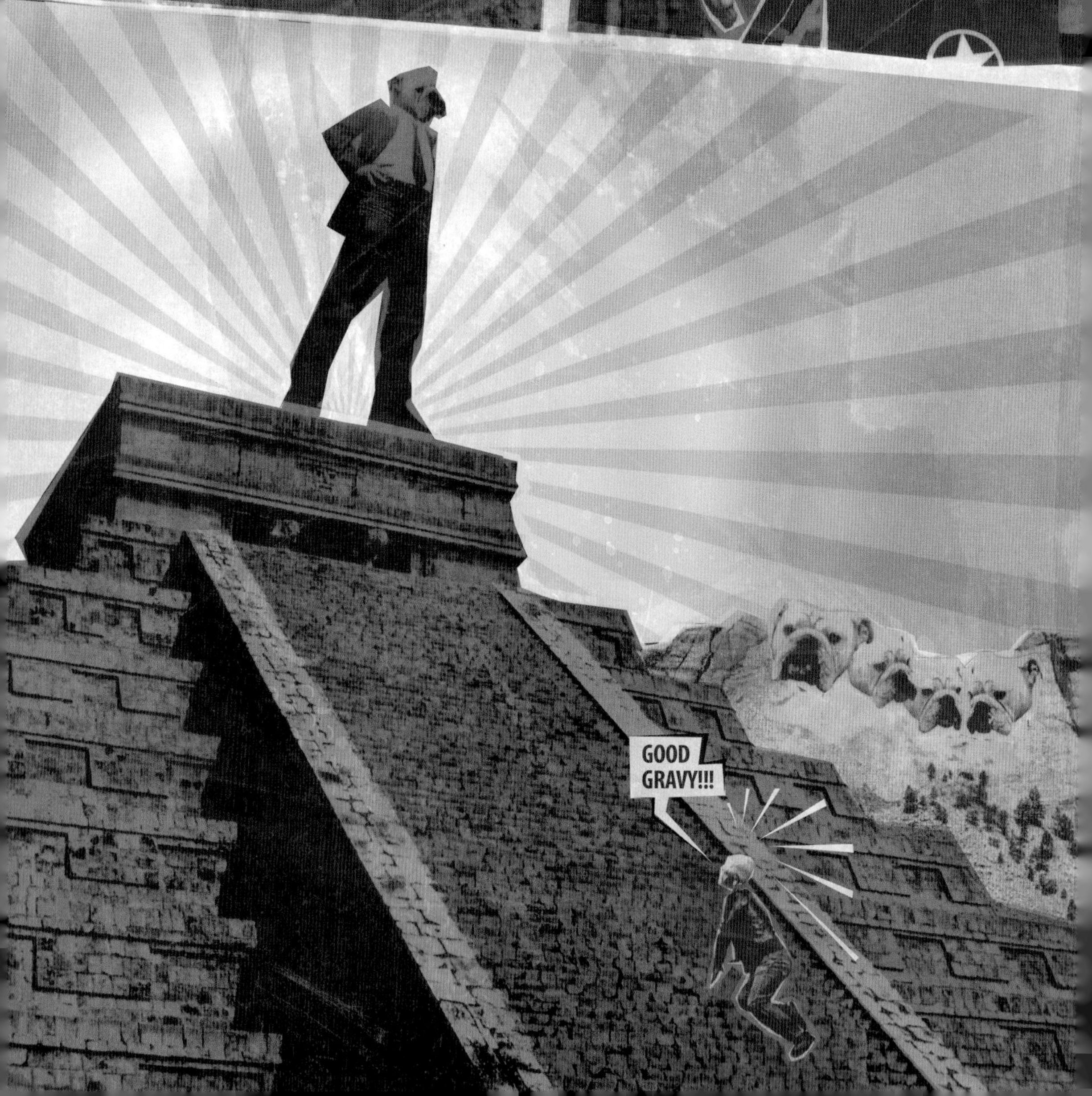
GOOD GRAVY!!!

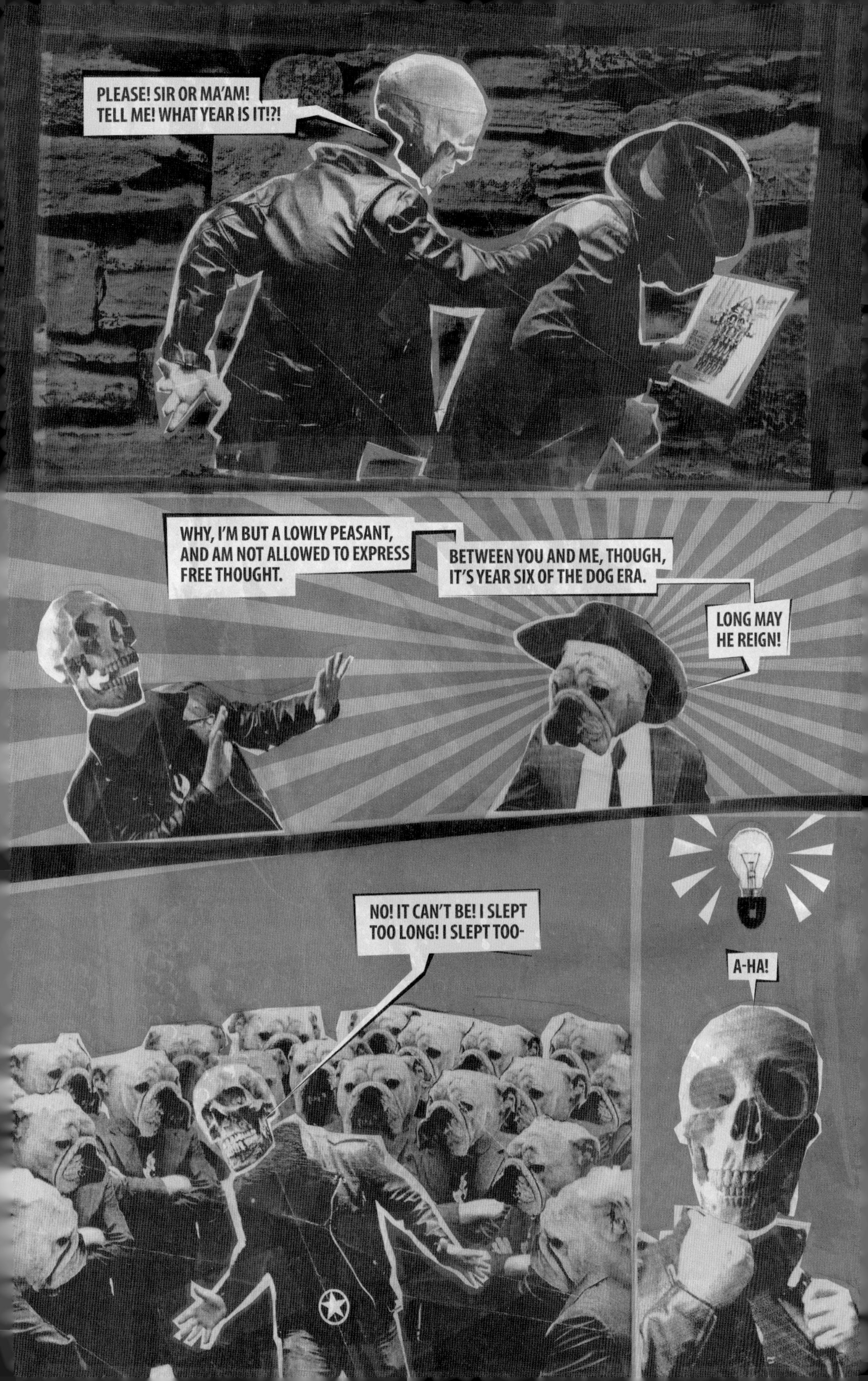
PLEASE! SIR OR MA'AM! TELL ME! WHAT YEAR IS IT!?!
WHY, I'M BUT A LOWLY PEASANT, AND AM NOT ALLOWED TO EXPRESS FREE THOUGHT.
BETWEEN YOU AND ME, THOUGH, IT'S YEAR SIX OF THE DOG ERA.
LONG MAY HE REIGN!
NO! IT CAN'T BE! I SLEPT TOO LONG! I SLEPT TOO-
A-HA!

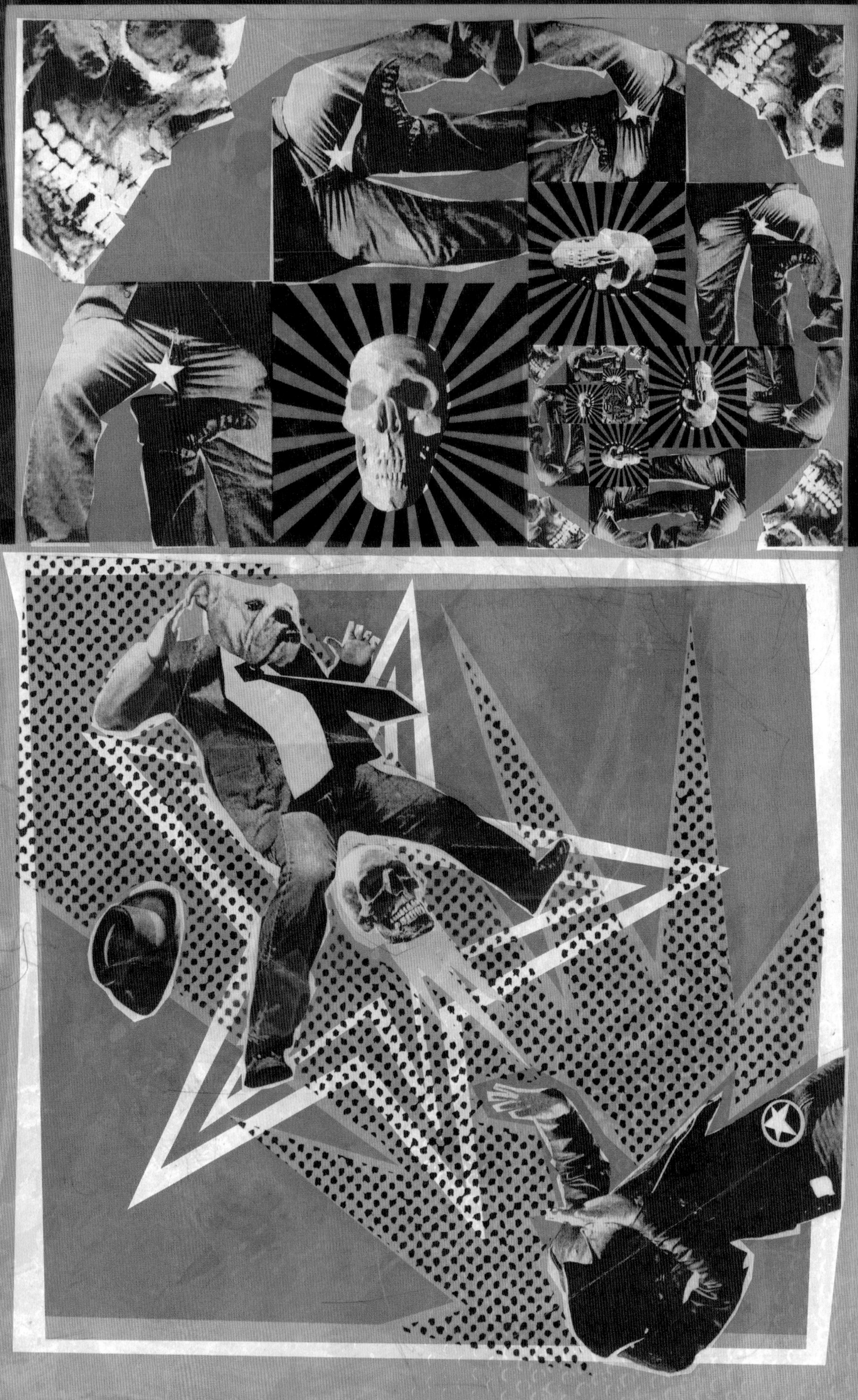

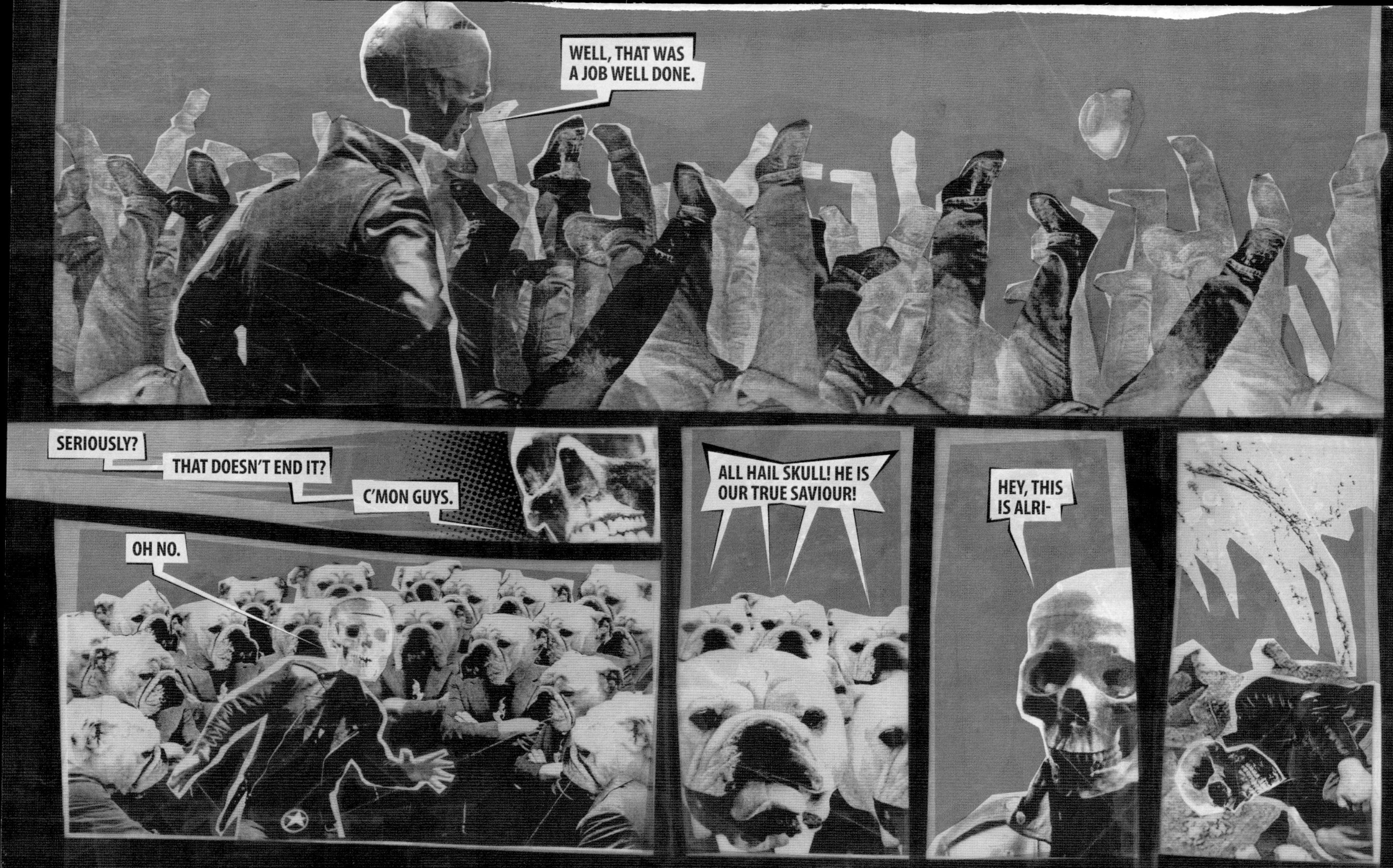
WELL, THAT WAS A JOB WELL DONE.
SERIOUSLY?
THAT DOESN'T END IT?
C'MON GUYS.
OH NO.
ALL HAIL SKULL! HE IS OUR TRUE SAVIOUR!
HEY, THIS IS ALRI-

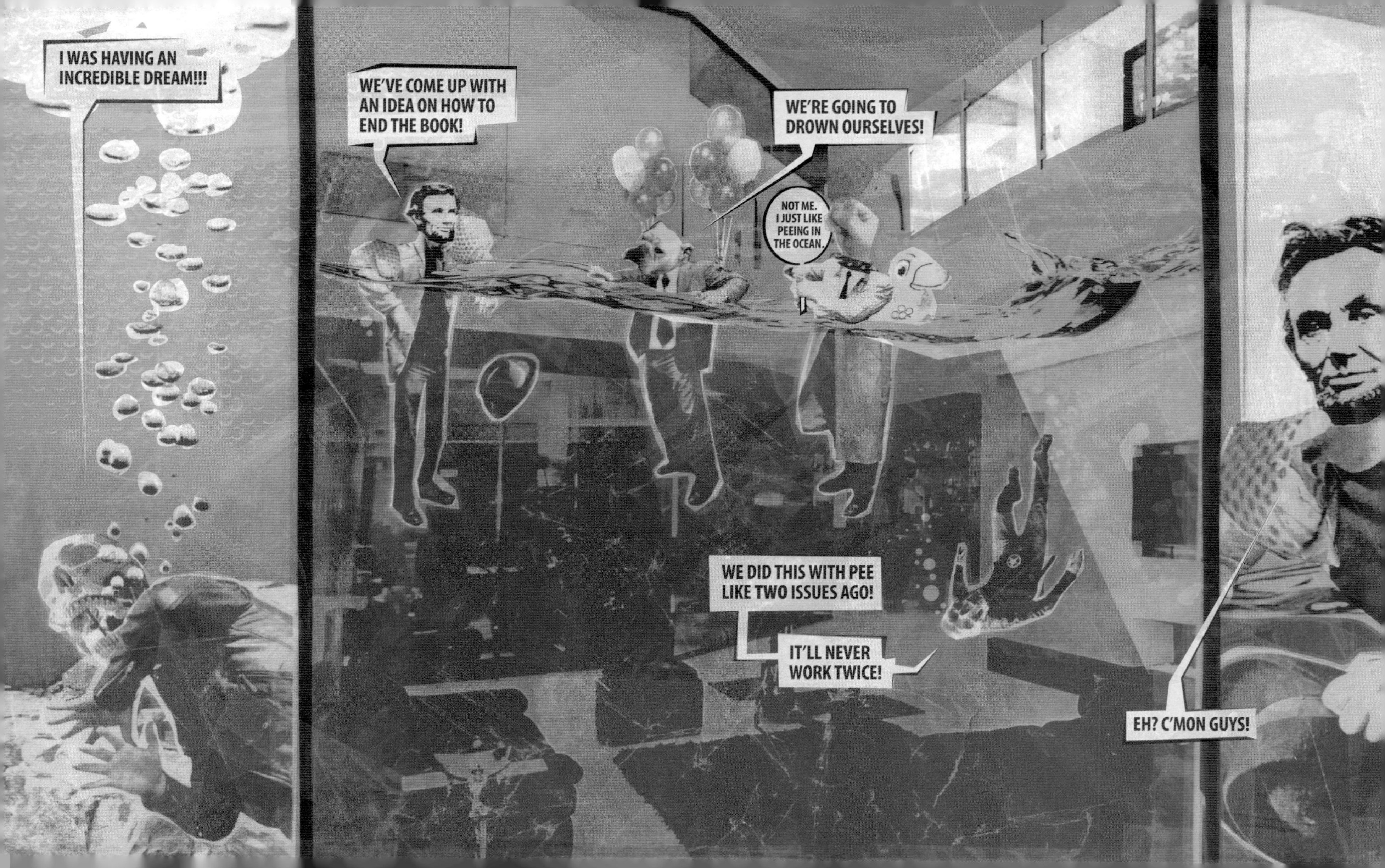
I WAS HAVING AN INCREDIBLE DREAM!!!
WE'VE COME UP WITH AN IDEA ON HOW TO END THE BOOK!
WE'RE GOING TO DROWN OURSELVES!
NOT ME. I JUST LIKE PEEING IN THE OCEAN.
WE DID THIS WITH PEE LIKE TWO ISSUES AGO!
IT'LL NEVER WORK TWICE!
EH? C'MON GUYS!

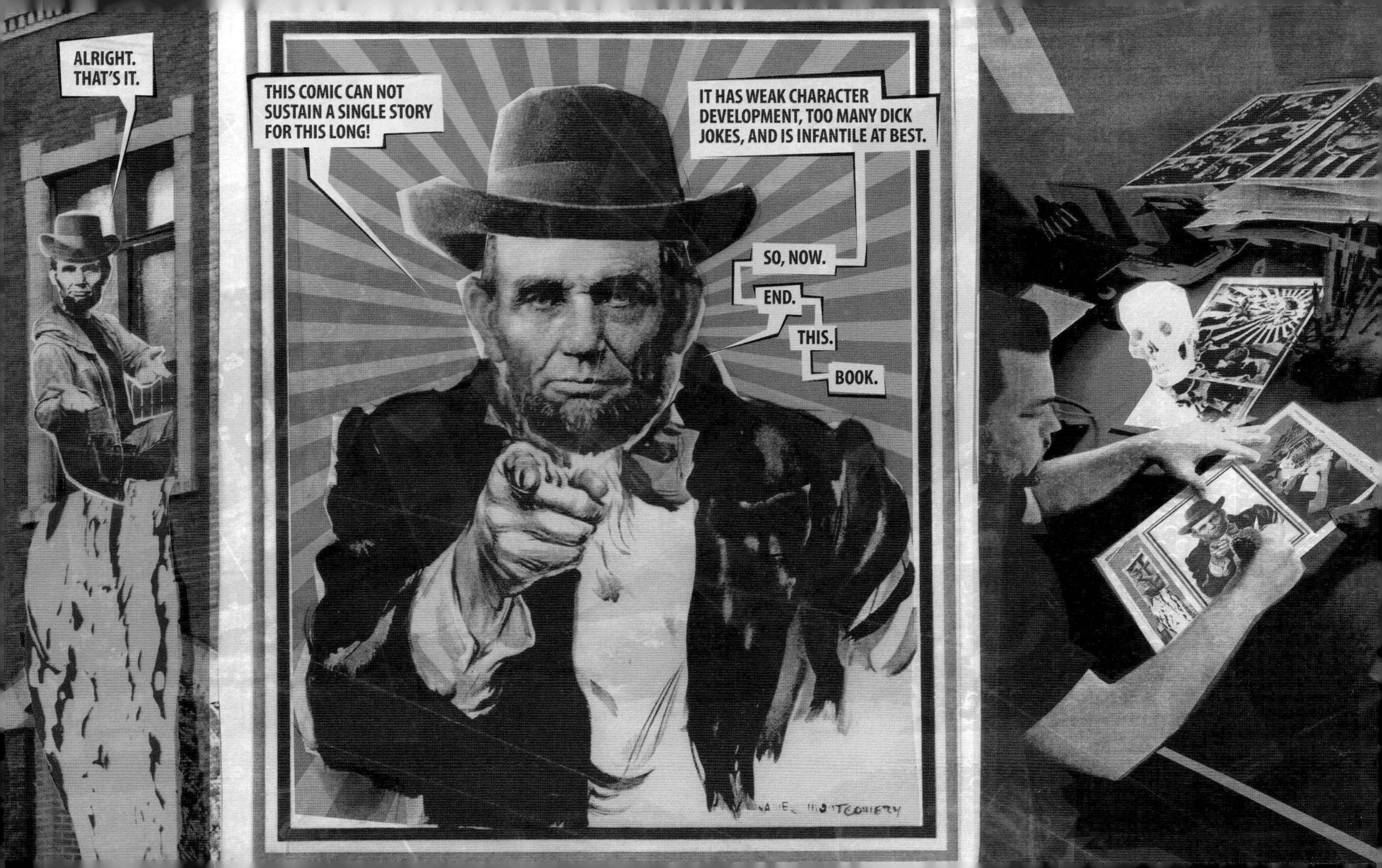
ALRIGHT. THAT'S IT.
THIS COMIC CAN NOT SUSTAIN A SINGLE STORY FOR THIS LONG!
IT HAS WEAK CHARACTER DEVELOPMENT, TOO MANY DICK JOKES, AND IS INFANTILE AT BEST.
SO, NOW.
END.
THIS.
BOOK.

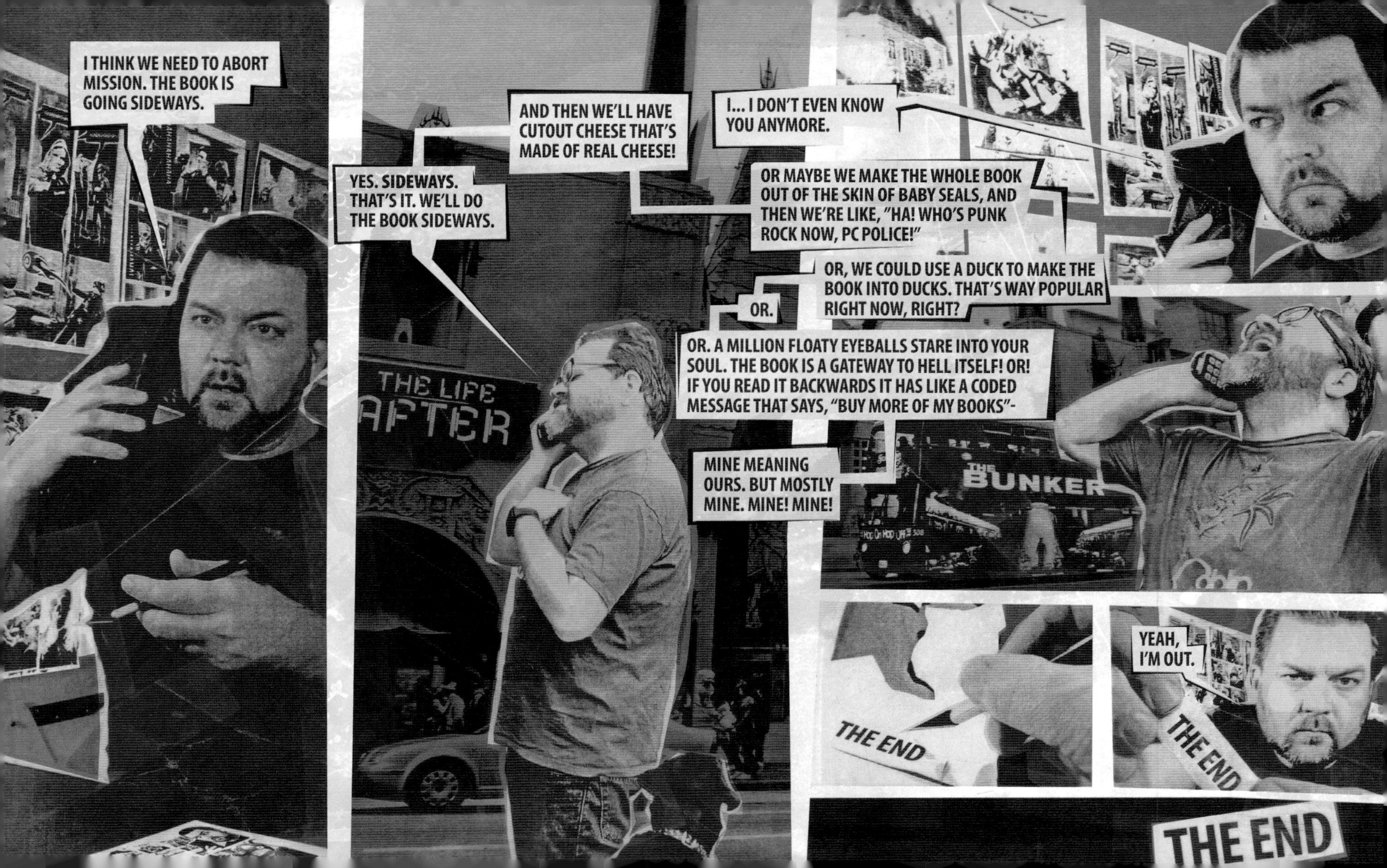
I THINK WE NEED TO ABORT MISSION. THE BOOK IS GOING SIDEWAYS.
YES. SIDEWAYS. THAT'S IT. WE'LL DO THE BOOK SIDEWAYS.
AND THEN WE'LL HAVE CUTOUT CHEESE THAT'S MADE OF REAL CHEESE!
I... I DON'T EVEN KNOW YOU ANYMORE.
OR MAYBE WE MAKE THE WHOLE BOOK OUT OF THE SKIN OF BABY SEALS, AND THEN WE'RE LIKE, "HA! WHO'S PUNK ROCK NOW, PC POLICE!"
OR, WE COULD USE A DUCK TO MAKE THE BOOK INTO DUCKS. THAT'S WAY POPULAR RIGHT NOW, RIGHT?
OR.
OR. A MILLION FLOATY EYEBALLS STARE INTO YOUR SOUL. THE BOOK IS A GATEWAY TO HELL ITSELF! OR! IF YOU READ IT BACKWARDS IT HAS LIKE A CODED MESSAGE THAT SAYS, "BUY MORE OF MY BOOKS"-
MINE MEANING OURS. BUT MOSTLY MINE. MINE! MINE!
THE LIFE AFTER
THE BUNKER
THE END
YEAH, I'M OUT.
THE END
THE END

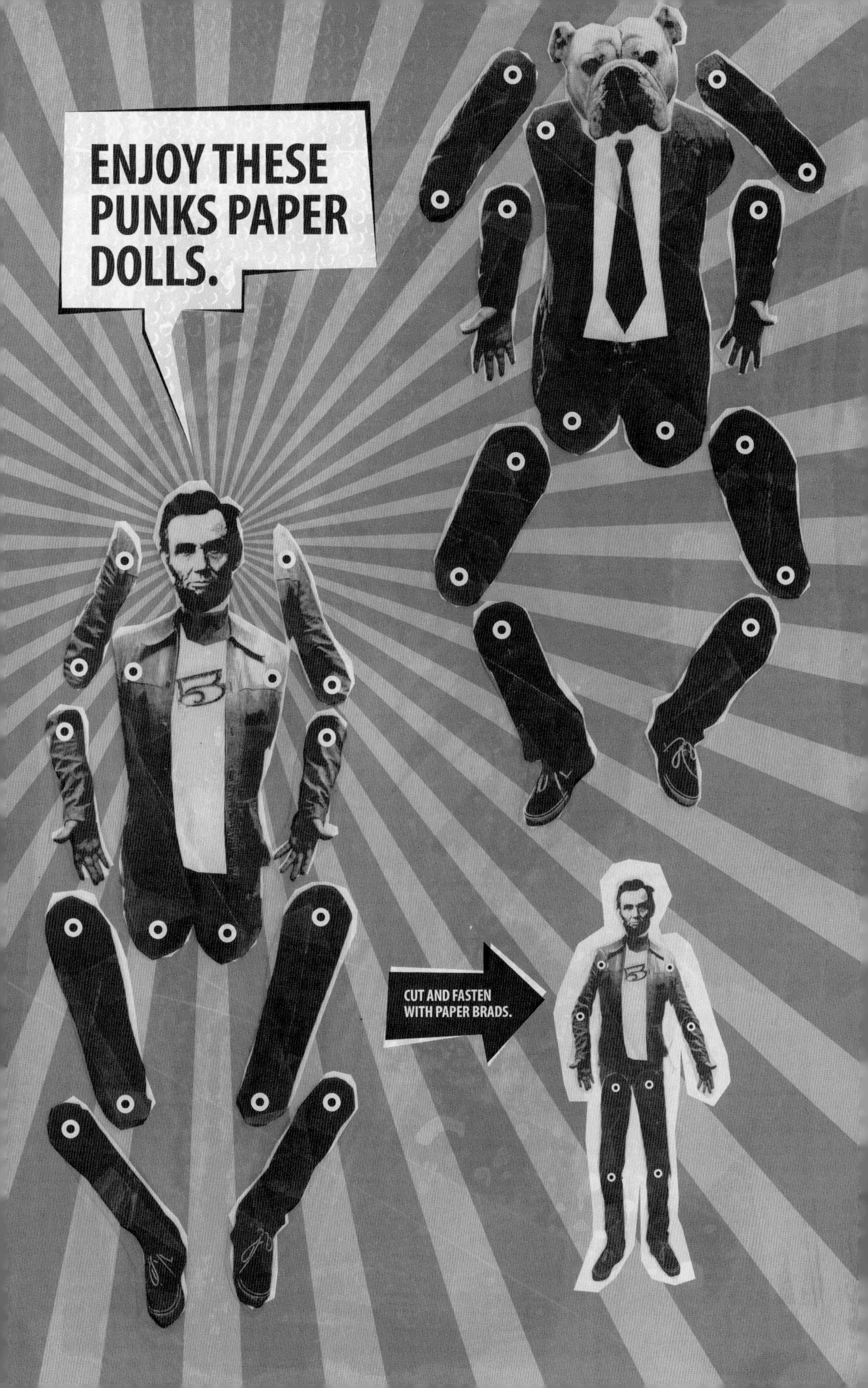
ENJOY THESE PUNKS PAPER DOLLS.
CUT AND FASTEN WITH PAPER BRADS.

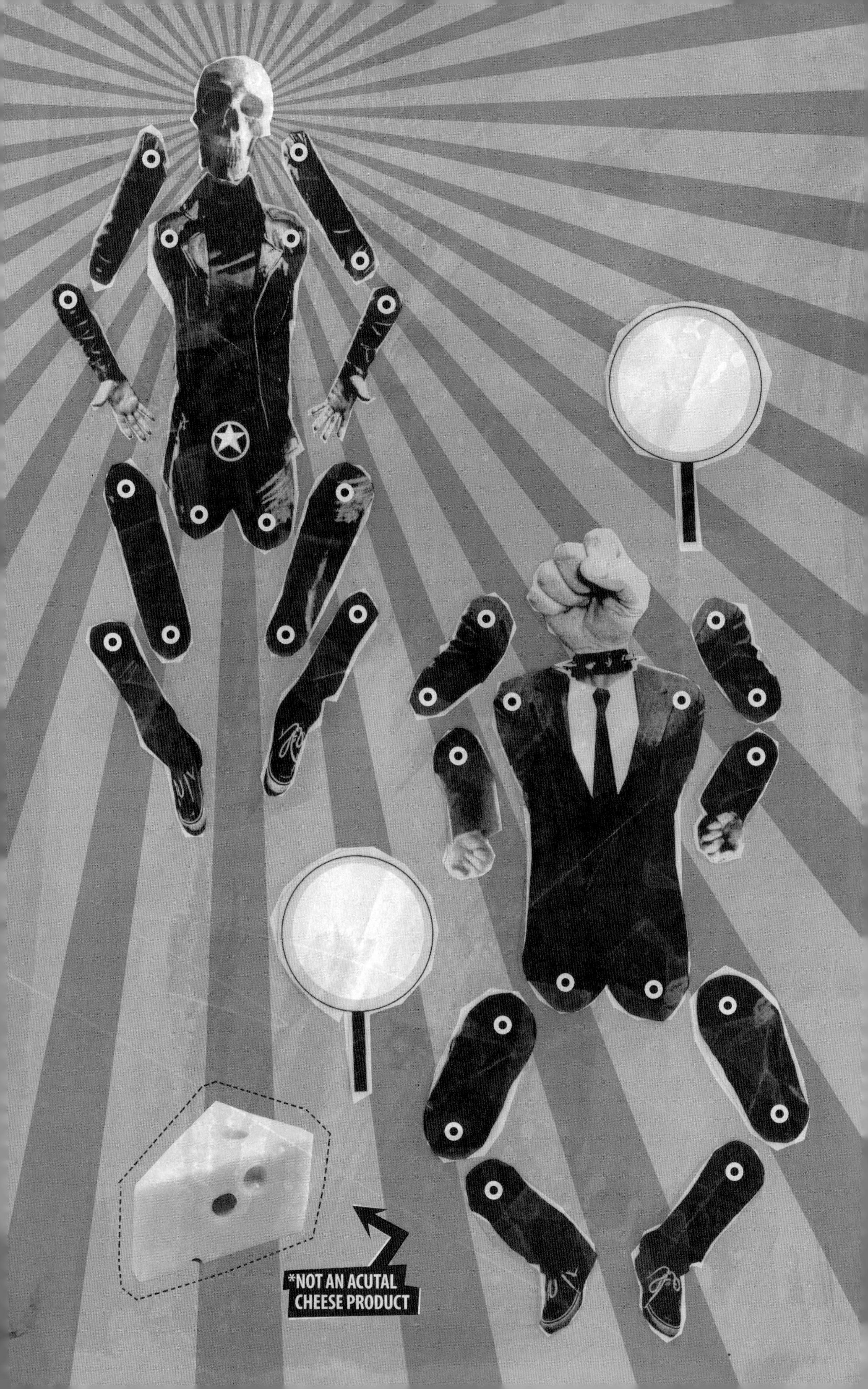
*NOT AN ACUTAL
CHEESE PRODUCT

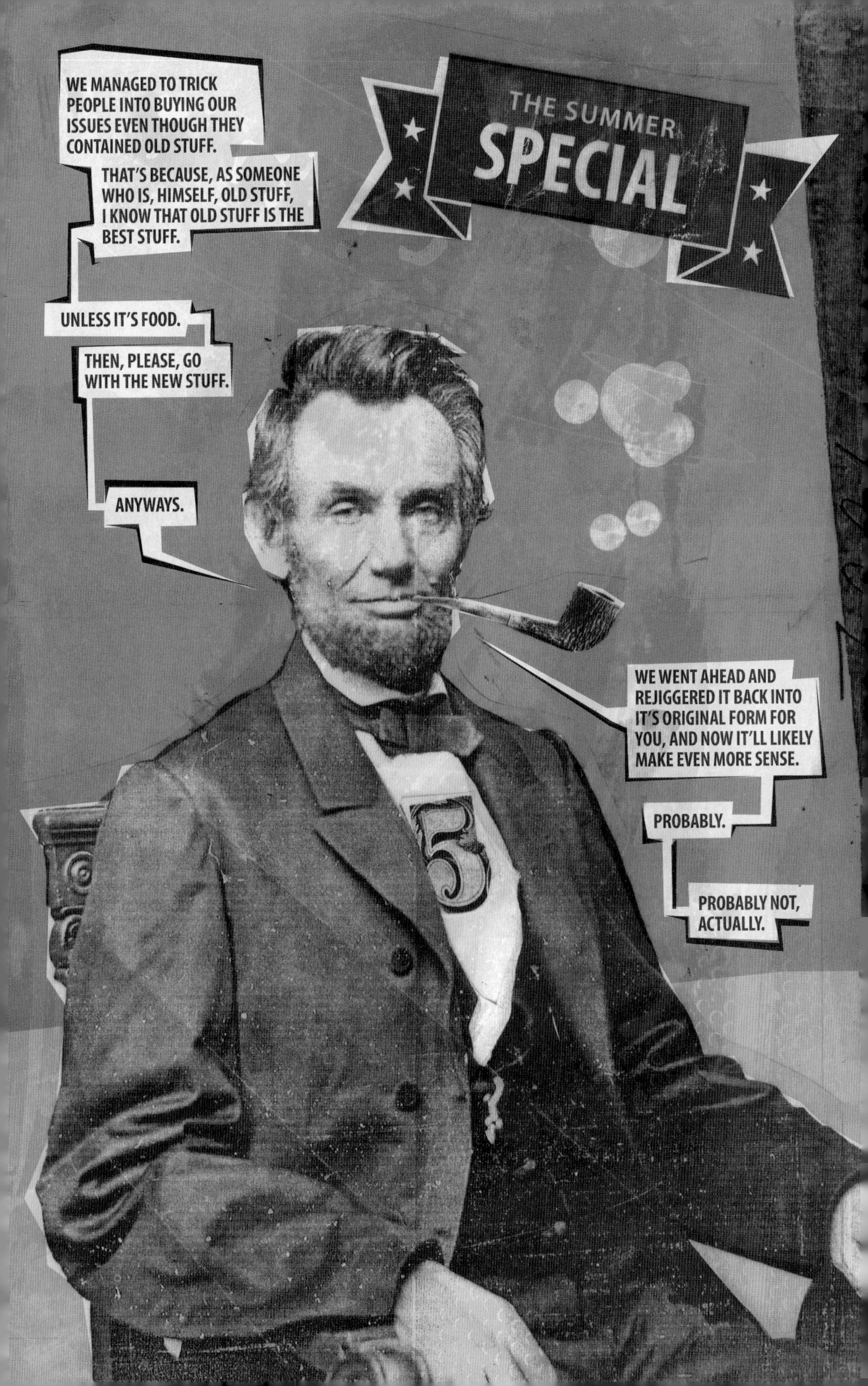
WE MANAGED TO TRICK PEOPLE INTO BUYING OUR ISSUES EVEN THOUGH THEY CONTAINED OLD STUFF.
THAT'S BECAUSE, AS SOMEONE WHO IS, HIMSELF, OLD STUFF, I KNOW THAT OLD STUFF IS THE BEST STUFF.
UNLESS IT'S FOOD.
THEN, PLEASE, GO WITH THE NEW STUFF.
ANYWAYS.
THE SUMMER SPECIAL
WE WENT AHEAD AND REJIGGERED IT BACK INTO IT'S ORIGINAL FORM FOR YOU, AND NOW IT'LL LIKELY MAKE EVEN MORE SENSE.
PROBABLY.
PROBABLY NOT, ACTUALLY.

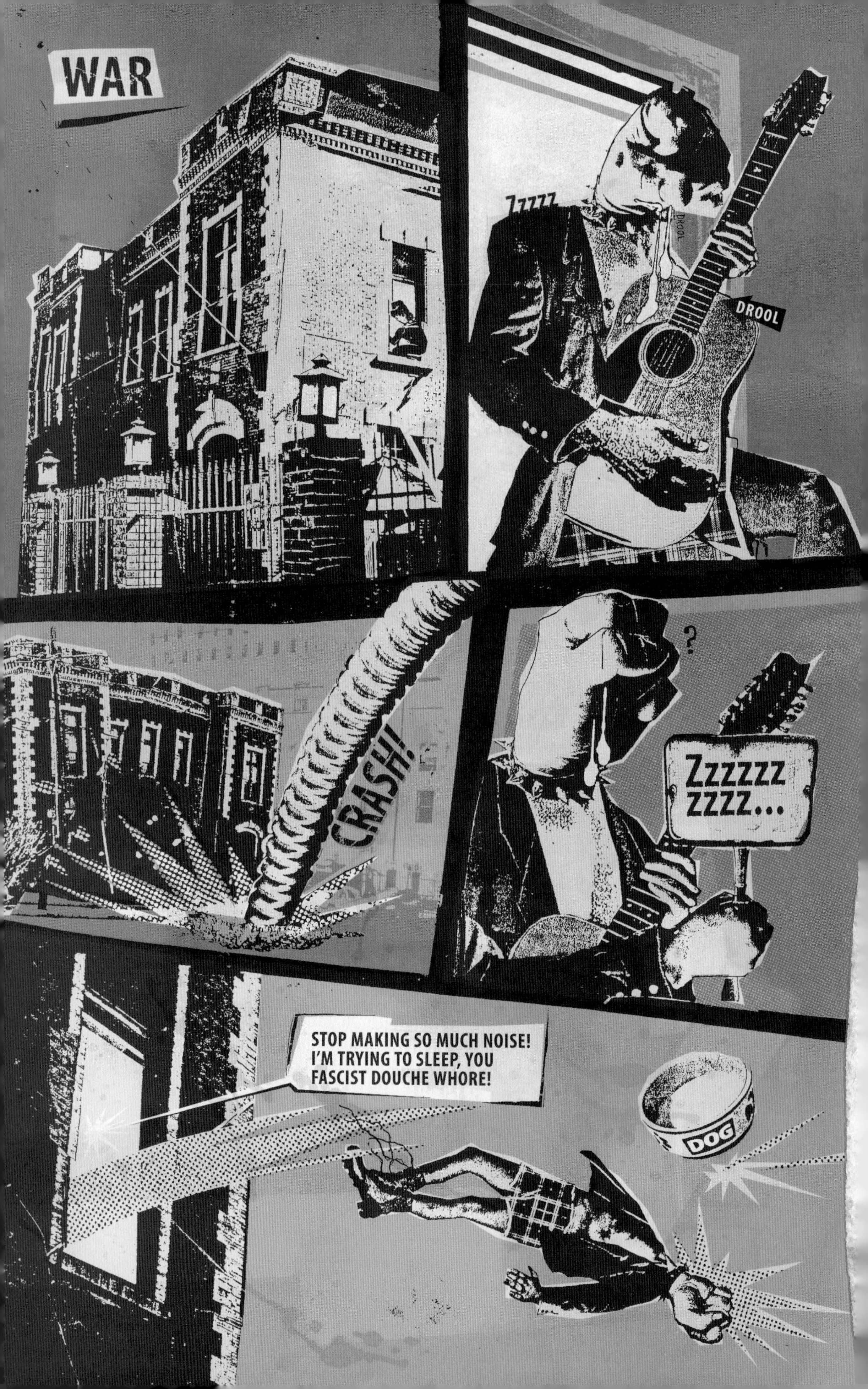
WAR
Zzzzz
DROOL
DROOL
CRASH!
?
Zzzzzz
zzzz...
STOP MAKING SO MUCH NOISE! I'M TRYING TO SLEEP, YOU FASCIST DOUCHE WHORE!
DOG

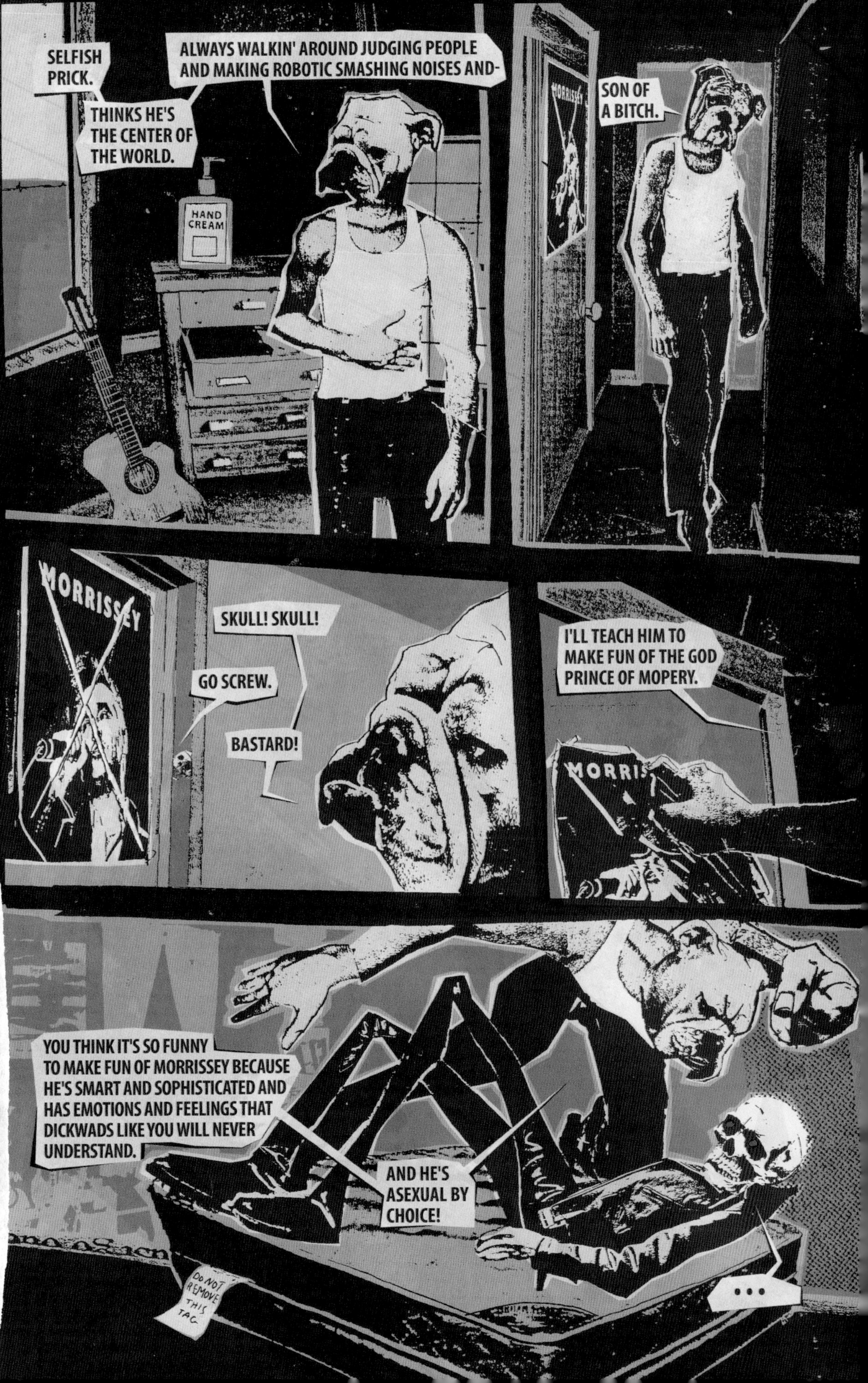
SELFISH PRICK.
THINKS HE'S THE CENTER OF THE WORLD.
ALWAYS WALKIN' AROUND JUDGING PEOPLE AND MAKING ROBOTIC SMASHING NOISES AND-
HAND CREAM
MORRISSEY
SON OF A BITCH.
MORRISSEY
SKULL! SKULL!
GO SCREW.
BASTARD!
I'LL TEACH HIM TO MAKE FUN OF THE GOD PRINCE OF MOPERY.
MORRIS
YOU THINK IT'S SO FUNNY TO MAKE FUN OF MORRISSEY BECAUSE HE'S SMART AND SOPHISTICATED AND HAS EMOTIONS AND FEELINGS THAT DICKWADS LIKE YOU WILL NEVER UNDERSTAND.
AND HE'S ASEXUAL BY CHOICE!
DO NOT REMOVE THIS TAG
...

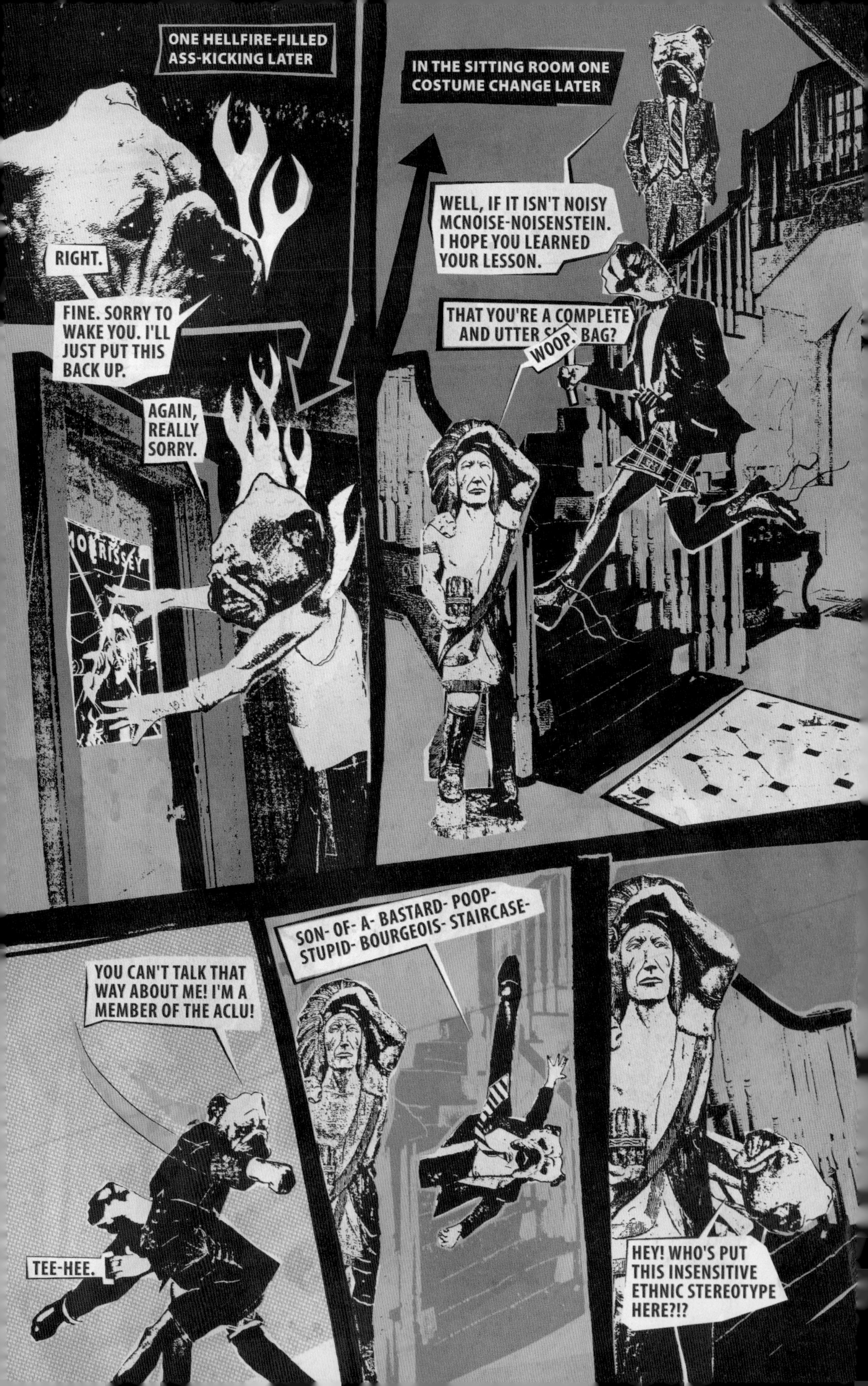
ONE HELLFIRE-FILLED ASS-KICKING LATER
RIGHT.
FINE. SORRY TO WAKE YOU. I'LL JUST PUT THIS BACK UP.
AGAIN, REALLY SORRY.
IN THE SITTING ROOM ONE COSTUME CHANGE LATER
WELL, IF IT ISN'T NOISY MCNOISE-NOISENSTEIN. I HOPE YOU LEARNED YOUR LESSON.
THAT YOU'RE A COMPLETE AND UTTER S BAG?
WOOP.
YOU CAN'T TALK THAT WAY ABOUT ME! I'M A MEMBER OF THE ACLU!
TEE-HEE.
SON- OF- A- BASTARD- POOP- STUPID- BOURGEOIS- STAIRCASE-
HEY! WHO'S PUT THIS INSENSITIVE ETHNIC STEREOTYPE HERE?!?

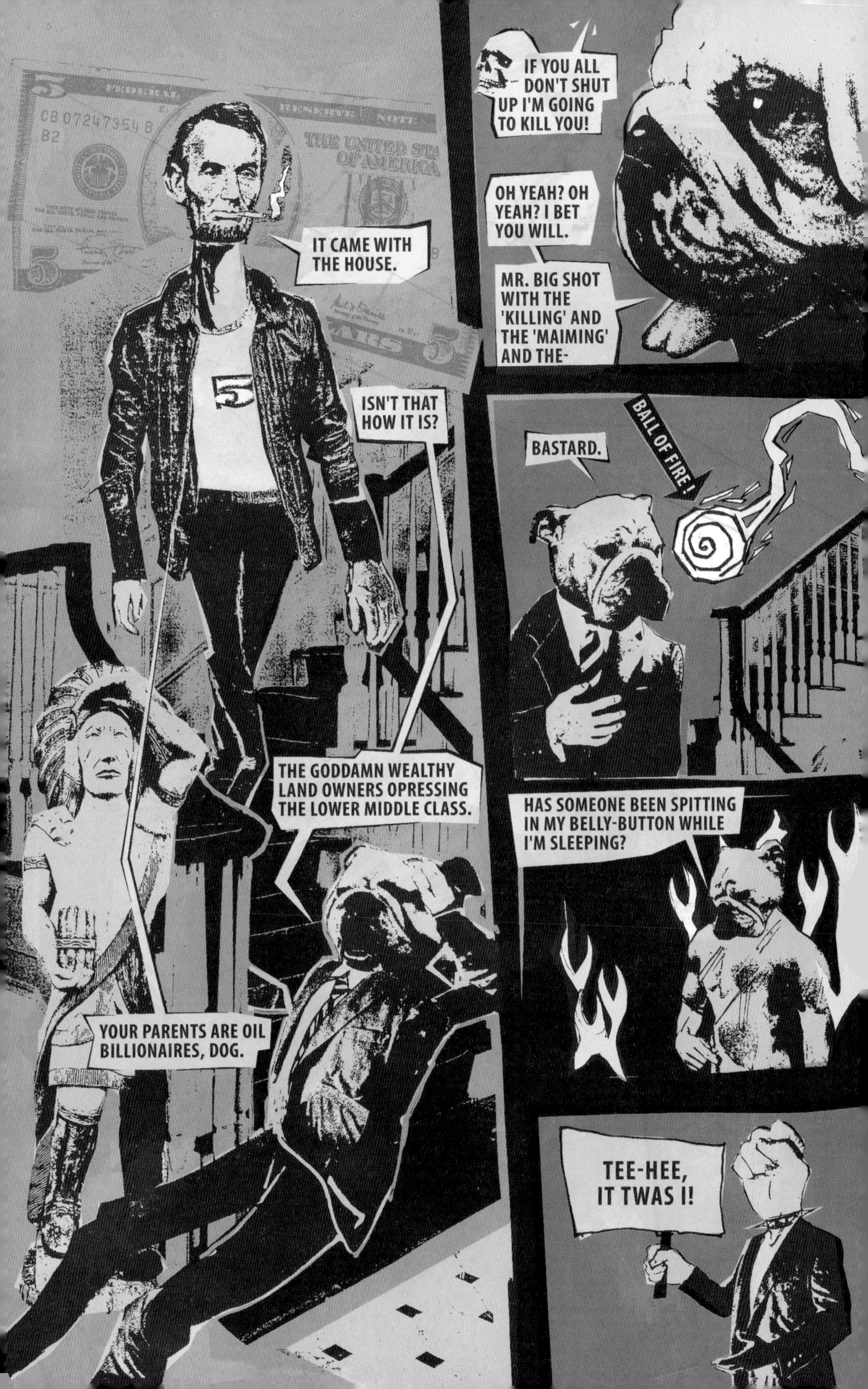
IT CAME WITH THE HOUSE.
ISN'T THAT HOW IT IS?
THE GODDAMN WEALTHY LAND OWNERS OPRESSING THE LOWER MIDDLE CLASS.
YOUR PARENTS ARE OIL BILLIONAIRES, DOG.
IF YOU ALL DON'T SHUT UP I'M GOING TO KILL YOU!
OH YEAH? OH YEAH? I BET YOU WILL.
MR. BIG SHOT WITH THE 'KILLING' AND THE 'MAIMING' AND THE-
BASTARD.
BALL OF FIRE!
HAS SOMEONE BEEN SPITTING IN MY BELLY-BUTTON WHILE I'M SLEEPING?
TEE-HEE, IT TWAS I!

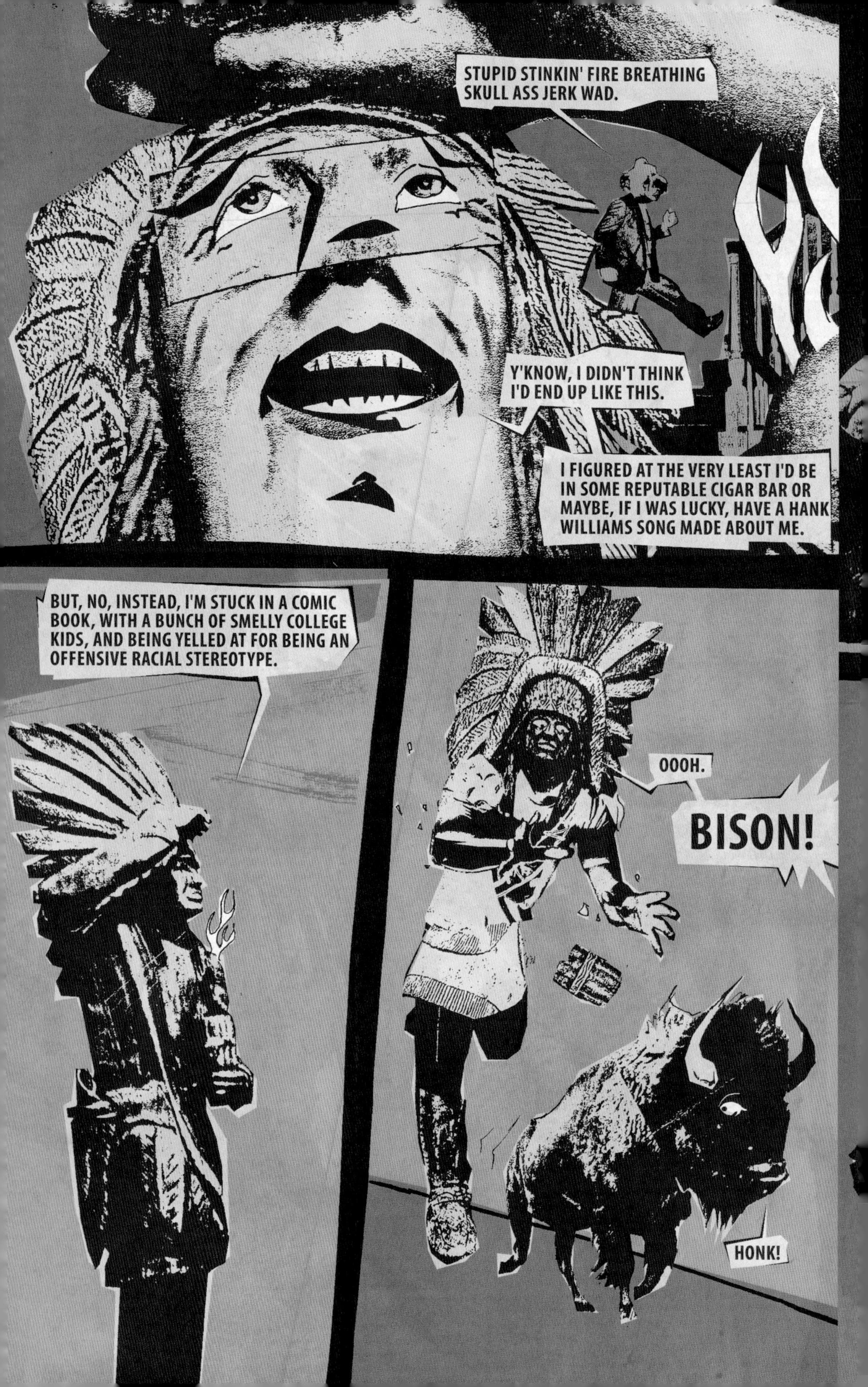
STUPID STINKIN' FIRE BREATHING SKULL ASS JERK WAD.
Y'KNOW, I DIDN'T THINK I'D END UP LIKE THIS.
I FIGURED AT THE VERY LEAST I'D BE IN SOME REPUTABLE CIGAR BAR OR MAYBE, IF I WAS LUCKY, HAVE A HANK WILLIAMS SONG MADE ABOUT ME.
BUT, NO, INSTEAD, I'M STUCK IN A COMIC BOOK, WITH A BUNCH OF SMELLY COLLEGE KIDS, AND BEING YELLED AT FOR BEING AN OFFENSIVE RACIAL STEREOTYPE.
OOOH.
BISON!
HONK!

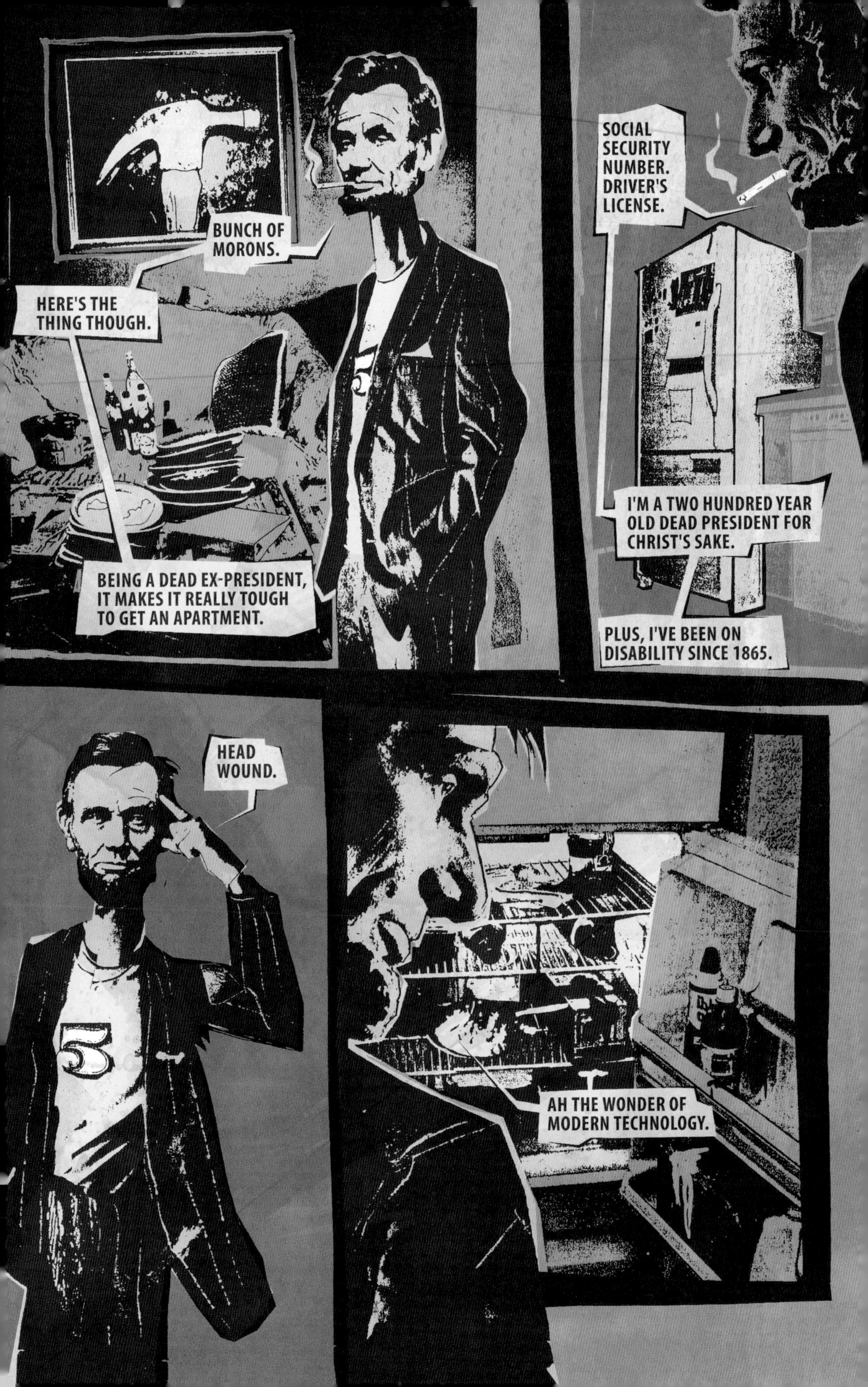
BUNCH OF MORONS.
HERE'S THE THING THOUGH.
BEING A DEAD EX-PRESIDENT, IT MAKES IT REALLY TOUGH TO GET AN APARTMENT.
SOCIAL SECURITY NUMBER. DRIVER'S LICENSE.
I'M A TWO HUNDRED YEAR OLD DEAD PRESIDENT FOR CHRIST'S SAKE.
PLUS, I'VE BEEN ON DISABILITY SINCE 1865.
HEAD WOUND.
AH THE WONDER OF MODERN TECHNOLOGY.

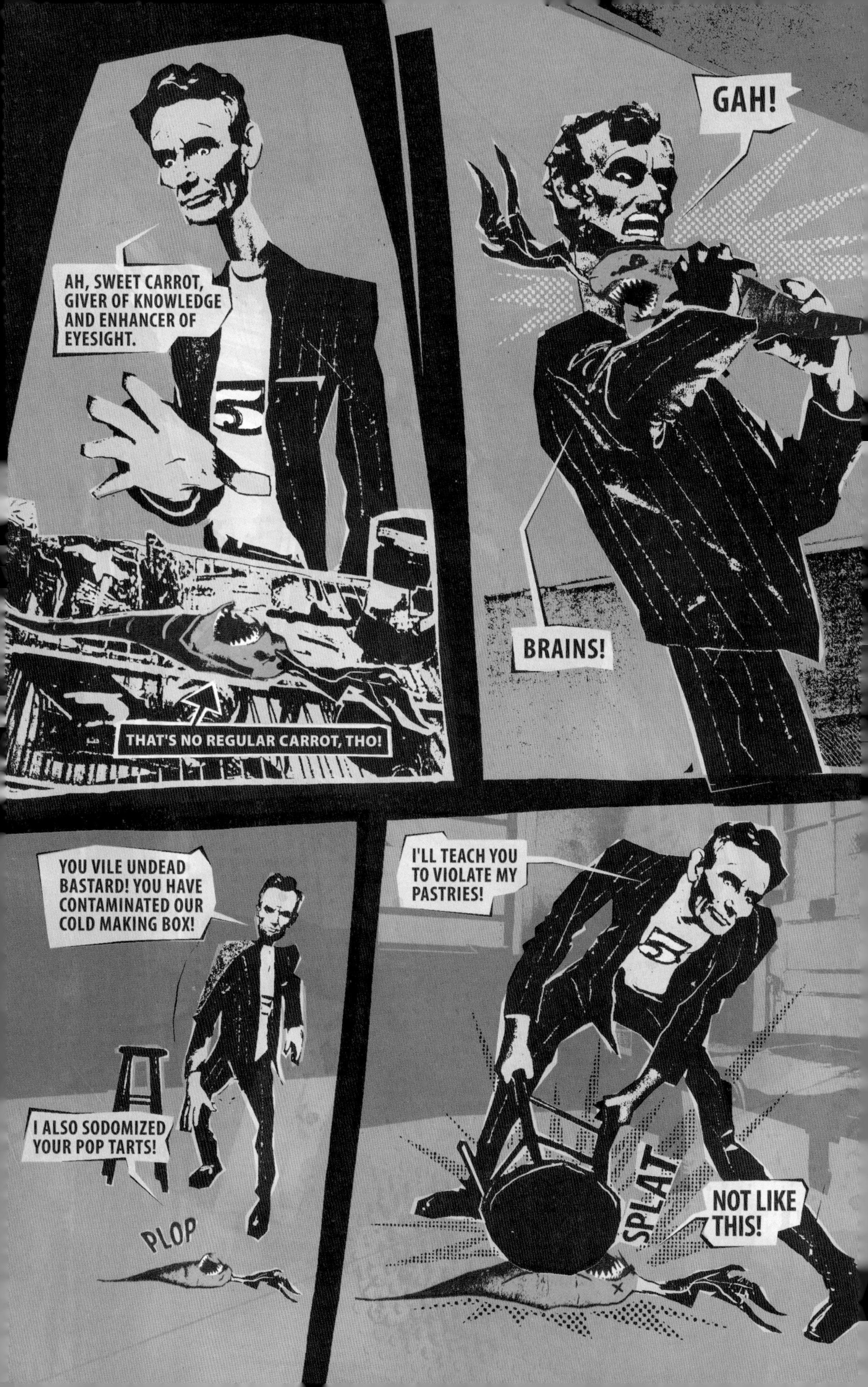
AH, SWEET CARROT, GIVER OF KNOWLEDGE AND ENHANCER OF EYESIGHT.
THAT'S NO REGULAR CARROT, THO!
GAH!
BRAINS!
YOU VILE UNDEAD BASTARD! YOU HAVE CONTAMINATED OUR COLD MAKING BOX!
I ALSO SODOMIZED YOUR POP TARTS!
PLOP
I'LL TEACH YOU TO VIOLATE MY PASTRIES!
SPLAT
NOT LIKE THIS!

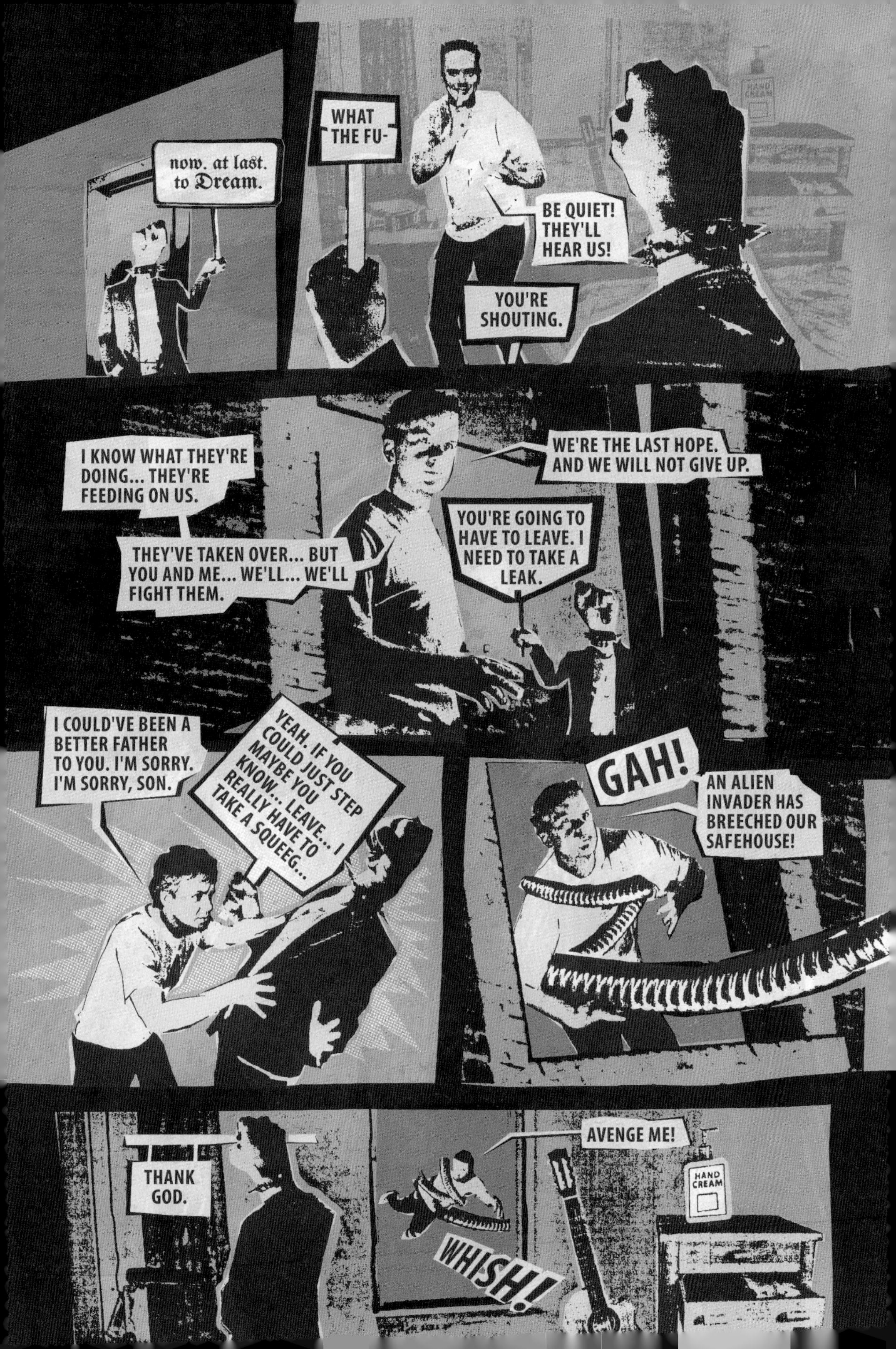
now. at last. to Dream.
WHAT THE FU-
BE QUIET! THEY'LL HEAR US!
YOU'RE SHOUTING.
I KNOW WHAT THEY'RE DOING... THEY'RE FEEDING ON US.
WE'RE THE LAST HOPE. AND WE WILL NOT GIVE UP.
THEY'VE TAKEN OVER... BUT YOU AND ME... WE'LL... WE'LL FIGHT THEM.
YOU'RE GOING TO HAVE TO LEAVE. I NEED TO TAKE A LEAK.
I COULD'VE BEEN A BETTER FATHER TO YOU. I'M SORRY. I'M SORRY, SON.
YEAH. IF YOU COULD JUST STEP MAYBE YOU KNOW... LEAVE... I REALLY HAVE TO TAKE A SQUEEG...
GAH!
AN ALIEN INVADER HAS BREECHED OUR SAFEHOUSE!
THANK GOD.
AVENGE ME!
HAND CREAM
WHISH!

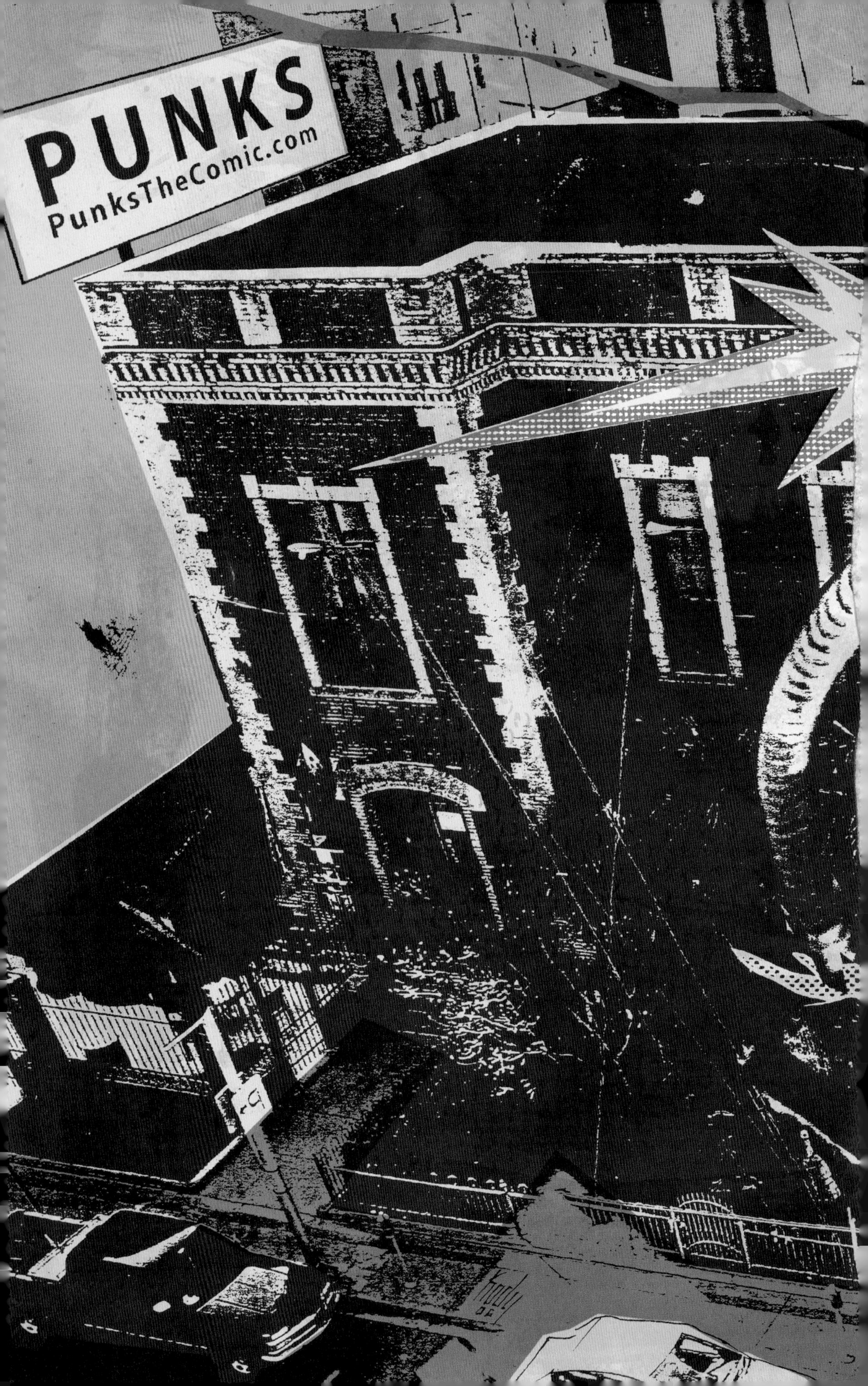
PUNKS
PunksTheComic.com

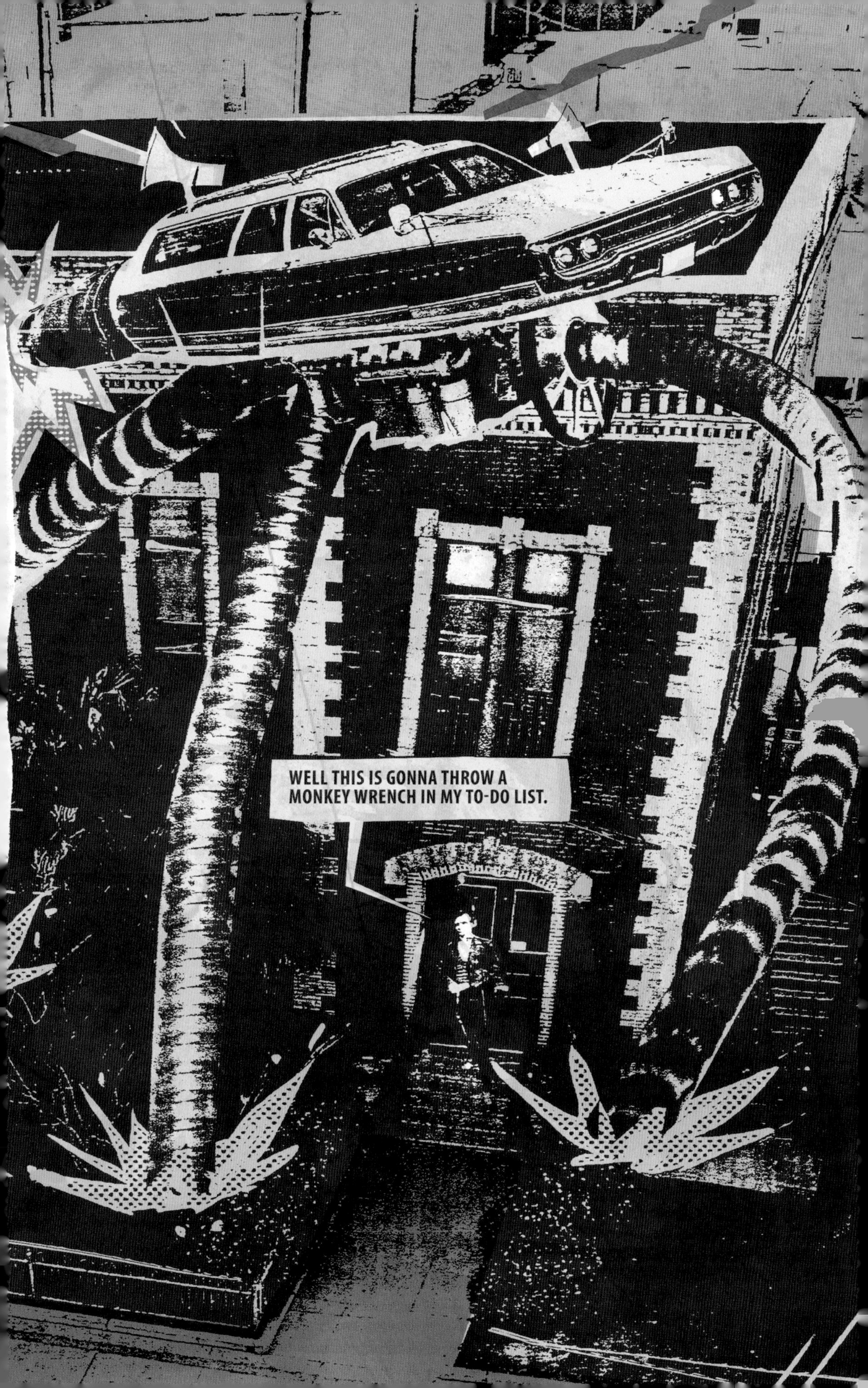
WELL THIS IS GONNA THROW A MONKEY WRENCH IN MY TO-DO LIST.

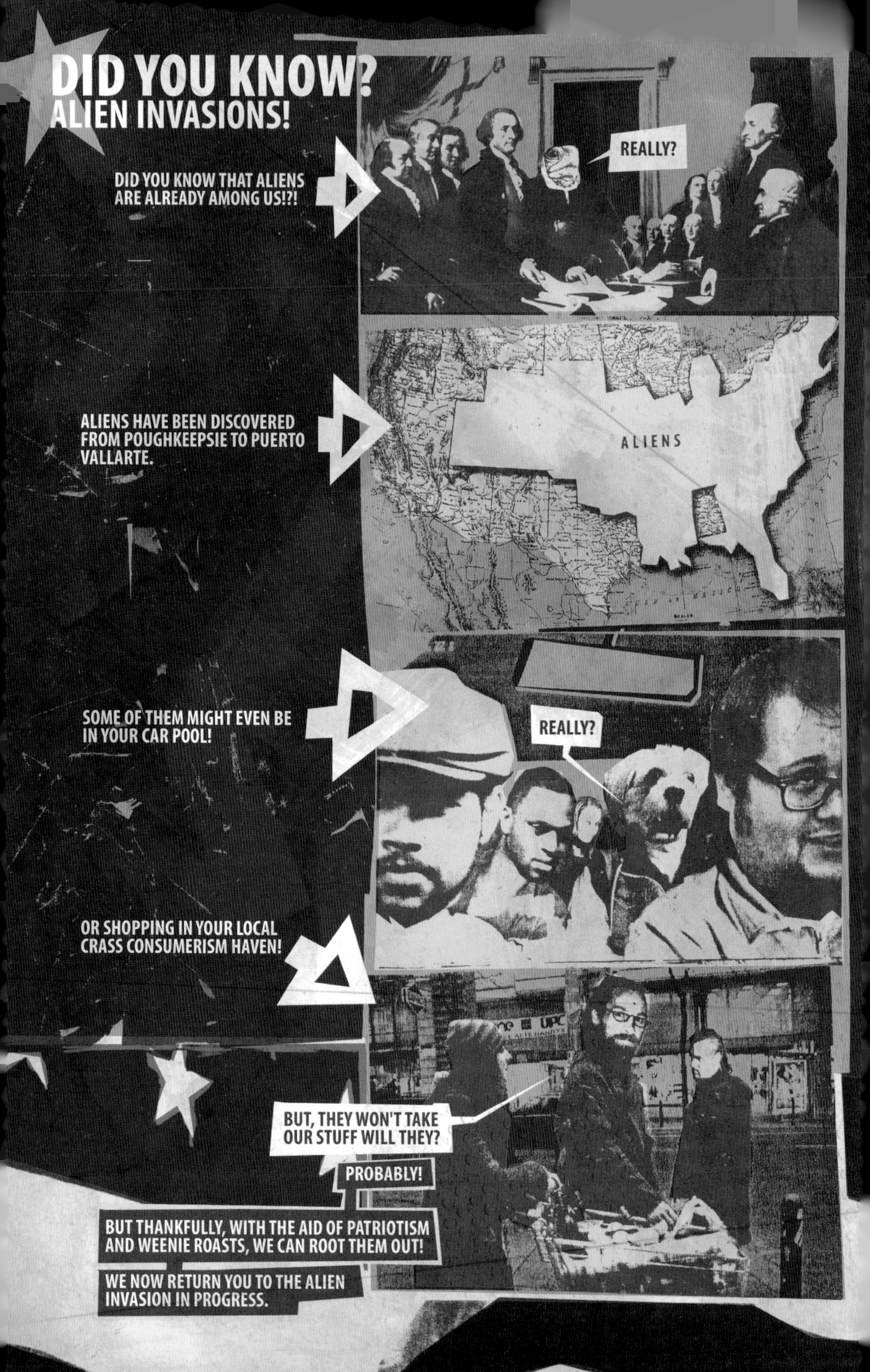
DID YOU KNOW?
ALIEN INVASIONS!
DID YOU KNOW THAT ALIENS ARE ALREADY AMONG US!?!
REALLY?
ALIENS HAVE BEEN DISCOVERED FROM POUGHKEEPSIE TO PUERTO VALLARTE.
ALIENS
SOME OF THEM MIGHT EVEN BE IN YOUR CAR POOL!
REALLY?
OR SHOPPING IN YOUR LOCAL CRASS CONSUMERISM HAVEN!
BUT, THEY WON'T TAKE OUR STUFF WILL THEY?
PROBABLY!
BUT THANKFULLY, WITH THE AID OF PATRIOTISM AND WEENIE ROASTS, WE CAN ROOT THEM OUT!
WE NOW RETURN YOU TO THE ALIEN INVASION IN PROGRESS.

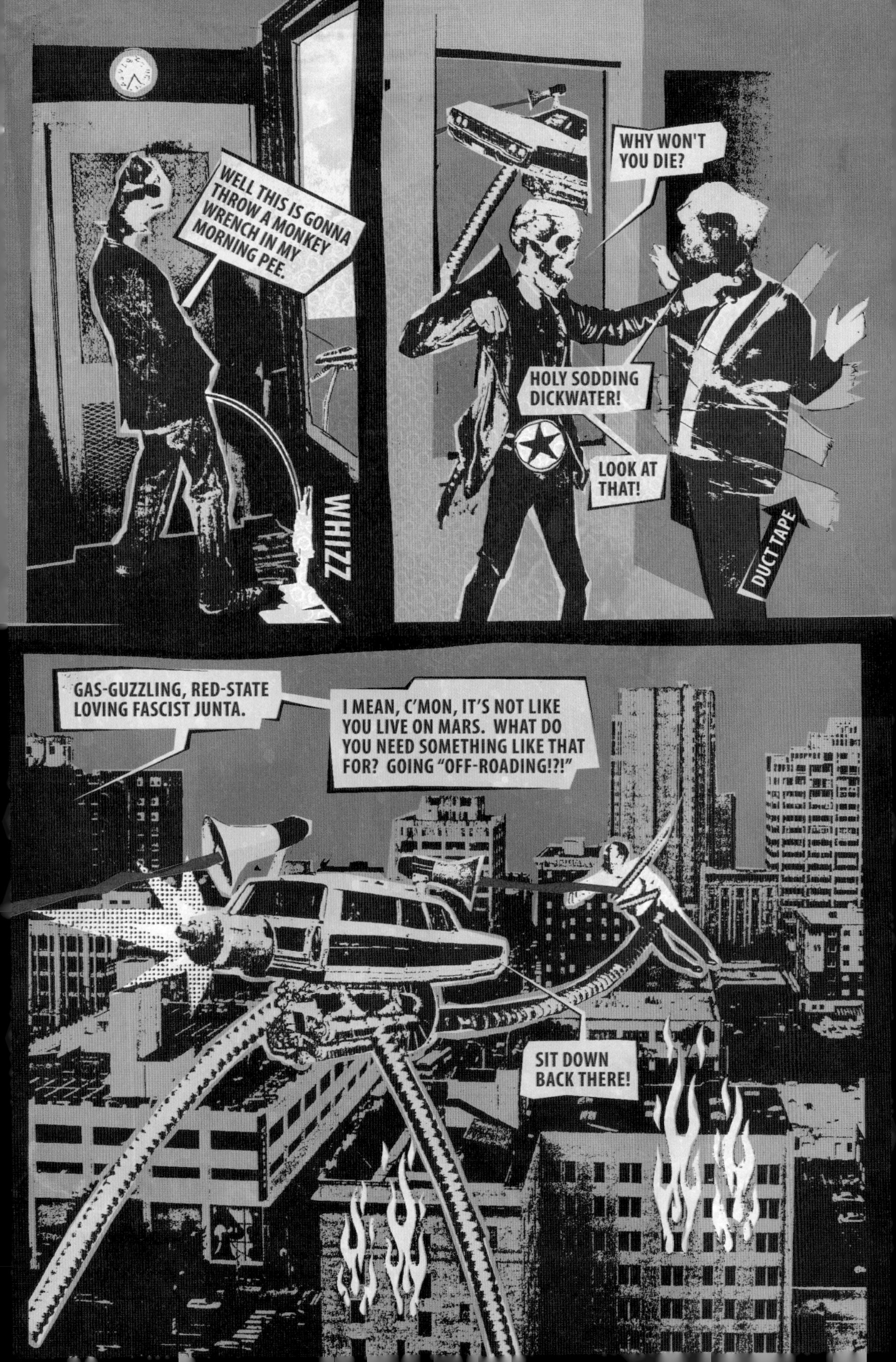
WELL THIS IS GONNA THROW A MONKEY WRENCH IN MY MORNING PEE.
WHIZZ
WHY WON'T YOU DIE?
HOLY SODDING DICKWATER!
LOOK AT THAT!
DUCT TAPE
GAS-GUZZLING, RED-STATE LOVING FASCIST JUNTA.
I MEAN, C'MON, IT'S NOT LIKE YOU LIVE ON MARS. WHAT DO YOU NEED SOMETHING LIKE THAT FOR? GOING "OFF-ROADING!?!"
SIT DOWN BACK THERE!

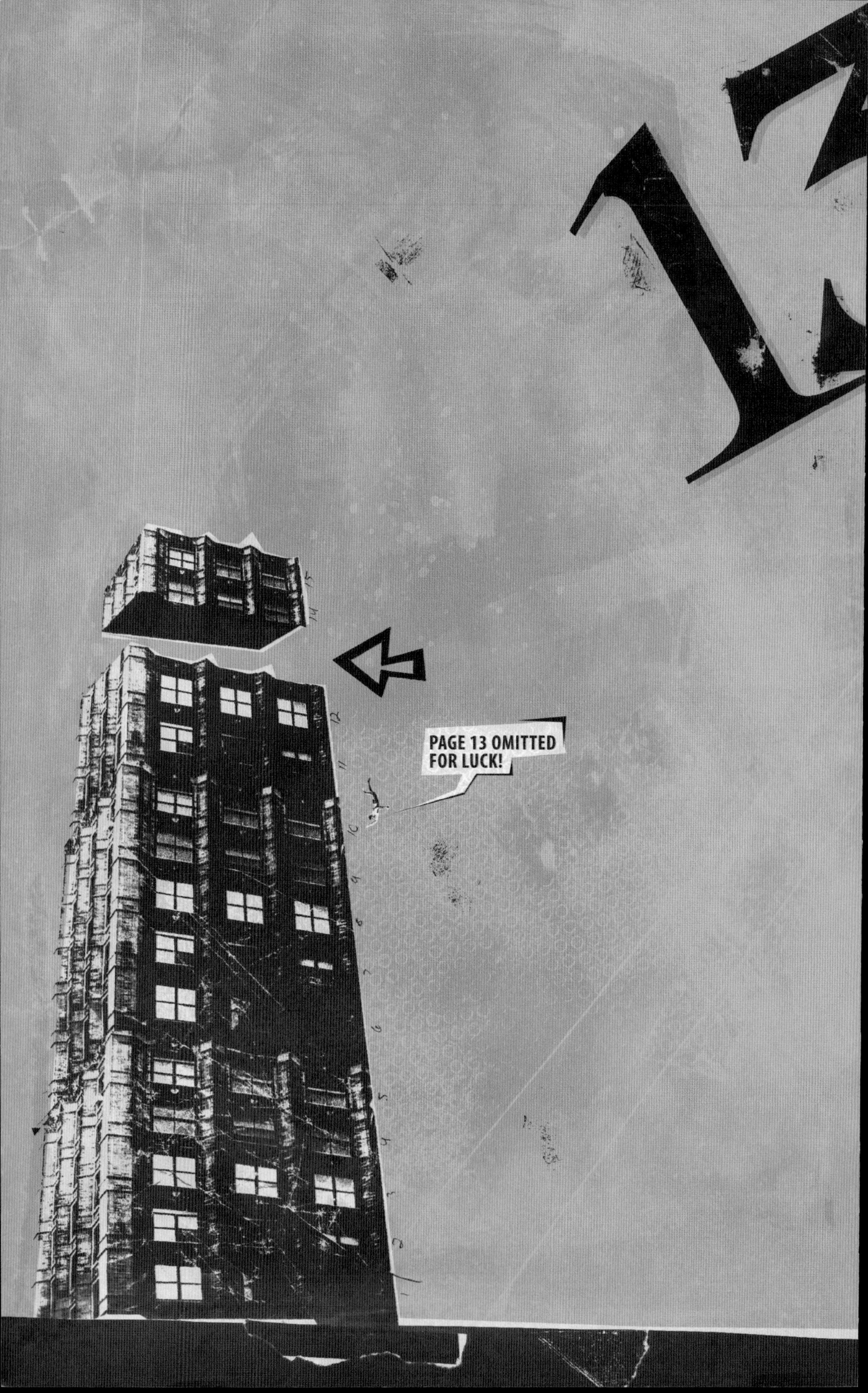
PAGE 13 OMITTED FOR LUCK!

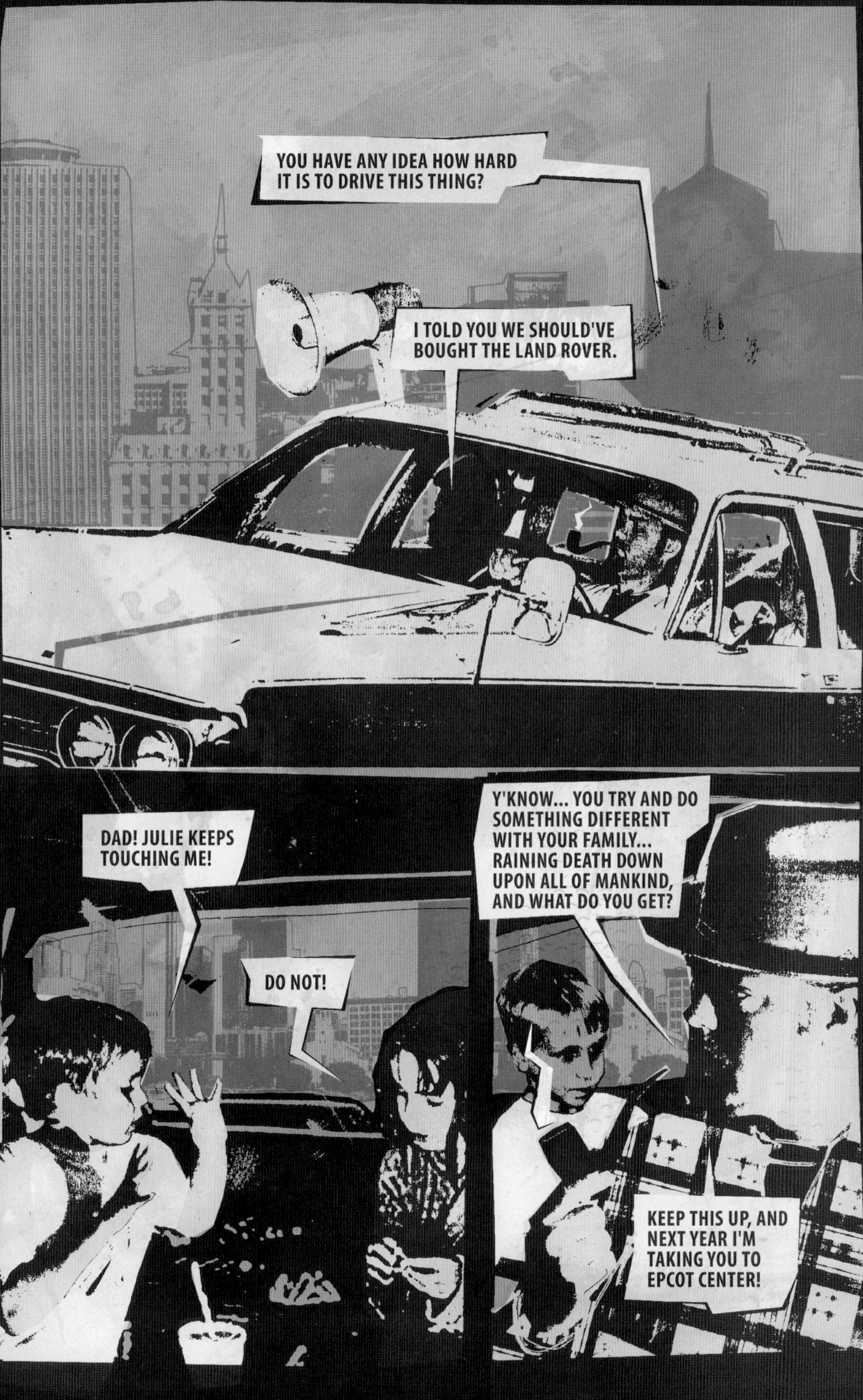
YOU HAVE ANY IDEA HOW HARD IT IS TO DRIVE THIS THING?
I TOLD YOU WE SHOULD'VE BOUGHT THE LAND ROVER.
DAD! JULIE KEEPS TOUCHING ME!
DO NOT!
Y'KNOW... YOU TRY AND DO SOMETHING DIFFERENT WITH YOUR FAMILY... RAINING DEATH DOWN UPON ALL OF MANKIND, AND WHAT DO YOU GET?
KEEP THIS UP, AND NEXT YEAR I'M TAKING YOU TO EPCOT CENTER!

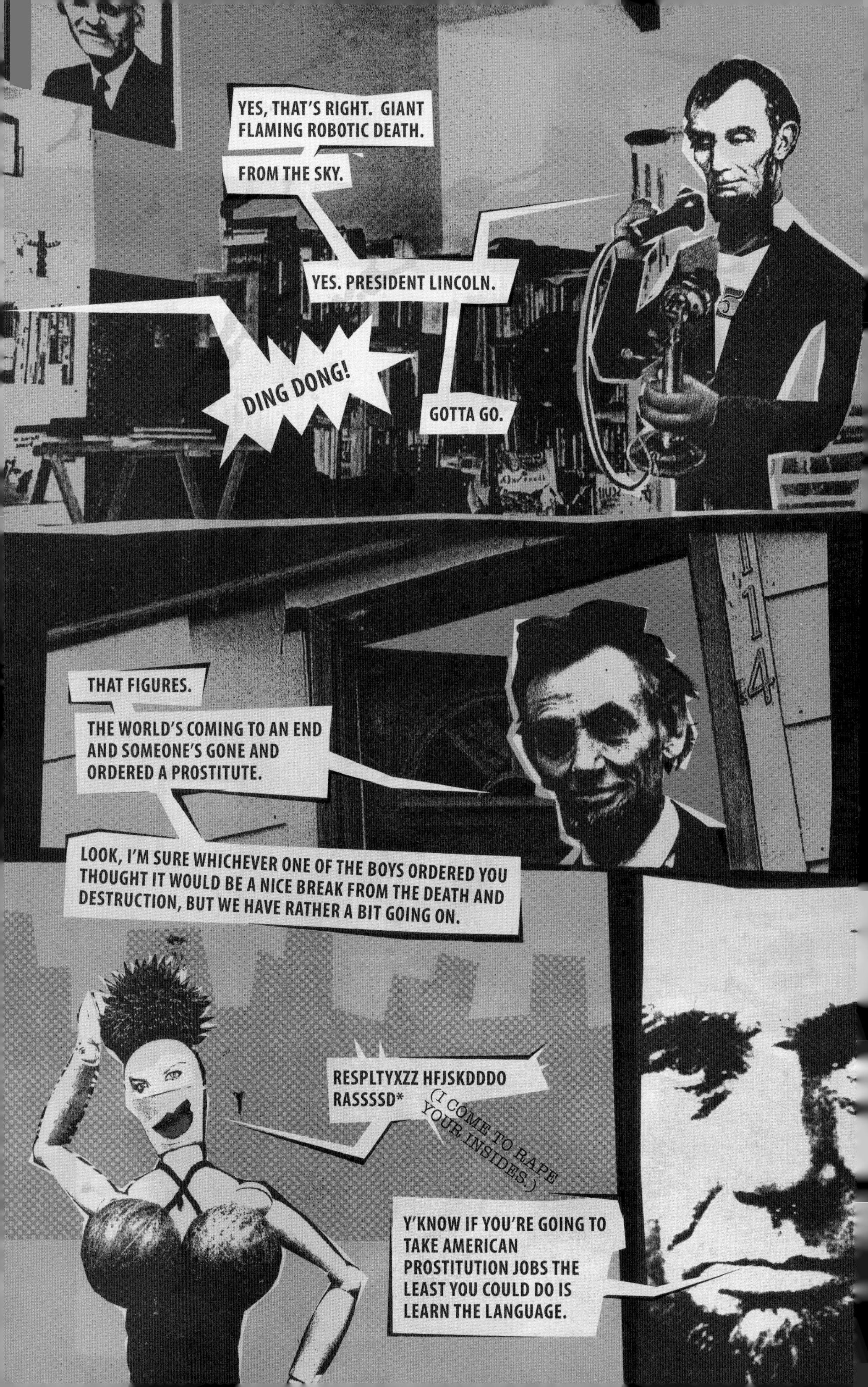
YES, THAT'S RIGHT. GIANT FLAMING ROBOTIC DEATH.
FROM THE SKY.
YES. PRESIDENT LINCOLN.
DING DONG!
GOTTA GO.
THAT FIGURES.
THE WORLD'S COMING TO AN END AND SOMEONE'S GONE AND ORDERED A PROSTITUTE.
LOOK, I'M SURE WHICHEVER ONE OF THE BOYS ORDERED YOU THOUGHT IT WOULD BE A NICE BREAK FROM THE DEATH AND DESTRUCTION, BUT WE HAVE RATHER A BIT GOING ON.
RESPLTYXZZ HFJSKDDDO RASSSSD*
(I COME TO RAPE YOUR INSIDES.)
Y'KNOW IF YOU'RE GOING TO TAKE AMERICAN PROSTITUTION JOBS THE LEAST YOU COULD DO IS LEARN THE LANGUAGE.

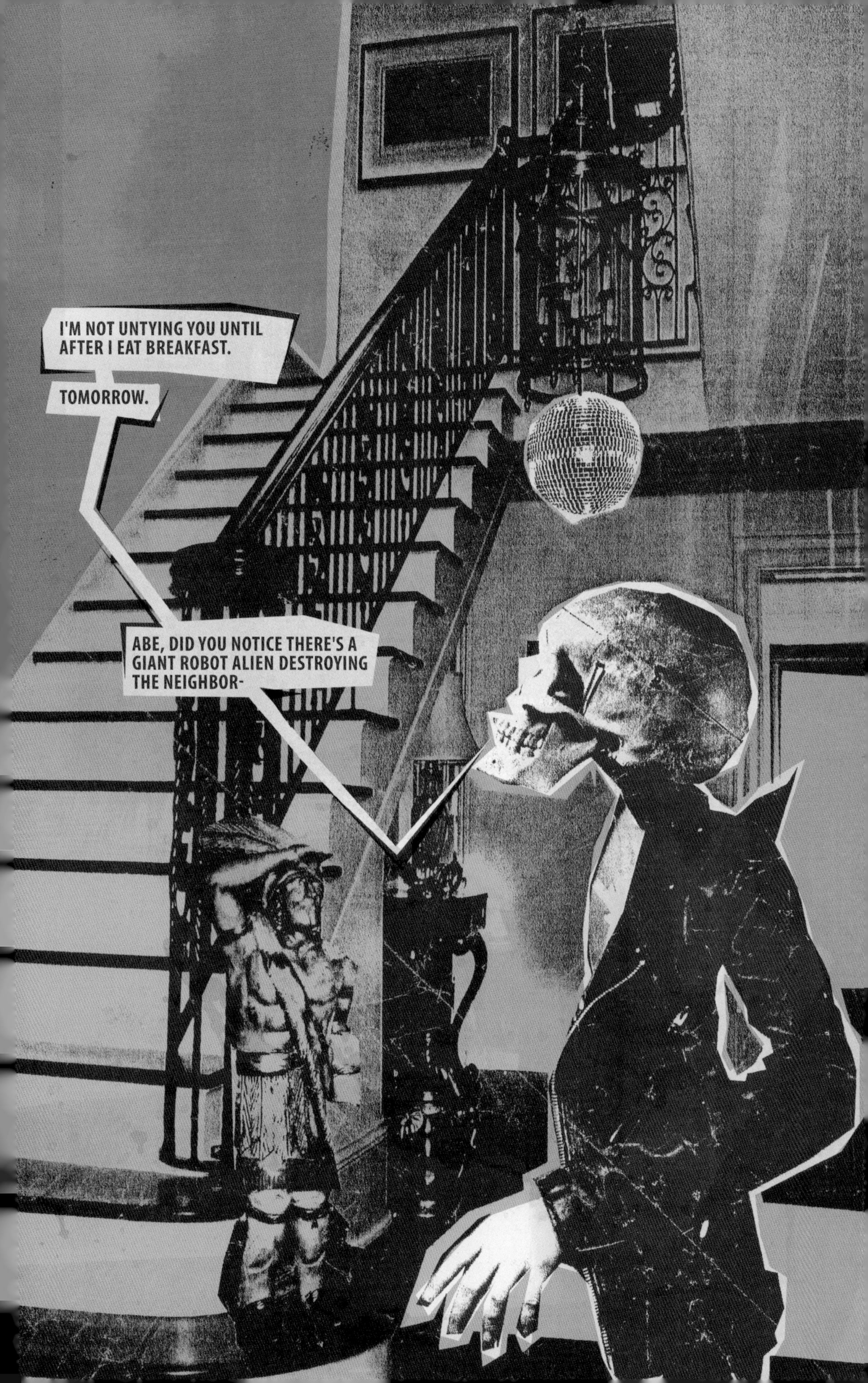

I'M NOT UNTYING YOU UNTIL AFTER I EAT BREAKFAST.
TOMORROW.
ABE, DID YOU NOTICE THERE'S A GIANT ROBOT ALIEN DESTROYING THE NEIGHBOR-

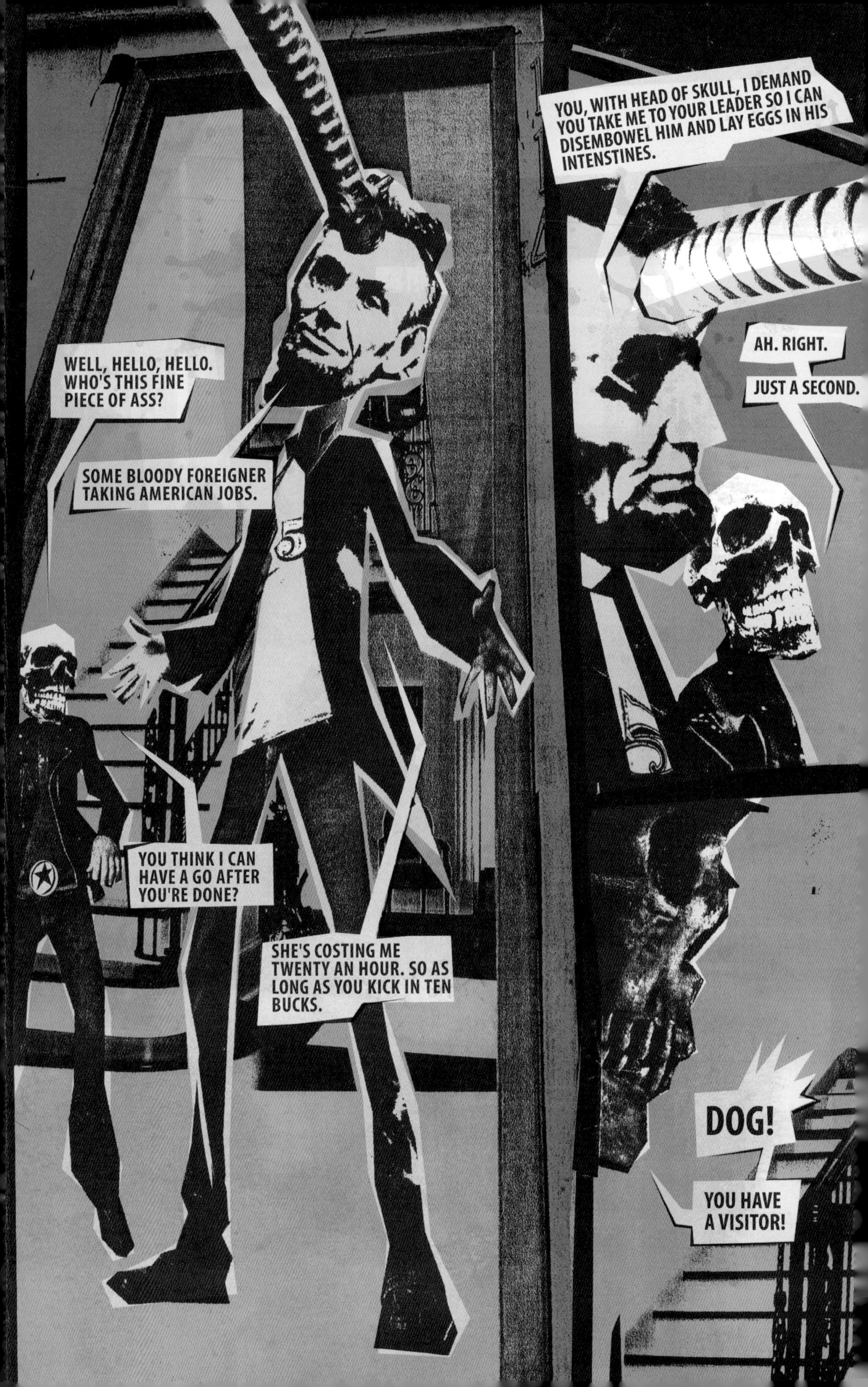
WELL, HELLO, HELLO. WHO'S THIS FINE PIECE OF ASS?
SOME BLOODY FOREIGNER TAKING AMERICAN JOBS.
YOU THINK I CAN HAVE A GO AFTER YOU'RE DONE?
SHE'S COSTING ME TWENTY AN HOUR. SO AS LONG AS YOU KICK IN TEN BUCKS.
YOU, WITH HEAD OF SKULL, I DEMAND YOU TAKE ME TO YOUR LEADER SO I CAN DISEMBOWEL HIM AND LAY EGGS IN HIS INTENSTINES.
AH. RIGHT.
JUST A SECOND.
DOG!
YOU HAVE A VISITOR!

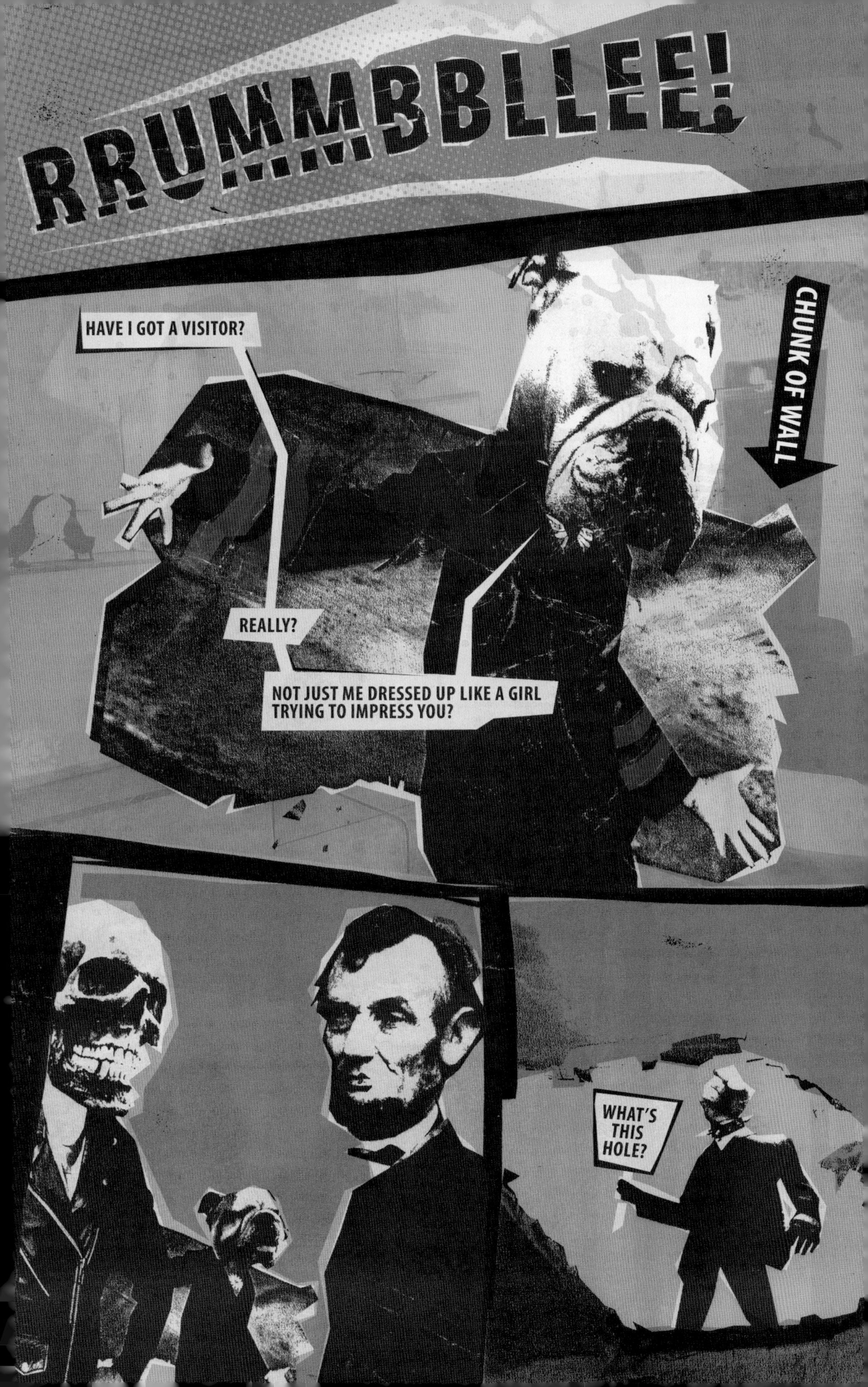
RRUMMBBLLEE!
HAVE I GOT A VISITOR?
REALLY?
NOT JUST ME DRESSED UP LIKE A GIRL TRYING TO IMPRESS YOU?
CHUNK OF WALL
WHAT'S THIS HOLE?

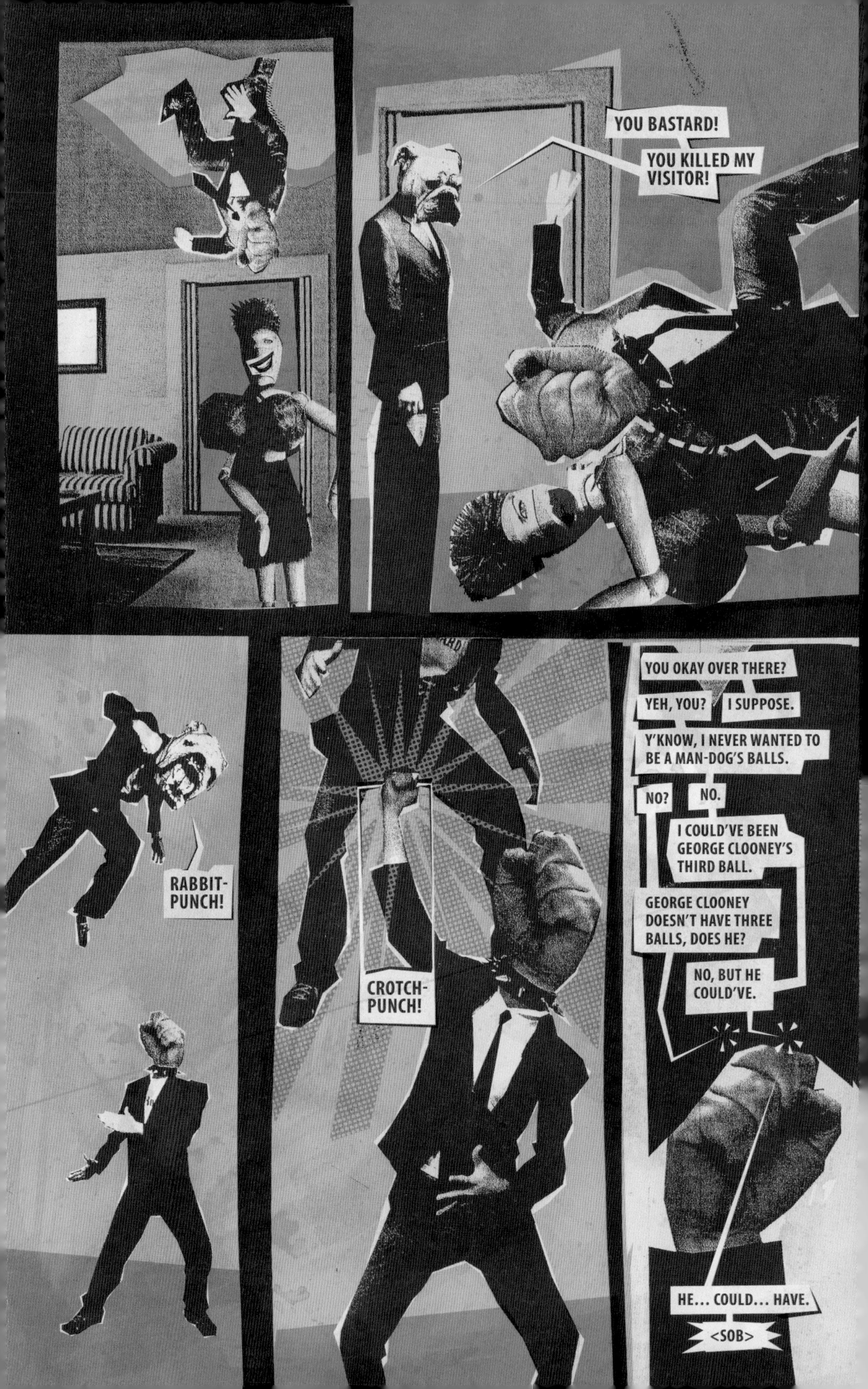
YOU BASTARD!
YOU KILLED MY VISITOR!
RABBIT-PUNCH!
CROTCH-PUNCH!
YOU OKAY OVER THERE?
YEH, YOU?
I SUPPOSE.
Y'KNOW, I NEVER WANTED TO BE A MAN-DOG'S BALLS.
NO?
NO.
I COULD'VE BEEN GEORGE CLOONEY'S THIRD BALL.
GEORGE CLOONEY DOESN'T HAVE THREE BALLS, DOES HE?
NO, BUT HE COULD'VE.
HE... COULD... HAVE.
<SOB>

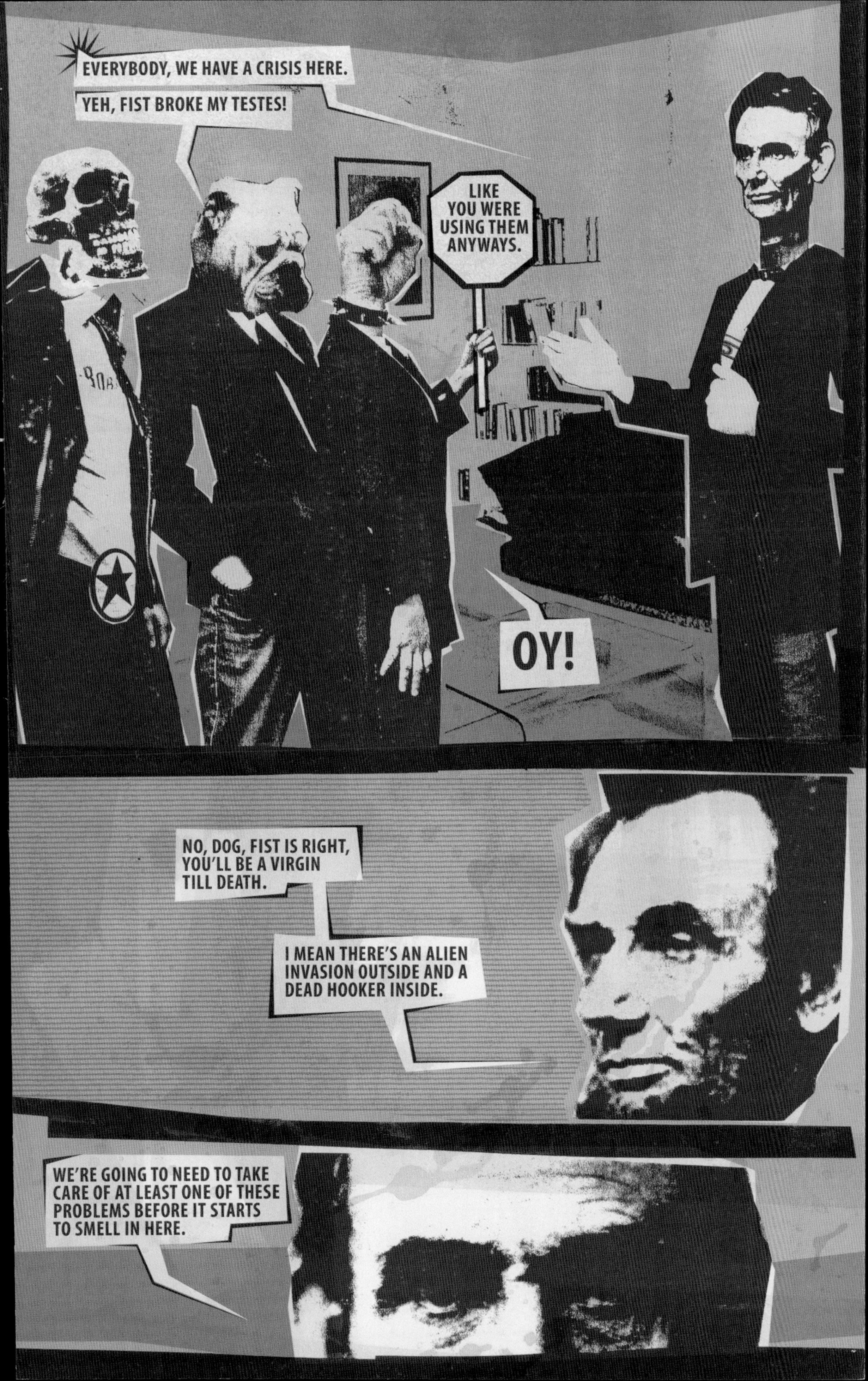
EVERYBODY, WE HAVE A CRISIS HERE.
YEH, FIST BROKE MY TESTES!
LIKE YOU WERE USING THEM ANYWAYS.
OY!
NO, DOG, FIST IS RIGHT, YOU'LL BE A VIRGIN TILL DEATH.
I MEAN THERE'S AN ALIEN INVASION OUTSIDE AND A DEAD HOOKER INSIDE.
WE'RE GOING TO NEED TO TAKE CARE OF AT LEAST ONE OF THESE PROBLEMS BEFORE IT STARTS TO SMELL IN HERE.

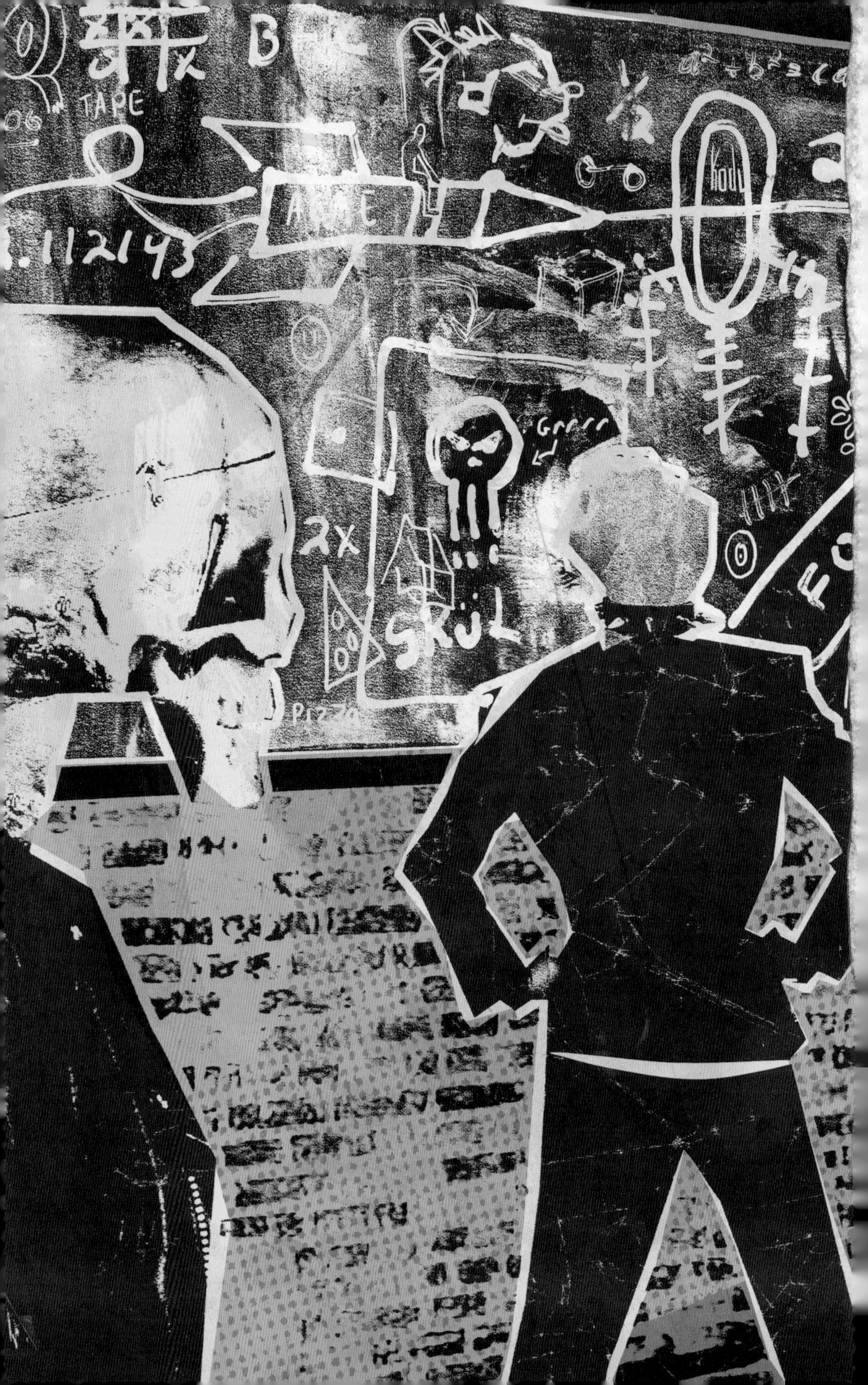
TAPE
SKUL
PIZZA

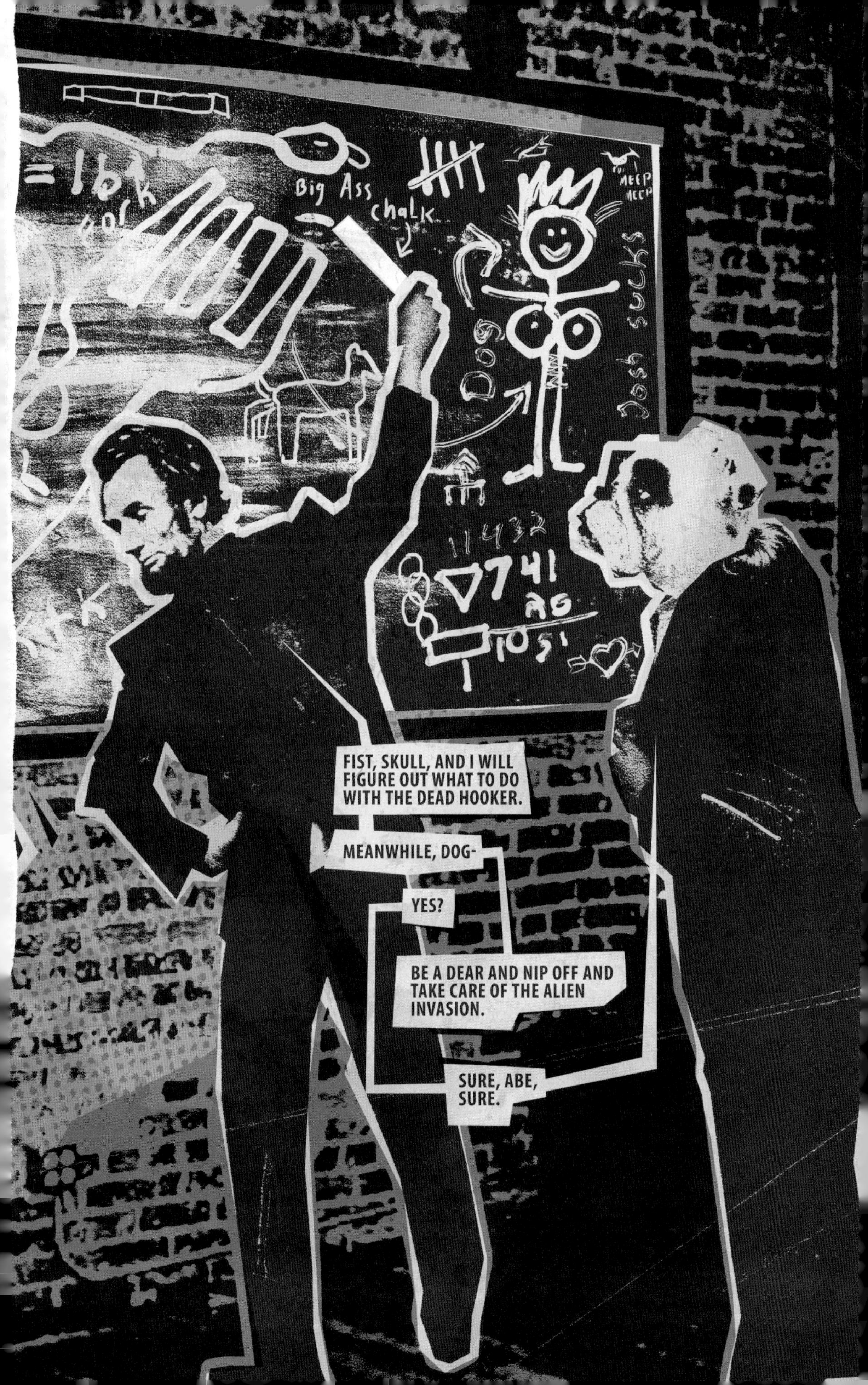
Big Ass chalk
MEEP MEEP
Dog
Josh sucks
FIST, SKULL, AND I WILL FIGURE OUT WHAT TO DO WITH THE DEAD HOOKER.
MEANWHILE, DOG-
YES?
BE A DEAR AND NIP OFF AND TAKE CARE OF THE ALIEN INVASION.
SURE, ABE, SURE.

DUE TO UNFORESEEN
CIRCUMSTANCES, THIS COMIC
HAS BEEN TEMPORARILY
INTERRUPTED TO BRING YOU
A SPECIAL INTERVIEW WITH
COMIC BOOK SUPERSTAR
RICK REMENDER.

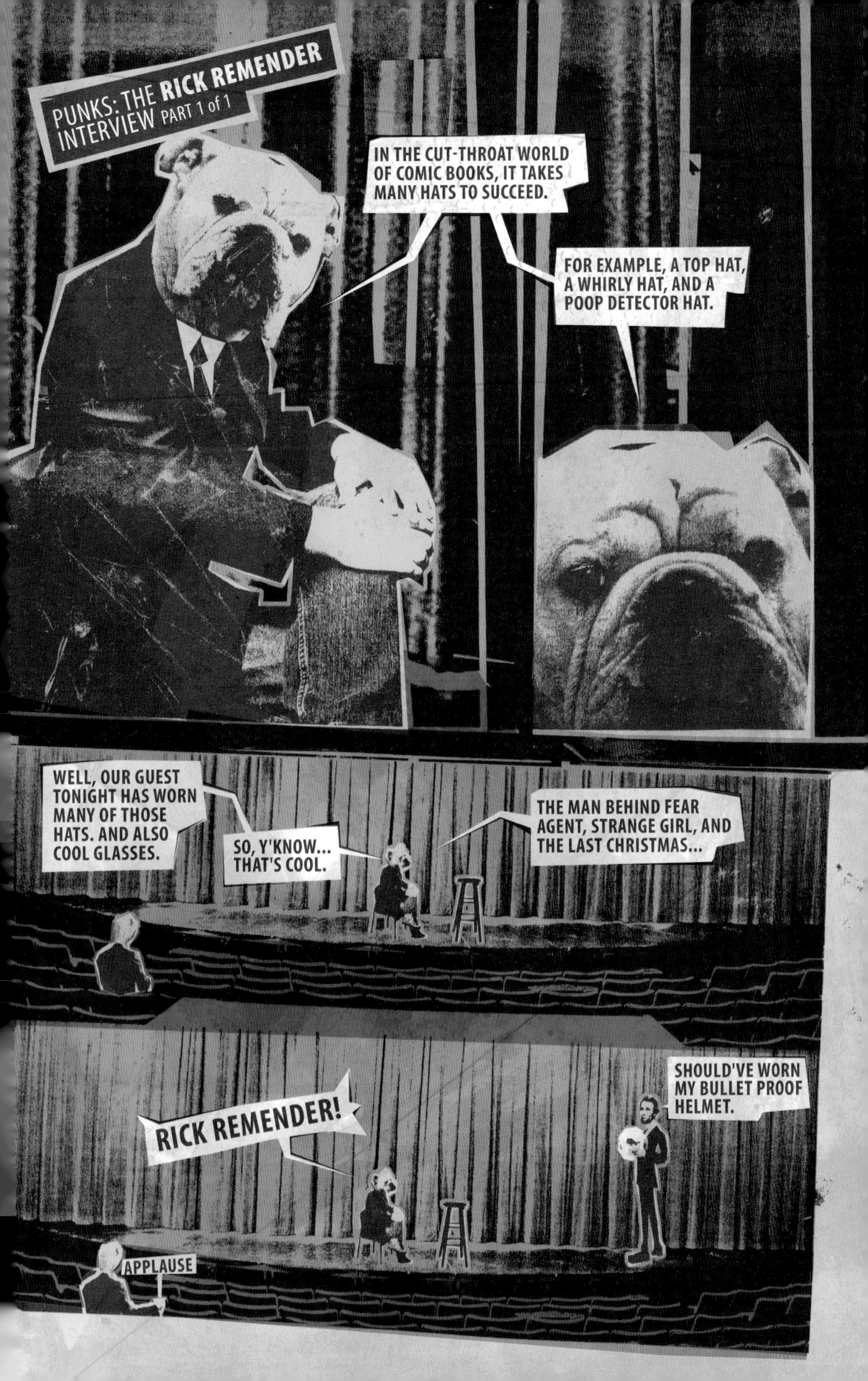
PUNKS: THE RICK REMENDER INTERVIEW PART 1 of 1
IN THE CUT-THROAT WORLD OF COMIC BOOKS, IT TAKES MANY HATS TO SUCCEED.
FOR EXAMPLE, A TOP HAT, A WHIRLY HAT, AND A POOP DETECTOR HAT.
WELL, OUR GUEST TONIGHT HAS WORN MANY OF THOSE HATS. AND ALSO COOL GLASSES.
SO, Y'KNOW... THAT'S COOL.
THE MAN BEHIND FEAR AGENT, STRANGE GIRL, AND THE LAST CHRISTMAS...
RICK REMENDER!
SHOULD'VE WORN MY BULLET PROOF HELMET.
APPLAUSE

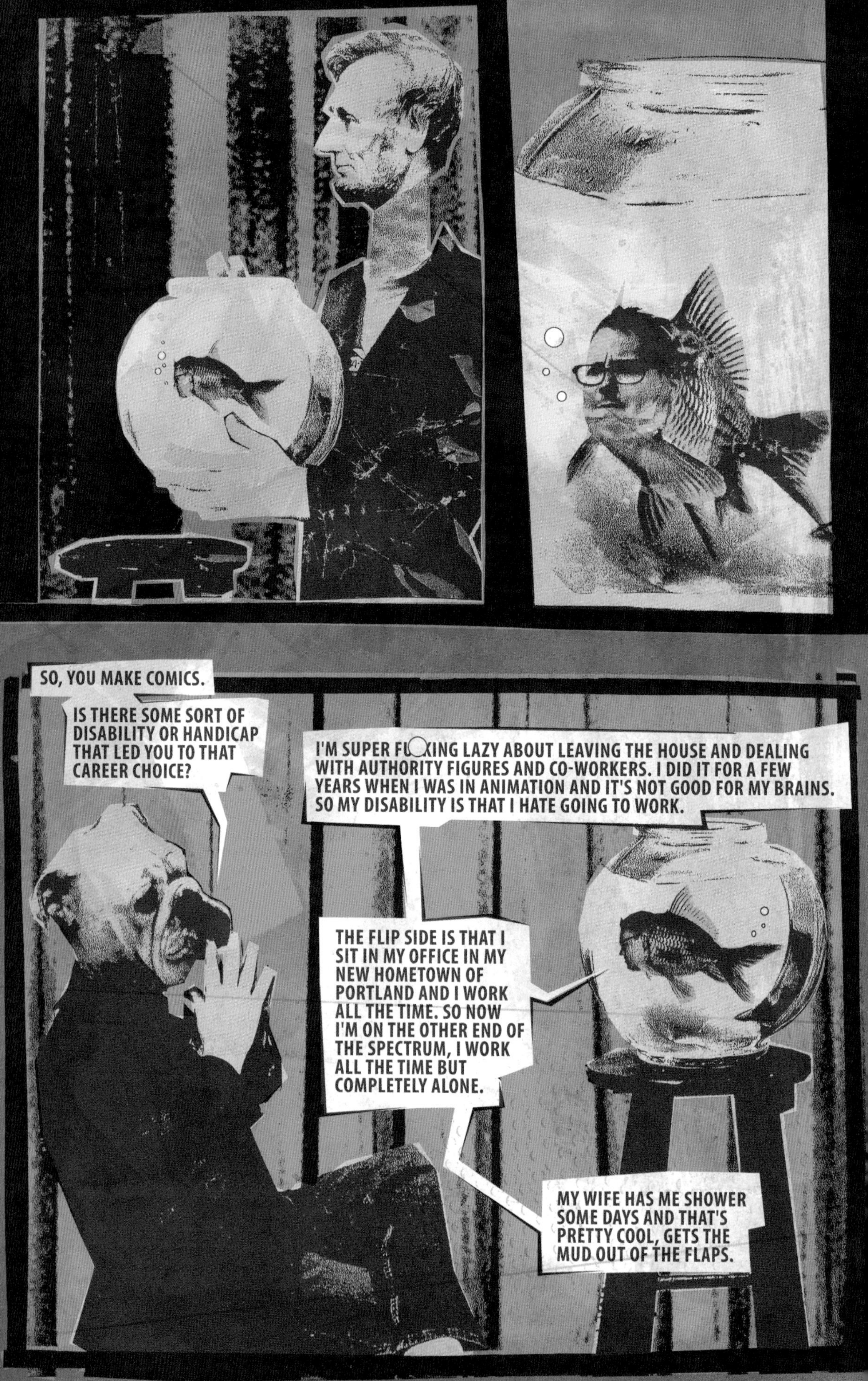
SO, YOU MAKE COMICS.
IS THERE SOME SORT OF DISABILITY OR HANDICAP THAT LED YOU TO THAT CAREER CHOICE?
I'M SUPER FU◯KING LAZY ABOUT LEAVING THE HOUSE AND DEALING WITH AUTHORITY FIGURES AND CO-WORKERS. I DID IT FOR A FEW YEARS WHEN I WAS IN ANIMATION AND IT'S NOT GOOD FOR MY BRAINS. SO MY DISABILITY IS THAT I HATE GOING TO WORK.
THE FLIP SIDE IS THAT I SIT IN MY OFFICE IN MY NEW HOMETOWN OF PORTLAND AND I WORK ALL THE TIME. SO NOW I'M ON THE OTHER END OF THE SPECTRUM, I WORK ALL THE TIME BUT COMPLETELY ALONE.
MY WIFE HAS ME SHOWER SOME DAYS AND THAT'S PRETTY COOL, GETS THE MUD OUT OF THE FLAPS.

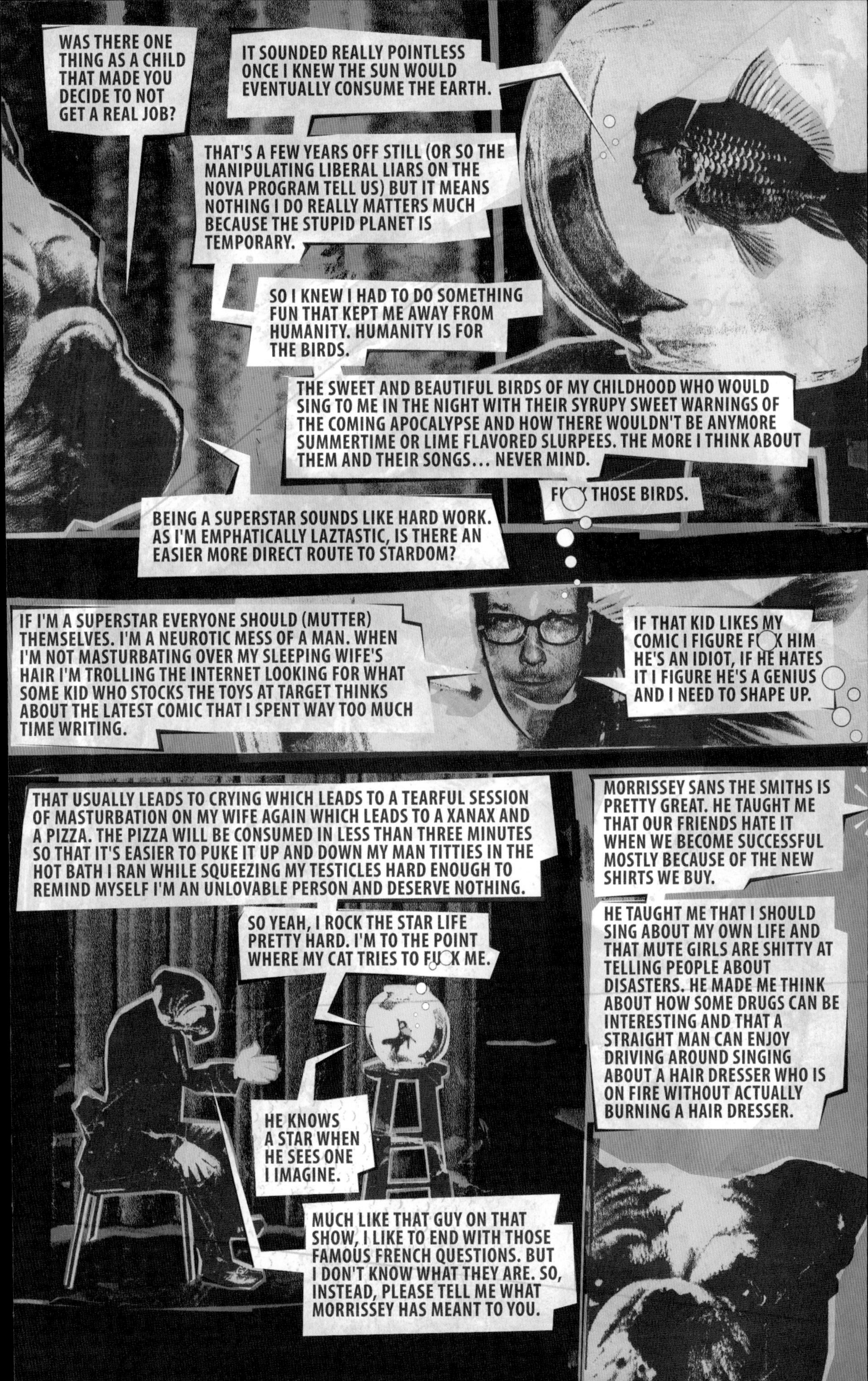
WAS THERE ONE THING AS A CHILD THAT MADE YOU DECIDE TO NOT GET A REAL JOB?
IT SOUNDED REALLY POINTLESS ONCE I KNEW THE SUN WOULD EVENTUALLY CONSUME THE EARTH.
THAT'S A FEW YEARS OFF STILL (OR SO THE MANIPULATING LIBERAL LIARS ON THE NOVA PROGRAM TELL US) BUT IT MEANS NOTHING I DO REALLY MATTERS MUCH BECAUSE THE STUPID PLANET IS TEMPORARY.
SO I KNEW I HAD TO DO SOMETHING FUN THAT KEPT ME AWAY FROM HUMANITY. HUMANITY IS FOR THE BIRDS.
THE SWEET AND BEAUTIFUL BIRDS OF MY CHILDHOOD WHO WOULD SING TO ME IN THE NIGHT WITH THEIR SYRUPY SWEET WARNINGS OF THE COMING APOCALYPSE AND HOW THERE WOULDN'T BE ANYMORE SUMMERTIME OR LIME FLAVORED SLURPEES. THE MORE I THINK ABOUT THEM AND THEIR SONGS... NEVER MIND.
F K THOSE BIRDS.
BEING A SUPERSTAR SOUNDS LIKE HARD WORK. AS I'M EMPHATICALLY LAZTASTIC, IS THERE AN EASIER MORE DIRECT ROUTE TO STARDOM?
IF I'M A SUPERSTAR EVERYONE SHOULD (MUTTER) THEMSELVES. I'M A NEUROTIC MESS OF A MAN. WHEN I'M NOT MASTURBATING OVER MY SLEEPING WIFE'S HAIR I'M TROLLING THE INTERNET LOOKING FOR WHAT SOME KID WHO STOCKS THE TOYS AT TARGET THINKS ABOUT THE LATEST COMIC THAT I SPENT WAY TOO MUCH TIME WRITING.
IF THAT KID LIKES MY COMIC I FIGURE F K HIM HE'S AN IDIOT, IF HE HATES IT I FIGURE HE'S A GENIUS AND I NEED TO SHAPE UP.
THAT USUALLY LEADS TO CRYING WHICH LEADS TO A TEARFUL SESSION OF MASTURBATION ON MY WIFE AGAIN WHICH LEADS TO A XANAX AND A PIZZA. THE PIZZA WILL BE CONSUMED IN LESS THAN THREE MINUTES SO THAT IT'S EASIER TO PUKE IT UP AND DOWN MY MAN TITTIES IN THE HOT BATH I RAN WHILE SQUEEZING MY TESTICLES HARD ENOUGH TO REMIND MYSELF I'M AN UNLOVABLE PERSON AND DESERVE NOTHING.
SO YEAH, I ROCK THE STAR LIFE PRETTY HARD. I'M TO THE POINT WHERE MY CAT TRIES TO F K ME.
HE KNOWS A STAR WHEN HE SEES ONE I IMAGINE.
MUCH LIKE THAT GUY ON THAT SHOW, I LIKE TO END WITH THOSE FAMOUS FRENCH QUESTIONS. BUT I DON'T KNOW WHAT THEY ARE. SO, INSTEAD, PLEASE TELL ME WHAT MORRISSEY HAS MEANT TO YOU.
MORRISSEY SANS THE SMITHS IS PRETTY GREAT. HE TAUGHT ME THAT OUR FRIENDS HATE IT WHEN WE BECOME SUCCESSFUL MOSTLY BECAUSE OF THE NEW SHIRTS WE BUY.
HE TAUGHT ME THAT I SHOULD SING ABOUT MY OWN LIFE AND THAT MUTE GIRLS ARE SHITTY AT TELLING PEOPLE ABOUT DISASTERS. HE MADE ME THINK ABOUT HOW SOME DRUGS CAN BE INTERESTING AND THAT A STRAIGHT MAN CAN ENJOY DRIVING AROUND SINGING ABOUT A HAIR DRESSER WHO IS ON FIRE WITHOUT ACTUALLY BURNING A HAIR DRESSER.

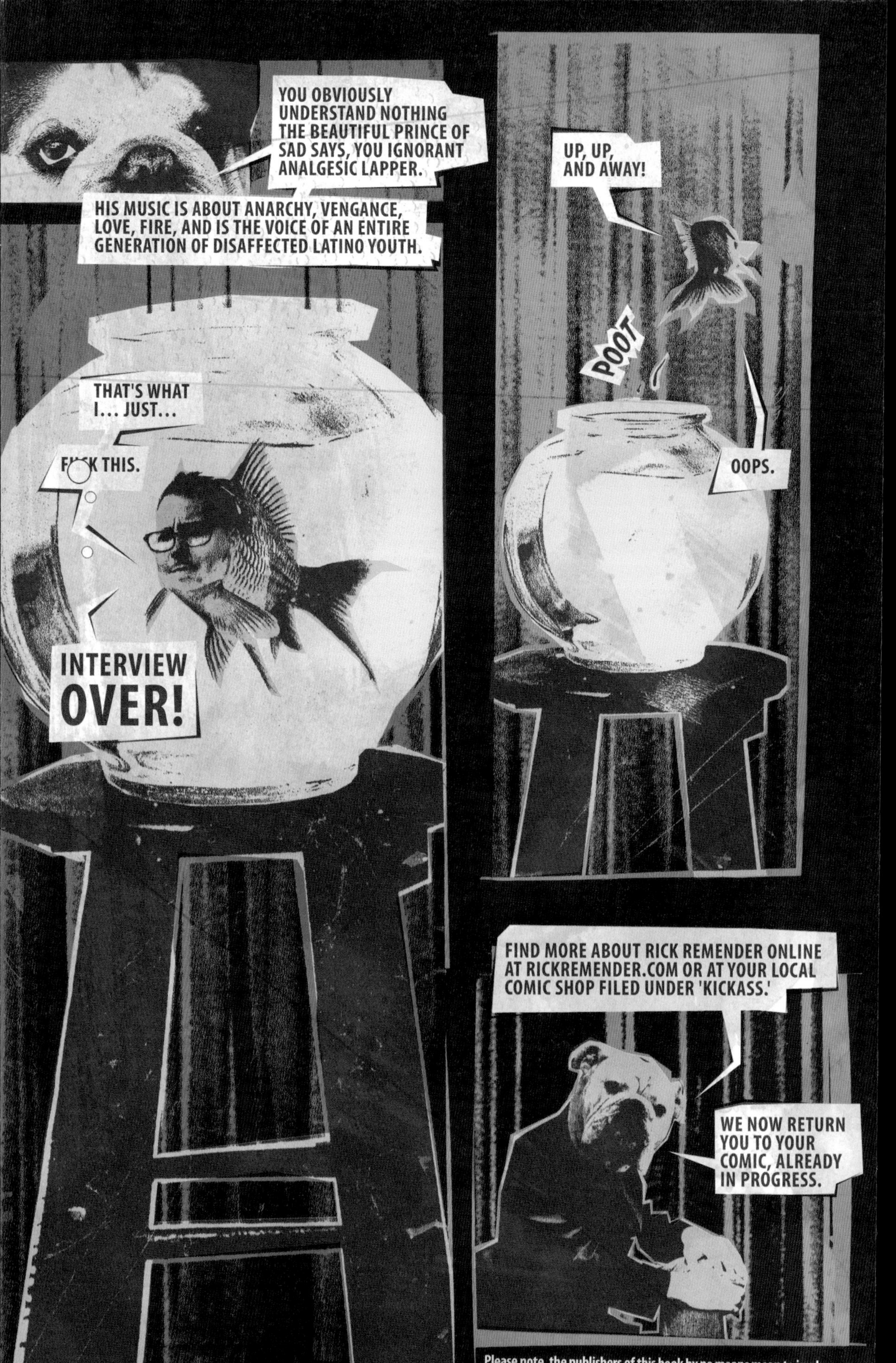
YOU OBVIOUSLY UNDERSTAND NOTHING THE BEAUTIFUL PRINCE OF SAD SAYS, YOU IGNORANT ANALGESIC LAPPER.
HIS MUSIC IS ABOUT ANARCHY, VENGANCE, LOVE, FIRE, AND IS THE VOICE OF AN ENTIRE GENERATION OF DISAFFECTED LATINO YOUTH.
THAT'S WHAT I... JUST...
F K THIS.
INTERVIEW OVER!
UP, UP, AND AWAY!
POOT
OOPS.
FIND MORE ABOUT RICK REMENDER ONLINE AT RICKREMENDER.COM OR AT YOUR LOCAL COMIC SHOP FILED UNDER 'KICKASS.'
WE NOW RETURN YOU TO YOUR COMIC, ALREADY IN PROGRESS.

Please note, the publishers of this book by no means mean to imply Rick Remender is a fish. However he does have gills and poops in a glass bowl. You do the math.

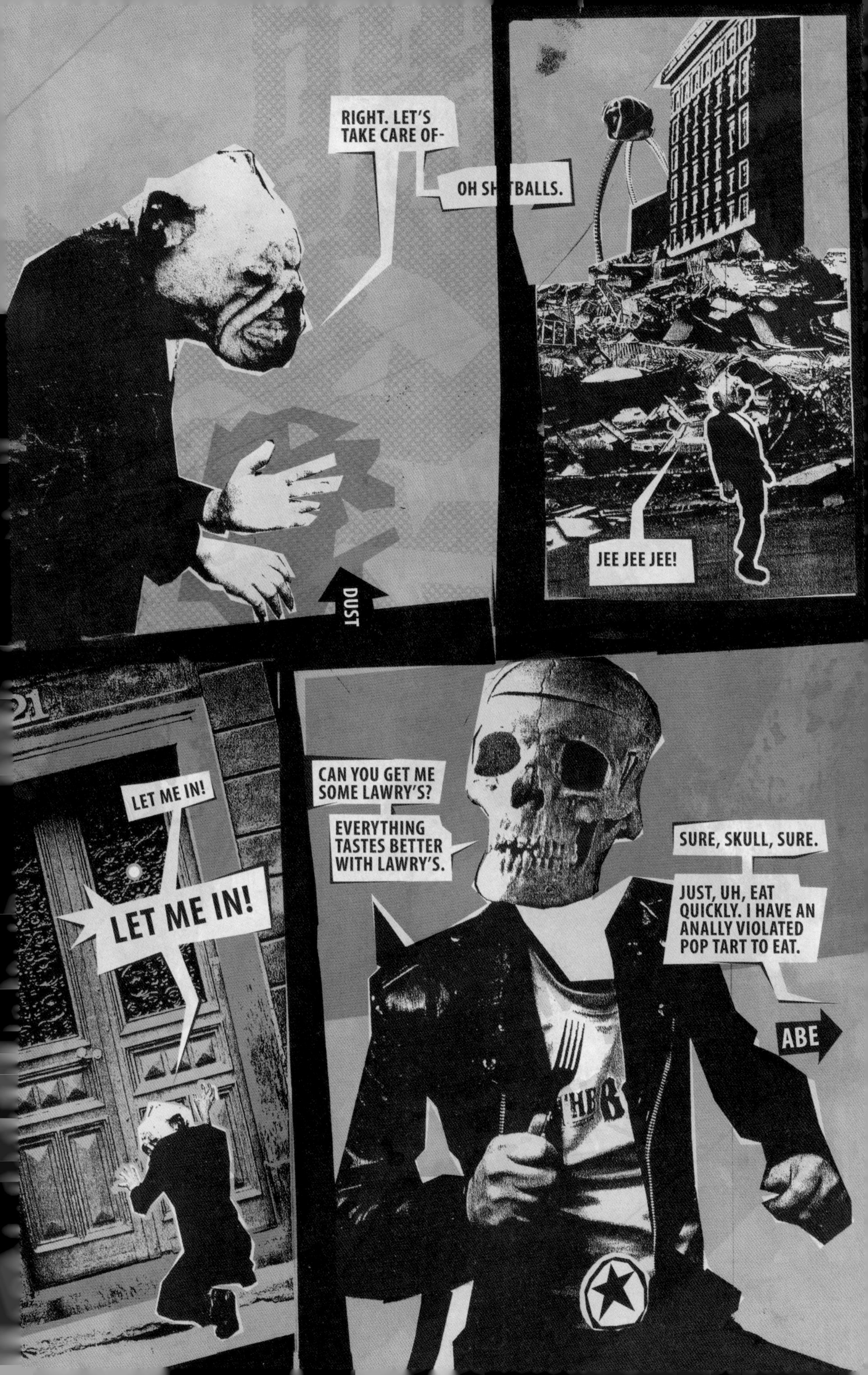
RIGHT. LET'S TAKE CARE OF-
OH SH TBALLS.
DUST
JEE JEE JEE!
LET ME IN!
LET ME IN!
CAN YOU GET ME SOME LAWRY'S?
EVERYTHING TASTES BETTER WITH LAWRY'S.
SURE, SKULL, SURE.
JUST, UH, EAT QUICKLY. I HAVE AN ANALLY VIOLATED POP TART TO EAT.
ABE

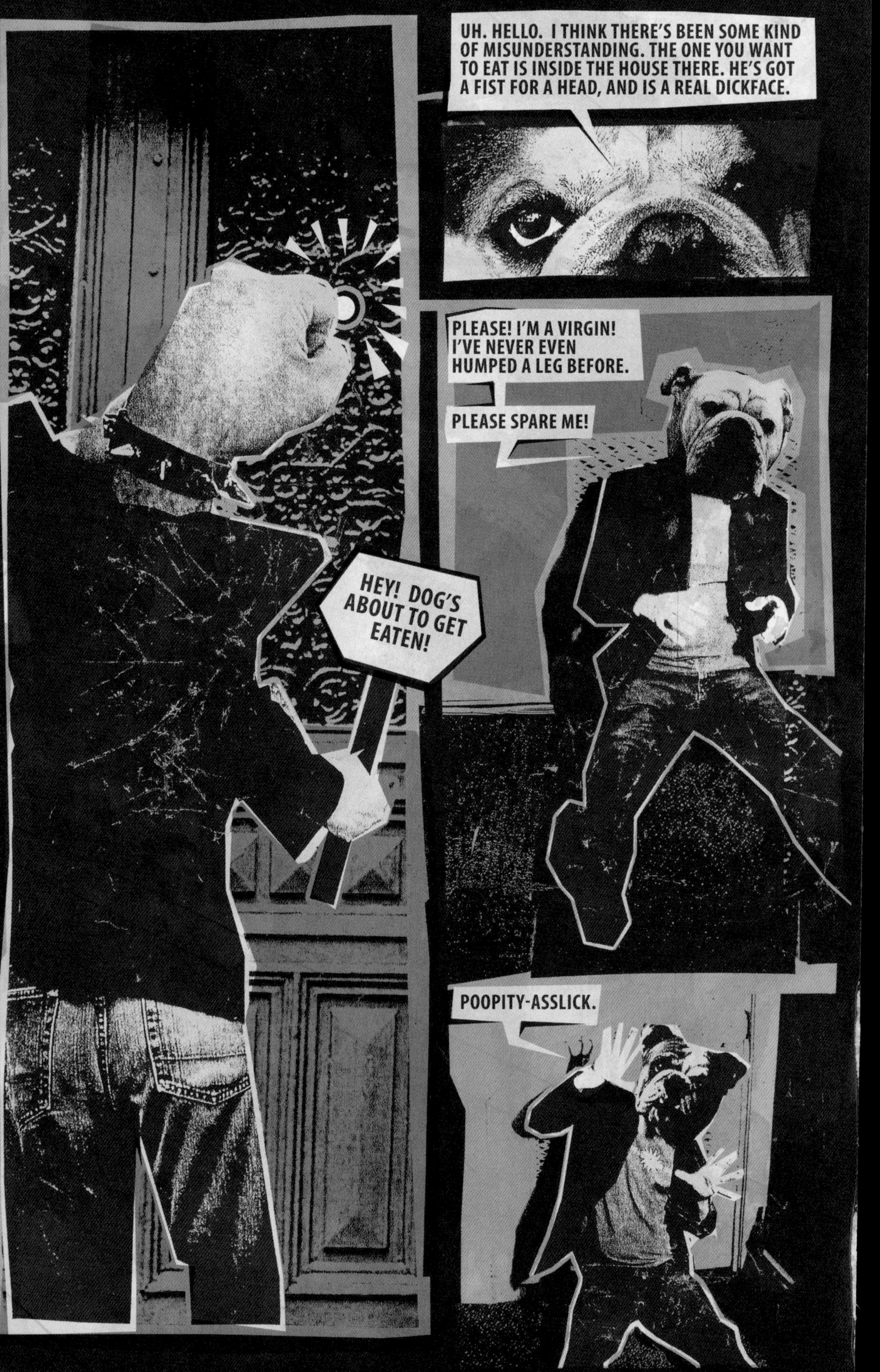
HEY! DOG'S ABOUT TO GET EATEN!
UH. HELLO. I THINK THERE'S BEEN SOME KIND OF MISUNDERSTANDING. THE ONE YOU WANT TO EAT IS INSIDE THE HOUSE THERE. HE'S GOT A FIST FOR A HEAD, AND IS A REAL DICKFACE.
PLEASE! I'M A VIRGIN! I'VE NEVER EVEN HUMPED A LEG BEFORE.
PLEASE SPARE ME!
POOPITY-ASSLICK.

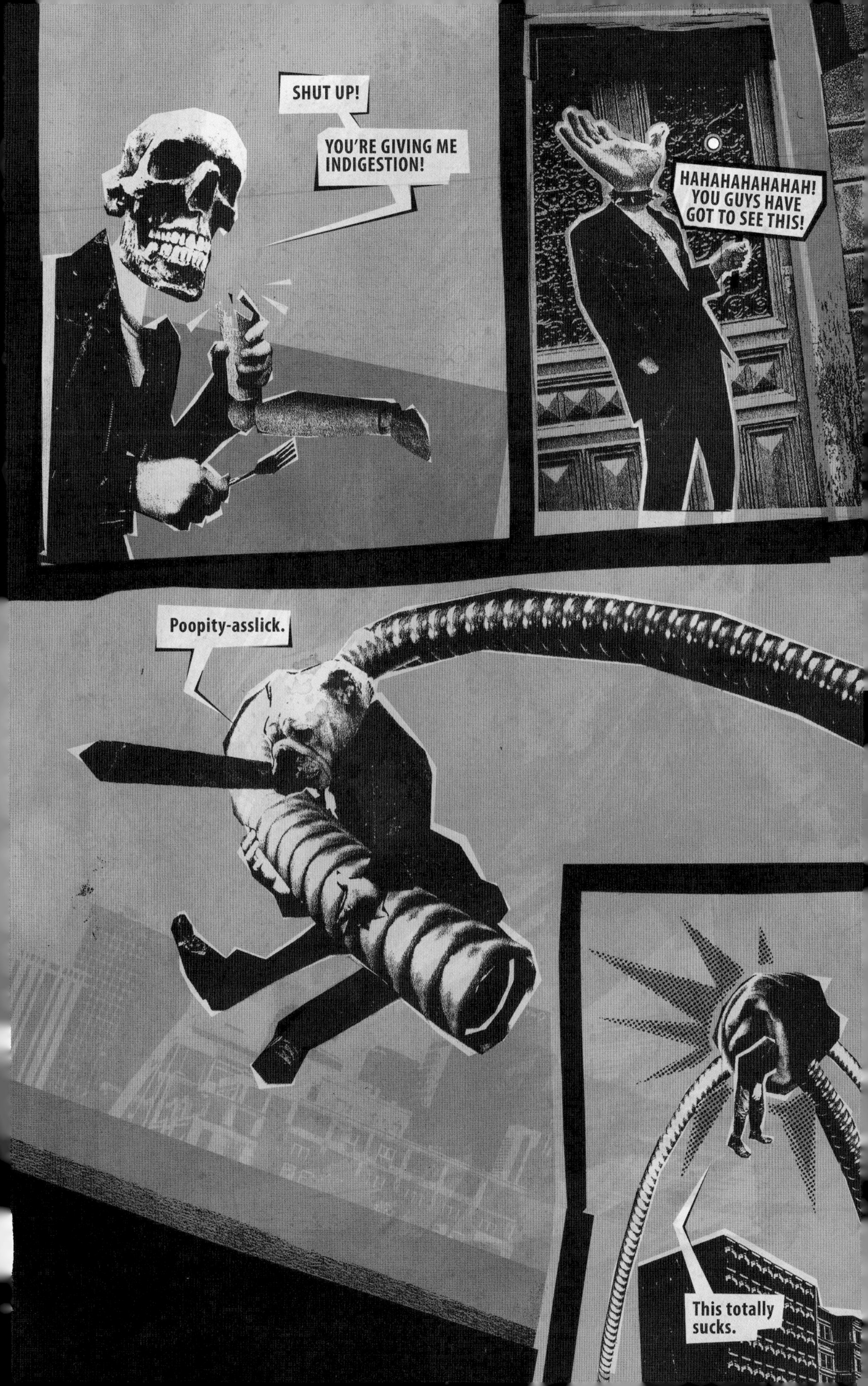
SHUT UP!
YOU'RE GIVING ME INDIGESTION!
HAHAHAHAHAHAH! YOU GUYS HAVE GOT TO SEE THIS!
Poopity-asslick.
This totally sucks.

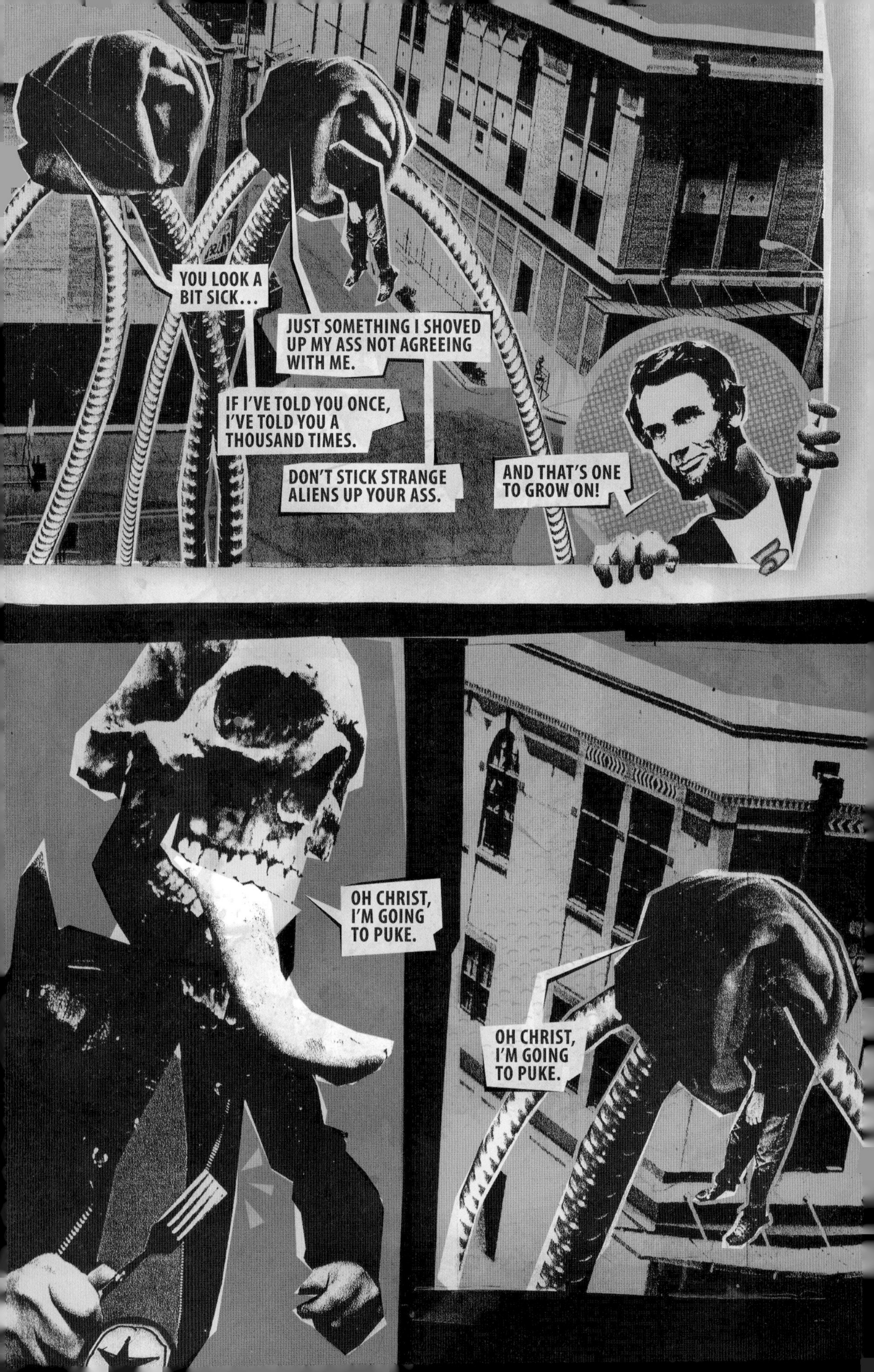
YOU LOOK A BIT SICK…
JUST SOMETHING I SHOVED UP MY ASS NOT AGREEING WITH ME.
IF I'VE TOLD YOU ONCE, I'VE TOLD YOU A THOUSAND TIMES.
DON'T STICK STRANGE ALIENS UP YOUR ASS.
AND THAT'S ONE TO GROW ON!
OH CHRIST, I'M GOING TO PUKE.
OH CHRIST, I'M GOING TO PUKE.

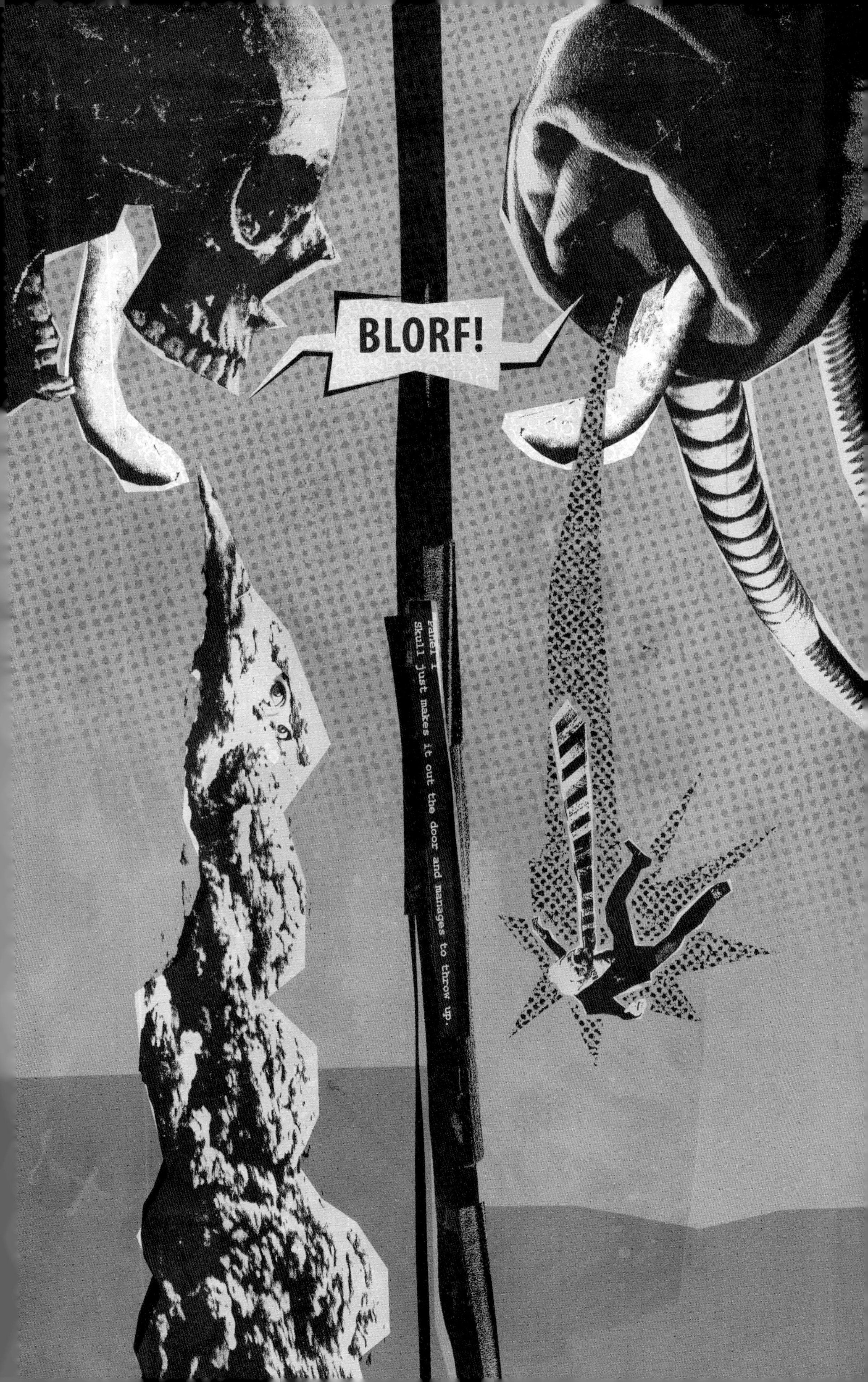
BLORF!
Panel 1
Skull just makes it out the door and manages to throw up.

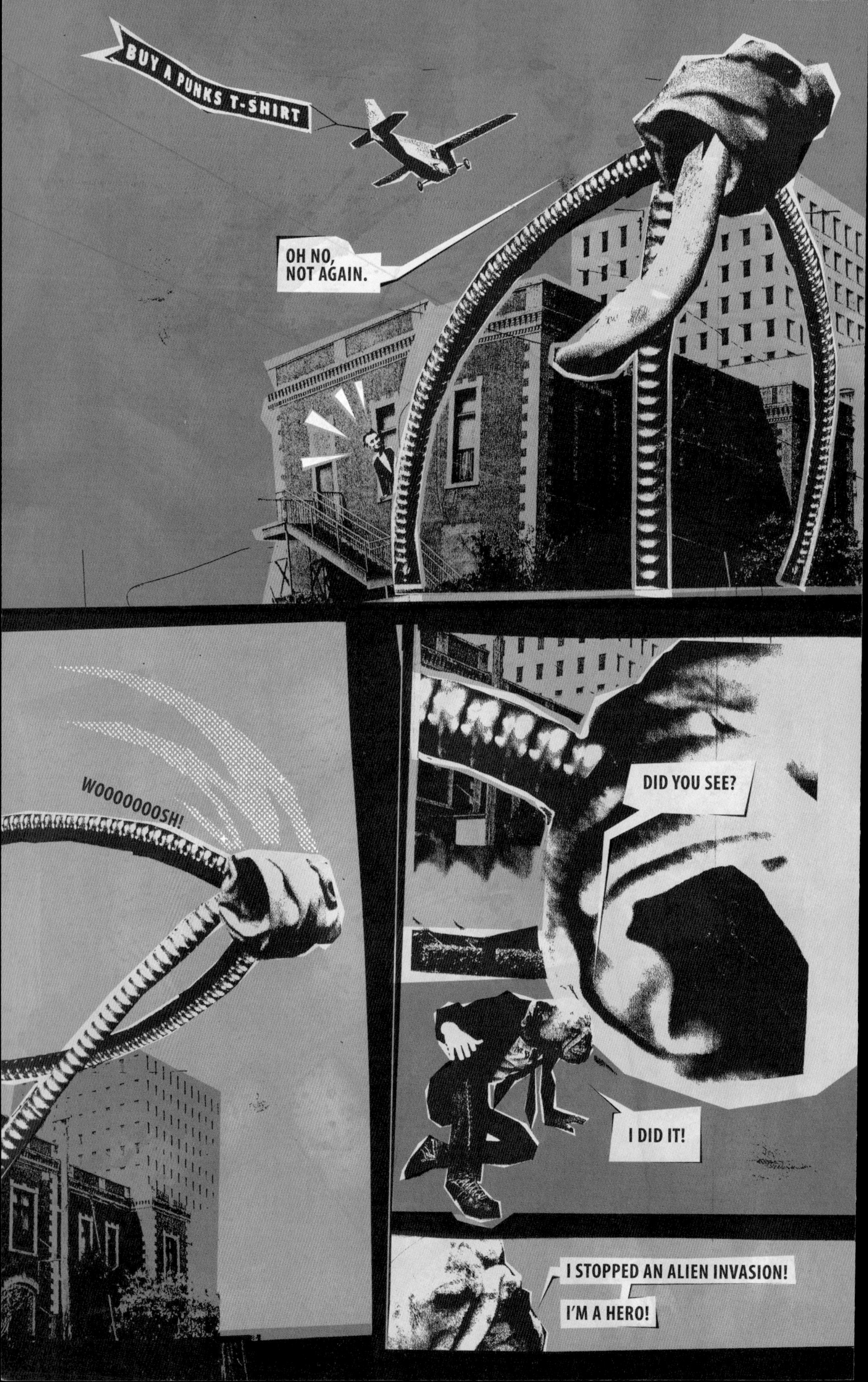
BUY A PUNKS T-SHIRT
OH NO, NOT AGAIN.
WOOOOOOOOSH!
DID YOU SEE?
I DID IT!
I STOPPED AN ALIEN INVASION!
I'M A HERO!

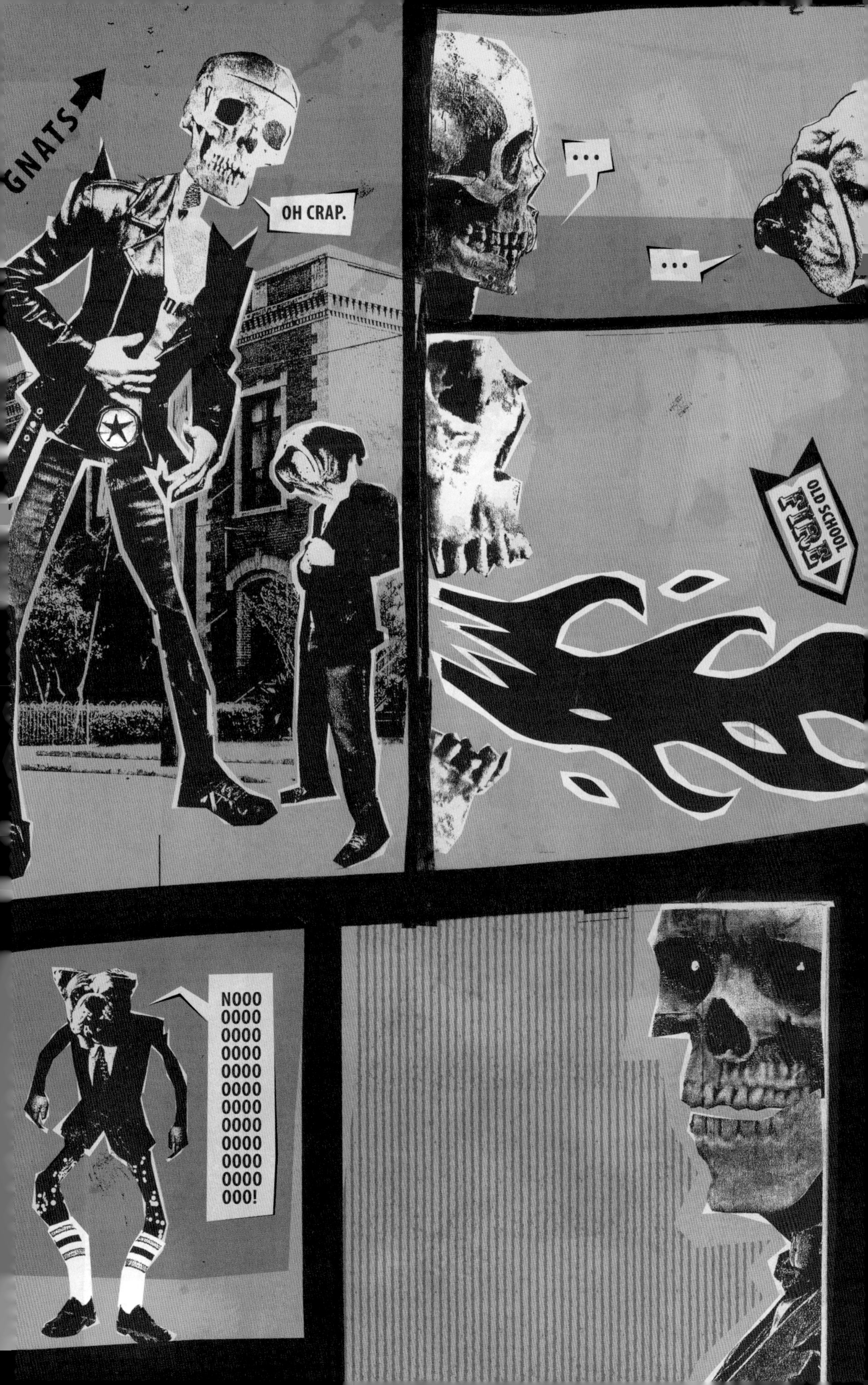

GNATS
OH CRAP.
...
...
OLD SCHOOL FIRE
NOOO
OOOO
OOOO
OOOO
OOOO
OOOO
OOOO
OOOO
OOOO
OOOO
OOOO
OOOO
OOO!

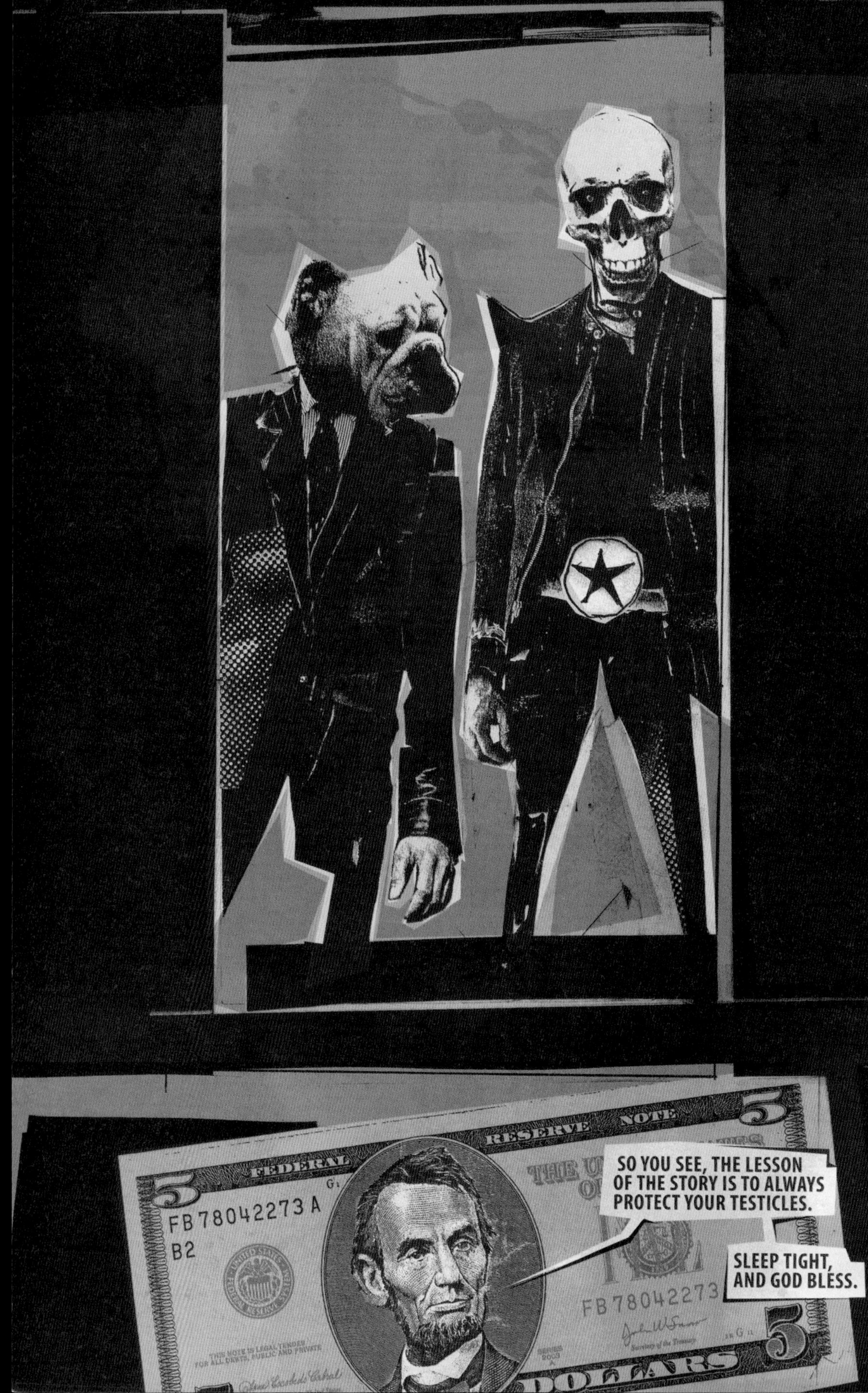
FEDERAL
RESERVE NOTE
5
FB78042273 A
B2
FB78042273
DOLLARS
SO YOU SEE, THE LESSON OF THE STORY IS TO ALWAYS PROTECT YOUR TESTICLES.
SLEEP TIGHT, AND GOD BLESS.

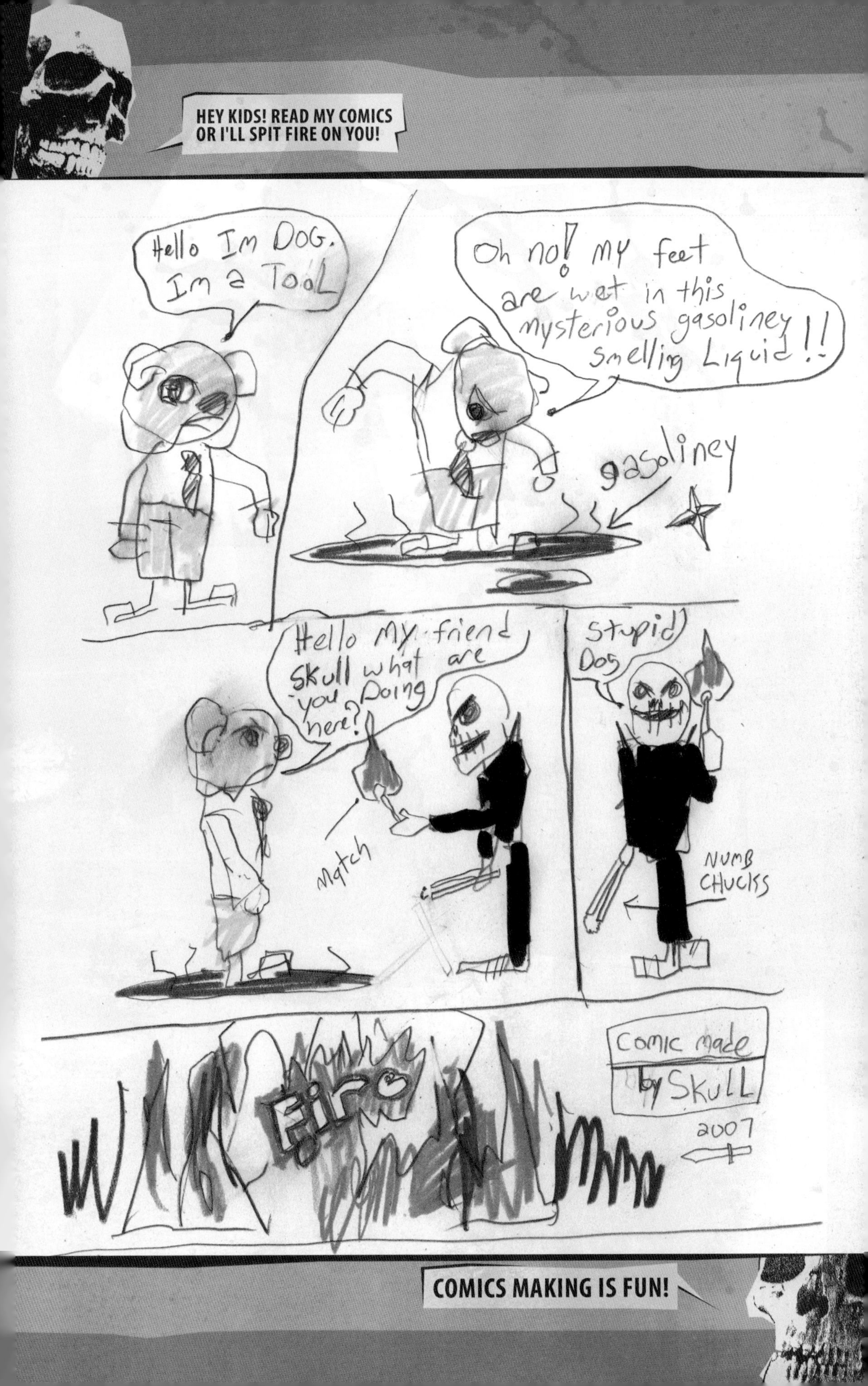
HEY KIDS! READ MY COMICS OR I'LL SPIT FIRE ON YOU!
Hello Im DOG. Im a TooL
Oh no! My feet are wet in this mysterious gasoliney smelling Liquid!!
gasoliney
Hello My friend Skull what are you Doing here?
match
Stupid Dog
NUMB CHUCKS
Fire
Comic made by SKULL
2007
COMICS MAKING IS FUN!

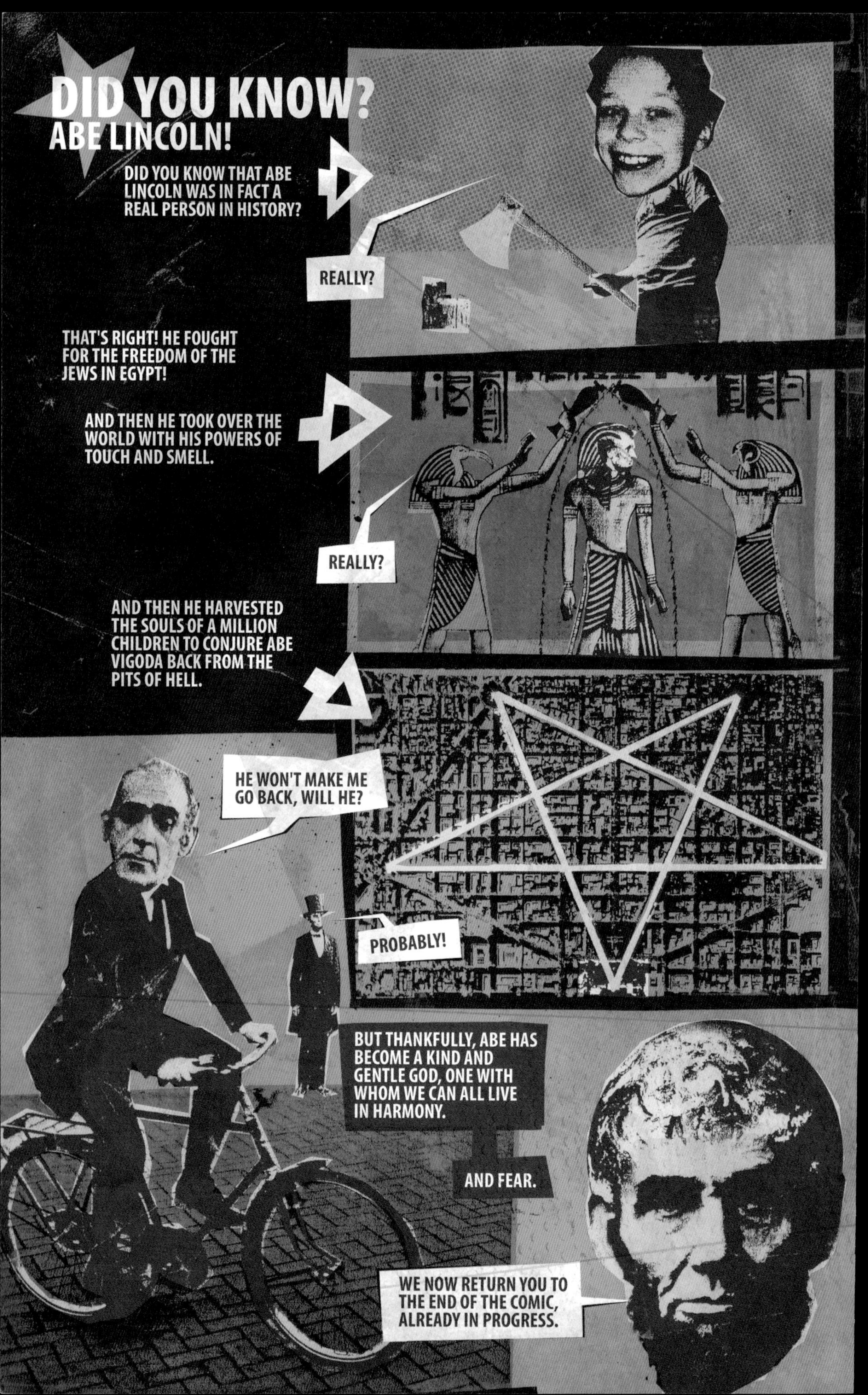
DID YOU KNOW?
ABE LINCOLN!
DID YOU KNOW THAT ABE LINCOLN WAS IN FACT A REAL PERSON IN HISTORY?
REALLY?
THAT'S RIGHT! HE FOUGHT FOR THE FREEDOM OF THE JEWS IN EGYPT!
AND THEN HE TOOK OVER THE WORLD WITH HIS POWERS OF TOUCH AND SMELL.
REALLY?
AND THEN HE HARVESTED THE SOULS OF A MILLION CHILDREN TO CONJURE ABE VIGODA BACK FROM THE PITS OF HELL.
HE WON'T MAKE ME GO BACK, WILL HE?
PROBABLY!
BUT THANKFULLY, ABE HAS BECOME A KIND AND GENTLE GOD, ONE WITH WHOM WE CAN ALL LIVE IN HARMONY.
AND FEAR.
WE NOW RETURN YOU TO THE END OF THE COMIC, ALREADY IN PROGRESS.

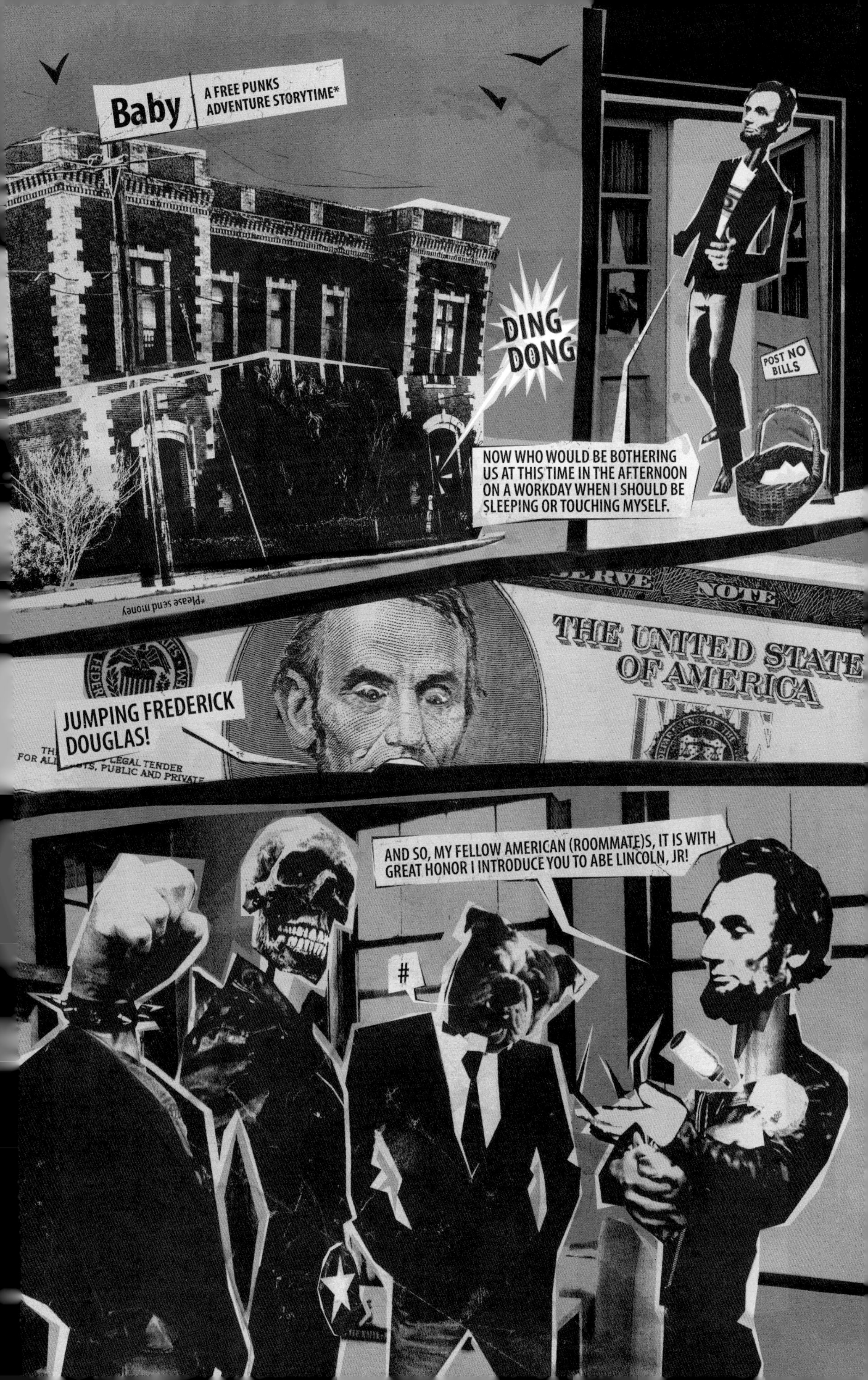
Baby
A FREE PUNKS ADVENTURE STORYTIME*
DING DONG
POST NO BILLS
NOW WHO WOULD BE BOTHERING US AT THIS TIME IN THE AFTERNOON ON A WORKDAY WHEN I SHOULD BE SLEEPING OR TOUCHING MYSELF.
*Please send money
JUMPING FREDERICK DOUGLAS!
AND SO, MY FELLOW AMERICAN (ROOMMATE)S, IT IS WITH GREAT HONOR I INTRODUCE YOU TO ABE LINCOLN, JR!
#

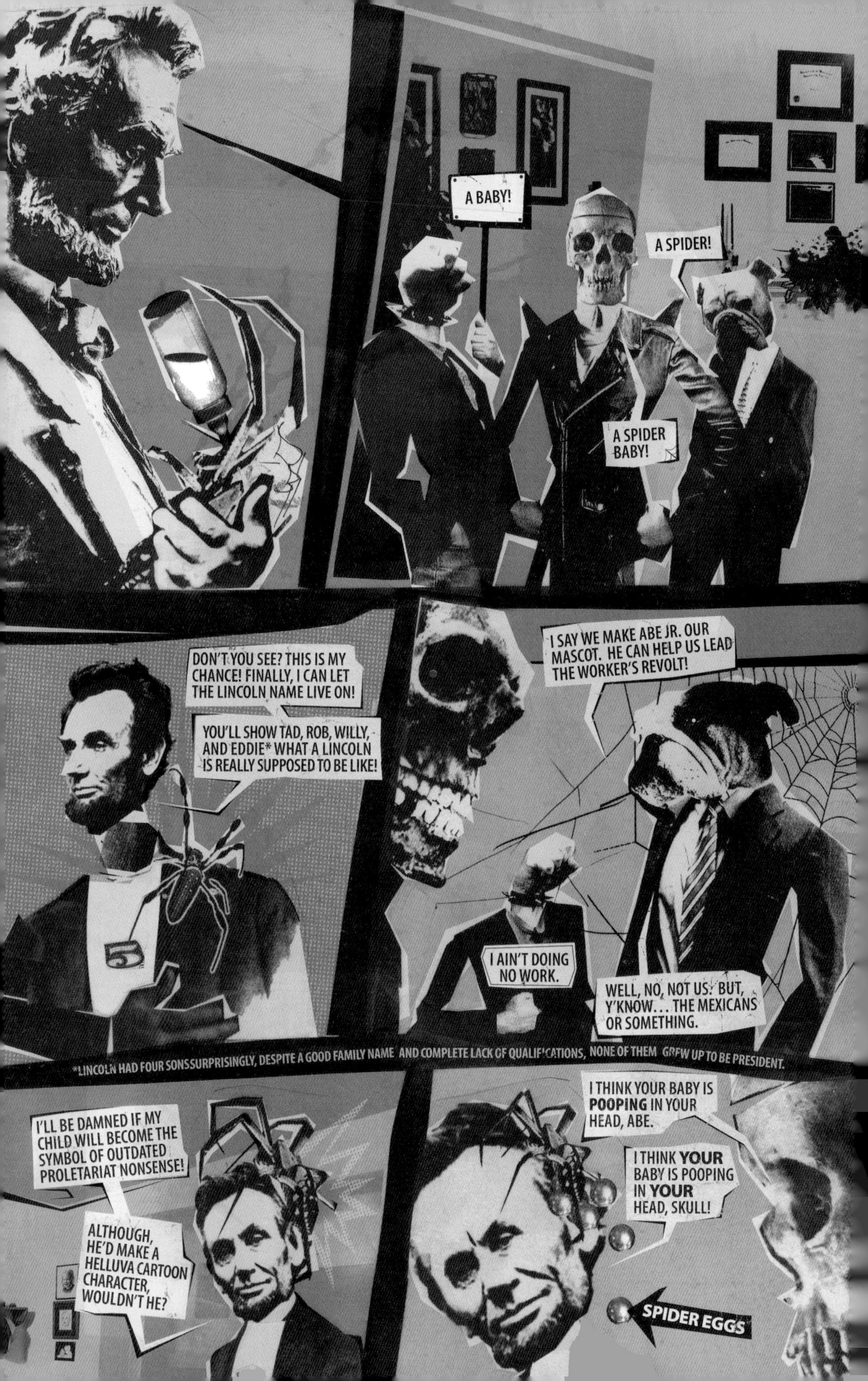
A BABY!
A SPIDER!
A SPIDER BABY!
DON'T YOU SEE? THIS IS MY CHANCE! FINALLY, I CAN LET THE LINCOLN NAME LIVE ON!
YOU'LL SHOW TAD, ROB, WILLY, AND EDDIE* WHAT A LINCOLN IS REALLY SUPPOSED TO BE LIKE!
I SAY WE MAKE ABE JR. OUR MASCOT. HE CAN HELP US LEAD THE WORKER'S REVOLT!
I AIN'T DOING NO WORK.
WELL, NO, NOT US. BUT, Y'KNOW... THE MEXICANS OR SOMETHING.
*LINCOLN HAD FOUR SONSSURPRISINGLY, DESPITE A GOOD FAMILY NAME AND COMPLETE LACK OF QUALIFICATIONS, NONE OF THEM GREW UP TO BE PRESIDENT.
I'LL BE DAMNED IF MY CHILD WILL BECOME THE SYMBOL OF OUTDATED PROLETARIAT NONSENSE!
ALTHOUGH, HE'D MAKE A HELLUVA CARTOON CHARACTER, WOULDN'T HE?
I THINK YOUR BABY IS POOPING IN YOUR HEAD, ABE.
I THINK YOUR BABY IS POOPING IN YOUR HEAD, SKULL!
SPIDER EGGS

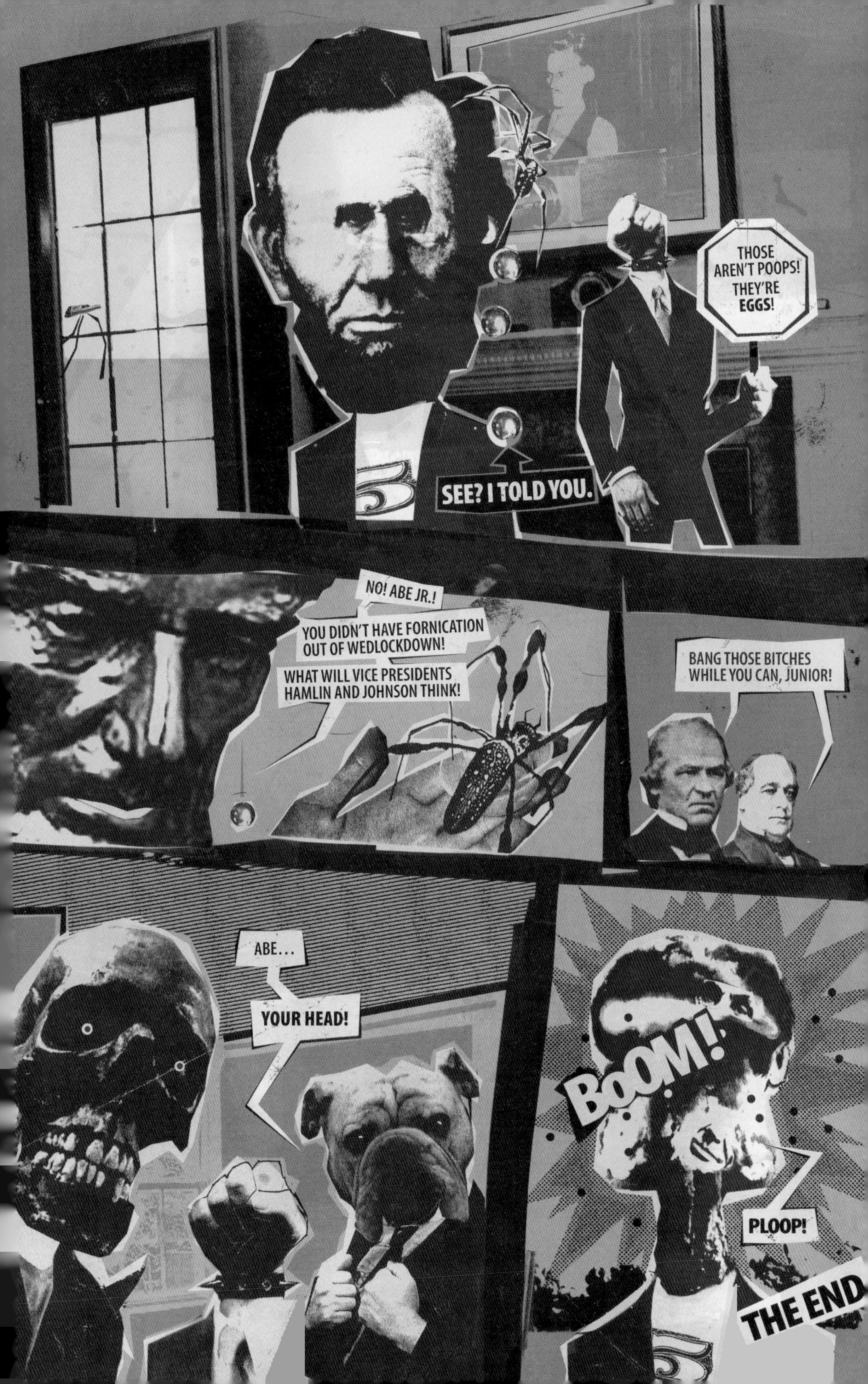
THOSE AREN'T POOPS! THEY'RE EGGS!
SEE? I TOLD YOU.
NO! ABE JR.!
YOU DIDN'T HAVE FORNICATION OUT OF WEDLOCKDOWN!
WHAT WILL VICE PRESIDENTS HAMLIN AND JOHNSON THINK!
BANG THOSE BITCHES WHILE YOU CAN, JUNIOR!
ABE…
YOUR HEAD!
BOOM!
PLOOP!
THE END

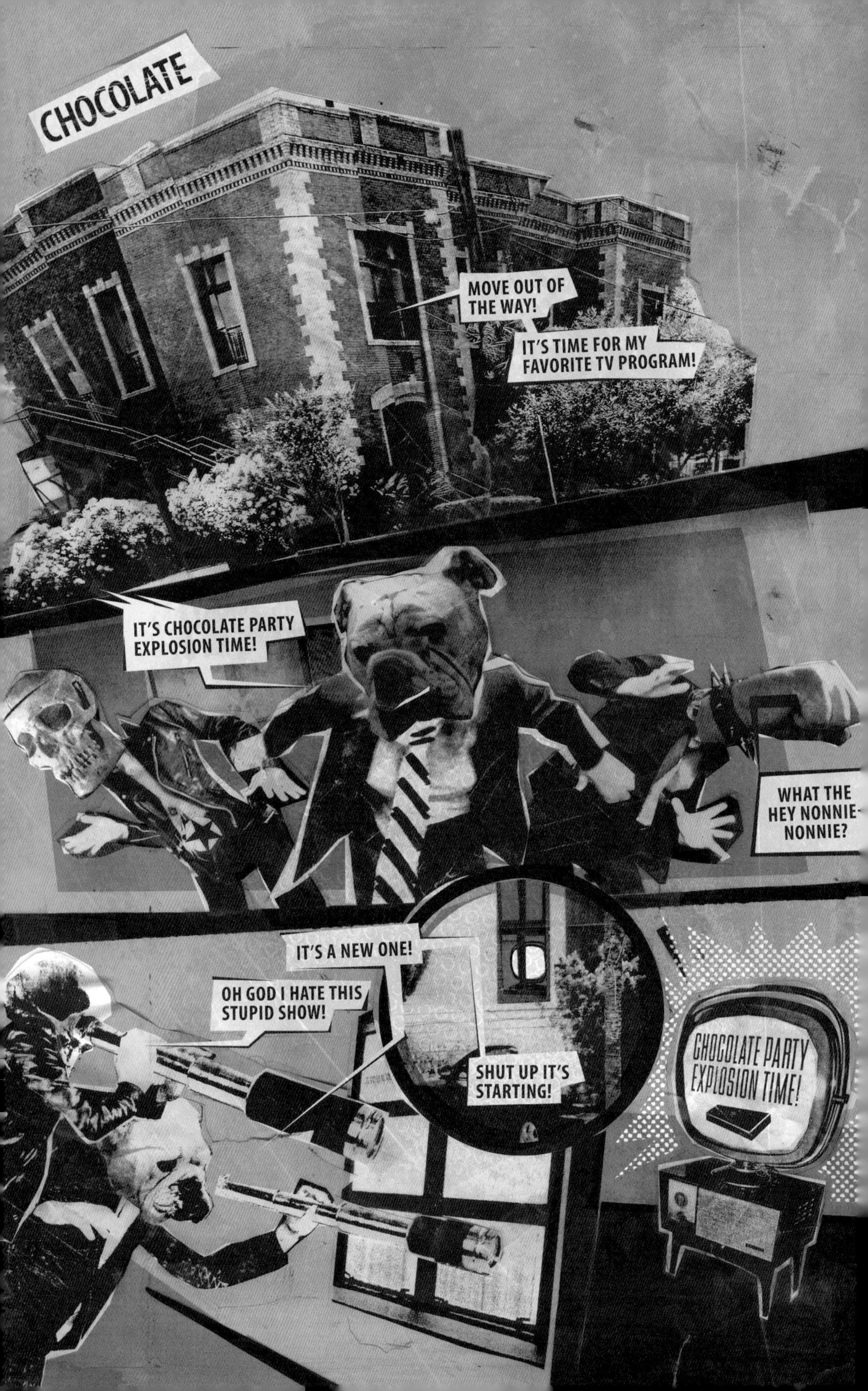
CHOCOLATE
MOVE OUT OF THE WAY!
IT'S TIME FOR MY FAVORITE TV PROGRAM!
IT'S CHOCOLATE PARTY EXPLOSION TIME!
WHAT THE HEY NONNIE-NONNIE?
IT'S A NEW ONE!
OH GOD I HATE THIS STUPID SHOW!
SHUT UP IT'S STARTING!
CHOCOLATE PARTY EXPLOSION TIME!

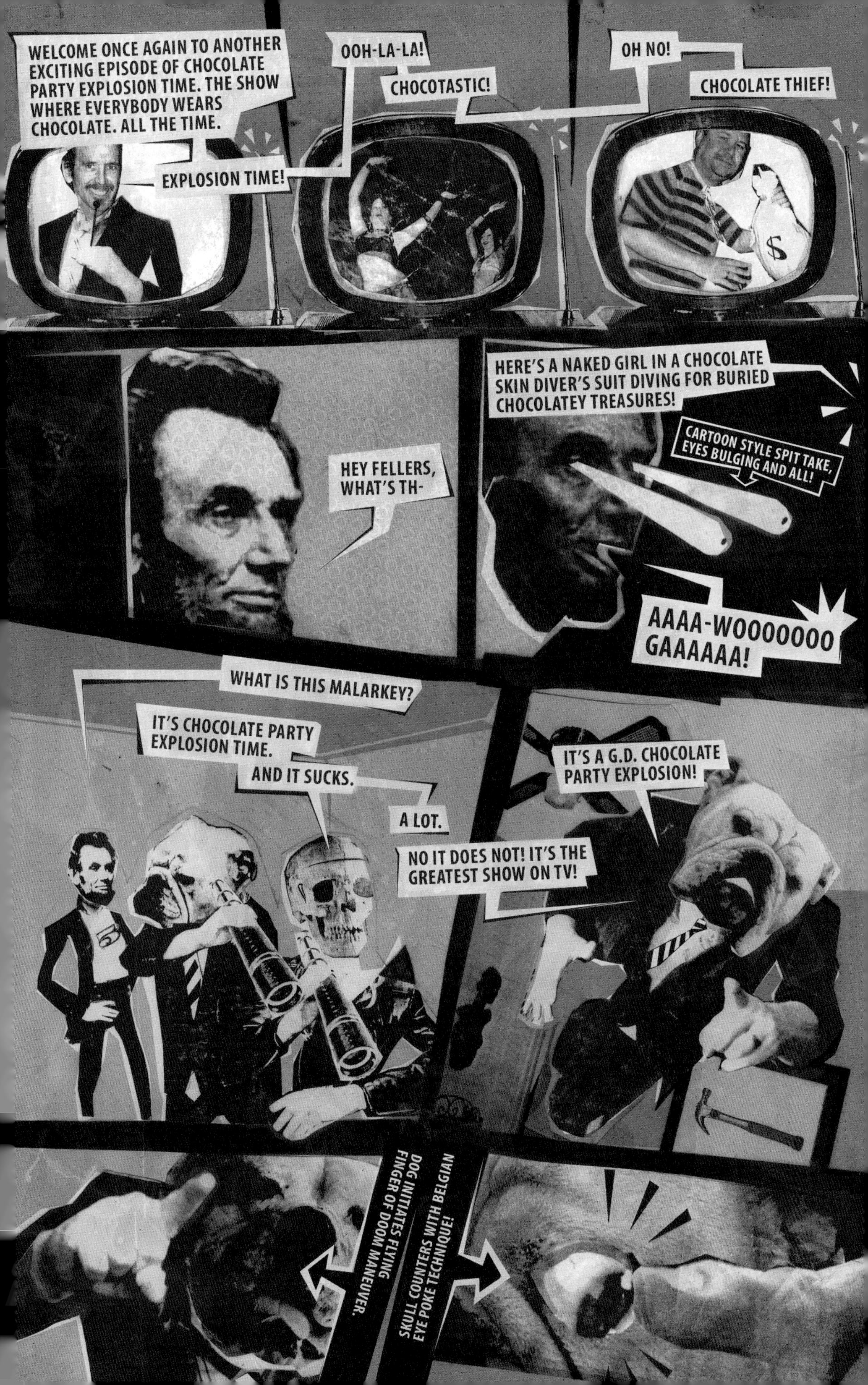
WELCOME ONCE AGAIN TO ANOTHER EXCITING EPISODE OF CHOCOLATE PARTY EXPLOSION TIME. THE SHOW WHERE EVERYBODY WEARS CHOCOLATE. ALL THE TIME.
EXPLOSION TIME!
OOH-LA-LA!
CHOCOTASTIC!
OH NO!
CHOCOLATE THIEF!
HEY FELLERS, WHAT'S TH-
HERE'S A NAKED GIRL IN A CHOCOLATE SKIN DIVER'S SUIT DIVING FOR BURIED CHOCOLATEY TREASURES!
CARTOON STYLE SPIT TAKE, EYES BULGING AND ALL!
AAAA-WOOOOOOO GAAAAAA!
WHAT IS THIS MALARKEY?
IT'S CHOCOLATE PARTY EXPLOSION TIME.
AND IT SUCKS.
A LOT.
NO IT DOES NOT! IT'S THE GREATEST SHOW ON TV!
IT'S A G.D. CHOCOLATE PARTY EXPLOSION!
DOG INITIATES FLYING FINGER OF DOOM MANEUVER.
SKULL COUNTERS WITH BELGIAN EYE POKE TECHNIQUE!

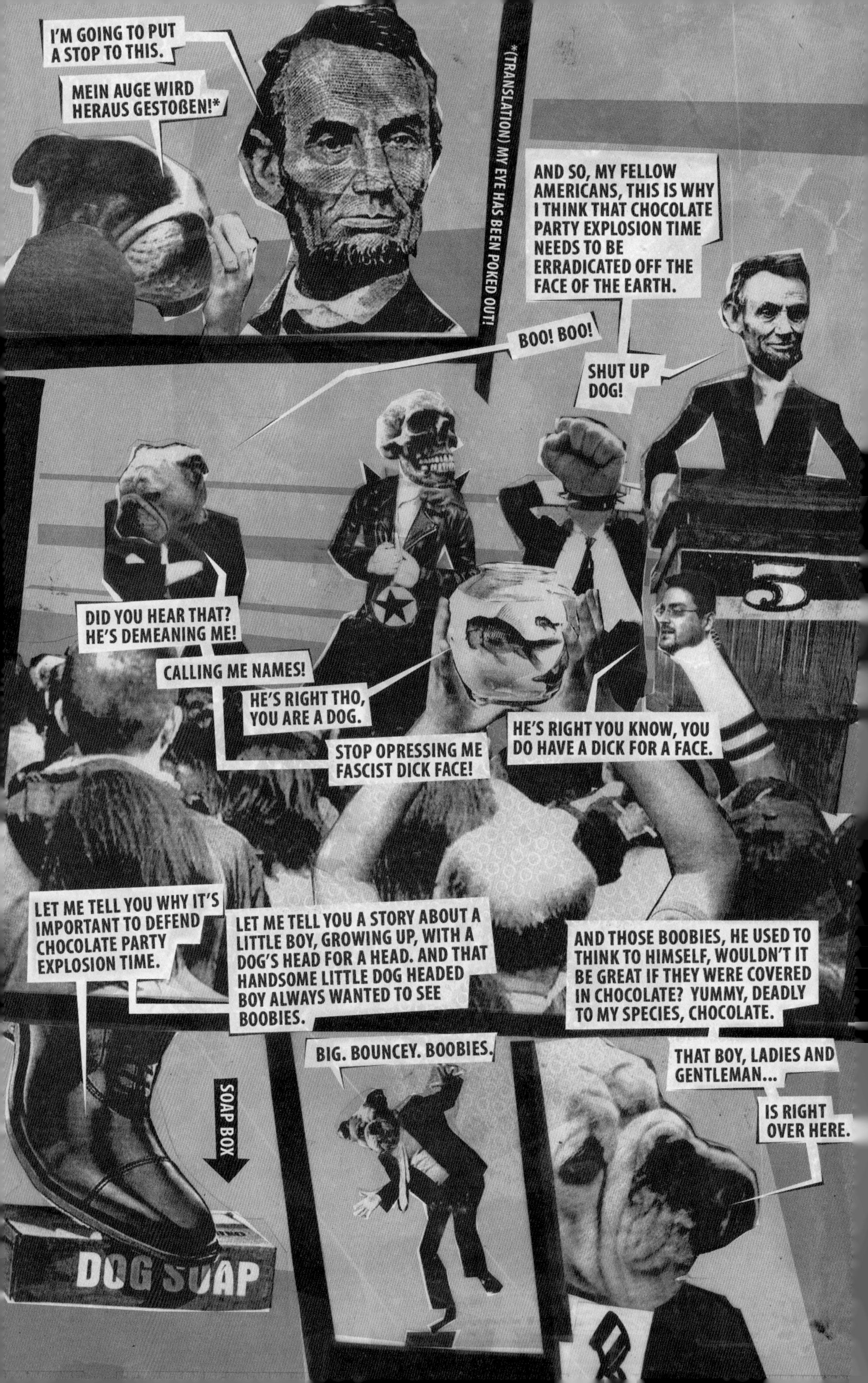

I'M GOING TO PUT A STOP TO THIS.
MEIN AUGE WIRD HERAUS GESTOßEN!*
*(TRANSLATION) MY EYE HAS BEEN POKED OUT!
AND SO, MY FELLOW AMERICANS, THIS IS WHY I THINK THAT CHOCOLATE PARTY EXPLOSION TIME NEEDS TO BE ERRADICATED OFF THE FACE OF THE EARTH.
BOO! BOO!
SHUT UP DOG!
5
DID YOU HEAR THAT? HE'S DEMEANING ME!
CALLING ME NAMES!
HE'S RIGHT THO, YOU ARE A DOG.
STOP OPRESSING ME FASCIST DICK FACE!
HE'S RIGHT YOU KNOW, YOU DO HAVE A DICK FOR A FACE.
LET ME TELL YOU WHY IT'S IMPORTANT TO DEFEND CHOCOLATE PARTY EXPLOSION TIME.
LET ME TELL YOU A STORY ABOUT A LITTLE BOY, GROWING UP, WITH A DOG'S HEAD FOR A HEAD. AND THAT HANDSOME LITTLE DOG HEADED BOY ALWAYS WANTED TO SEE BOOBIES.
AND THOSE BOOBIES, HE USED TO THINK TO HIMSELF, WOULDN'T IT BE GREAT IF THEY WERE COVERED IN CHOCOLATE? YUMMY, DEADLY TO MY SPECIES, CHOCOLATE.
SOAP BOX
DOG SOAP
BIG. BOUNCEY. BOOBIES.
THAT BOY, LADIES AND GENTLEMAN...
IS RIGHT OVER HERE.

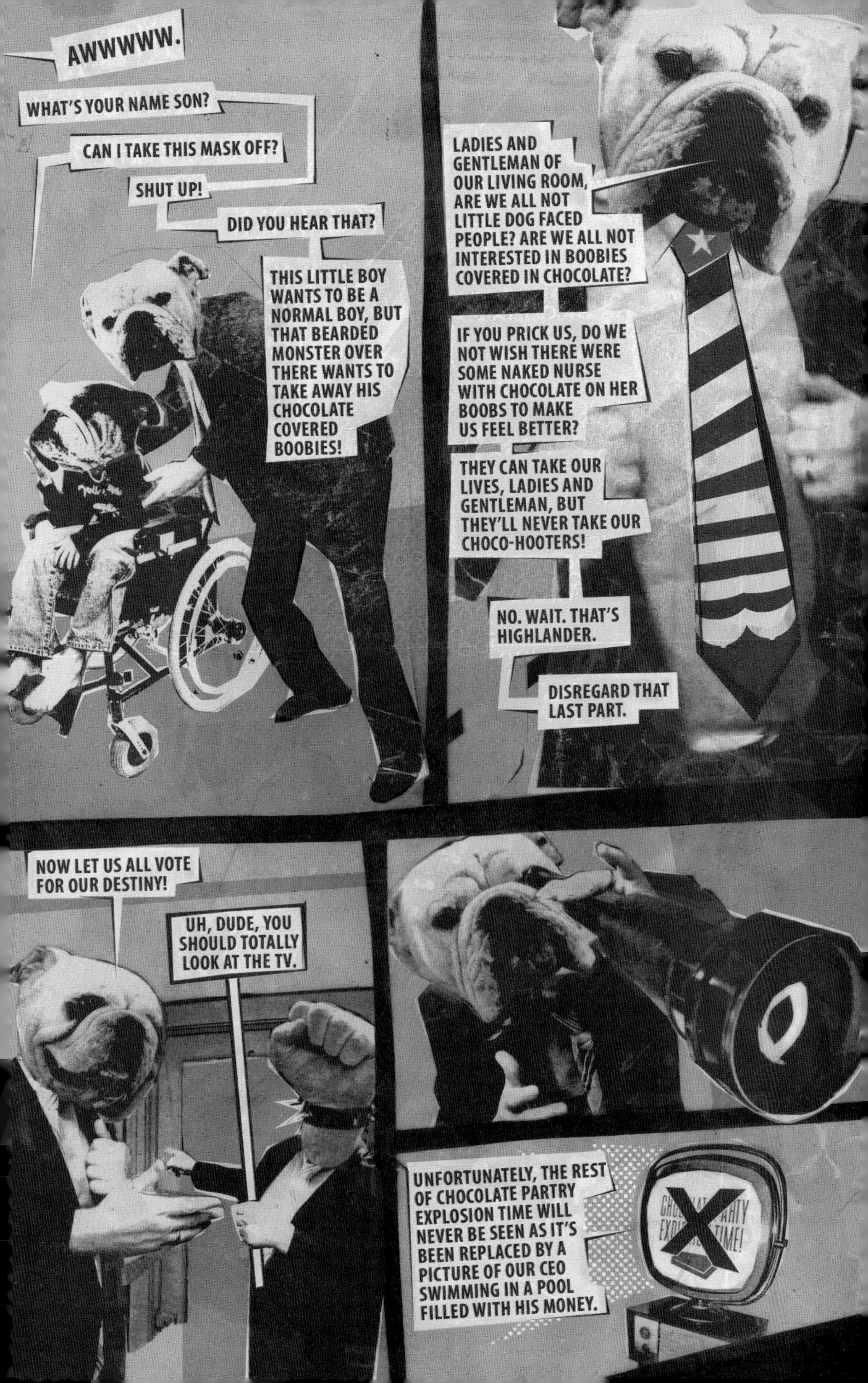
AWWWWW.
WHAT'S YOUR NAME SON?
CAN I TAKE THIS MASK OFF?
SHUT UP!
DID YOU HEAR THAT?
THIS LITTLE BOY WANTS TO BE A NORMAL BOY, BUT THAT BEARDED MONSTER OVER THERE WANTS TO TAKE AWAY HIS CHOCOLATE COVERED BOOBIES!
LADIES AND GENTLEMAN OF OUR LIVING ROOM, ARE WE ALL NOT LITTLE DOG FACED PEOPLE? ARE WE ALL NOT INTERESTED IN BOOBIES COVERED IN CHOCOLATE?
IF YOU PRICK US, DO WE NOT WISH THERE WERE SOME NAKED NURSE WITH CHOCOLATE ON HER BOOBS TO MAKE US FEEL BETTER?
THEY CAN TAKE OUR LIVES, LADIES AND GENTLEMAN, BUT THEY'LL NEVER TAKE OUR CHOCO-HOOTERS!
NO. WAIT. THAT'S HIGHLANDER.
DISREGARD THAT LAST PART.
NOW LET US ALL VOTE FOR OUR DESTINY!
UH, DUDE, YOU SHOULD TOTALLY LOOK AT THE TV.
UNFORTUNATELY, THE REST OF CHOCOLATE PARTRY EXPLOSION TIME WILL NEVER BE SEEN AS IT'S BEEN REPLACED BY A PICTURE OF OUR CEO SWIMMING IN A POOL FILLED WITH HIS MONEY.

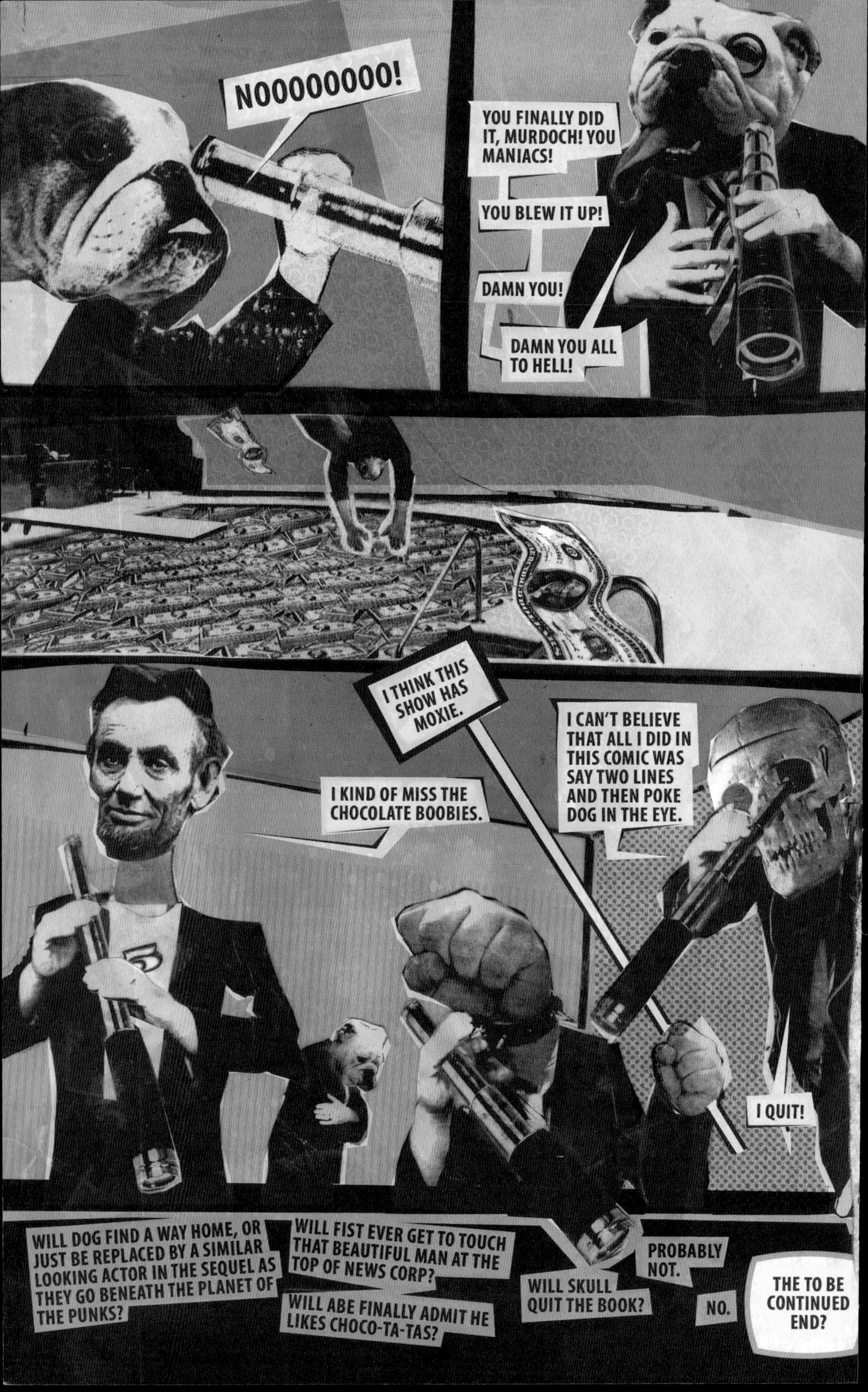
NOOOOOOOO!
YOU FINALLY DID IT, MURDOCH! YOU MANIACS!
YOU BLEW IT UP!
DAMN YOU!
DAMN YOU ALL TO HELL!
I KIND OF MISS THE CHOCOLATE BOOBIES.
I THINK THIS SHOW HAS MOXIE.
I CAN'T BELIEVE THAT ALL I DID IN THIS COMIC WAS SAY TWO LINES AND THEN POKE DOG IN THE EYE.
I QUIT!
WILL DOG FIND A WAY HOME, OR JUST BE REPLACED BY A SIMILAR LOOKING ACTOR IN THE SEQUEL AS THEY GO BENEATH THE PLANET OF THE PUNKS?
WILL FIST EVER GET TO TOUCH THAT BEAUTIFUL MAN AT THE TOP OF NEWS CORP?
WILL ABE FINALLY ADMIT HE LIKES CHOCO-TA-TAS?
WILL SKULL QUIT THE BOOK?
PROBABLY NOT.
NO.
THE TO BE CONTINUED END?

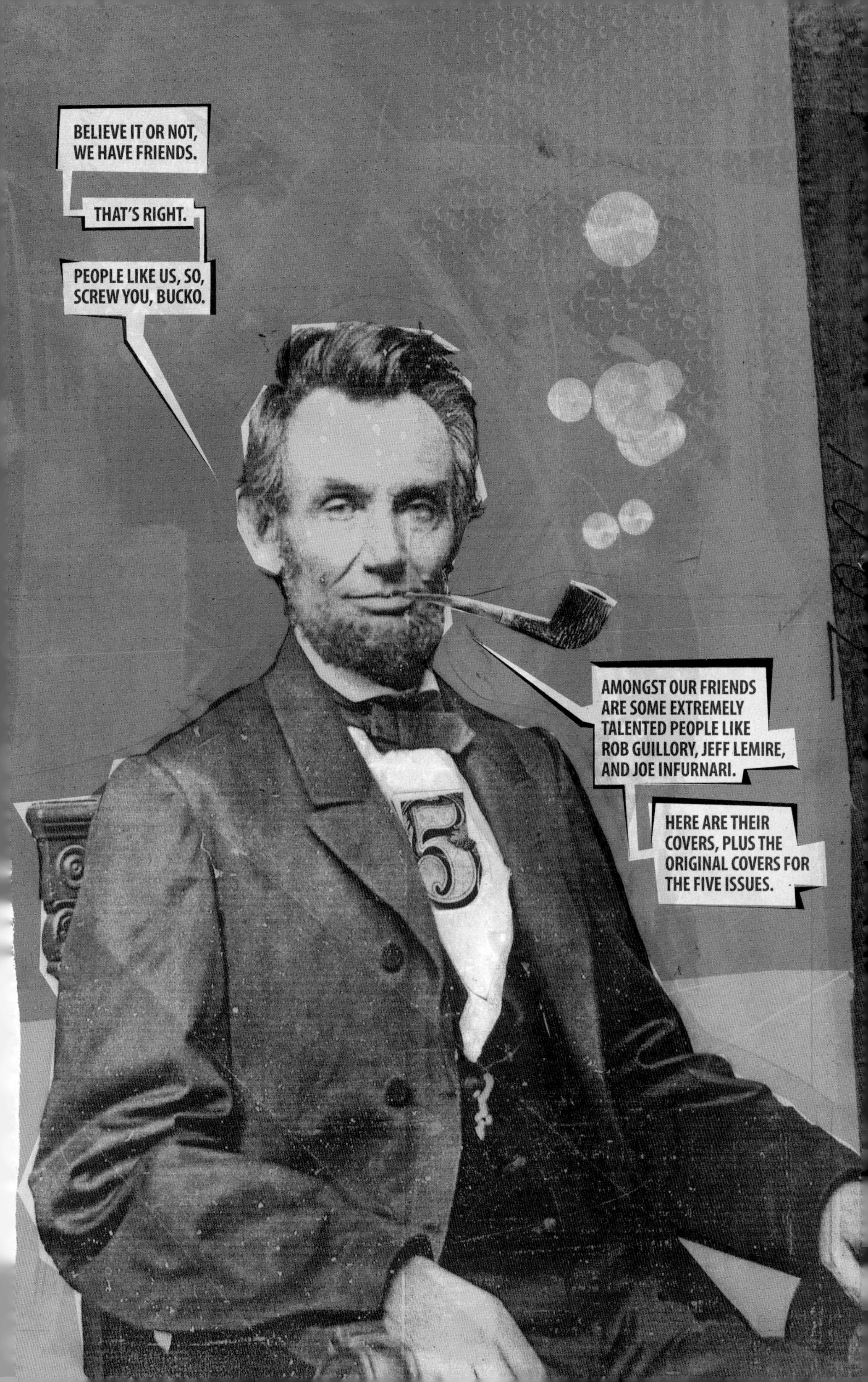
BELIEVE IT OR NOT, WE HAVE FRIENDS.
THAT'S RIGHT.
PEOPLE LIKE US, SO, SCREW YOU, BUCKO.
AMONGST OUR FRIENDS ARE SOME EXTREMELY TALENTED PEOPLE LIKE ROB GUILLORY, JEFF LEMIRE, AND JOE INFURNARI.
HERE ARE THEIR COVERS, PLUS THE ORIGINAL COVERS FOR THE FIVE ISSUES.

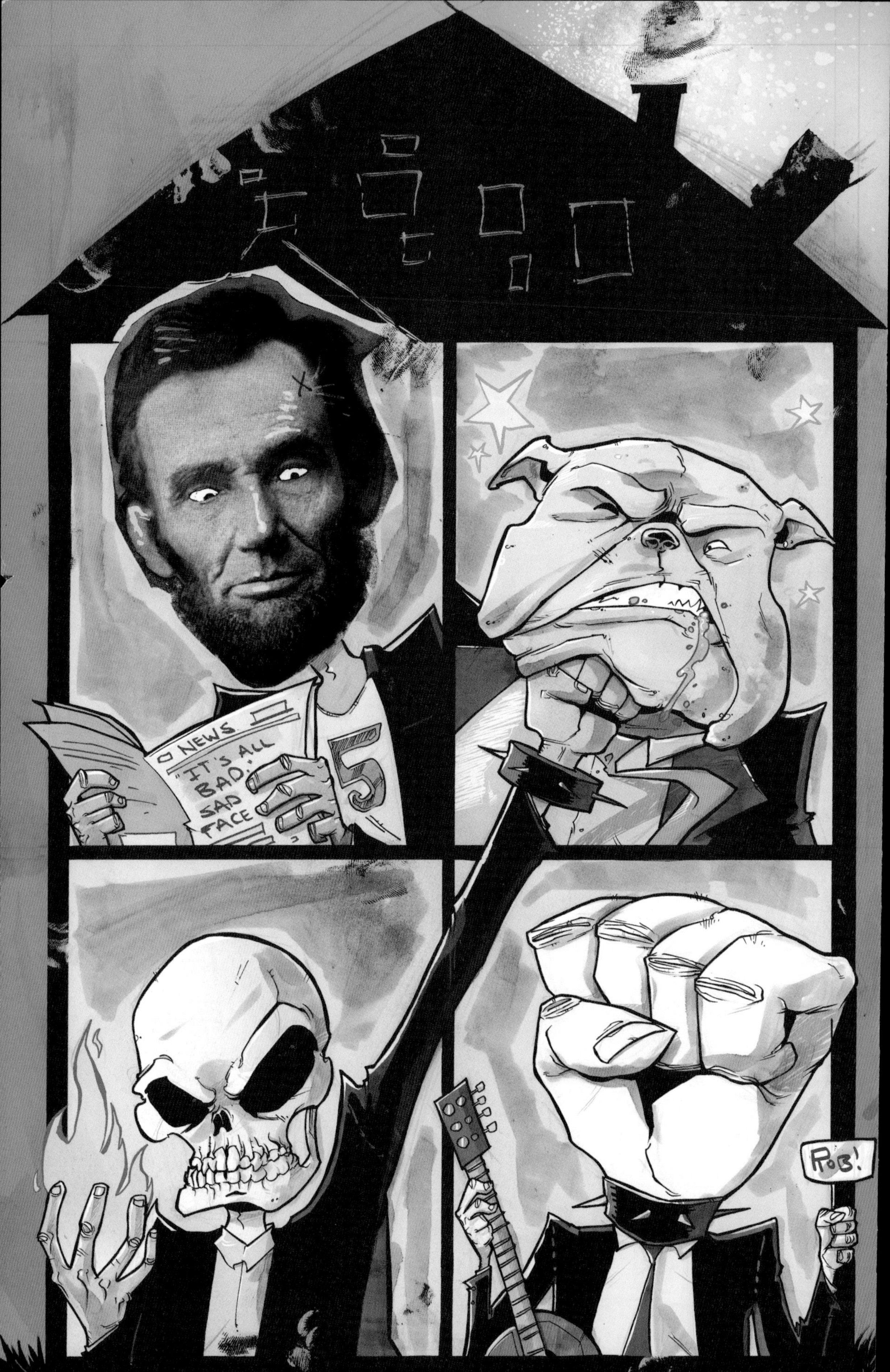
NEWS
"IT'S ALL BAD. SAD FACE
5
ROB!

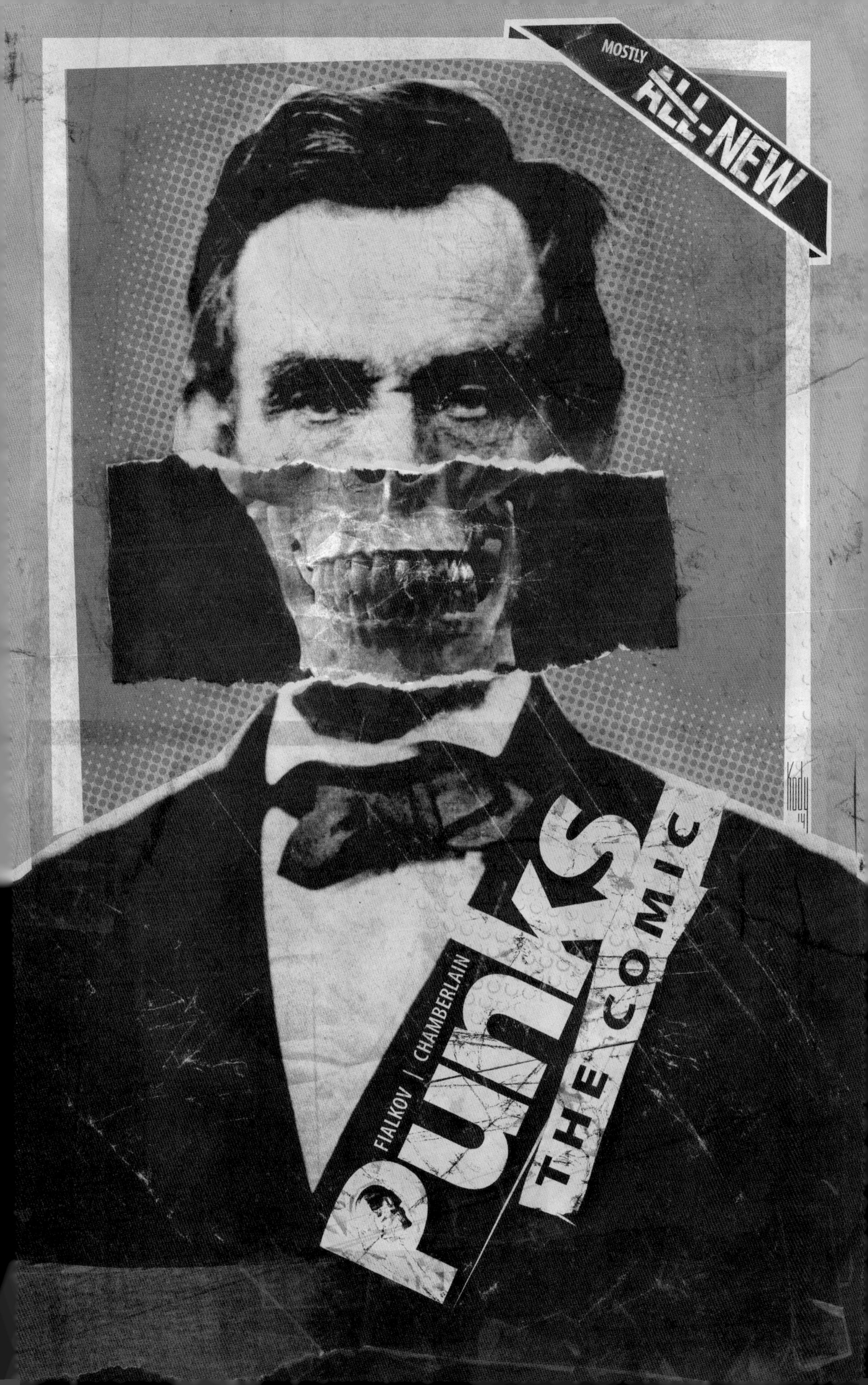
MOSTLY ALL-NEW
PUNKS THE COMIC
FIALKOV | CHAMBERLAIN
Kody '14

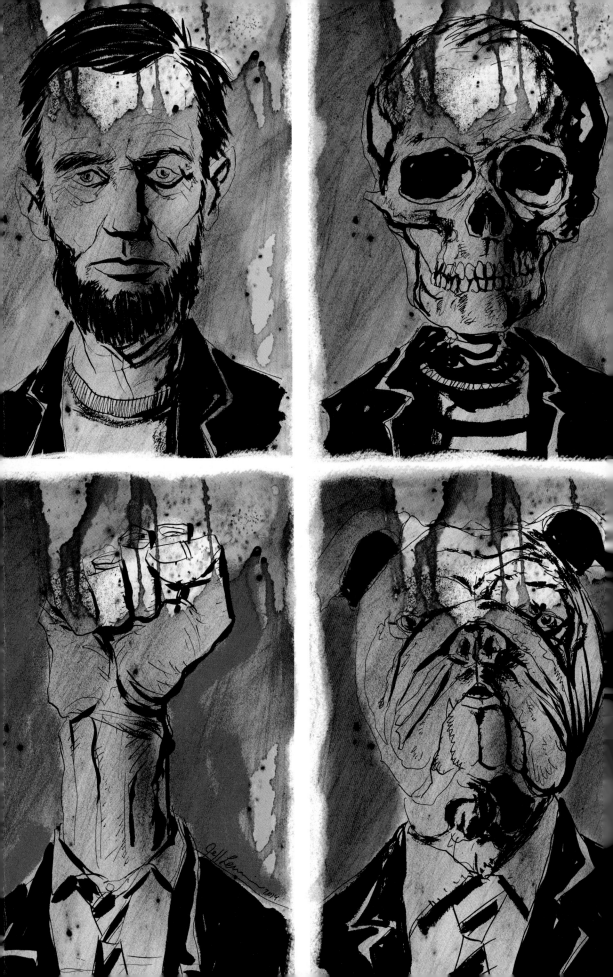

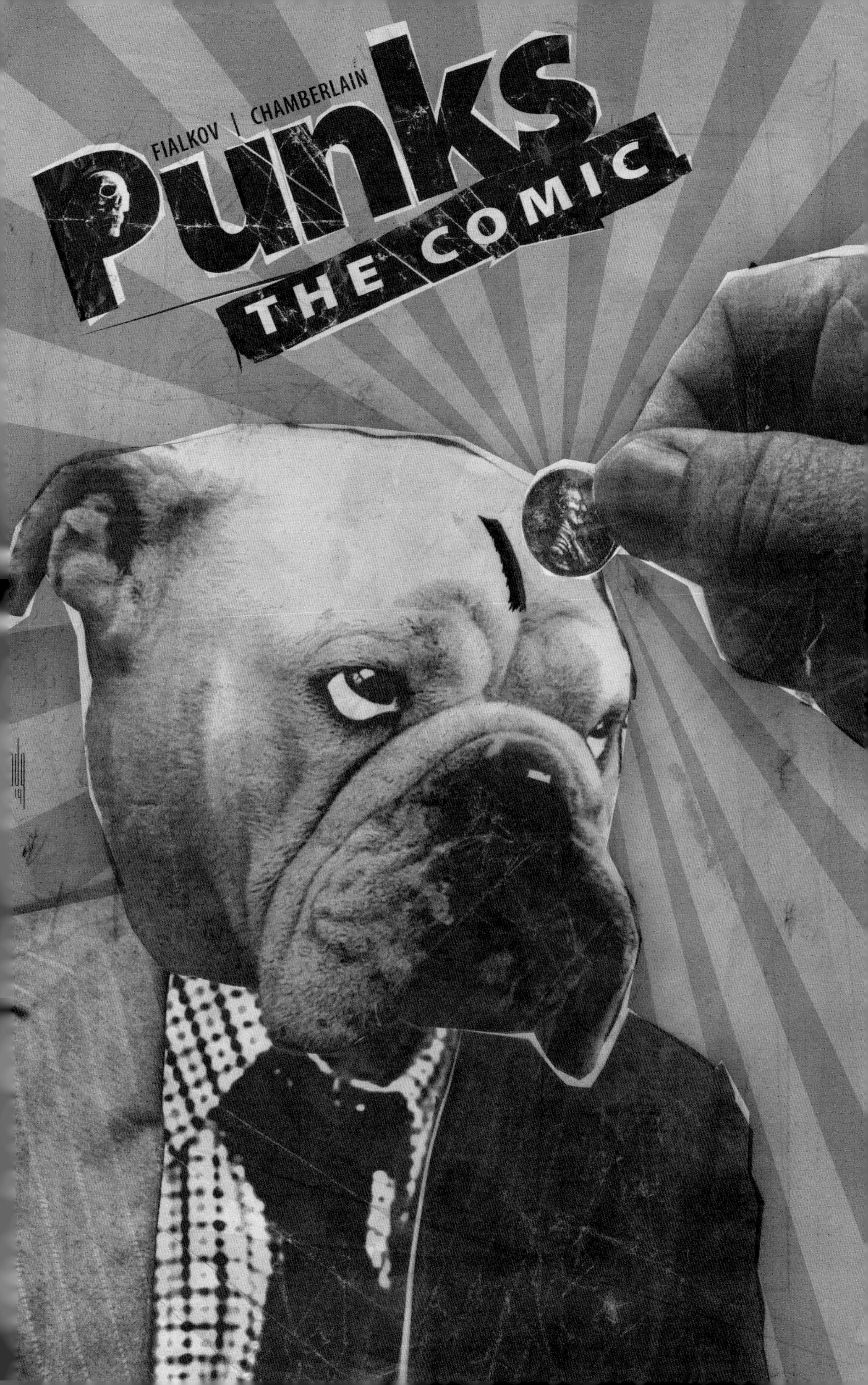
FIALKOV | CHAMBERLAIN
Punks
THE COMIC

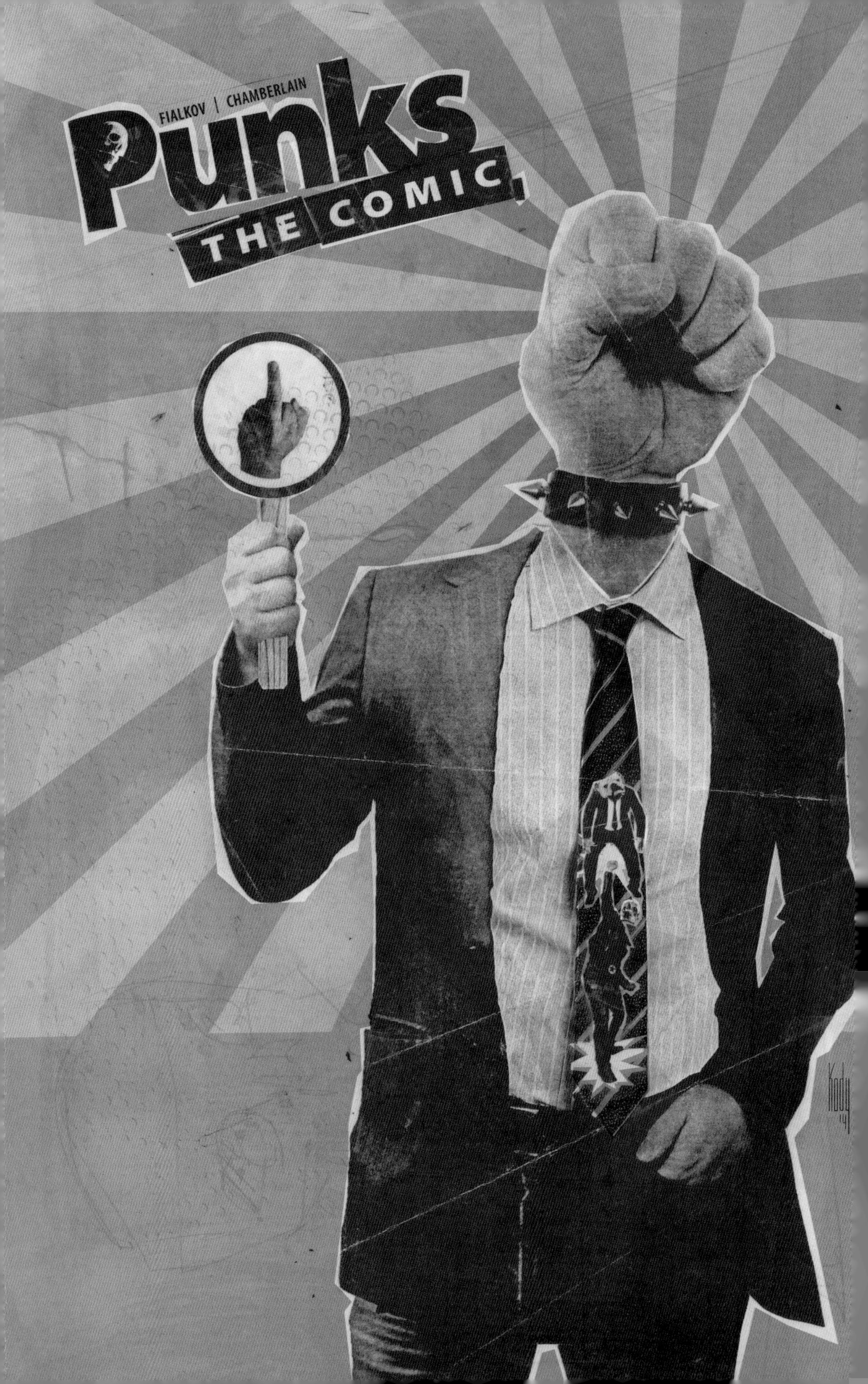
FIALKOV | CHAMBERLAIN
Punks
THE COMIC

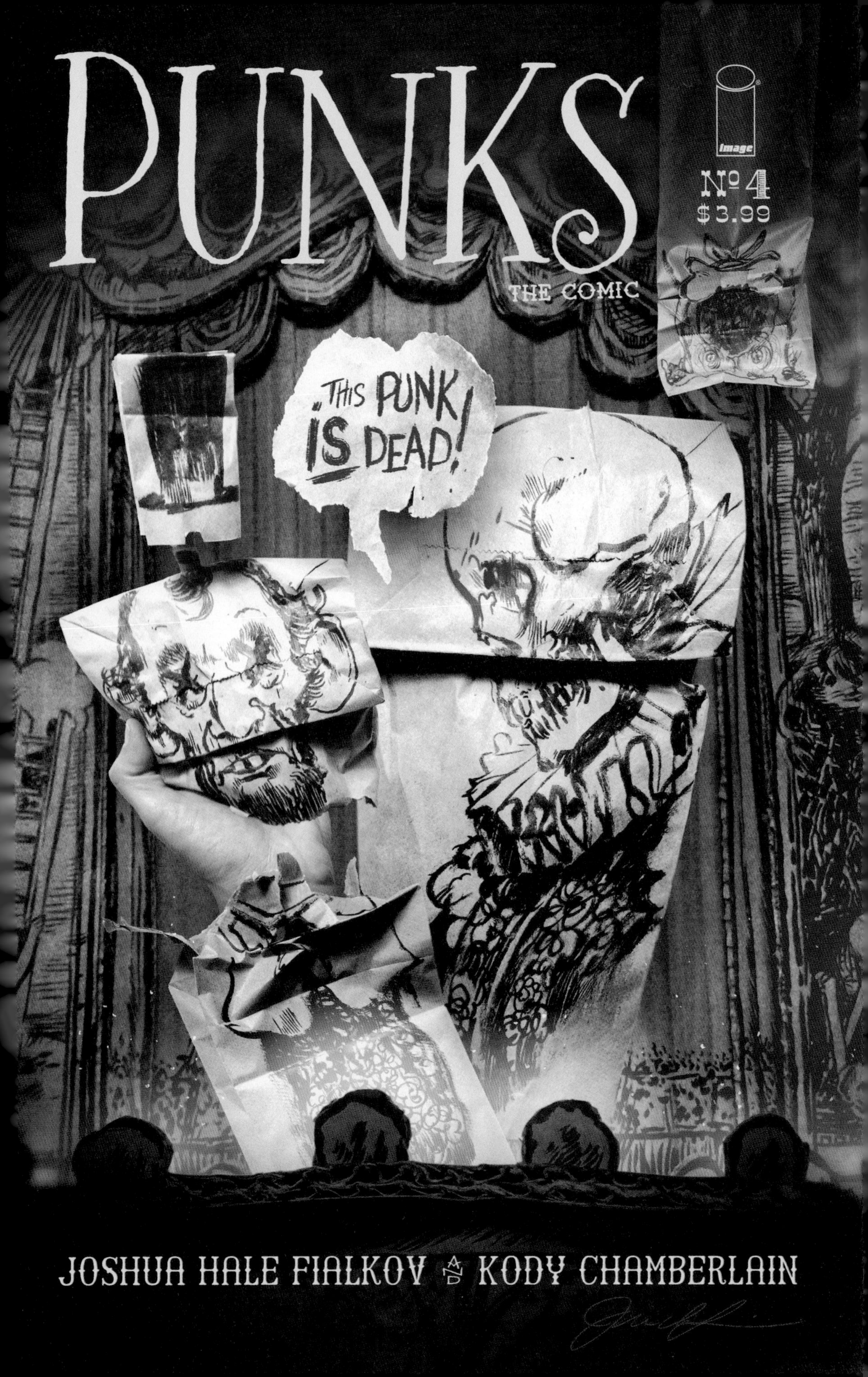
PUNKS
THE COMIC
№ 4
$3.99
THIS PUNK IS DEAD!
JOSHUA HALE FIALKOV AND KODY CHAMBERLAIN

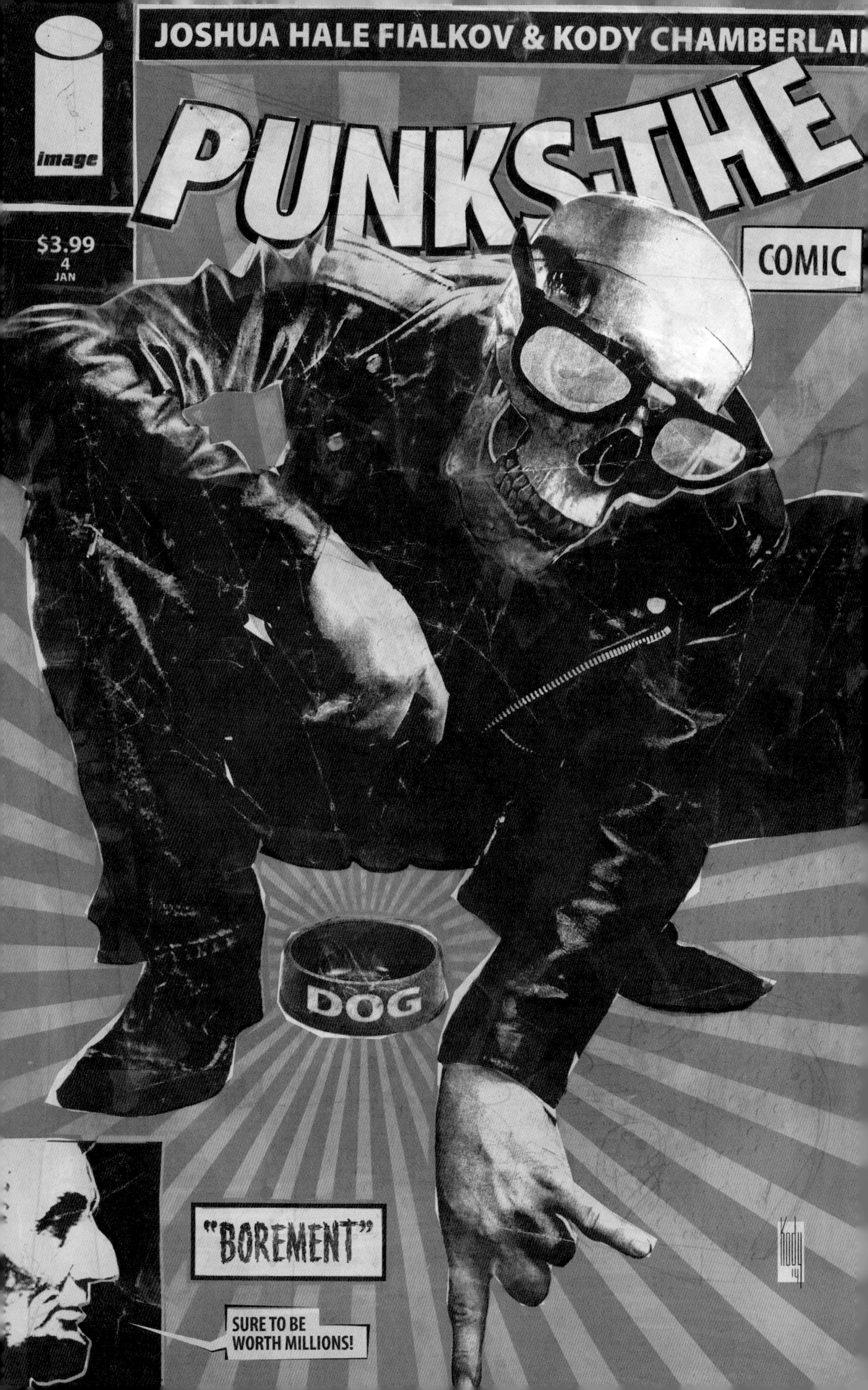

image
JOSHUA HALE FIALKOV & KODY CHAMBERLAI
PUNKS THE
COMIC
$3.99
4
JAN
DOG
"BOREMENT"
SURE TO BE
WORTH MILLIONS!

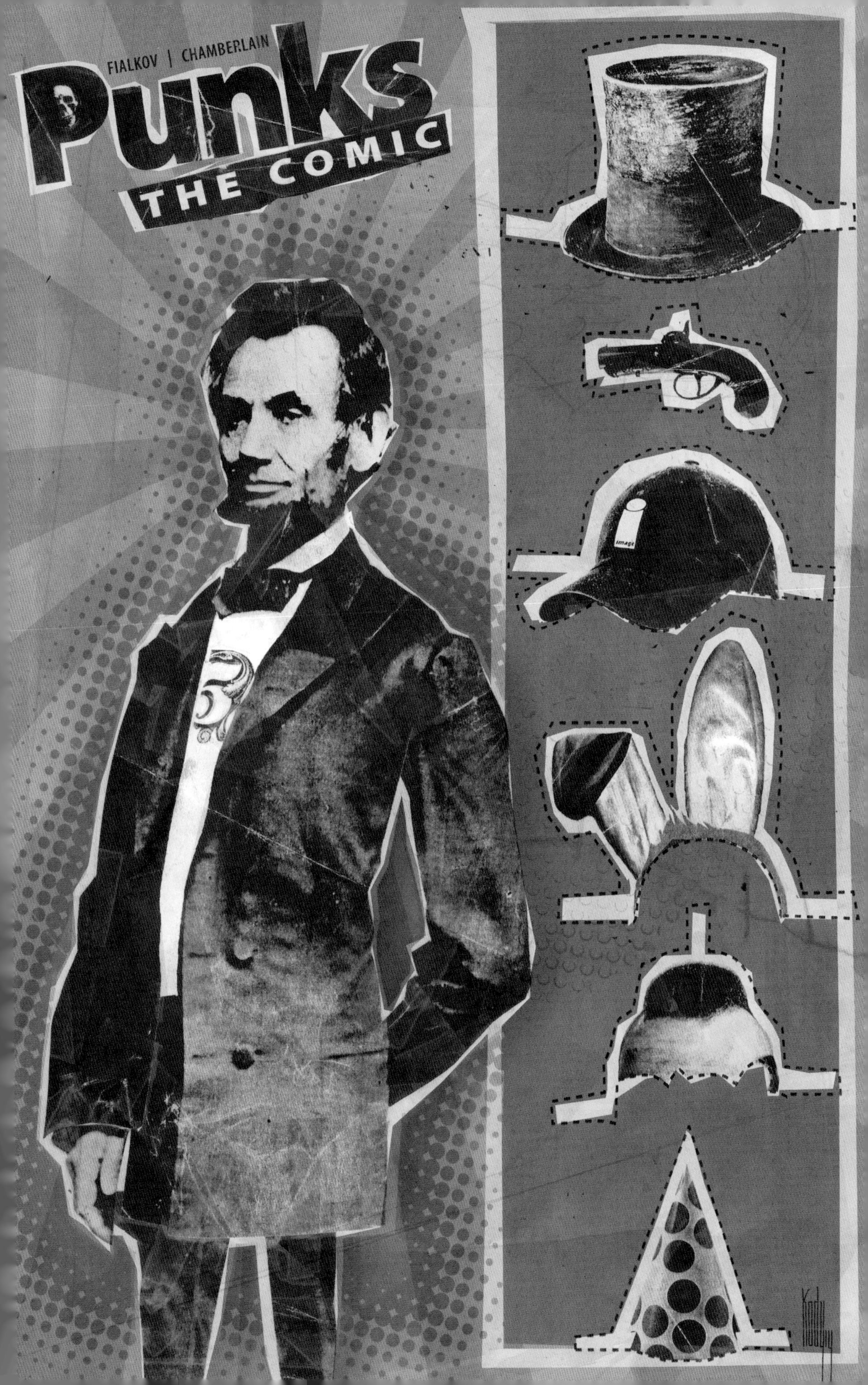
FIALKOV | CHAMBERLAIN
Punks
THE COMIC

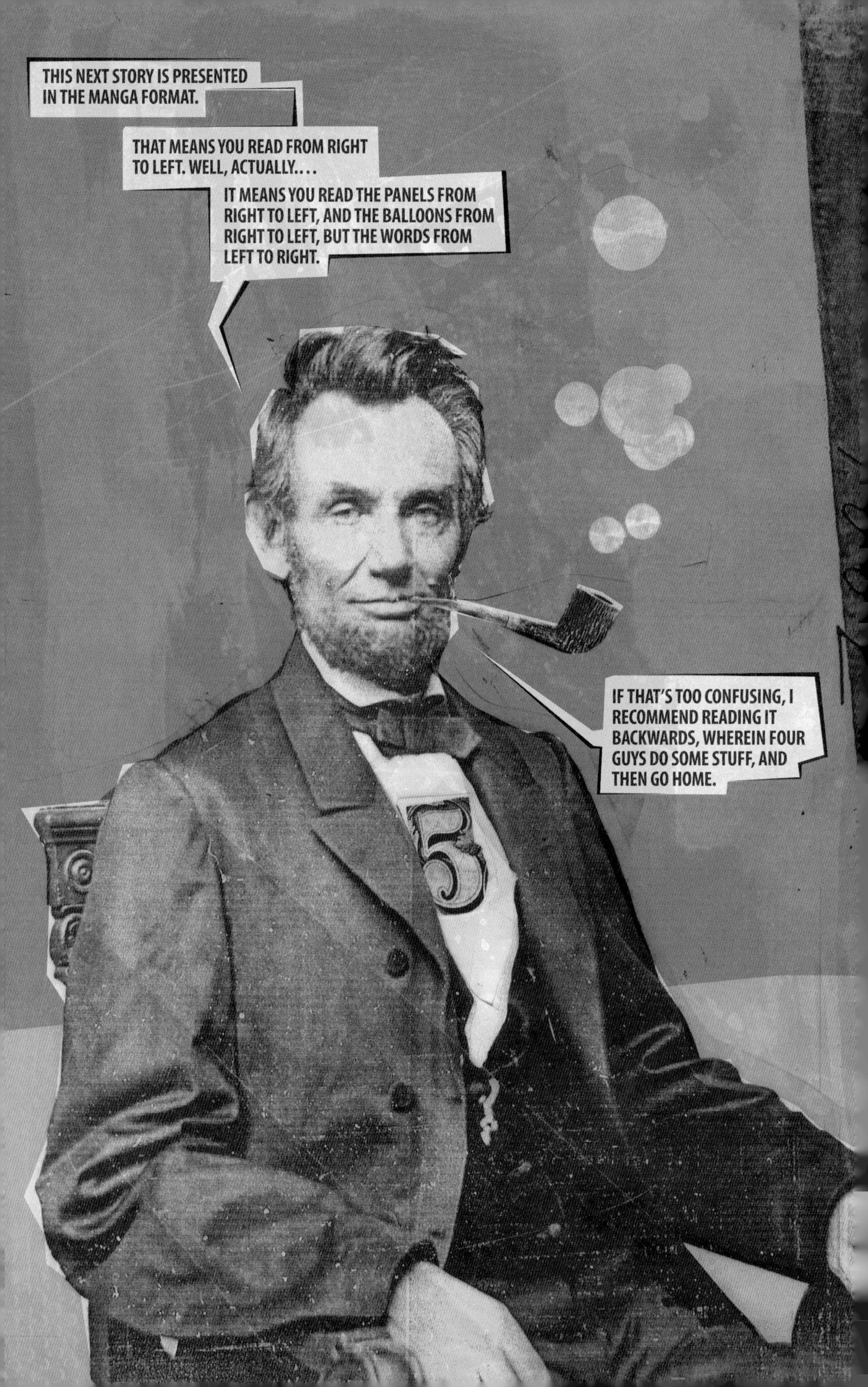
THIS NEXT STORY IS PRESENTED IN THE MANGA FORMAT.
THAT MEANS YOU READ FROM RIGHT TO LEFT. WELL, ACTUALLY. . . .
IT MEANS YOU READ THE PANELS FROM RIGHT TO LEFT, AND THE BALLOONS FROM RIGHT TO LEFT, BUT THE WORDS FROM LEFT TO RIGHT.
IF THAT'S TOO CONFUSING, I RECOMMEND READING IT BACKWARDS, WHEREIN FOUR GUYS DO SOME STUFF, AND THEN GO HOME.
5

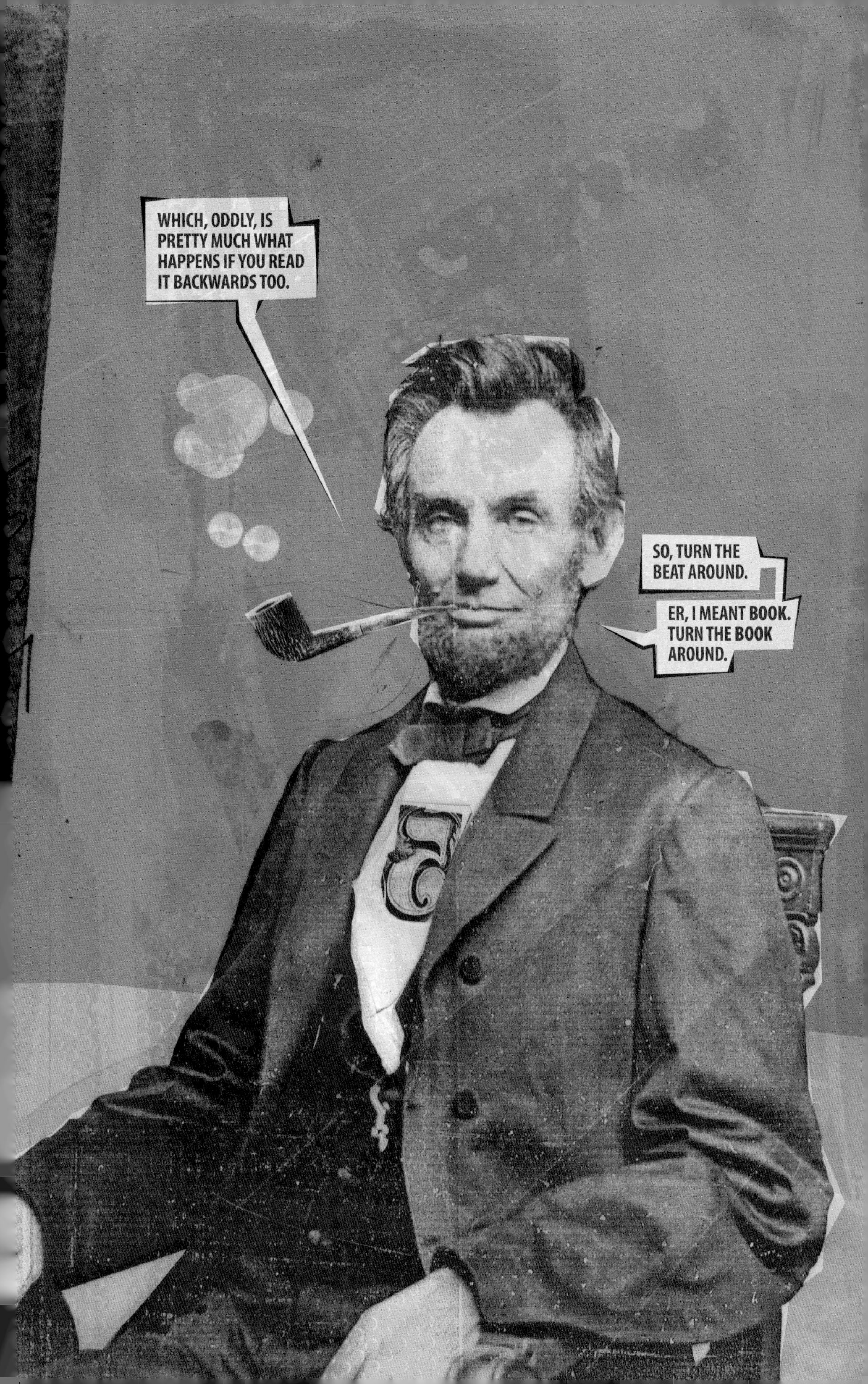
WHICH, ODDLY, IS PRETTY MUCH WHAT HAPPENS IF YOU READ IT BACKWARDS TOO.
SO, TURN THE BEAT AROUND.
ER, I MEANT BOOK. TURN THE BOOK AROUND.

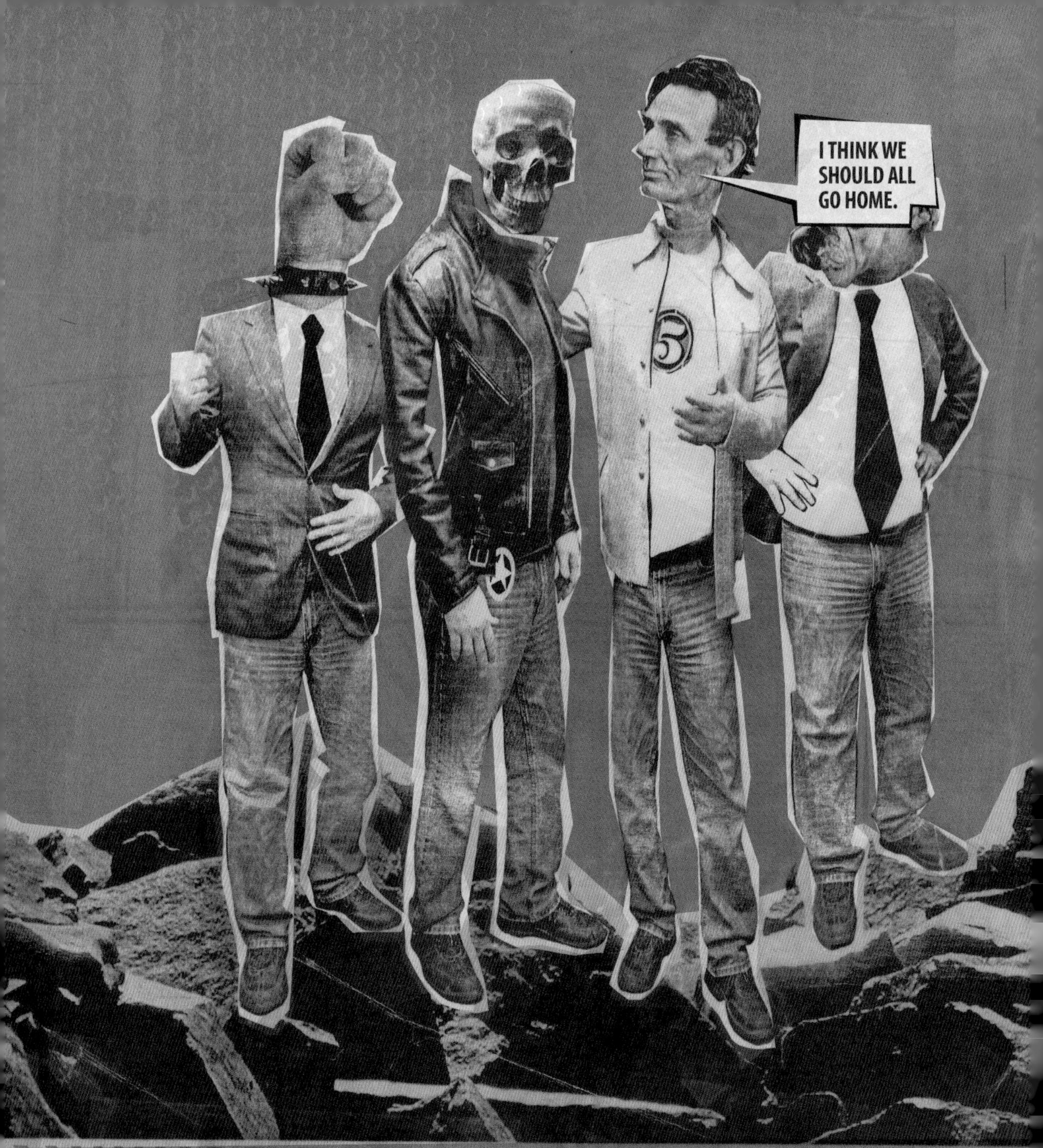
I THINK WE SHOULD ALL GO HOME.
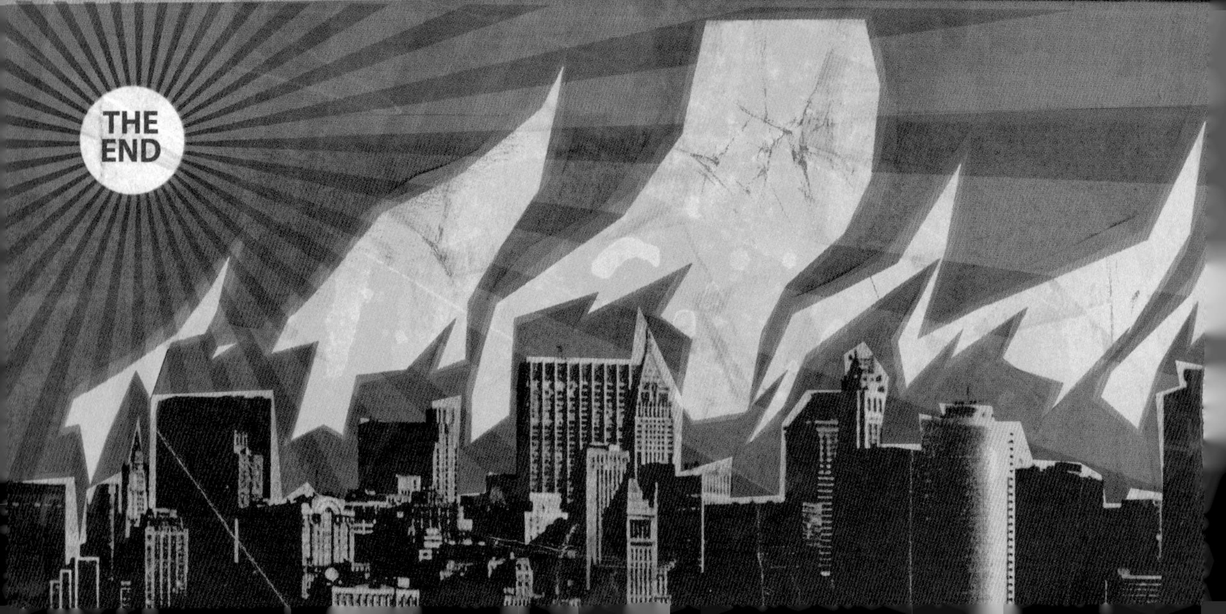
THE END

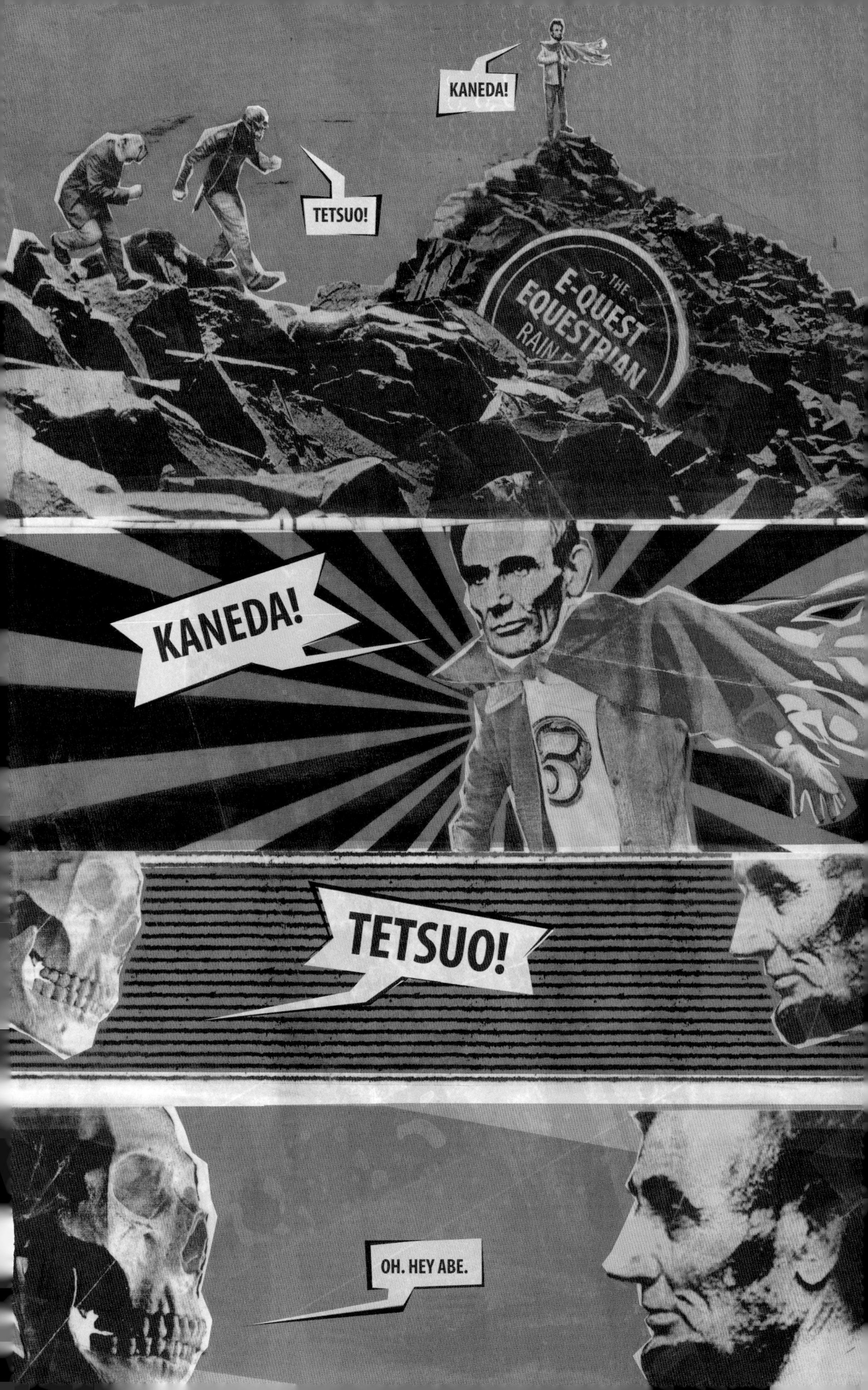
KANEDA!
TETSUO!
THE E-QUEST EQUESTRIAN
KANEDA!
TETSUO!
OH. HEY ABE.

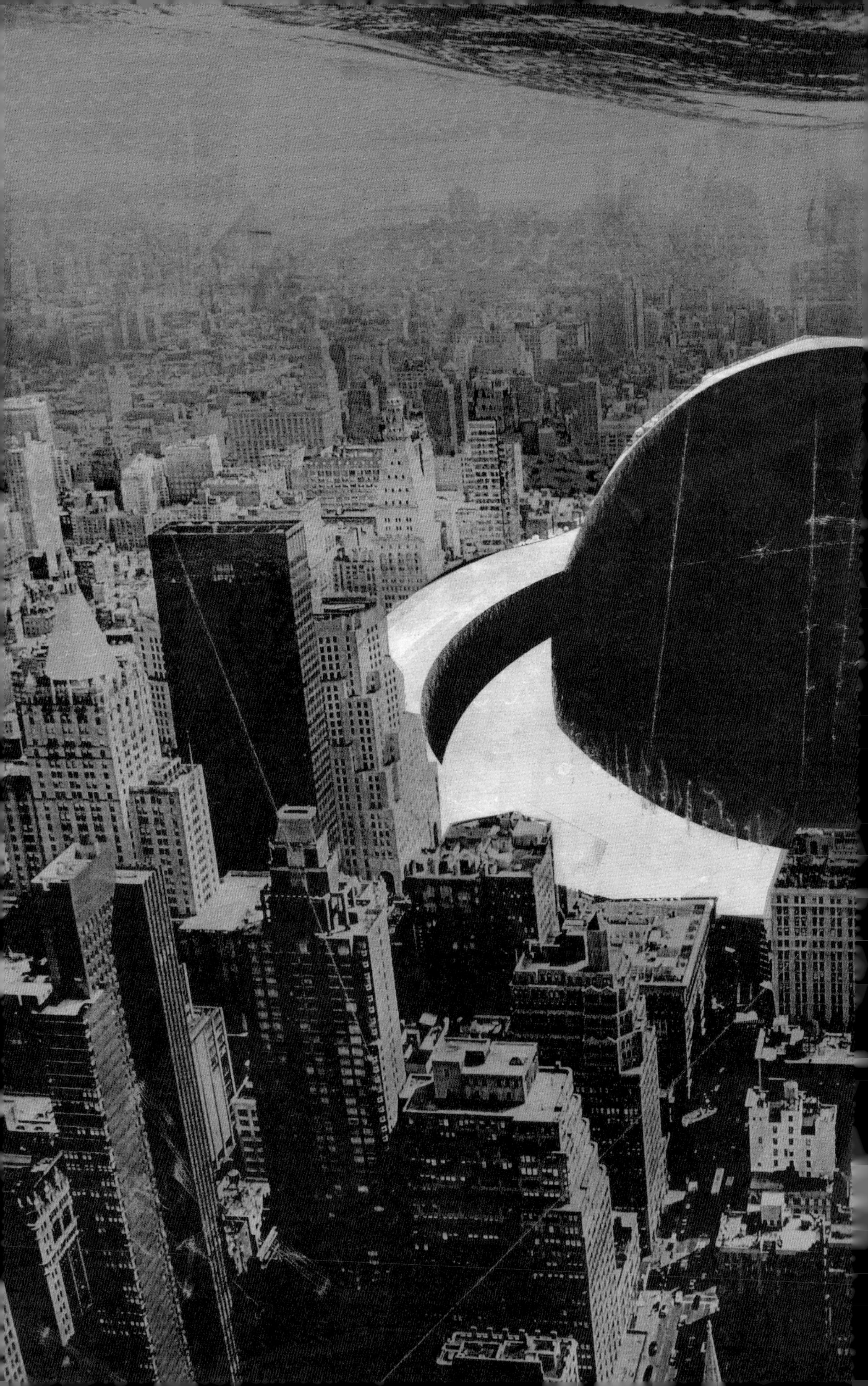

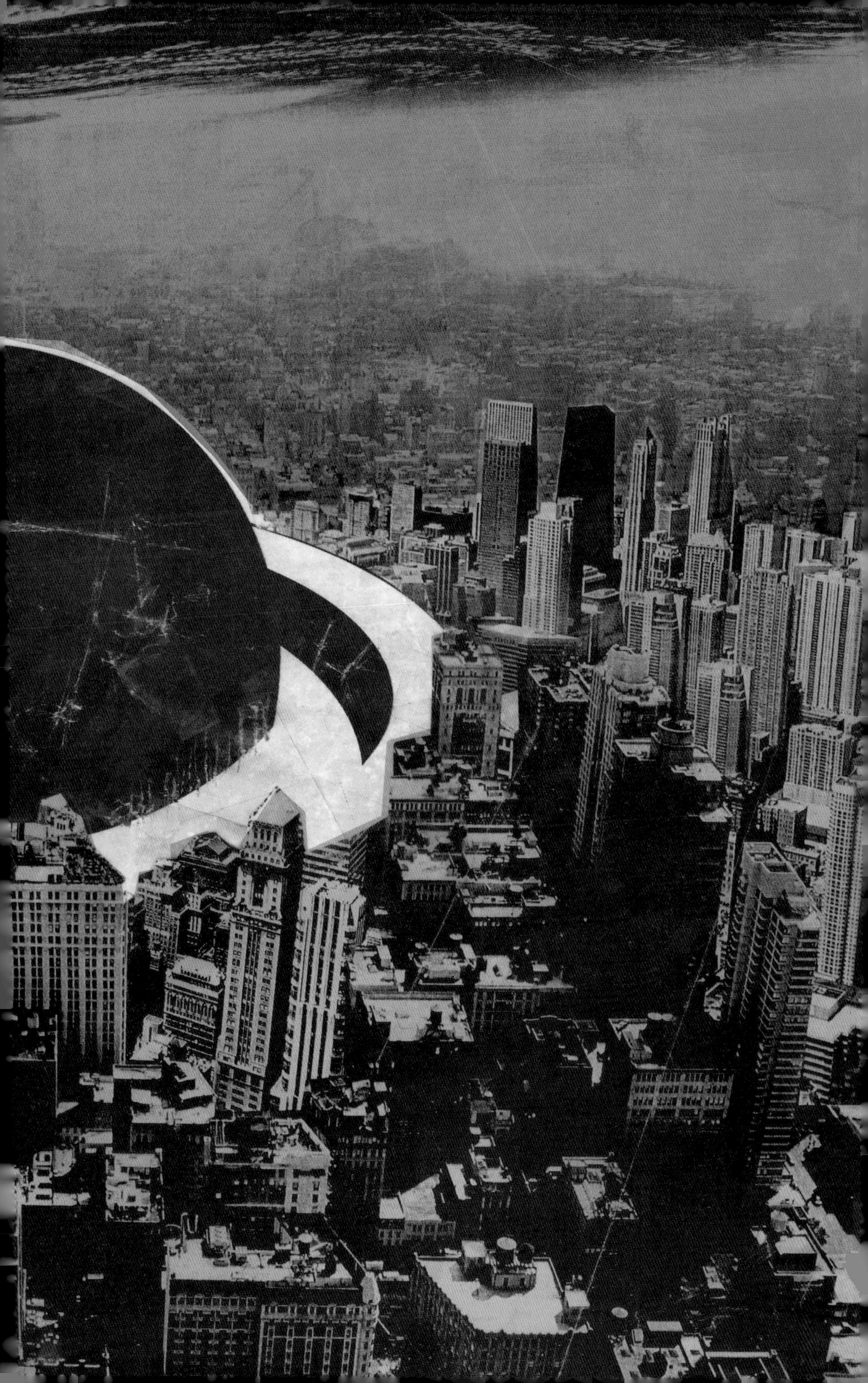

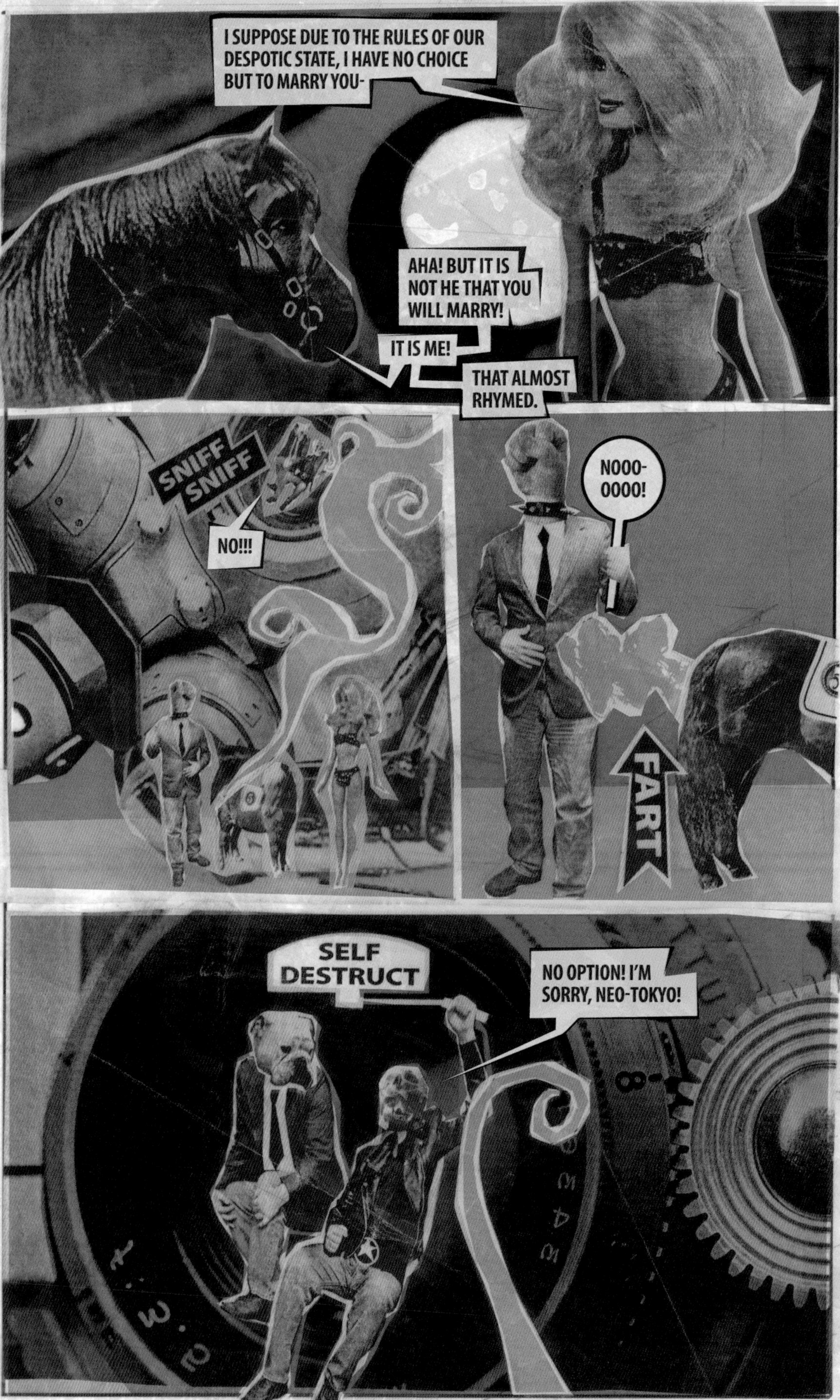
I SUPPOSE DUE TO THE RULES OF OUR DESPOTIC STATE, I HAVE NO CHOICE BUT TO MARRY YOU-
AHA! BUT IT IS NOT HE THAT YOU WILL MARRY!
IT IS ME!
THAT ALMOST RHYMED.
SNIFF SNIFF
NO!!!
NOOO-OOOO!
FART
SELF DESTRUCT
NO OPTION! I'M SORRY, NEO-TOKYO!

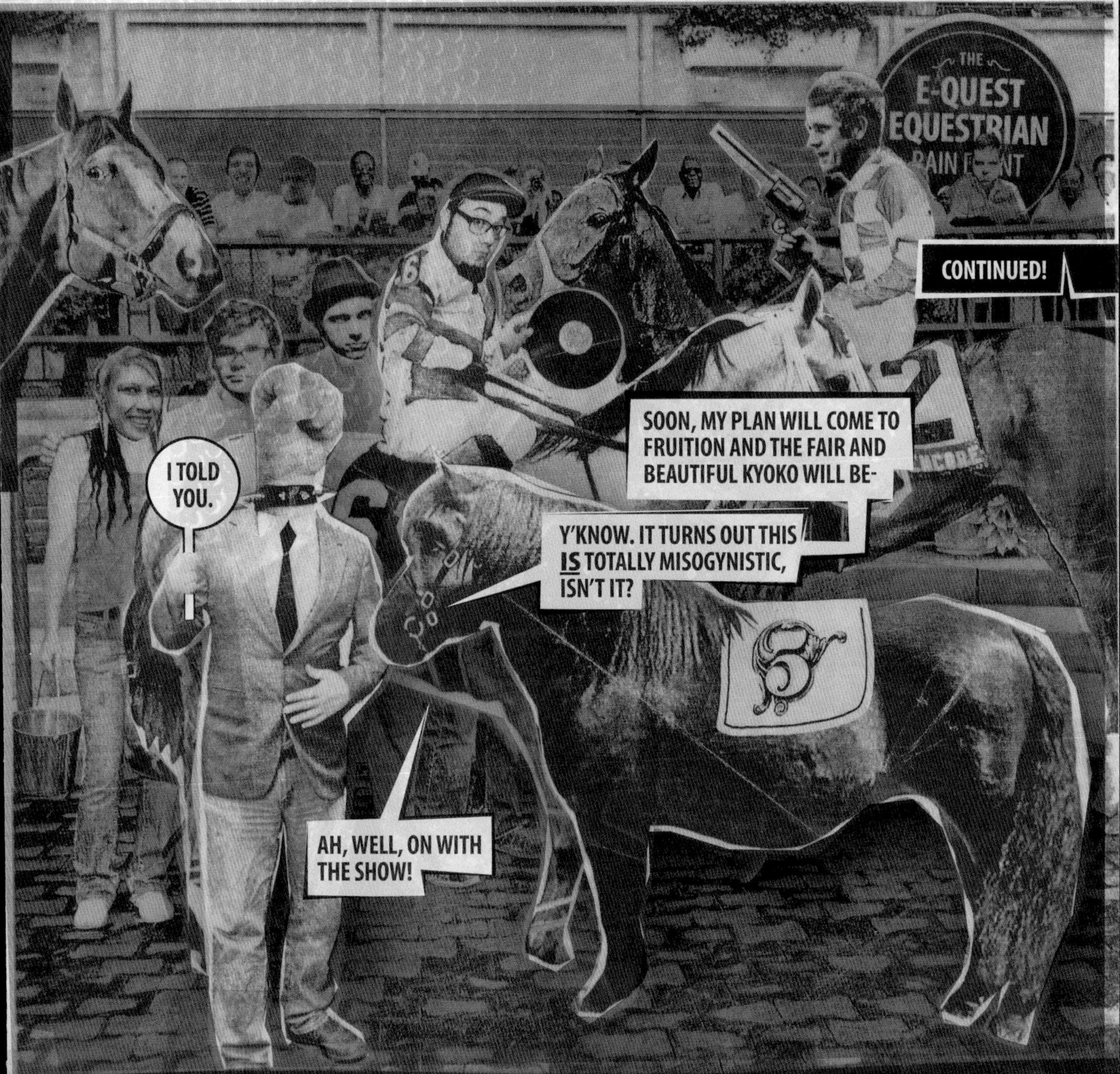
CONTINUED!
THE
E-QUEST
EQUESTRIAN
SOON, MY PLAN WILL COME TO FRUITION AND THE FAIR AND BEAUTIFUL KYOKO WILL BE-
I TOLD YOU.
Y'KNOW. IT TURNS OUT THIS **IS** TOTALLY MISOGYNISTIC, ISN'T IT?
AH, WELL, ON WITH THE SHOW!

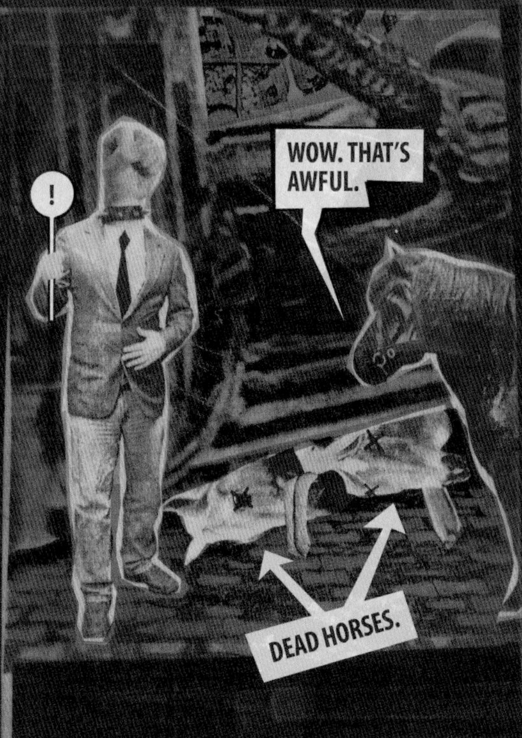
!
WOW. THAT'S AWFUL.
DEAD HORSES.

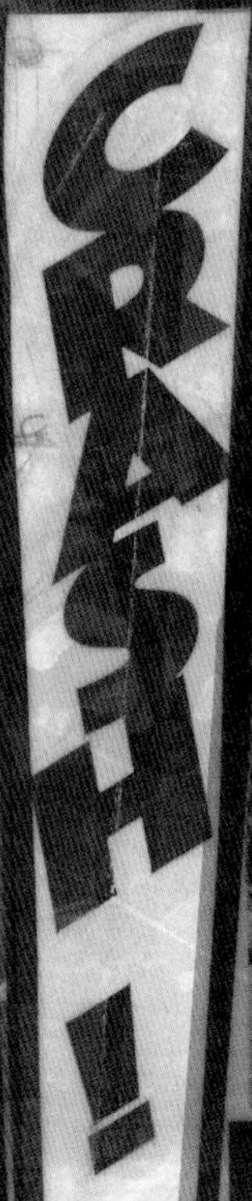
CRASH!

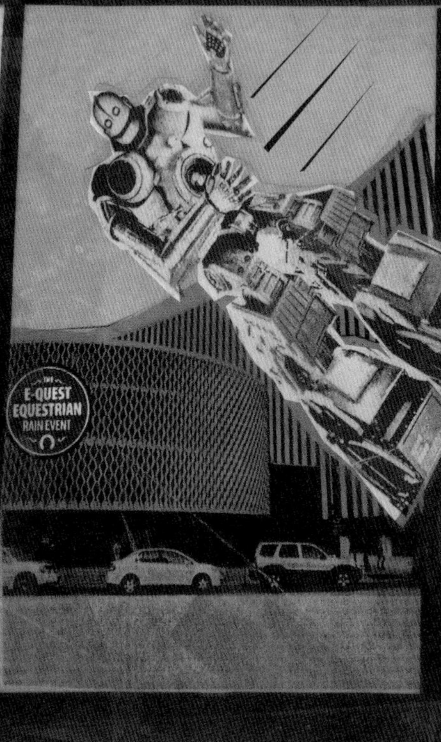
THE
E-QUEST
EQUESTRIAN
RAIN EVENT

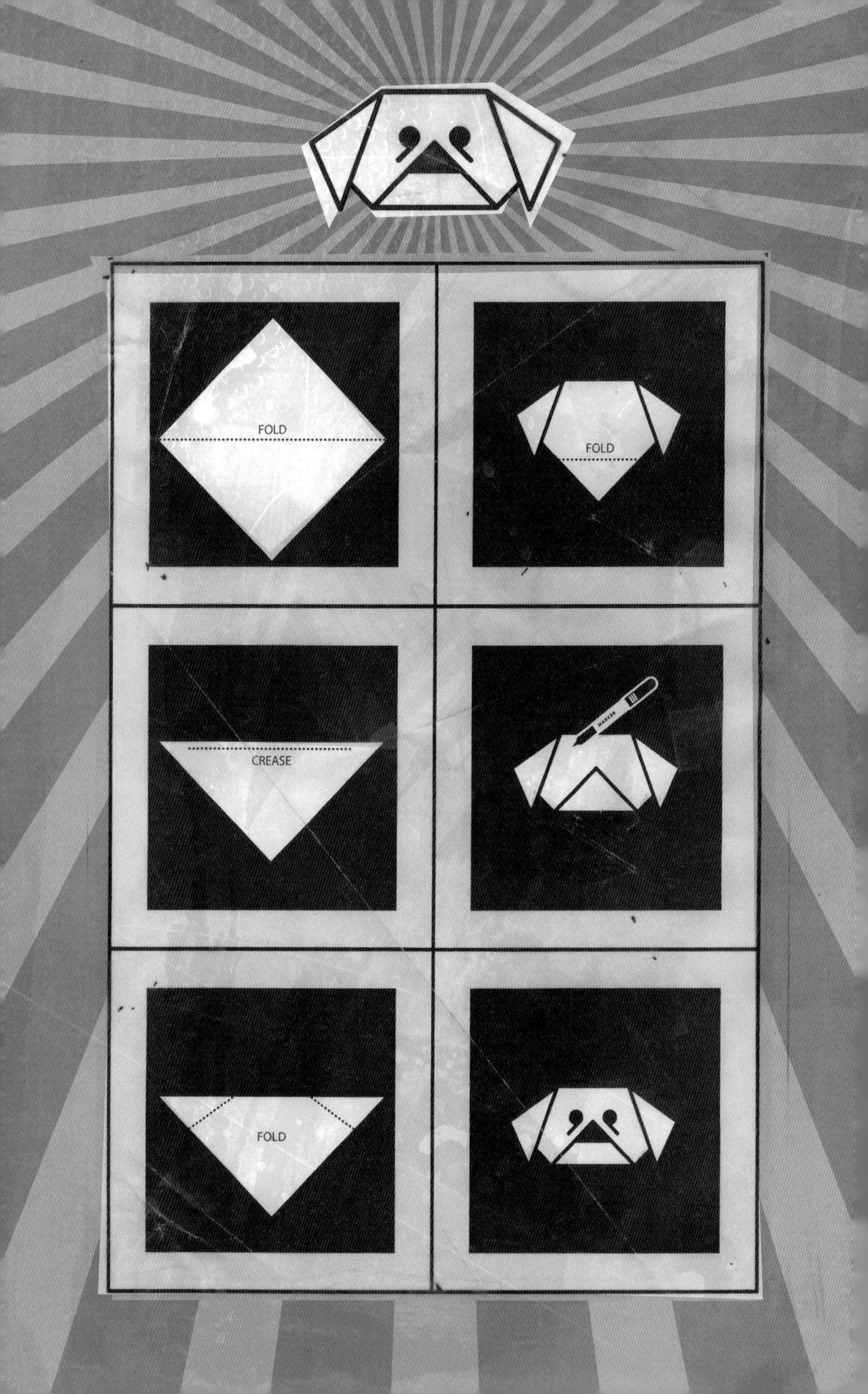
FOLD
FOLD
CREASE
MARKER
FOLD

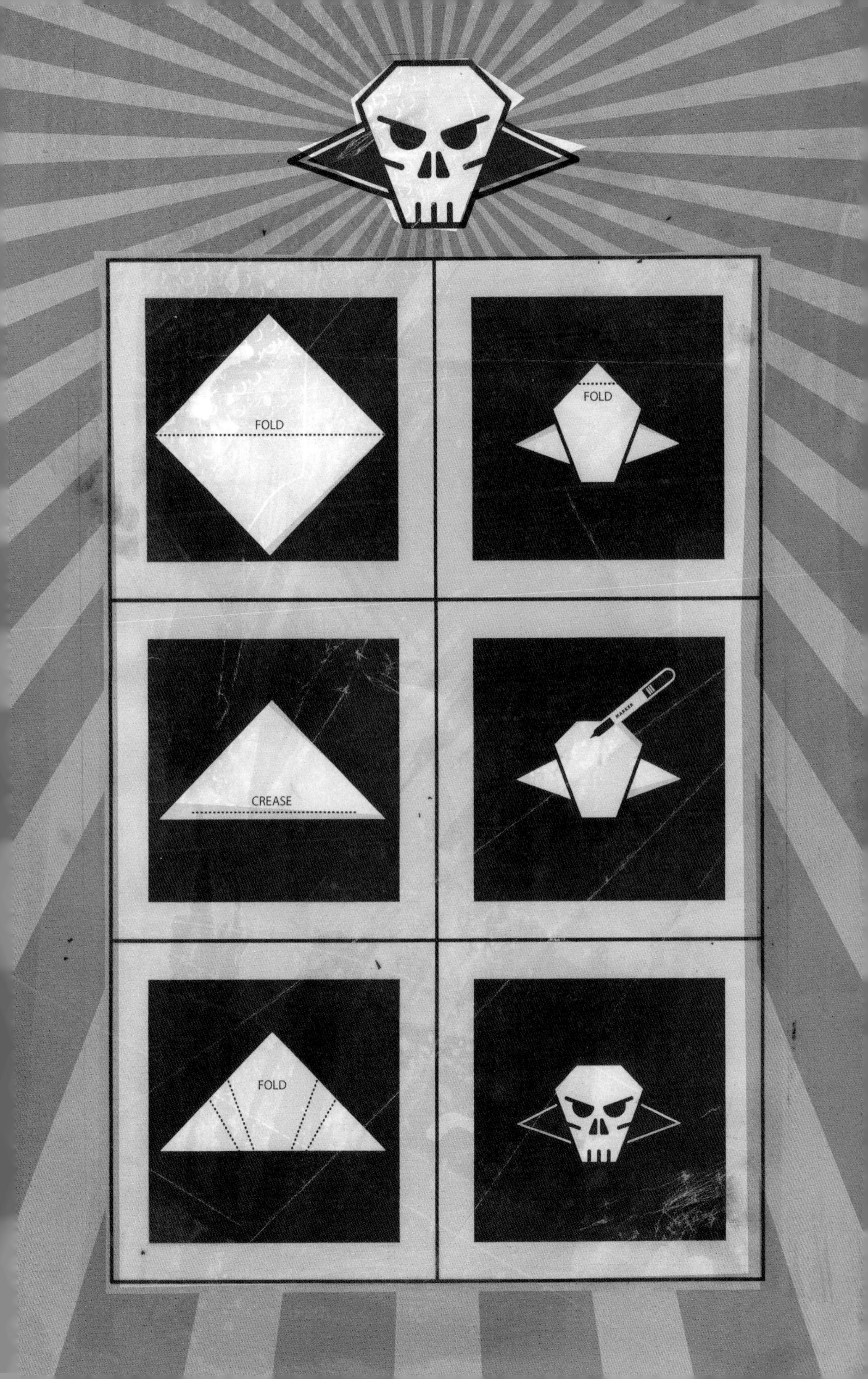
FOLD
FOLD
CREASE
MARKER
FOLD

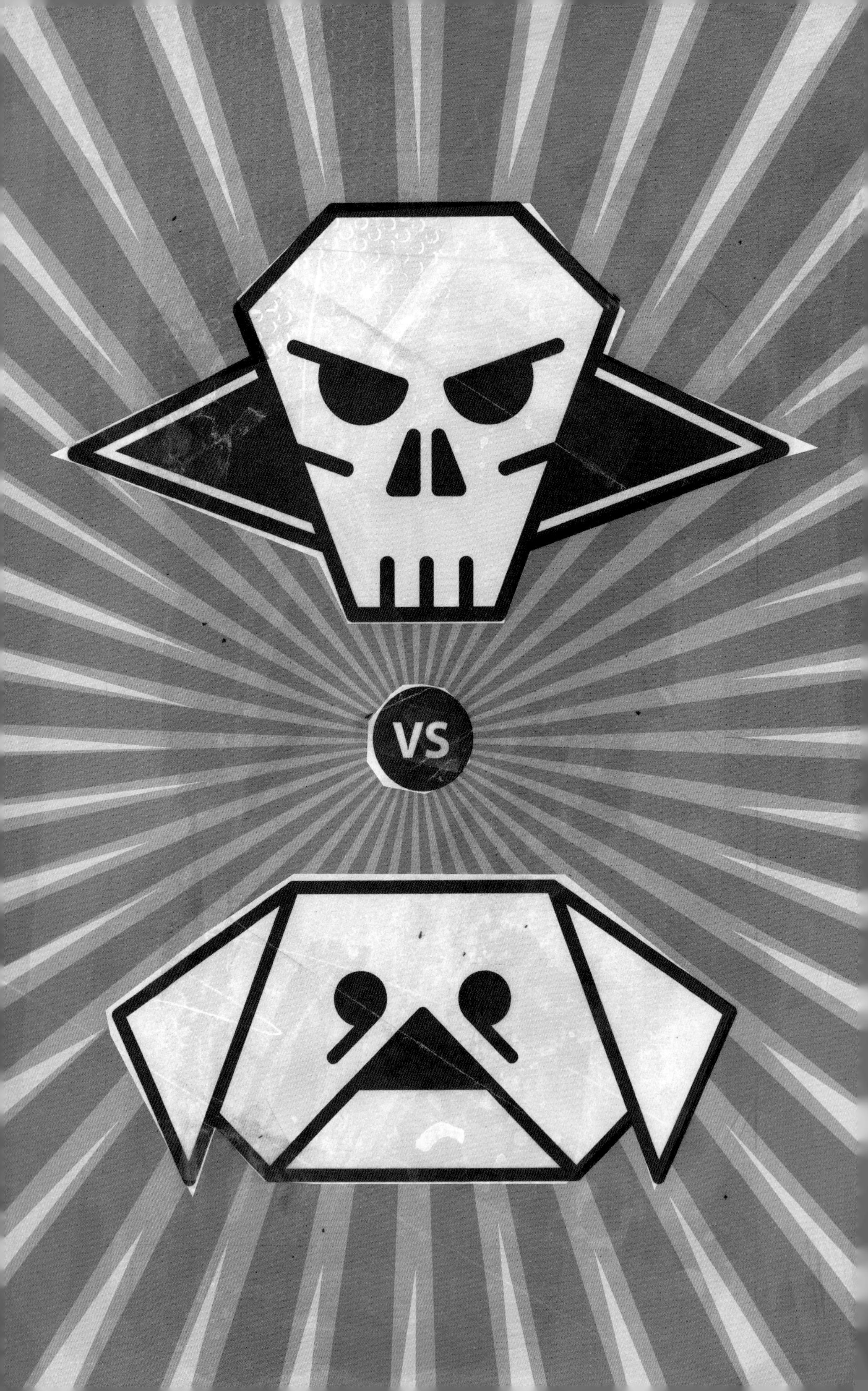
VS

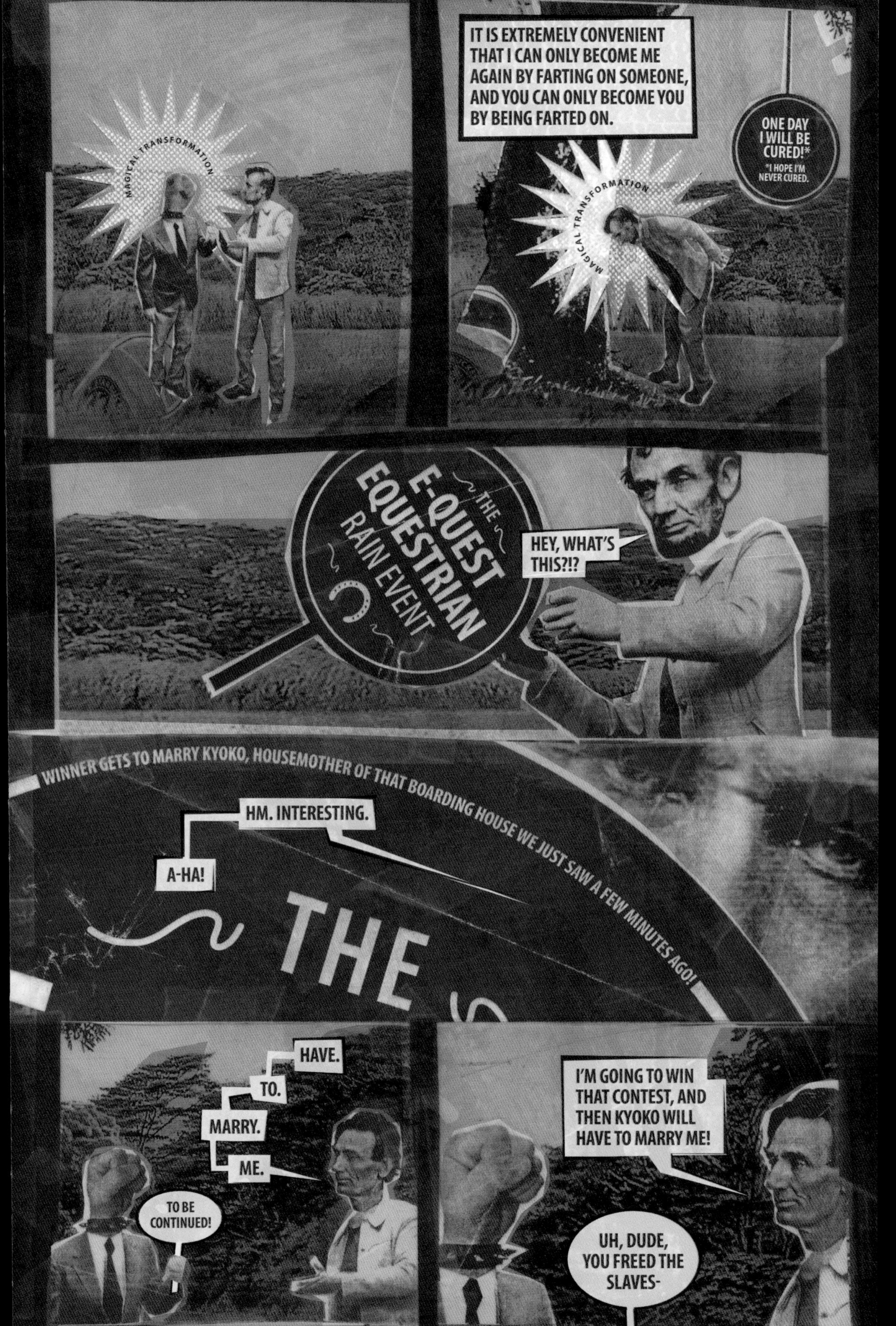
MAGICAL TRANSFORMATION
IT IS EXTREMELY CONVENIENT THAT I CAN ONLY BECOME ME AGAIN BY FARTING ON SOMEONE, AND YOU CAN ONLY BECOME YOU BY BEING FARTED ON.
MAGICAL TRANSFORMATION
ONE DAY I WILL BE CURED!*
*I HOPE I'M NEVER CURED.
THE E-QUEST EQUESTRIAN RAIN EVENT
HEY, WHAT'S THIS?!?
WINNER GETS TO MARRY KYOKO, HOUSEMOTHER OF THAT BOARDING HOUSE WE JUST SAW A FEW MINUTES AGO!
HM. INTERESTING.
A-HA!
THE
HAVE.
TO.
MARRY.
ME.
TO BE CONTINUED!
I'M GOING TO WIN THAT CONTEST, AND THEN KYOKO WILL HAVE TO MARRY ME!
UH, DUDE, YOU FREED THE SLAVES-

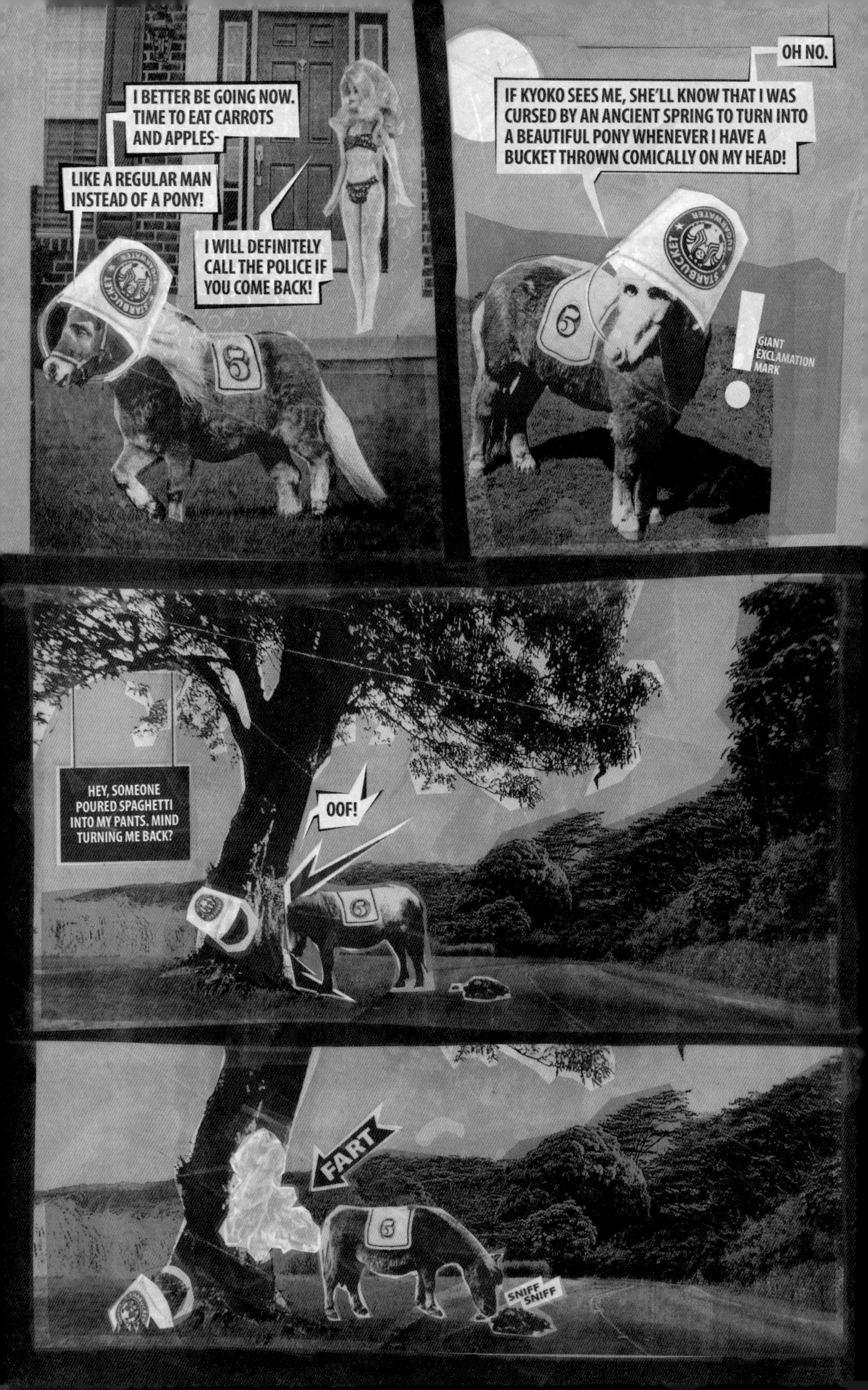

I BETTER BE GOING NOW. TIME TO EAT CARROTS AND APPLES-
LIKE A REGULAR MAN INSTEAD OF A PONY!
I WILL DEFINITELY CALL THE POLICE IF YOU COME BACK!
IF KYOKO SEES ME, SHE'LL KNOW THAT I WAS CURSED BY AN ANCIENT SPRING TO TURN INTO A BEAUTIFUL PONY WHENEVER I HAVE A BUCKET THROWN COMICALLY ON MY HEAD!
OH NO.
!
GIANT EXCLAMATION MARK
HEY, SOMEONE POURED SPAGHETTI INTO MY PANTS. MIND TURNING ME BACK?
OOF!
FART
SNIFF SNIFF

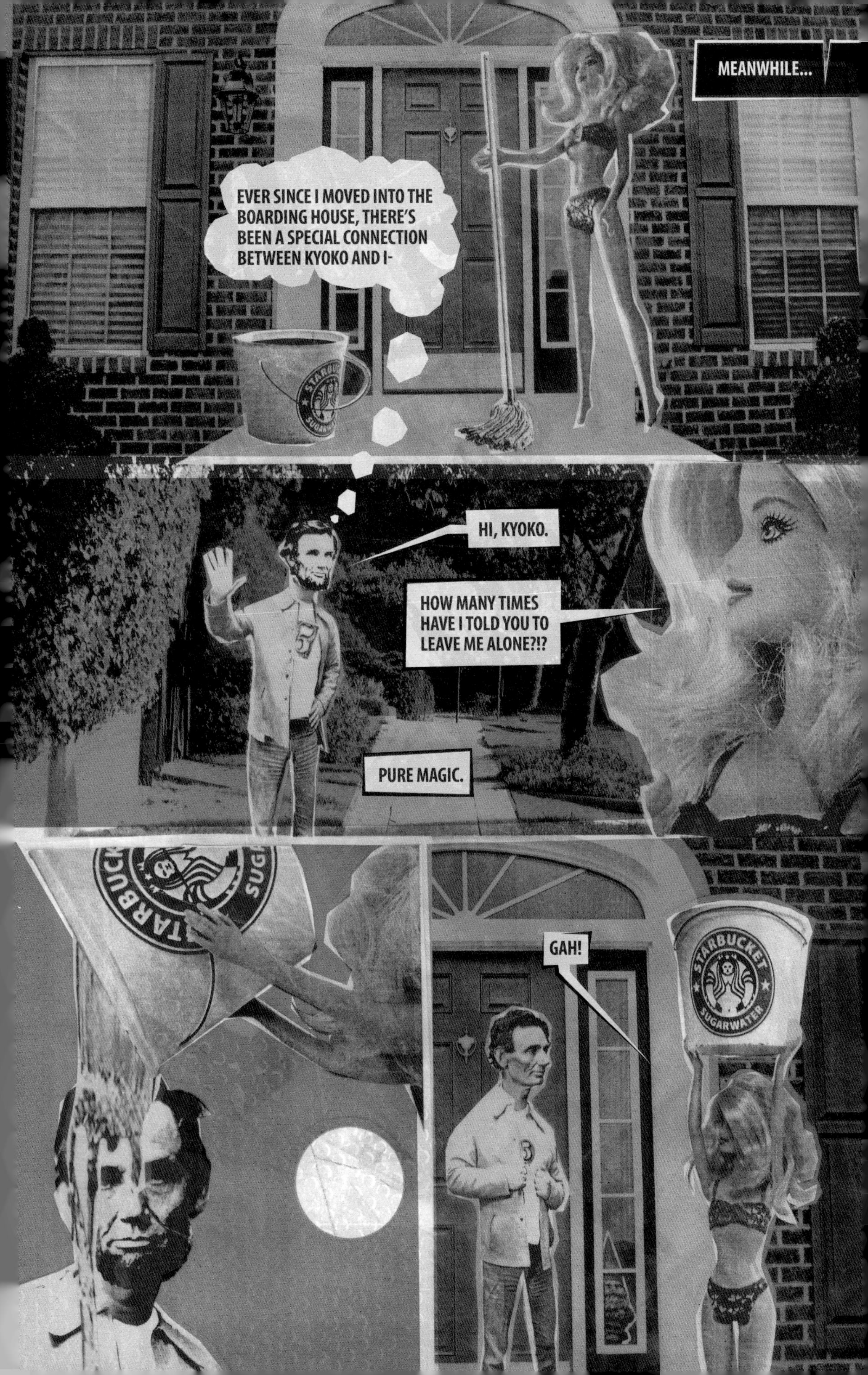
MEANWHILE...
EVER SINCE I MOVED INTO THE BOARDING HOUSE, THERE'S BEEN A SPECIAL CONNECTION BETWEEN KYOKO AND I-
HI, KYOKO.
HOW MANY TIMES HAVE I TOLD YOU TO LEAVE ME ALONE?!?
PURE MAGIC.
GAH!
STARBUCKET
SUGARWATER

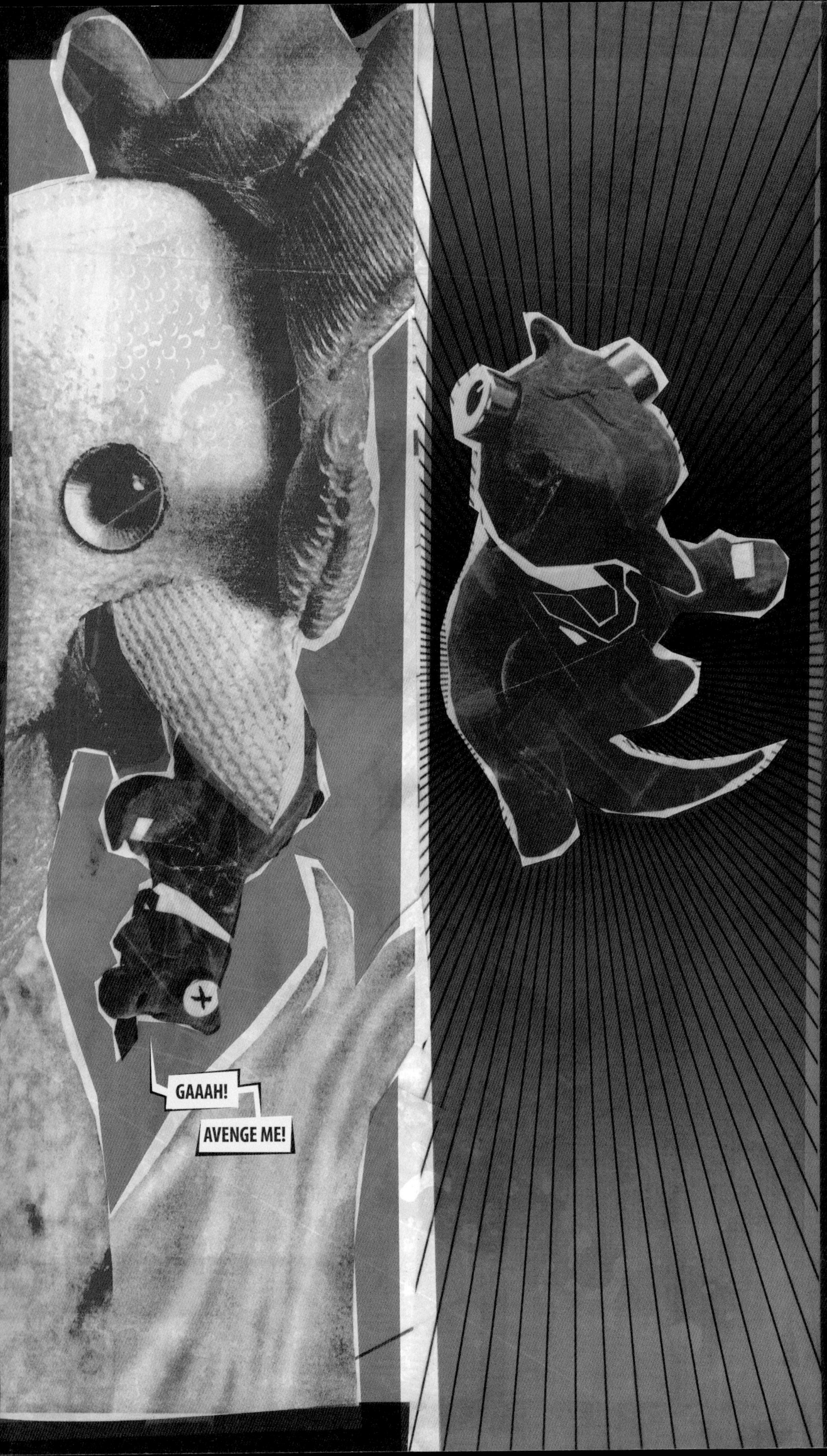
GAAAH!
AVENGE ME!

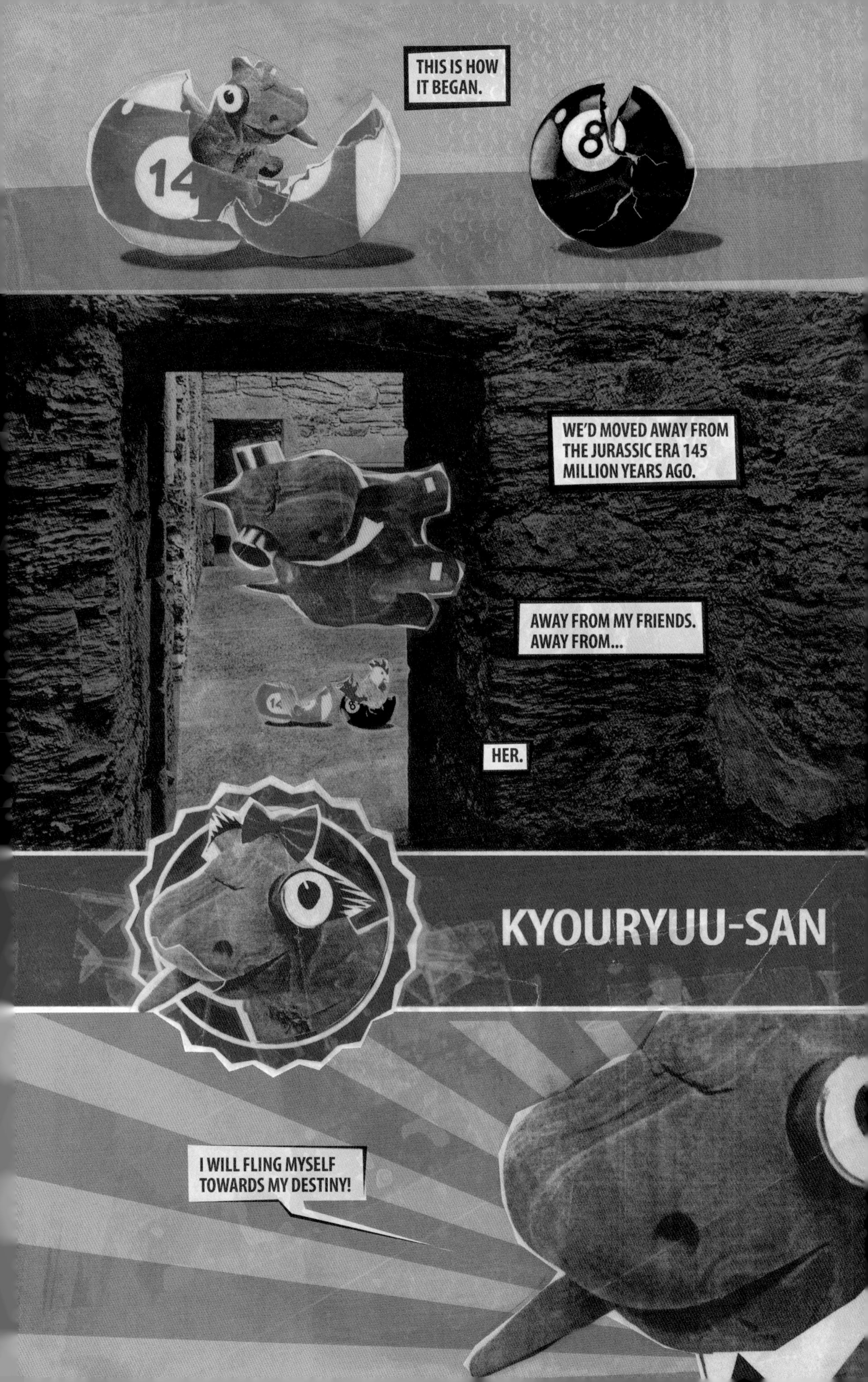
THIS IS HOW IT BEGAN.
WE'D MOVED AWAY FROM THE JURASSIC ERA 145 MILLION YEARS AGO.
AWAY FROM MY FRIENDS. AWAY FROM...
HER.
KYOURYUU-SAN
I WILL FLING MYSELF TOWARDS MY DESTINY!

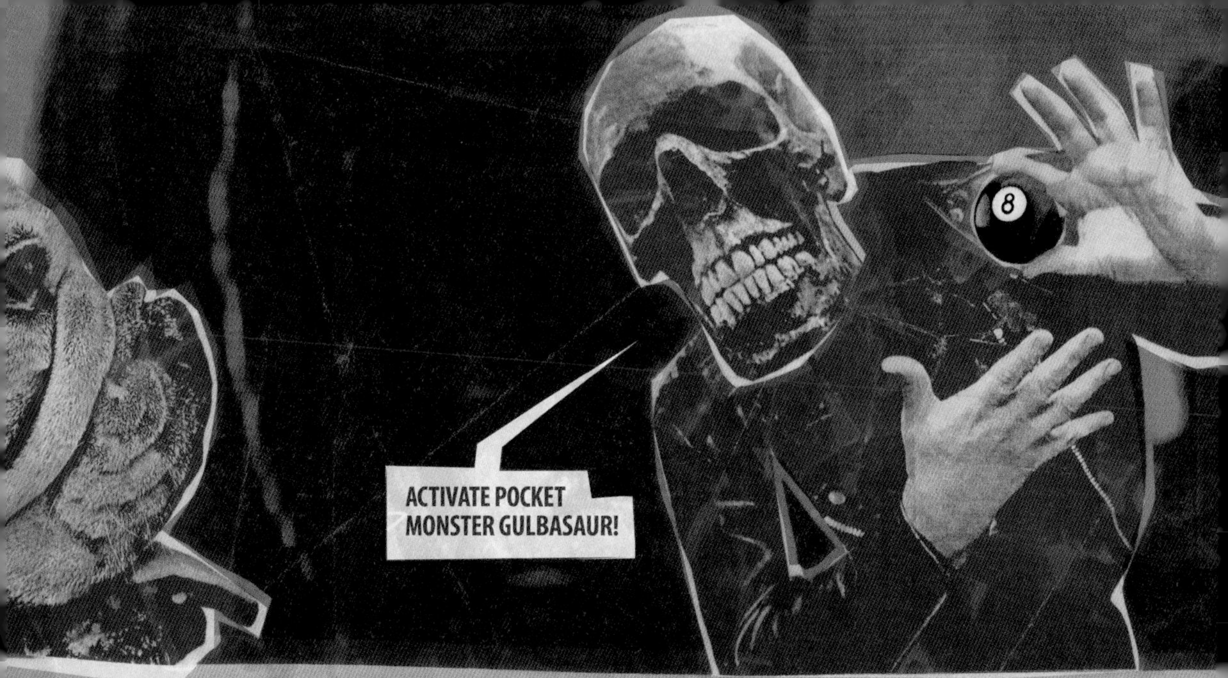
ACTIVATE POCKET MONSTER GULBASAUR!

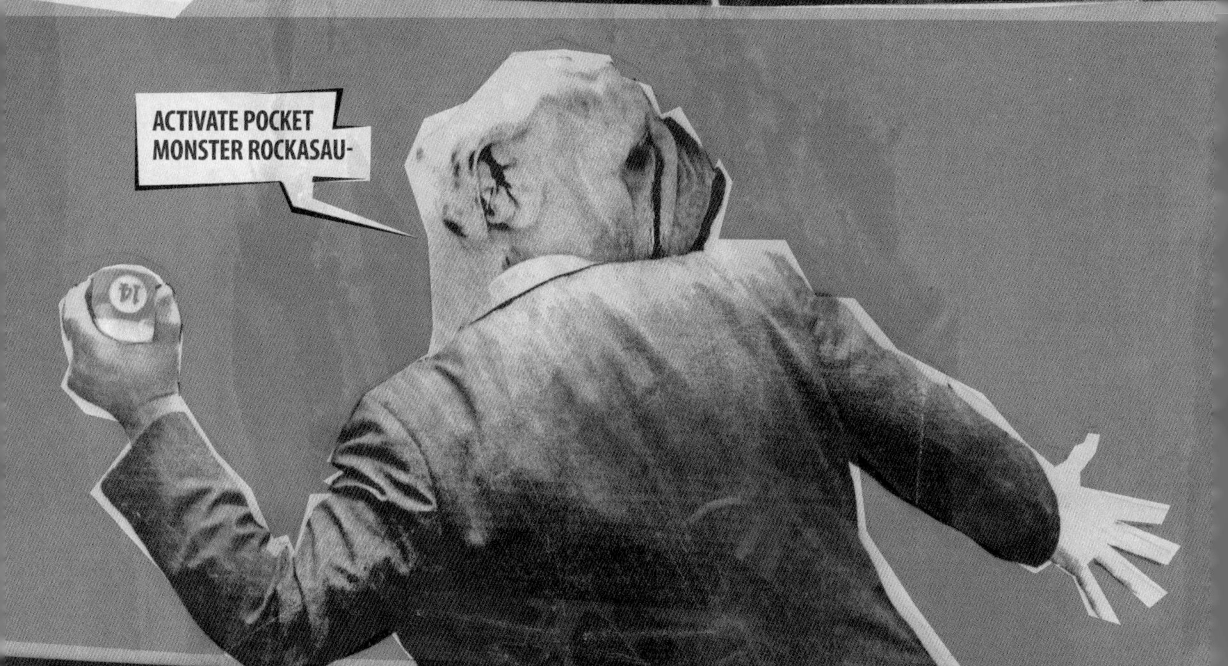
ACTIVATE POCKET MONSTER ROCKASAU-
14

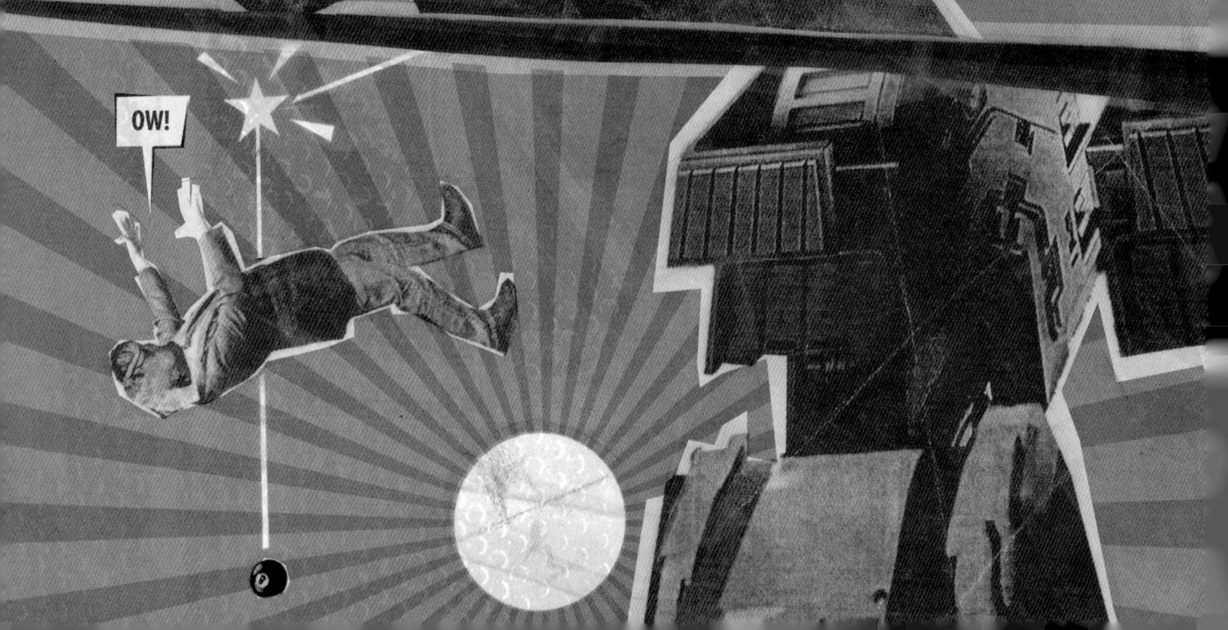
OW!
8

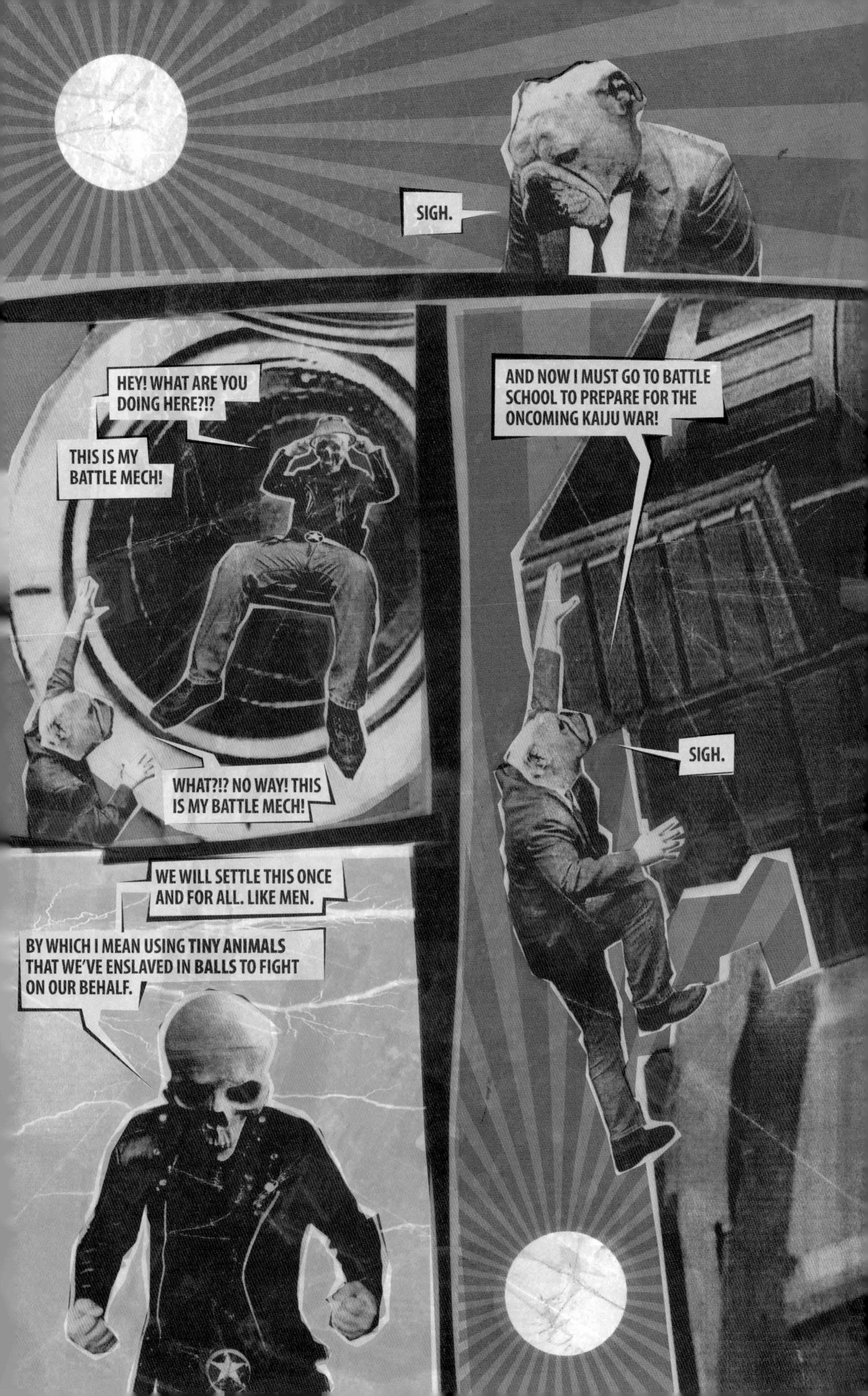
SIGH.
HEY! WHAT ARE YOU DOING HERE?!?
THIS IS MY BATTLE MECH!
WHAT?!? NO WAY! THIS IS MY BATTLE MECH!
WE WILL SETTLE THIS ONCE AND FOR ALL. LIKE MEN.
BY WHICH I MEAN USING TINY ANIMALS THAT WE'VE ENSLAVED IN BALLS TO FIGHT ON OUR BEHALF.
AND NOW I MUST GO TO BATTLE SCHOOL TO PREPARE FOR THE ONCOMING KAIJU WAR!
SIGH.

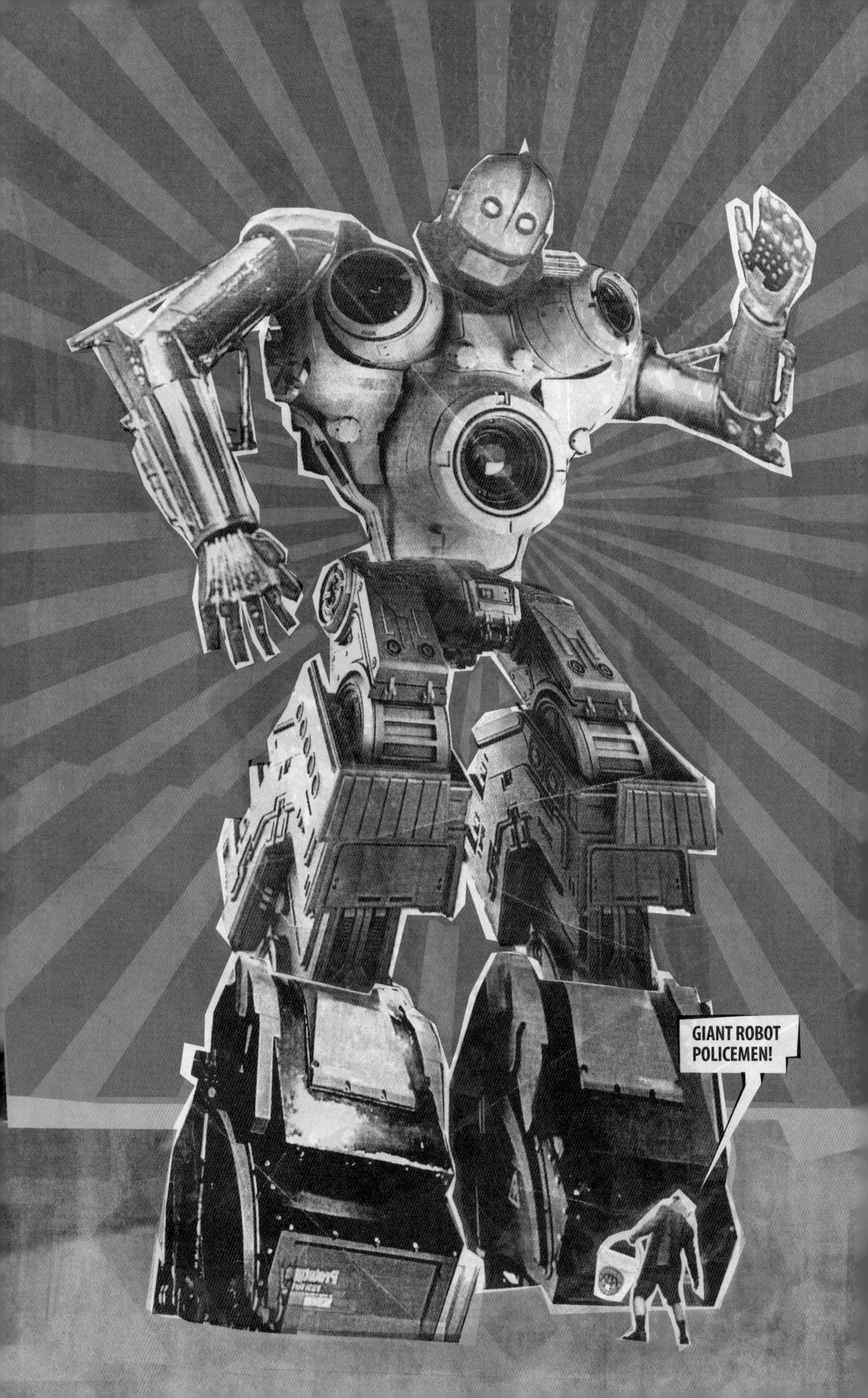
GIANT ROBOT
POLICEMEN!

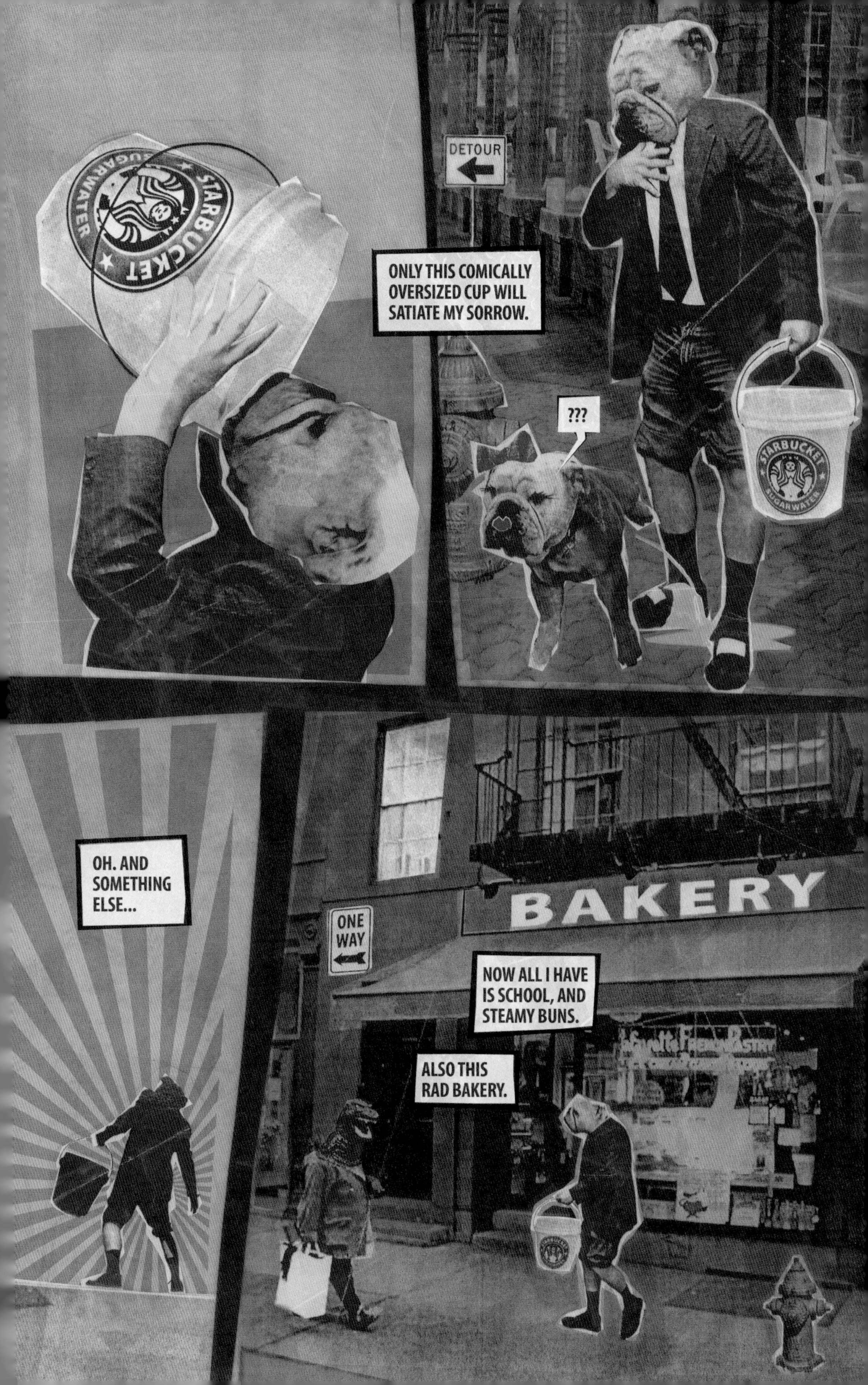
STARBUCKET SUGARWATER
DETOUR
ONLY THIS COMICALLY OVERSIZED CUP WILL SATIATE MY SORROW.
???
STARBUCKET SUGARWATER
OH. AND SOMETHING ELSE...
ONE WAY
BAKERY
NOW ALL I HAVE IS SCHOOL, AND STEAMY BUNS.
ALSO THIS RAD BAKERY.

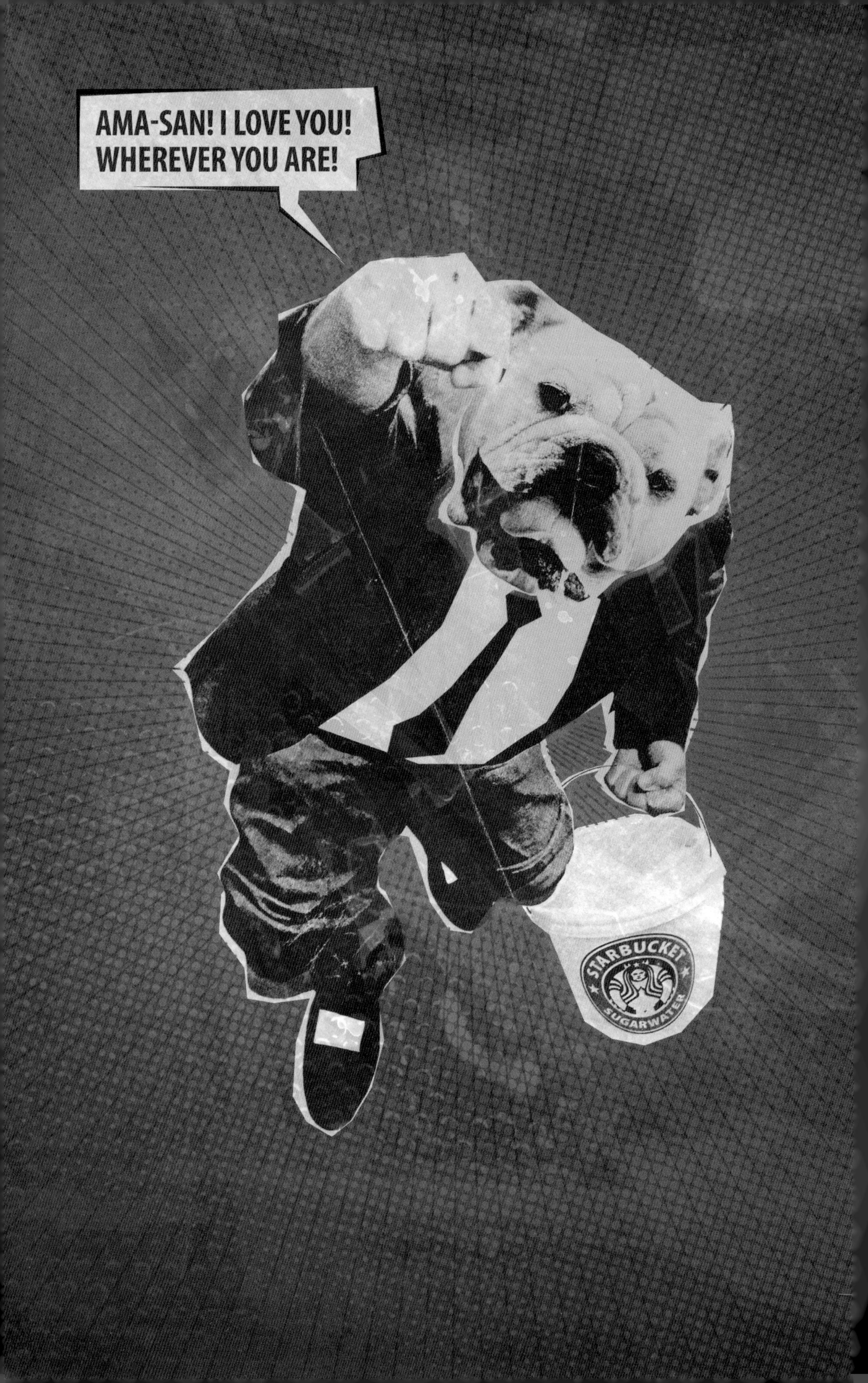
AMA-SAN! I LOVE YOU! WHEREVER YOU ARE!
STARBUCKET
SUGARWATER

跳躍

CHŌYAKU!

LEAP!*

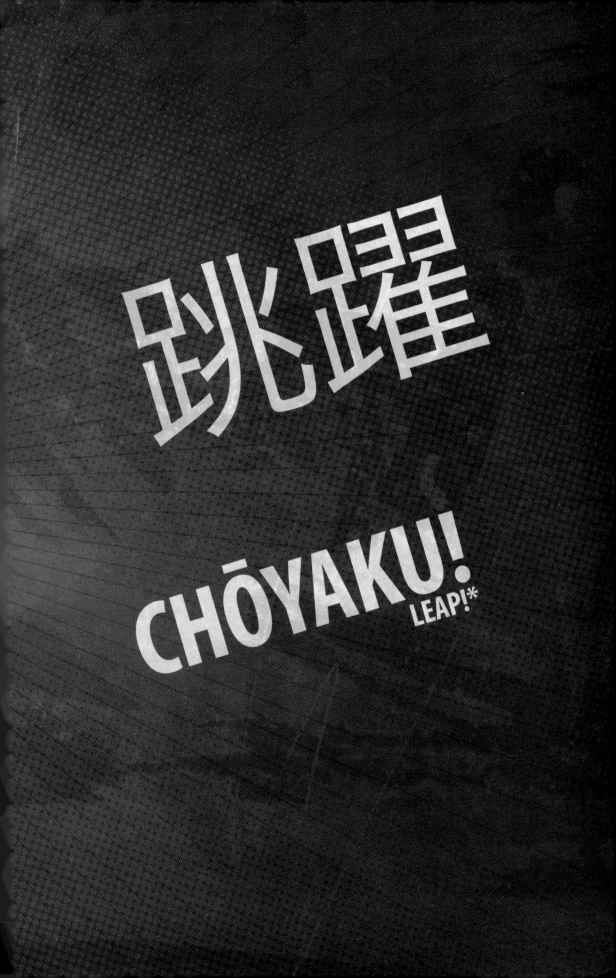

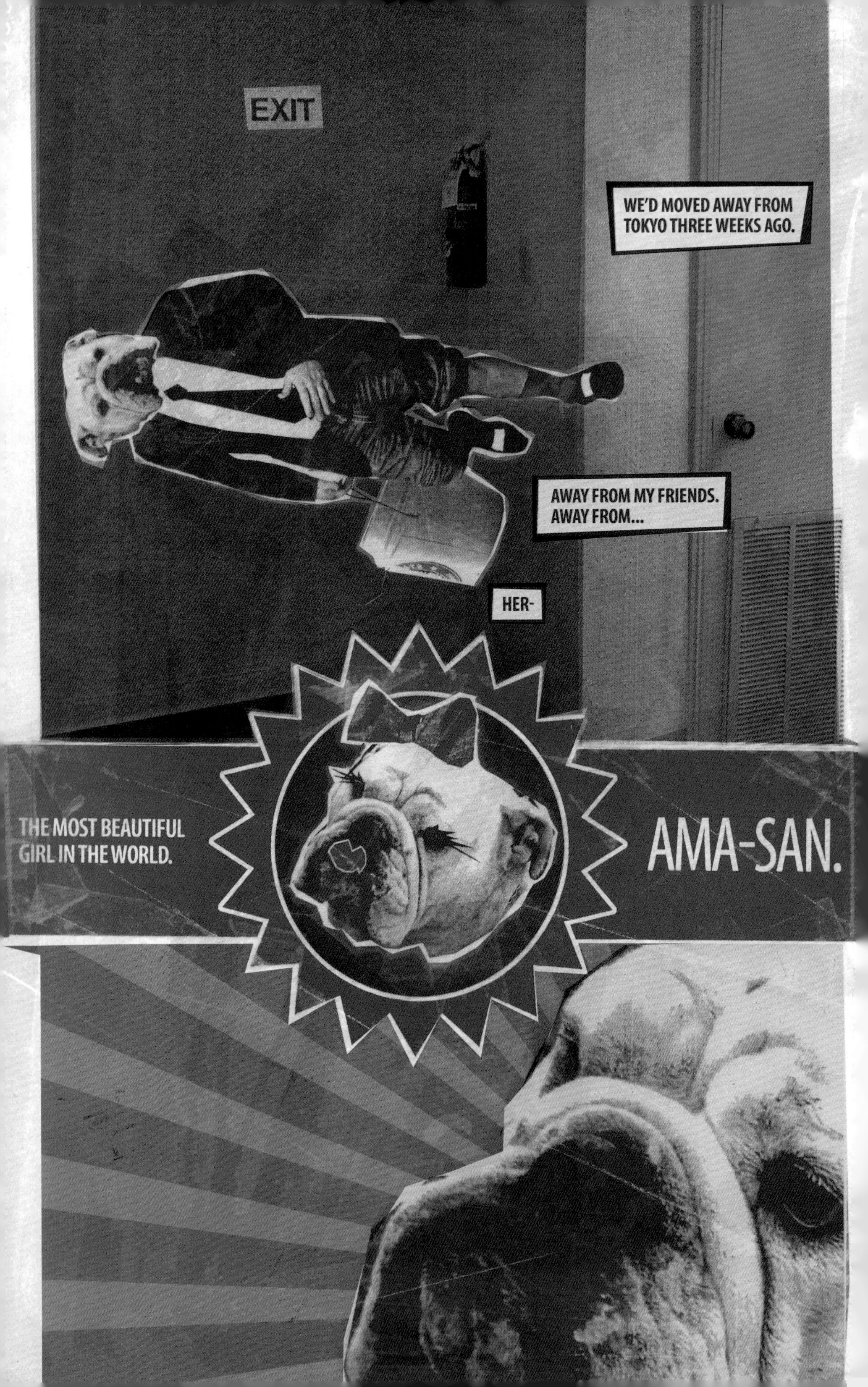
EXIT
WE'D MOVED AWAY FROM TOKYO THREE WEEKS AGO.
AWAY FROM MY FRIENDS. AWAY FROM...
HER-
THE MOST BEAUTIFUL GIRL IN THE WORLD.
AMA-SAN.

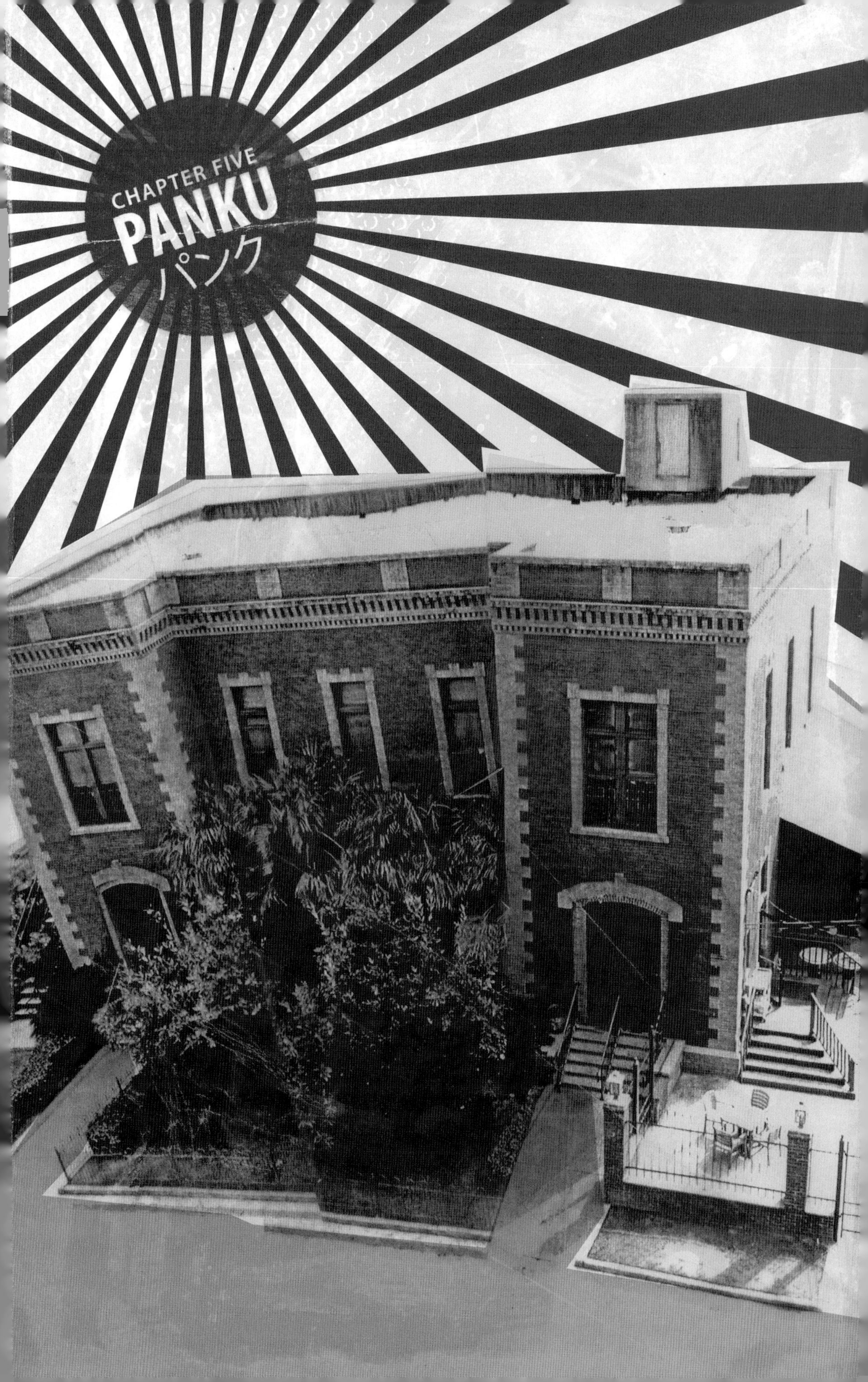
CHAPTER FIVE
PANKU
パンク

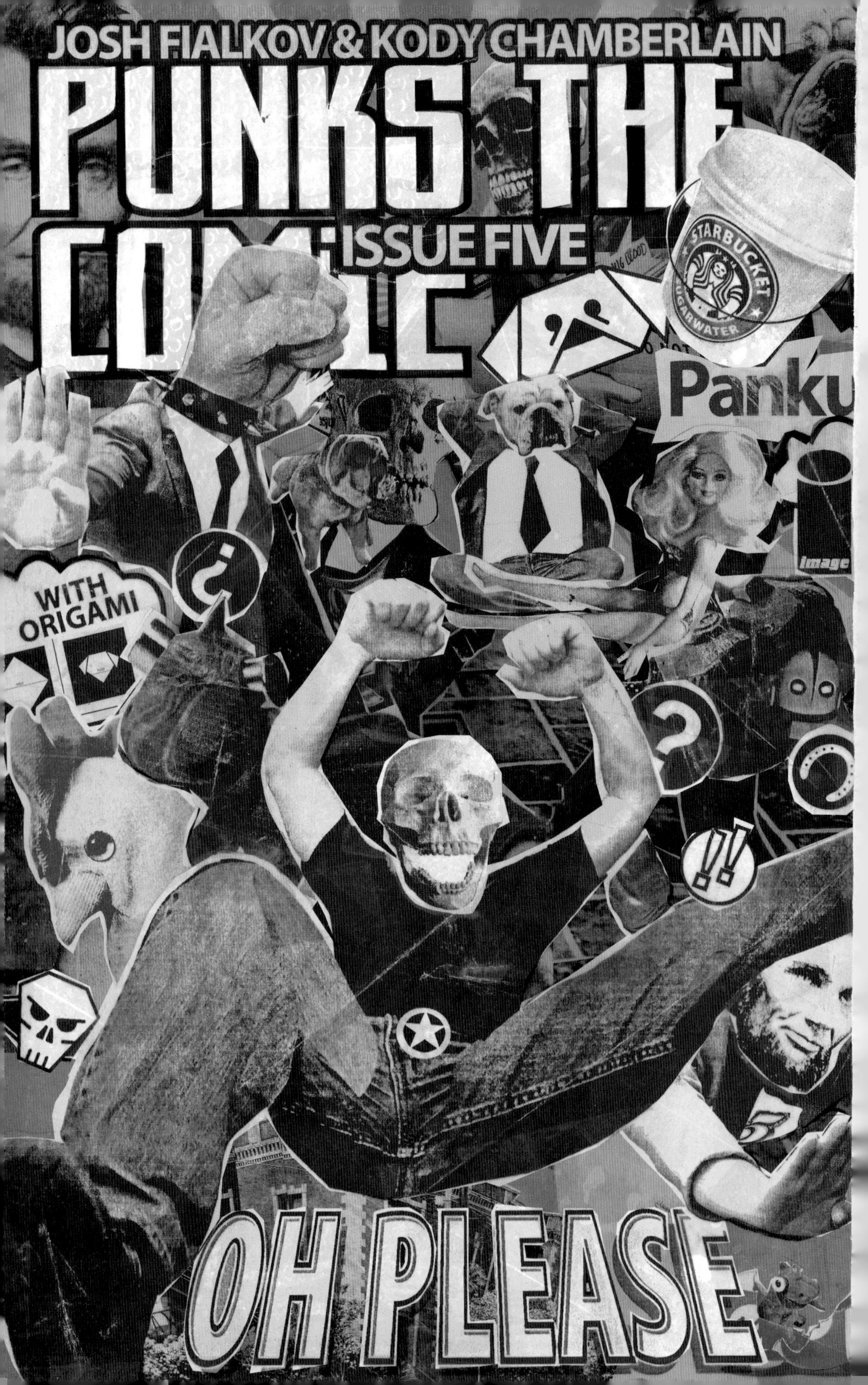
JOSH FIALKOV & KODY CHAMBERLAIN
PUNKS THE COMIC
ISSUE FIVE
STARBUCKET
SUGARWATER
Panku
WITH ORIGAMI
image
OH PLEASE